16	3	2	13
5	10	11	8
9	6	7	12
4	15	14	1

Franz Kafka

O DESAPARECIDO
ou AMERIKA

Tradução, notas e posfácio
Susana Kampff Lages

editora■34

EDITORA 34

Editora 34 Ltda.
Rua Hungria, 592 Jardim Europa CEP 01455-000
São Paulo - SP Brasil Tel/Fax (11) 3811-6777 www.editora34.com.br

Copyright © Editora 34 Ltda., 2003
Tradução © Susana Kampff Lages, 2003

A publicação desta obra contou com subsídios do Goethe-Institut Inter Nationes,
de Bonn, República Federal da Alemanha.

A FOTOCÓPIA DE QUALQUER FOLHA DESTE LIVRO É ILEGAL E CONFIGURA UMA
APROPRIAÇÃO INDEVIDA DOS DIREITOS INTELECTUAIS E PATRIMONIAIS DO AUTOR.

Edição conforme o Acordo Ortográfico da Língua Portuguesa.

Título original:
Der Verschollene

Ilustrações das páginas 11 e 239:
Bicos de pena de Franz Kafka

Capa, projeto gráfico e editoração eletrônica:
Bracher & Malta Produção Gráfica

Revisão:
Cide Piquet

Revisão técnica:
Paulo Oliveira

1ª Edição - 2003, 2ª Edição - 2004 (1 Reimpressão),
3ª Edição - 2012 (1ª Reimpressão - 2021)

Catalogação na Fonte do Departamento Nacional do Livro
    (Fundação Biblioteca Nacional, RJ, Brasil)

Kafka, Franz, 1883-1924
K16d   O desaparecido *ou* Amerika / Franz Kafka;
tradução, notas e posfácio de Susana Kampff Lages.
— São Paulo: Editora 34, 2012 (3ª Edição).
304 p.

Tradução de: Der Verschollene
Inclui bibliografia

ISBN 978-85-7326-273-5

        1. Ficção alemã. I. Lages, Susana Kampff.
II. Título.

CDD - 833

O DESAPARECIDO
ou AMERIKA

Nota da tradutora 7

  I. O foguista 13
 II. O tio 43
III. Uma casa de campo nos arredores de Nova York 57
IV. A marcha para Ramses 89
 V. No Hotel occidental 115
VI. O caso Robinson 139
      "Devia ser uma afastada rua de subúrbio..." 177
      "— Levante! Levante! — gritou Robinson..." 227

FRAGMENTOS

[1] Partida de Brunelda 241
[2] "Karl viu na esquina de uma rua..." 247
    "Viajaram dois dias..." 269

Posfácio 271
Bibliografia 293
Agradecimentos 299
Sobre o autor 301
Sobre a tradutora 303

Franz Kafka (1883-1924) em retrato realizado por volta de 1911, ano em que escreveu a primeira versão de O *desaparecido*.

NOTA DA TRADUTORA

A presente tradução do primeiro romance de Franz Kafka, escrito entre 1912 e 1914, e batizado pelo amigo e executor testamentário Max Brod de *Amerika* — à revelia do autor, que embora se referisse a ele em sua correspondência como seu "romance americano", intitulou-o *O desaparecido* — foi realizada com base no texto da edição crítica alemã, editado por Jost Schillemeit e publicado em 1983. Assim como a edição crítica, esta tradução mantém diversos "erros" de Kafka e a eles acrescenta algumas outras variantes presentes no manuscrito, trazendo, além disso, em notas de rodapé (assinaladas com a letra K), sublinhados, trechos significativos que constam do manuscrito mas foram riscados pelo autor. Além desses trechos, foram acrescentadas duas anotações que não estão no caderno do manuscrito e sim nos *Diários*, mas que por seu conteúdo podem ser encaixadas em pontos bem precisos do fragmento [2], como o leitor poderá verificar (notas 11 e 16 do fragmento [2]). A inclusão, em nota de rodapé, de variantes, imprecisões gráficas e trechos riscados no manuscrito e, portanto, ausentes do texto estabelecido na edição crítica, corresponde a uma tentativa de resgatar uma dimensão fundamental para a compreensão que Kafka tinha da sua própria literatura, da sua escritura: o seu caráter de rascunho, de risco e rabisco (*mein Gekritzel* era como ele se referia aos seus textos). Para orientação do leitor, apresentamos algumas características básicas da presente tradução. Para uma compreensão mais abrangente de alguns desses aspectos, remetemos ao posfácio.

1. Kafka escrevia por impulsos, sem se importar com pontuação e uma rígida correção ortográfica. Além disso gostava de ler seus textos em voz alta, prezando a fluidez oral do texto escrito. A tradução procurou

ater-se a esse aspecto da escrita de Kafka e mimetizá-lo na língua portuguesa alterando o mínimo possível a pontuação do texto alemão, mesmo quando esta resultava ligeiramente agramatical em português; apenas nos casos em que a manutenção da pontuação kafkiana tornava ilegível, confuso ou sem ênfase um texto que não o era em alemão, optou-se por sinais diversos daqueles utilizados por Kafka.

2. Há diferentes grafias do topônimo Nova York/nova-iorquino, que aparecerá em português, também, grafado de diferentes formas. Algumas variantes, como *Nework* e *Newort*, embora eliminadas pela edição crítica, foram aqui registradas em nota pois, segundo comentadores, parecem corresponder a alterações significativas no contexto em que se encontram, embora não necessariamente devam ser creditadas a uma escolha consciente do autor.

3. Manteve-se a imprecisão na grafia do nome dos personagens Mack/Mak e Renell/Rennel pelo estranhamento que provoca a grafia incerta, atraindo a atenção do leitor para certos deslocamentos de letras, certas literalizações características da escrita kafkiana.

4. No nome *Hotel occidental*, manteve-se a grafia escolhida pelo autor, sempre em minúsculas, o que sublinha o caráter atributivo e não substantivo da palavra "ocidental"; além disso, manteve-se a duplicação da letra *c*, no intuito de causar um estranhamento gráfico de feição arcaizante.

5. Kafka grafava a palavra alemã *Theater* (teatro) sem a letra *h*, uma característica do alemão de Praga; por motivos análogos aos anteriores, introduziu-se a letra *h* na palavra teatro, mas apenas quando ela é utilizada na expressão T*h*eatro de Oklahama, para não sobrecarregar o leitor com um excesso de grafias inusitadas.

6. Mantém-se a grafia Oklahama em vez de Oklahoma — erro atribuído a uma das fontes utilizadas por Kafka para se informar sobre a América, a reportagem de Arthur Holitscher publicada, entre 1911 e 1912, sob forma de uma série de matérias para o jornal *Neue Rundschau*, que Kafka lia habitualmente.

7. Finalmente, foram mantidos os erros de geografia cometidos por Kafka e que tinham sido diligentemente corrigidos por Max Brod: Kafka localiza São Francisco a leste de Nova York e faz com que Nova York se ligue por uma ponte diretamente a Boston, em vez de ao Brooklyn; também foi mantida a referência a libras esterlinas como moeda americana, um evidente engano do autor. Tais erros por certo não mais poderão pre-

judicar a integridade literária de um dos maiores autores do século XX, como à sua época temia o amigo Brod.

Introduzindo em notas de rodapé (assinaladas com as iniciais MB) diferenças entre a edição estabelecida por Max Brod e a edição crítica, procura-se também reconhecer o caráter de coautoria do trabalho do amigo de Kafka, responsável pela conservação dos manuscritos. Não se trata apenas de reconhecer com isso a importância do gesto, mas também de uma tentativa de não deixar que se apague de nossa memória literária o Franz Kafka de Max Brod. Foi esse Kafka, afinal de contas, aquele que deixou as marcas mais profundas na consciência literária do século XX. Vai nesse mesmo sentido a retomada do título dado originalmente pelo autor — *O desaparecido*, mas seguido do título dado por Brod — *Amerika*, denominação pela qual durante décadas a presente obra se tornou famosa e da qual a história da literatura dificilmente poderá prescindir.

O DESAPARECIDO
ou AMERIKA

Nomenclatura das notas:
MB: alteração ou inserção realizada por Max Brod no texto de Kafka.
K: variante suprimida por Kafka em seu próprio manuscrito.

I.

O foguista

Quando Karl Rossmann, um jovem de dezessete anos[1] que fora mandado para a América por seus pobres pais, porque uma empregada o seduzira e tivera um filho seu, entrou no porto de Novayork a bordo do navio que já diminuía sua marcha, avistou a estátua da deusa da liberdade, que há muito vinha observando, como que banhada por uma luz de sol que subitamente tivesse se tornado mais intensa. O braço com a espada erguia-se como se tivesse recém se elevado, e em torno à sua figura sopravam os ares livres.[2]

"Tão alta!", disse consigo,[3] e, como nem pensasse em sair dali, ia sendo lentamente empurrado até a borda do navio pela multidão cada vez mais numerosa dos carregadores que desfilavam diante dele.

Um jovem a quem conhecera superficialmente durante a viagem, disse-lhe ao passar:

— Então, ainda não está com vontade de desembarcar?

— Estou pronto, sim! — disse Karl, sorriu para ele e ergueu a mala sobre o ombro por entusiasmo e porque era um jovem robusto. Entretanto, ao olhar na direção do conhecido que se afastava com os outros, balançando um pouco a bengala, percebeu ter esquecido[4] o seu próprio guar-

---

[1] MB: [...] dezesseis anos [...].

[2] K: Ergueu os olhos para ela e descartou o que sabia a seu respeito.

[3] K: Mas ela é magnífica! disse consigo [...].

[4] MB: [...] percebeu consternado ter esquecido [...].

da-chuva na parte inferior do navio. Pediu ligeiro a ele, que não pareceu muito contente, a gentileza de esperar por um instante junto à mala, olhou rapidamente em torno para orientar-se na volta e saiu correndo. Para seu desapontamento, encontrou na parte de baixo pela primeira vez fechado um corredor que teria abreviado em muito o trajeto, fato que provavelmente estava ligado ao desembarque de todos os passageiros, e teve assim de procurar o seu caminho, com dificuldade, passando por uma infinidade de pequenos aposentos, corredores infinitamente tortuosos, escadas curtas mas que se seguiam umas após as outras, por uma sala vazia com uma escrivaninha abandonada,[5] até de fato ter-se perdido por completo, já que só havia realizado esse percurso uma ou duas vezes e em companhia de mais pessoas. Em seu desamparo, e como não tivesse encontrado ninguém e só continuasse a ouvir o arrastar dos milhares de pés humanos acima de sua cabeça, percebendo de longe, como um arfar, o último sinal de trabalho das máquinas, já desligadas, começou sem pensar a bater numa pequena porta qualquer, diante da qual ele se detivera em seu percurso errante.

— Está aberta! — gritaram de dentro, e Karl abriu a porta com um sincero suspiro de alívio.

— Por que bate na porta como um louco? — perguntou um homem enorme, mal dirigindo o olhar para Karl.

Por uma espécie de claraboia penetrava de cima uma luz baça, há muito consumida na parte superior do navio, no interior daquela lastimável cabine, na qual encontravam-se uma cama, um armário, uma cadeira e o homem, um bem ao lado do outro, como que estocados.

— Eu me perdi — disse Karl. — Durante a viagem nem notei, mas é um navio terrivelmente grande.

— É, tem razão — disse o homem com algum orgulho e não parava de fuçar na fechadura de uma maleta, que ele apertava e desapertava com ambas as mãos para escutar o estalar do trinco.

— Mas, entre! — continuou o homem. — Não vai ficar aí fora!

— Não incomodo? — perguntou Karl.

— Ora, como vai incomodar!

---

[5] MB: O trecho "e teve assim [...] escrivaninha abandonada" corresponde ao seguinte: "[...] e teve assim de procurar, com dificuldade, escadas que se seguiam umas após as outras, por corredores com curvas sem fim, por uma sala vazia com uma escrivaninha abandonada, [...]".

— É alemão? — procurou assegurar-se Karl, pois tinha ouvido falar muito dos perigos que ameaçam os recém-chegados à América, sobretudo da parte dos irlandeses.

— Sou sim, sou sim — disse o homem. Karl hesitou ainda. Nesse instante o homem de repente pegou na maçaneta e, fechando depressa a porta, puxou com ela Karl para dentro.

— Não suporto que me olhem do corredor — disse o homem, mexendo de novo na sua mala. — Qualquer um que passa, olha para dentro, não há santo que aguente!

— Mas o corredor está totalmente vazio! — disse Karl, que se encontrava de pé, incomodamente espremido contra a guarda da cama.

— Agora está — disse o homem.

"Mas é de agora que estamos falando", pensou Karl. "Com esse homem é difícil conversar."

— Deite-se na cama, assim terá mais lugar — disse o homem.

Karl arrastou-se do jeito que pôde para cima da cama e riu em voz alta sobre sua primeira tentativa fracassada de saltar para dentro dela. Mal estava na cama, porém, e exclamou:

— Pelo amor de Deus, esqueci totalmente da minha mala!

— Onde está ela?

— Lá em cima no convés, um conhecido está cuidando dela. Mas como é mesmo que ele se chama?

E tirou um cartão de visitas de um bolso secreto que sua mãe tinha costurado para a viagem por dentro do forro do casaco.

— Butterbaum, Franz Butterbaum.

— Precisa muito da mala?

— Claro.

— Mas então, por que a entregou a um estranho?

— Eu tinha esquecido meu guarda-chuva aqui embaixo e corri para apanhá-lo, mas não quis carregar a mala junto. E ainda por cima acabei me perdendo aqui.

— Está sozinho? Desacompanhado?

— Sim, estou sozinho.

"Talvez eu devesse procurar apoio nesse homem", passou pela cabeça de Karl. "Onde vou encontrar de imediato amigo melhor?"

— E agora também perdeu a mala. Para não falar do guarda-chuva.

E o homem sentou-se na poltrona, como se o problema de Karl tivesse adquirido algum interesse para ele.

— Mas eu creio que a mala ainda não está perdida.

— A fé traz a felicidade — disse o homem, coçando energicamente os densos e curtos cabelos escuros. — No navio, os hábitos variam conforme os portos. Em Hamburgo, o seu Butterbaum talvez tivesse vigiado a mala, mas aqui muito provavelmente já não haverá mais rastro de nenhum deles.

— Mas então eu tenho de subir logo para ver — disse Karl e olhou em torno para ver como poderia sair dali.

— Fique aí mesmo — disse o homem, e aplicou rudemente uma das mãos contra seu peito, empurrando-o de volta para a cama.

— Por quê? — perguntou Karl irritado.

— Porque não faz sentido — disse o homem. — Daqui a pouco vou eu também, então iremos juntos. Ou a mala foi roubada, e então não há jeito e até o fim de seus dias irá chorar por ela, ou o homem ainda está lá vigiando, portanto ele é um burro e deve continuar de guarda, ou então, ele é apenas uma pessoa honesta e deixou a mala lá, e então, até que o navio esteja completamente vazio, nós iremos encontrá-la tanto mais facilmente.[6] O mesmo vale para o seu guarda-chuva.

— Conhece bem o navio? — perguntou Karl desconfiado, e pareceu-lhe que a ideia — aliás bastante convincente — de que suas coisas seriam mais facilmente encontradas num navio vazio ocultasse alguma artimanha.

— É claro, sou foguista! — disse o homem.

— Foguista! — exclamou Karl todo alegre, como se isso ultrapassasse todas as expectativas e, com o cotovelo apoiado, olhou o homem mais de perto. — Bem na frente do compartimento onde eu dormi com aquele eslovaco tinha sido colocada uma escotilha por onde se podia olhar para dentro da casa das máquinas.

— É lá que eu trabalhava — disse o foguista.

— Eu sempre me interessei tanto pela técnica — disse Karl, permanecendo numa determinada linha de pensamento — e certamente teria me tornado engenheiro mais tarde, se não tivesse precisado viajar para a América.

---

[6] MB: O trecho "ou a mala foi [...] mais facilmente" corresponde ao seguinte: "Ou a mala foi roubada, e então não há jeito, ou o homem deixou-a lá e então, até que o navio esteja completamente vazio, nós iremos encontrá-la tanto mais facilmente".

— E por que precisou viajar?

— Ah, deixe para lá! — disse Karl, e descartou toda a história com a mão.

Ao fazer isso, olhou para o foguista com um sorriso, como se estivesse pedindo sua indulgência mesmo por aquilo que não tinha sido confessado.

— Há de ter um motivo — disse o foguista, e não se sabia ao certo se com isso ele pretendia solicitar ou recusar que lhe contassem o motivo.

— Agora eu também poderia me tornar foguista — disse Karl. — Para meus pais, agora, é totalmente indiferente o que eu vou ser.

— Meu posto ficará vago — disse o foguista, colocando, com total consciência do que dissera, as mãos nos bolsos da calça e atirando em cima da cama, para esticá-las, as pernas enfiadas num amassado par de calças cor cinza-ferro, feitas de material semelhante a couro. Karl foi obrigado a chegar mais perto da parede.

— Vai abandonar o navio?

— Sim, senhor, hoje batemos em retirada.

— Mas por quê? Não gosta?

— Pois é, são as circunstâncias, o que decide nem sempre é o que se gosta ou não se gosta. Aliás, tem razão: não gosto mesmo. E é provável que não esteja pensando com determinação em ser[7] foguista, mas é justo nesse caso que é mais fácil alguém vir a sê-lo. Pois eu o desaconselho decididamente. Se na Europa queria estudar, por que não irá querer estudar aqui? As universidades americanas são incomparavelmente melhores que as europeias.

— É bem possível — disse Karl —, mas eu quase não tenho dinheiro para estudar. É bem verdade que eu li sobre alguém que trabalhava numa loja de dia e estudava à noite até tornar-se doutor e creio que prefeito, mas para isso é preciso uma grande persistência, não? Temo que ela me falte. Além do mais, não fui um aluno particularmente bom, a despedida da escola realmente não se tornou um peso para mim. E talvez aqui as escolas sejam ainda mais severas. Praticamente não sei nada de inglês. Creio que em geral aqui as pessoas têm tanta prevenção contra estrangeiros!

— Também já passou por essa? Ah, então está tudo bem. Então está aí o meu homem. Veja, estamos em um navio alemão, que pertence à Linha

---

[7] MB: [...] esteja pensando seriamente em ser [...].

Hamburg-Amerika, e por que é que não somos todos alemães por aqui? Por que o maquinista-chefe é um romeno? Ele se chama Schubal. Não dá para acreditar. E esse cão sarnento nos esfola a nós, alemães, num navio alemão! Não creia — perdia o fôlego, agitava a mão — que reclamo por reclamar. Sei que não tem influência, que é só um pobre rapazinho. Mas isso é demais!

E bateu várias vezes com o punho sobre a mesa, não tirando os olhos dela enquanto batia.

— Já servi em tantos navios — e citou vinte nomes seguidos, como se formassem uma só palavra, Karl ficou totalmente confuso — e me destaquei, fui elogiado, fui um trabalhador ao gosto de meus comandantes, estive até por alguns anos no mesmo veleiro mercante — levantou-se como se esse constituísse o ponto culminante de sua vida — e nessa carcaça, onde tudo está organizado à risca, onde não se exige nenhum dom especial, aqui não presto para nada, aqui só atrapalho o Schubal, sou um preguiçoso, mereço ser expulso e recebo meu salário por misericórdia. Entende isso, entende? Eu não.

— Não pode tolerar isso! — disse Karl excitado.

Ele quase perdera a noção de que estava sobre o solo inseguro de um navio na costa de um continente desconhecido, tão à vontade se encontrava ali deitado na cama do foguista.

— Já esteve com o capitão? Já reivindicou junto a ele os seus direitos?

— Ora, vá embora, é melhor ir embora. Não quero que fique aqui. Não escuta o que eu estou lhe dizendo e fica me dando conselhos. Como quer que eu vá até o capitão?

E, cansado, o foguista sentou-se novamente, colocando o rosto entre as duas mãos.

"Melhor conselho não posso dar a ele", disse Karl consigo mesmo.[8] E pensou que, de mais a mais, teria feito melhor indo buscar a sua mala em vez de ficar ali dando conselhos que só eram considerados estúpidos. Quando o pai lhe entregara a mala para todo o sempre, ele dissera brincando: "Quanto tempo será que vai ficar com ela?", e agora talvez a pre-

---

[8] K: _De resto seria melhor eu ir buscar a mala do que estar aqui a dar conselhos. Ainda bem que meu pai nada sabe da situação em que me encontro. Quando me entregou a mala, disse brincando: 'Quanto tempo será que vai ficar com ela!'. Agora, falando sério, eu quase já a perdi. E eu quase nem usei as coisas que estão lá dentro, embora eu já devesse há tempo ter trocado de camisa._

ciosa mala já estivesse seriamente perdida. O único consolo era que o pai dificilmente podia ficar sabendo de sua situação atual, mesmo que viesse a investigar. O máximo que a companhia de navegação podia dizer era que ele tinha chegado a Novayork. O que Karl lamentava era o fato de não ter feito uso das coisas que estavam na mala, embora há muito precisasse ter trocado de camisa, p. ex. Nisso ele havia economizado no lugar errado; agora que ele, justo no início de sua carreira, precisaria se apresentar com roupas limpas, seria obrigado a aparecer vestindo uma camisa suja. Que bela perspectiva![9] Não fosse por isso, a perda da mala não teria sido algo tão ruim, pois o traje que ele estava vestindo era até melhor do que aquele da mala, que na verdade era somente um traje de emergência que a mãe ainda tivera de remendar pouco antes da partida. Lembrou então que havia um pedaço de salame veronês que a mãe tinha colocado na mala como um presente extra, do qual ele só conseguiu comer um pedaço mínimo, já que estivera totalmente sem apetite durante a viagem e a sopa distribuída nas entrecobertas do navio fora mais do que suficiente para ele. Mas agora gostaria de ter o salame à mão para com ele obsequiar o foguista. Pois é fácil conquistar esse tipo de gente dando-lhes uma ninharia qualquer de presente, isso Karl sabia por seu pai, que distribuindo charutos angariava a simpatia de todos os funcionários subalternos com os quais tinha contato nos negócios. Agora, para dar de presente, Karl ainda possuía o seu dinheiro, no qual de momento ele não pretendia tocar já que bem podia ter perdido a mala. Seus pensamentos retornaram de novo à mala e agora ele realmente não conseguia entender por que, tendo vigiado a mala com tanta atenção durante a viagem ao ponto de essa vigilância quase ter-lhe custado o sono, ele agora tinha deixado que lhe tirassem essa mesma mala com tanta facilidade. Lembrou-se das cinco noites durante as quais mantivera sob constante suspeita um pequeno eslovaco que dormia duas camas à sua esquerda, achando que ele estivesse de olhos postos na mala. Esse eslovaco teria ficado à espreita de que Karl finalmente, vencido pela fraqueza, cochilasse por um instante para poder puxar para si a mala com um longo bastão com o qual durante o dia ele sempre brincava ou praticava. De dia esse eslovaco tinha um aspecto bastante inocente; mas mal caía a noite, ele se erguia de tempos em tempos da cama e olhava tristemente em di-

---

[9] MB: Essa frase não consta.

reção à mala. Karl conseguia distinguir esse movimento com clareza, pois sempre havia aqui e ali quem, com a inquietação do emigrante, acendesse uma luzinha — embora isso fosse proibido pelo regulamento do navio — tentando decifrar incompreensíveis prospectos das agências de emigração.[10] Havendo alguma dessas luzes por perto, Karl conseguia cochilar um pouco; mas estando ela distante ou estando tudo escuro, ele era obrigado a manter os olhos abertos. Esse esforço o tinha esgotado bastante, e neste momento talvez ele tivesse sido inútil. Esse Butterbaum! Se algum dia o reencontrasse!

Nesse instante soaram do lado de fora, ao longe, umas batidinhas curtas, como se fossem pés de crianças, penetrando na absoluta quietude até então reinante; aproximavam-se com um som amplificado e a seguir passaram a ser o marchar tranquilo de alguns homens. Aparentemente marchavam em fila, o que era natural num corredor estreito como aquele; ouviu-se como que um tinir de armas. Karl, que já estava prestes a estirar-se na cama, para dormir e entregar-se a um sono livre de todas as preocupações com mala e eslovaco, levantou-se sobressaltado e cutucou o foguista para finalmente chamar sua atenção, pois a cabeça do cortejo parecia ter justamente alcançado sua porta.

— É a orquestra de bordo — explicou o foguista. — Estavam tocando lá em cima e estão indo fazer as malas. Agora está tudo pronto e nós podemos sair. Venha!

Pegou Karl pela mão, tirou da parede, sobre a cama, no último instante, uma imagem da Virgem Maria[11] e enfiou-a no bolso interno do casaco, agarrou sua mala e abandonou às pressas a cabine com Karl.

— Agora vou ao escritório dizer àqueles senhores o que eu penso. Não há mais nenhum passageiro, não é preciso ter escrúpulos. — O foguista ia repetindo isso de diferentes formas e, enquanto andava, ia dando chutes laterais com o pé querendo pisotear uma ratazana que cruzava o seu caminho, mas só o que conseguiu foi empurrá-la mais rapidamente para dentro do buraco que ela ainda alcançou a tempo. De modo geral ele era lento nos seus movimentos, pois ainda que tivesse pernas longas, elas eram demasiado pesadas.

---

[10] K: E com frequência uma das mulheres se inclinava sobre o marido para ler o mesmo folheto.

[11] MB: [...] um quadro emoldurado da Virgem Maria [...].

Passaram por um setor da cozinha, onde algumas moças trajadas com aventais imundos — elas os respingavam de propósito — lavavam louça em grandes tinas. O foguista chamou para si uma certa Line, colocou o braço em volta de seus quadris, conduzindo-a consigo por um pequeno trecho, enquanto ela se apertava toda coquete contra o seu braço.

— O pagamento vai ser agora, quer vir junto? — perguntou ele.

— Por que devo fazer esse esforço, prefiro que me traga o dinheiro até aqui — respondeu ela, escorregando por baixo do braço e escapulindo.

— Onde é que você fisgou esse belo rapaz? — gritou ela ainda, mas sem esperar pela resposta. Ouviu-se a risada de todas as moças, que tinham interrompido o trabalho.

Eles, porém, continuaram andando e chegaram diante de uma porta sobre a qual havia um pequeno frontão, sustentado por pequenas cariátides douradas. Como decoração naval causava uma impressão de bastante esbanjamento. Karl reparou que não estivera jamais nessa parte do navio, que durante a viagem tinha sido provavelmente prerrogativa dos passageiros da primeira e da segunda classes, mas agora, antes da grande limpeza do navio, tinham sido desmontadas todas as portas divisórias. De fato já haviam passado por alguns homens carregando vassouras sobre os ombros e que tinham cumprimentado o foguista. Karl admirou-se do grande movimento; nas entrecobertas onde estivera ele naturalmente pouco percebera nesse sentido. Ao longo dos corredores estendiam-se também cabos de instalações elétricas e ouvia-se um pequeno sino tocar continuamente.

O foguista bateu respeitosamente à porta e, quando responderam "Entre!", fez um movimento com a mão convidando Karl a entrar sem medo. Este de fato entrou, mas ficou parado junto à porta. Diante das três janelas da sala, viu as ondas do mar e, ao contemplar aquela movimentação alegre, seu coração se agitou, como se não tivesse visto o mar ininterruptamente por cinco longos dias. Grandes navios cruzavam uns as rotas dos outros e cediam ao impacto das ondas apenas na medida em que seu peso o permitia. Apertando os olhos, esses navios pareciam oscilar de tão pesados. Em seus mastros traziam bandeirolas estreitas e longas, que embora esticadas pela viagem, ainda se agitavam de um lado para o outro. Salvas ecoavam provavelmente de navios de guerra, e os canhões de um deles, que passava perto, brilhando com o reflexo de sua capa de aço, pareciam acariciados pela viagem segura e lisa, embora não horizontal. Ao menos ali da porta, só se podiam ver ao longe os pequenos naviozinhos e os barcos penetrando em grande quantidade nas aberturas formadas entre os grandes navios. Por trás de tudo isso, porém, estava Novayork a contemplar Karl com as cem mil janelas de seus arranha-céus. Sim, nessa sala sabia-se exatamente onde se estava.

Em torno a uma mesa redonda estavam sentados três senhores: um era um oficial naval, vestindo o uniforme azul do navio; os outros dois, funcionários da capitania dos portos, vestindo seus uniformes pretos americanos. Sobre a mesa estavam dispostos em pilhas altas diversos documentos, pelos quais o oficial, de início, com a pena na mão, passava os olhos para então encaminhá-los aos outros dois, que ora os liam, ora faziam anotações, ora colocavam nas suas pastas, quando não era o caso de que um deles, o qual fazia quase que incessantemente um pequeno ruído com os dentes, ditasse ao colega algo que devia constar de um protocolo.

Próximo à janela, de costas para a porta, estava sentado diante de uma escrivaninha um senhor mais baixo que manipulava uns livros enormes alinhados à sua frente, na altura de sua cabeça, sobre uma pesada prateleira. A seu lado estava uma caixa-forte aberta, à primeira vista, vazia.

A segunda janela estava desocupada e oferecia a melhor vista. Perto da terceira, no entanto, estavam dois senhores conversando a meia-voz. Um deles, que se apoiava ao lado da janela, vestia também o uniforme do navio e brincava com o punho da espada. O homem com quem conversava estava voltado para a janela e, de quando em quando, com um movimento deixava a descoberto parte da série de condecorações espetadas no peito do outro. Portava trajes civis e trazia uma fina bengalinha de bambu que, pelo fato de ele manter as mãos junto aos quadris, também se destacava do corpo como uma espada.

Karl não teve muito tempo para ver tudo, pois logo aproximou-se deles um criado e perguntou ao foguista com o olhar o que desejava, como se este não pertencesse àquele lugar. O foguista respondeu com a mesma voz baixa com que fora perguntado, dizendo que desejava falar com o senhor caixa-mor. De sua parte o criado negou esse pedido fazendo um gesto com a mão; mas ainda assim dirigiu-se pé ante pé, descrevendo um grande arco para evitar a mesa redonda, em direção ao senhor que estava com os livros grandes. Esse senhor ficou — isso se viu com clareza — literalmente petrificado com as palavras do criado, virou-se finalmente para aquele homem que desejava falar com ele, agitando em seguida os braços num gesto de severo repúdio contra o foguista e, por medida de segurança, também contra o criado. Diante disso o criado retornou até o foguista e disse-lhe num tom de quem lhe segredava algo:

— Dê já o fora daqui!

Depois dessa resposta o foguista baixou os olhos para Karl, como se este fosse seu próprio coração, a quem ele comunicava a queixa muda de suas desgraças. Sem refletir mais Karl arrancou e atravessou a sala, chegando a esbarrar levemente na cadeira do oficial; o criado saiu correndo, curvado e com os braços prontos a agarrar algo, como se estivesse caçando algum inseto nocivo. Mas Karl chegou primeiro à mesa do caixa-mor, onde se segurou para o caso de o criado tentar arrastá-lo dali.

Naturalmente, logo, logo todo o recinto se animou. O oficial do navio que estava sentado à mesa tinha-se posto em pé de um salto, os senhores da capitania dos portos assistiam a tudo calmamente, embora atentos, os dois senhores na janela colocaram-se lado a lado, e o criado, que acreditava não ter o que fazer onde senhores de tão alto nível demonstravam interesse, recuou. O foguista, junto à porta, aguardava tenso o instante em que sua ajuda seria necessária. O caixa-mor finalmente deu um grande giro com sua poltrona para a direita.

Karl remexeu no seu bolso secreto, que não hesitou em expor aos olhares daquela gente, e tirou dele seu passaporte, mas em vez de apresentá-lo, colocou-o aberto sobre a mesa. O caixa-mor pareceu considerar esse passaporte algo secundário, pois afastou-o com dois dedos num piparote, diante do que Karl voltou a guardá-lo, como se essa formalidade tivesse sido cumprida a contento.

— Tomo a liberdade de dizer — começou ele — que na minha opinião foi cometida uma injustiça contra o senhor foguista. Há aqui um certo Schubal que o importuna. Ele já serviu em muitos navios, os quais pode citar aqui, de maneira plenamente satisfatória, é trabalhador, bem-intencionado em seu trabalho; realmente não se entende por que ele trabalharia mal justo nesse navio, onde o serviço nem é excessivamente pesado como, p. ex., nos veleiros mercantes. Por isso só pode ser uma calúnia que o impede de progredir e o priva do reconhecimento que de outra forma com toda certeza não lhe faltaria. Eu falei apenas dos aspectos gerais dessa questão; as reclamações específicas, ele mesmo as apresentará aos senhores.

Com essa questão[12] Karl tinha-se dirigido a todos, porque de fato todos

---

[12] MB: Com esse discurso [...].

escutavam e porque parecia muito mais provável encontrar-se uma pessoa justa em meio a todos eles do que justo o caixa-mor ser essa tal pessoa. Além disso Karl tinha astuciosamente omitido o fato de conhecer o foguista há tão pouco tempo. De resto ele teria falado muito melhor, se não tivesse ficado desconcertado com o rosto vermelho do senhor com a bengalinha de bambu, que ele passava a enxergar pela primeira vez de sua posição atual.

— É tudo verdade, palavra por palavra — disse o foguista antes que alguém lhe perguntasse, aliás, antes mesmo que alguém tivesse olhado para ele.

Essa precipitação do foguista teria sido um grande erro, não fosse o fato de o senhor com as condecorações, que decerto era o capitão — como ficou claro para Karl naquele momento —, evidentemente ter-se decidido a escutar o foguista, pois estendeu a mão e chamou-o:

— Venha cá! — com uma voz de uma firmeza inabalável.

Agora tudo dependia do comportamento do foguista, pois Karl não tinha dúvidas quanto à justiça de sua causa.

Por sorte a ocasião mostrou que o foguista tinha rodado o mundo. Com tranquilidade exemplar tirou, de primeira, de sua maleta um pequeno maço de papéis e uma caderneta de anotações, e, como se tratasse de algo mais do que óbvio, foi com eles, ignorando completamente o caixa-mor, em direção ao capitão e exibiu sobre o parapeito da janela seus elementos de prova. Nada mais restou ao caixa-mor senão fazer o esforço de se deslocar até lá.

— Este homem é um conhecido querelante — disse à guisa de explicação —, está mais no caixa do que na casa de máquinas. Levou Schubal, uma pessoa tranquila, ao mais completo desespero. Escute bem — e voltou-se para o foguista —, já está levando sua impertinência realmente longe demais. Quantas vezes foi expulso dos setores de pagamento, que é o que merece com as suas exigências — todas, sem exceção, total, integralmente injustificadas! Quantas vezes foi de lá correndo até o caixa principal! Quantas vezes lhe disseram por bem que Schubal é seu superior imediato, o único com quem tem de tratar enquanto subordinado! E agora chega a vir até aqui, enquanto o senhor capitão está presente, não tem vergonha de importunar até mesmo a ele, e não tem pejo de trazer como porta-voz treinado de suas recriminações de mau gosto esse garoto que aliás estou vendo pela primeira vez no navio!

Karl fez um esforço violento para conter-se e não saltar para frente. Mas nesse instante o capitão também interveio, dizendo:

— Ouçamos o que o homem tem a dizer. Para mim, com o passar do tempo, Schubal foi-se tornando de fato demasiado autônomo, o que não quer dizer que eu esteja declarando algo em seu favor.

Essa última afirmação era dirigida ao foguista, era muito natural que ele não pudesse ficar imediatamente do lado dele, mas tudo parecia estar no caminho certo. O foguista começou a dar suas explicações e controlou-se logo de início, utilizando para Schubal o epíteto de "senhor". Como se alegrava Karl, o qual, de pé junto à escrivaninha que o caixa-mor havia abandonado, de tão contente que estava abaixava repetidamente o prato de uma balança para selos! O senhor Schubal é injusto! O senhor Schubal privilegia os estrangeiros! O senhor Schubal mandou o foguista sair da casa de máquinas e limpar banheiros, o que com certeza não era tarefa de um foguista! Certa vez até mesmo a competência do senhor Schubal foi questionada como mais aparente do que, na realidade, existente. Neste ponto Karl encarou o capitão com todas as suas forças, insinuante, como se fosse um colega seu, somente para que ele não se deixasse influenciar negativamente pelo modo um pouco desajeitado de o foguista se expressar. De qualquer maneira, nada de fundamental surgiu de tudo o que falou e ainda que o capitão continuasse a olhar, mantendo nos olhos a determinação de desta vez ouvir o foguista até o fim, os outros senhores, ao contrário, se impacientavam, e a voz do foguista logo deixou de reinar de modo absoluto no recinto, o que muito fazia temer. O senhor em trajes civis foi o primeiro a colocar em atividade a sua bengalinha de bambu, batendo-a, ainda que apenas de leve, sobre o piso de parquê. Os outros senhores naturalmente olhavam de vez em quando para ele; os senhores da capitania dos portos, que evidentemente tinham pressa, tornaram a seus documentos e começaram, ainda que um tanto quanto distraídos, a revê-los; o oficial do navio aproximou-se novamente de sua mesa e o caixa-mor, acreditando já ter ganho o jogo, deu um profundo suspiro de ironia. Da distração geral que se instalara somente parecia livre o criado, que compartilhava em parte o sofrimento do pobre homem, colocado em meio aos grandes senhores, e olhava para Karl balançando a cabeça com expressão séria, como se quisesse explicar algo.

Enquanto isso, diante das janelas a vida portuária prosseguia: um cargueiro chato carregado com uma montanha de barris, que deviam estar maravilhosamente bem acondicionados para não rolarem, passou em frente e quase ocasionou o escurecimento completo da cabine; pequenos barcos a motor, que se tivesse tido tempo Karl agora poderia ter observado com mais atenção, deslizavam barulhentos e descreviam linhas absolutamente retas sob o movimento das mãos do homem que se mantinha ereto diante do timão; curiosos objetos flutuantes emergiam aqui e ali espontaneamente das águas inquietas, para serem logo novamente recobertos e submergirem diante dos olhos assombrados; botes de transatlânticos avançavam com marinheiros suando aos remos, repletos de passageiros que, assim como tinham sido colocados ali, permaneciam sentados, quietos e cheios de expectativa, embora alguns deles não conseguissem deixar de girar a cabeça na direção dos cenários cambiantes. Um movimento sem fim, uma inquietação, transposta da inquieta natureza para os desamparados homens e suas obras!

Entretanto tudo convidava à pressa, à clareza, à exposição totalmente precisa; mas o que fazia o foguista? Suava de tanto falar, há muito não conseguindo mais segurar com as mãos trêmulas seus papéis, que estavam sobre a janela; de todos os pontos cardeais afluíam reclamações contra Schubal, cada uma das quais, na sua opinião, teria sido suficiente para sepultá-lo completamente, mas tudo o que conseguia apresentar ao capitão era apenas um torvelinho tristonho e confuso de todas elas juntas. Há muito tempo que o senhor com a bengalinha de bambu vinha assobiando suavemente em direção ao teto, os senhores da capitania dos portos já retinham o oficial em sua mesa e não davam sinais de voltar a liberá-lo, o caixa-mor vinha sendo visivelmente impedido, pela calma do capitão, de intervir, coisa que já estava lhe dando comichão. O criado aguardava em posição de alerta a qualquer momento por uma ordem de seu capitão concernente ao foguista.

A esta altura Karl não conseguiu permanecer inativo por mais tempo. Dirigiu-se pois lentamente até o grupo e, enquanto andava, refletia tanto mais rapidamente sobre como poderia abordar o assunto da maneira mais habilidosa possível. Realmente estava mais do que na hora, só mais um mínimo instante e ambos podiam muito bem ser expulsos para fora do escritório. O capitão podia mesmo ser um homem bom e além do mais, justamente agora, como parecia a Karl, ter algum motivo especial para mostrar-se um superior justo, mas afinal de contas ele não era um instrumento para se usar e abusar — e era exatamente assim que o foguista o tratava, se bem que devido à infinita indignação reinante no seu íntimo.

Karl disse então ao foguista:

— Tem de contar isso tudo de modo mais simples, mais claro, o senhor capitão não pode avaliar a situação da forma com que a está apresentando. Será que ele conhece todos os maquinistas e contínuos pelo sobrenome ou mesmo pelo primeiro nome, a ponto de imediatamente poder saber de quem se trata, só de ouvir pronunciar o tal nome? Coloque em ordem as suas reclamações, começando pela mais importante e indo, em escala decrescente, até as demais; talvez então nem seja mais necessário mencionar a maioria delas. Para mim sempre apresentou tudo de maneira tão clara!

"Se na América podem roubar malas, também se pode mentir de vez em quando", pensou ele como desculpa.

Quisera isso ajudasse! Já não seria tarde demais? Embora o foguista interrompesse sua fala de imediato ao ouvir a voz conhecida, com os olhos totalmente banhados pelas lágrimas provocadas por sua ferida honra masculina, pelas terríveis lembranças, pela situação de extrema necessidade presente, ele nem conseguia mais reconhecer Karl direito. E como poderia, agora — Karl silenciosamente o percebia diante daquele homem que ora silenciava — como poderia agora alterar de repente o seu modo de falar, visto que lhe parecia já ter exposto tudo o que havia a dizer, sem obter o menor reconhecimento, e que, por outro lado, ele ainda não tinha dito absolutamente nada e não poderia exigir agora dos senhores que ainda escutassem tudo? E é nesse exato momento que chega Karl, seu único defensor, querendo lhe dar boas lições, mas mostrando, ao invés disso, que tudo, tudo está perdido.

"Se eu tivesse vindo antes, em vez de ficar olhando pela janela!", disse Karl consigo mesmo, baixando o rosto diante do foguista e batendo as mãos nas costuras laterais das calças em sinal do fim de toda e qualquer esperança.

Mas o foguista interpretou mal esse gesto, imaginando decerto que Karl tivesse sabe-se lá que secretas recriminações contra ele, e, com a boa intenção de dissuadi-lo, começou então — para coroar os seus atos — a brigar com ele. Justamente agora que os senhores à mesa redonda já estavam há um bom tempo indignados com o barulho inútil que lhes perturbava o trabalho, agora que o caixa principal pouco a pouco ia achando incompreensível a paciência do capitão e tendia a explodir imediatamente, agora que o criado, totalmente reabsorvido na esfera de seus patrões, devorava o foguista com um olhar feroz; agora que finalmente o senhor com a bengalinha de bambu, ao qual o capitão lançava de vez em quando um olhar amável, manifestava uma total indiferença, se não repulsa, pelo foguista e, sacando uma caderneta de notas, evidentemente ocupado com questões muito diversas, deixava os olhos vagarem entre a caderneta e Karl.

— Eu sei, eu sei — disse Karl, que fazia esforço para se defender da torrente de palavras que o foguista disparava agora contra ele, mas que apesar disso ainda lhe reservava um sorriso amistoso, em meio a toda a disputa. — Tem razão, tem razão, nunca duvidei disso.

Temendo ser atingido, teria desejado segurar aquelas mãos que se agitavam no ar, e mais ainda empurrá-lo até um canto para sussurrar-lhe em voz baixa algumas palavras tranquilizadoras que ninguém mais deveria ouvir. Mas o foguista estava sem tato nem tino. E agora Karl começava a obter algum consolo da ideia de que em caso de necessidade o foguista poderia dominar todos os sete homens presentes com a força de seu desespero. Havia de resto sobre a escrivaninha, como lhe informou um olhar lançado para ela, um quadro com uma quantidade excessiva de botões da instalação elétrica; um simples toque de mão era capaz de fazer amotinar o navio inteiro com todos os seus corredores repletos de gente hostil.

Foi aí que o senhor com a bengalinha de bambu, que parecia tão desinteressado, aproximou-se de Karl e perguntou, sem elevar muito a voz, mas falando com nitidez suficiente para ser ouvido em meio a toda a gritaria do foguista:

— Como é mesmo o seu nome?

Nesse instante, bateram à porta, como se por trás dela houvesse alguém esperando por esta manifestação do homem. O criado lançou um olhar para o capitão, o qual assentiu com a cabeça. O criado dirigiu-se, então, até a porta e abriu-a.

Do lado de fora estava um homem de proporções médias, com um velho paletó do exército imperial; seu aspecto não parecia propriamente adequado ao trabalho com as máquinas, mas era ele — Schubal. Se Karl não o tivesse reconhecido nos olhos de todos, que expressavam uma certa satisfação da qual nem mesmo o capitão estava isento, ele teria sido obrigado a percebê-lo, para seu horror, na pessoa do foguista, que cerrava com força os punhos na extremidade de seus braços rijos, até parecer que esse cerrar de punhos fosse a coisa mais importante do mundo para ele, disposto a sacrificar tudo o que possuía na vida. Nisso residia toda a sua força, até mesmo aquela que o mantinha em pé.

Lá estava pois o inimigo, livre, leve e solto, em traje de gala, com um livro de contas debaixo do braço, provavelmente com a folha de pagamento e a de serviços do foguista, e olhou nos olhos de todos, um depois do outro, admitindo descaradamente desejar verificar antes de mais nada a disposição de ânimo de cada um. Os sete tornaram-se logo seus amigos, pois mesmo que anteriormente o capitão tivesse certas objeções contra Schubal, ou que apenas houvesse pretextado tê-las, considerando o incômodo que o foguista lhe causara, muito provavelmente não lhe parecia haver mais o mínimo reparo a fazer com relação a ele. Contra um homem como o foguista não se podia jamais ser suficientemente severo, e se havia algo a censurar em Schubal era a circunstância de ele não ter conseguido no decorrer do tempo dobrar o foguista em sua obstinação, a tal ponto que este ousara ainda hoje apresentar-se diante do capitão.

Ora, talvez ainda se pudesse esperar que o confronto entre o foguista e Schubal não deixaria de causar diante de seres humanos efeito similar ao que se produziria perante foro superior, pois por mais que Schubal soubesse dissimular, provavelmente não seria capaz de sustentar a dissimulação até o fim. Um breve lampejo de sua maldade deveria bastar para torná-la visível àqueles senhores — disso Karl iria se ocupar. Pois ele já conhecia de passagem a perspicácia, as fraquezas, os humores de cada um dos senhores, e deste ponto de vista, não tinha sido em vão o tempo que permanecera ali até agora. Se ao menos o foguista estivesse em melhor forma! Mas ele parecia completamente incapaz de lutar. Se lhe tivessem oferecido Schubal de bandeja, ele certamente teria sido capaz de partir seu detestado crânio a socos como quem quebra uma noz de casca fina. Mas é provável que ele não estivesse em condições de dar sequer aqueles poucos passos que os separavam. Por que Karl não tinha previsto o que era tão fácil de prever: que Schubal havia finalmente de aparecer, se não por iniciativa própria, por ordem do capitão? Por que não tinha discutido no caminho uma estratégia precisa com o foguista, em vez de terem feito o que na realidade fizeram: simplesmente entrar pela primeira porta, tremendamente despreparados? Estaria o foguista ainda em condições de falar, dizer sim e não, como seria preciso no duplo interrogatório, ainda que isso só na melhor das hipóteses fosse ocorrer? Ele estava lá, de pé, de pernas abertas, joelhos um pouco flexionados, a cabeça algo elevada e o ar entrando e saindo pela boca aberta, como se dentro já não houvesse mais pulmões para processá-lo.

Karl, de sua parte, sentia-se tão forte e lúcido como talvez jamais estivera em sua terra natal. Se seus pais pudessem vê-lo agora: lutando pelo bem, em terra estrangeira, diante de personalidades de respeito, e ainda que não vitorioso, inteiramente disposto a empreender a conquista final! Será que iriam rever a opinião que tinham a seu respeito? Iriam cercá-lo e elogiá-lo? Iriam finalmente olhá-lo nos olhos, naqueles olhos que lhes prestavam tanta devoção? Perguntas incertas e momento mais do que inadequado para formulá-las!

— Vim aqui porque creio que o foguista me acusa de algumas desonestidades. Uma moça da cozinha disse-me tê-lo visto a caminho daqui. Senhor capitão e senhores aqui presentes: estou pronto a refutar toda e qualquer acusação com base em meus documentos; se preciso, por meio de declarações de testemunhas imparciais e não influenciadas que estão atrás da porta.

Assim falou Schubal. Era sem dúvida o discurso claro de um homem, e tendo em vista a alteração na fisionomia dos ouvintes, era de crer que depois de muito tempo ouviam de novo sons humanos. Eles não reparavam naturalmente que mesmo aquele belo discurso apresentava lacunas. Por que a primeira palavra objetiva que lhe ocorreu fora "desonestidades"? Será que a acusação deveria começar por isto, e não por seus preconceitos nacionalistas? Uma moça da cozinha tinha visto o foguista a caminho do escritório, e Schubal compreendera imediatamente do que se tratava? Não seria a consciência culpada que lhe aguçava o entendimento? E logo reunira testemunhas, reputando-as além de tudo "imparciais" e "não influenciadas"? Vigarice, nada mais que vigarice! E os senhores toleravam isso e ainda reconheciam como comportamento correto! Por que deixara transcorrer tanto tempo entre a informação da moça da cozinha e sua chegada ali? Com certeza, com o único intuito de deixar o foguista cansar os senhores a ponto de os fazer perder sua capacidade de julgar com clareza, capacidade essa que Schubal deveria sobretudo temer. Não tinha ele resolvido bater só no momento em que, depois de já estar seguramente há muito tempo parado atrás da porta, pôde ter esperanças de que o foguista estivesse liquidado, em função daquela pergunta sem importância do senhor com a bengalinha?

Tudo estava claro e assim era apresentado involuntariamente por Schubal; mas aos senhores era preciso dizer[13] de outra forma, de uma forma ainda mais tangível. Eles precisavam ser despertados. Portanto, Karl, rápido, aproveite ao menos o tempo, antes que as testemunhas entrem e confundam as águas!

---

[13] MB: [...] era preciso mostrar [...].

Mas nesse exato momento o capitão interrompeu Schubal com um aceno, o qual — visto que seu caso parecia ter sido adiado por um momento — afastou-se imediatamente para o lado e começou a entabular uma conversa em voz baixa com o criado, que logo se aproximara dele, uma conversa em meio à qual não faltaram olhares de relance dirigidos ao foguista e a Karl, nem gestos convictíssimos com as mãos. Era assim que Schubal parecia ensaiar para o seu próximo grande discurso.

— Não queria fazer uma pergunta ao jovem aqui, senhor Jakob? — disse, sob silêncio geral, o capitão ao senhor com a bengalinha de bambu.

— Certamente — disse este, fazendo uma pequena inclinação para agradecer pela atenção. E perguntou a Karl novamente:

— Como é mesmo o seu nome?

Karl, que acreditava ser do interesse da causa principal, da grande causa, resolver logo esse incidente do obstinado indagador, respondeu de modo breve, sem se identificar como era seu costume por meio da apresentação do passaporte, pelo qual teria precisado primeiro ainda procurar:

— Karl Rossmann.

— Mas então — disse o senhor que fora chamado de Jakob, recuando a princípio com um sorriso quase incrédulo.

Também o capitão, o caixa-mor, o oficial do navio, até mesmo o criado, demonstraram uma admiração nitidamente exagerada ao ouvirem o nome de Karl. Somente os funcionários da capitania dos portos e Schubal permaneciam indiferentes.

— Mas então — repetiu o senhor Jakob, aproximando-se de Karl com passos um tanto rígidos — então, eu sou seu tio Jakob, e você, meu querido sobrinho. Eu estava com esse pressentimento o tempo todo! — disse ele dirigindo-se ao capitão, antes de abraçar e beijar Karl, que mudo deixava tudo acontecer.

— Como é seu nome? — perguntou Karl, com muita gentileza, mas totalmente impassível, depois de se sentir liberado, esforçando-se para prever as consequências que esse novo acontecimento poderia vir a ter para o foguista. Por ora nada indicava que Schubal pudesse tirar proveito daquele fato.

— Compreenda, meu jovem, a sua sorte — disse o capitão, que com a pergunta de Karl acreditava ter sido ferida a dignidade da pessoa do senhor Jakob, que se voltara para a janela, evidentemente para não ter de mostrar aos outros o rosto emocionado, o qual também enxugava com leves toques de um lenço. — Trata-se do conselheiro de Estado[14] Edward Jakob que se identificou como seu tio. Daqui para frente, com certeza à revelia de suas expectativas anteriores, uma carreira brilhante o espera. Procure compreender isso da melhor forma possível neste primeiro momento e acalme-se!

— É verdade que tenho um tio Jakob na América — disse Karl, voltando-se para o capitão — mas se entendi direito, Jakob é apenas o sobrenome do senhor conselheiro.

— Isso mesmo — disse o capitão, com muita expectativa.[15]

— Pois bem, o meu tio Jakob, que é irmão de minha mãe, tem Jakob como nome de batismo, enquanto seu sobrenome naturalmente deveria ser igual ao de minha mãe, cujo sobrenome de solteira era Bendelmayer.

— Meus senhores! — exclamou o conselheiro de Estado, retornando mais animado de seu local de recuperação à janela, referindo-se à explicação de Karl. Todos, com exceção dos funcionários do porto, irromperam em gargalhadas, alguns como se estivessem comovidos, outros com um aspecto insondável.

"O que eu disse não foi de modo algum tão ridículo", pensou Karl.

— Meus senhores — repetiu o conselheiro de Estado —, estão participando, contra a sua e a minha vontade, de uma pequena cena familiar, e por isso não posso deixar de prestar-lhes um esclarecimento, já que, segundo creio, somente o senhor capitão (essa menção teve como consequência uma reverência mútua) está inteiramente a par.

"Mas agora é que eu tenho realmente de prestar atenção em cada palavra", disse consigo mesmo Karl, alegrando-se ao perceber com um olhar para o lado que a vida começava a retornar à figura do foguista.

— Em todos esses longos anos de minha estadia americana (a palavra "estadia" não combina muito bem nesse caso para o cidadão americano que sou de toda a minha alma), em todos esses longos anos tenho vivido completamente separado de meus parentes europeus, por razões que, em primeiro lugar, não cabem aqui e, em segundo lugar, realmente me custaria demais revelar. Temo até mesmo o instante em que serei obrigado a revelá-las ao meu querido sobrinho, quando infelizmente não será possível evitar uma palavra franca sobre seus pais e seus parentes.

---

[14] MB: senador.

[15] MB: [...] com muita dignidade.

"Ele é meu tio, sem dúvida", disse consigo Karl, e permaneceu à escuta. "Provavelmente deve ter mudado de nome."

— Pois o meu querido sobrinho foi — vamos usar a palavra que realmente designa o fato — expulso de casa pelos pais como se põe um gato da porta para fora quando está incomodando. Não pretendo em absoluto atenuar o que meu sobrinho fez para receber esse castigo — atenuações não correspondem à maneira de ser americana[16] —, mas sua falta é de uma espécie tal que sua simples menção contém já suficiente desculpa.

"Nada mal", pensou Karl, "mas eu não quero que ele conte a todos.[17] Aliás, ele não tem como saber. De onde saberia? Mas vamos ver, ele já deve estar sabendo de tudo."

— Pois ele foi — prosseguiu o tio e apoiou-se com pequenas inclinações do corpo sobre a bengalinha de bambu que mantinha pregada ao solo à sua frente, o que lhe permitiu de fato eliminar uma parte da desnecessária solenidade de que, de outra forma, a questão obrigatoriamente teria se revestido —, pois ele foi seduzido por uma empregada, Johanna Brummer, uma pessoa de cerca de trinta e cinco anos. Não pretendo absolutamente magoar o meu sobrinho com a palavra "seduzido", mas é difícil encontrar uma outra igualmente adequada.

Karl, que tinha chegado bastante perto do tio, voltou-se para ler no rosto dos presentes a impressão causada pelo relato. Ninguém ria, todos escutavam paciente e seriamente. Afinal não se ri do sobrinho de um conselheiro de Estado na primeira oportunidade que se apresenta. Antes, podia-se dizer que o foguista sorria, ainda que muito pouco, para Karl, o que em primeiro lugar era animador enquanto novo sinal de vida e, em segundo, desculpável, uma vez que na cabine Karl desejara fazer dessa questão, que agora se tornava pública, especial segredo.

— Ora, essa tal de Brummer — prosseguiu o tio — teve um filho de meu sobrinho, um garoto saudável,[18] que recebeu o nome Jakob no batismo, sem dúvida em memória de minha insignificância, que, mesmo nas menções com certeza inteiramente ocasionais de meu sobrinho, deve ter causado uma forte impressão na moça. Felizmente, digo eu. Pois sendo

---

[16] MB: O trecho "atenuações [...] americana" não consta.

[17] MB: "[...] conte tudo.".

[18] K: [...] especificação que faço para compensar meu sobrinho pelo uso do termo "seduzido" [...].

que os pais, para evitar o pagamento de uma pensão alimentícia ou um escândalo que chegaria até eles (devo enfatizar que não conheço nem as leis lá vigentes, nem as demais condições em que os pais vivem, sei só de duas cartas de épocas anteriores nas quais eles me pedem ajuda, cartas que, embora tenha deixado sem resposta, conservei e que constituem minha única ligação com eles durante esse tempo todo, uma ligação, ademais, unilateral),[19] como ia dizendo, sendo que eles, para evitar o pagamento de uma pensão alimentícia e o escândalo, despacharam para a América o seu filho, meu querido sobrinho, equipado, como se vê, de modo irresponsavelmente precário, e, se não fosse pelos símbolos e milagres que ainda permanecem vivos justamente na América, o rapaz estaria abandonado à própria sorte e teria decerto logo sucumbido nalguma ruela do porto de Novayork, não fosse aquela empregada ter-me contado, numa carta a mim dirigida e que ontem chegou às minhas mãos depois de um longo périplo, toda a história, dando inclusive a descrição de meu sobrinho e, muito sensatamente, também o nome do navio. Se eu tivesse a intenção de entretê-los, meus senhores, poderia certamente ler alguns trechos dessa carta — tirou do bolso duas enormes folhas de papel de carta densamente escritas e balançou-as no ar — aqui mesmo. Seguramente ela surtiria efeito, já que está escrita com uma esperteza algo simplória, ainda que bem-intencionada, e com muito amor pelo pai da criança. Mas eu não quero entretê-los mais do que exige a explicação, e nem talvez ferir, no momento de sua chegada, sentimentos possivelmente ainda existentes da parte de meu sobrinho, o qual se quiser para sua informação poderá ler a carta no silêncio do quarto que já está à sua espera.

Mas Karl não nutria nenhum sentimento por aquela moça. Nas imagens confusas de um passado que se afastava cada vez mais, ele a via sentada na cozinha ao lado do armário, sobre cujo balcão apoiava o cotovelo. Ela olhava para ele quando ele entrava de vez em quando na cozinha para buscar um copo d'água para seu pai ou para executar uma tarefa para sua mãe. Às vezes, naquela posição desconfortável na lateral do armário da cozinha, ela escrevia uma carta, buscando inspiração no rosto de Karl. Às vezes mantinha os olhos cobertos pela mão, e aí nenhuma palavra que lhe dirigiam chegava até ela. Às vezes ajoelhava-se no seu quartinho apertado ao lado da cozinha e rezava diante de um crucifixo

---

[19] MB: O trecho "sei só [...] ademais, unilateral" não consta.

de madeira; Karl então só a ficava observando timidamente ao passar, através de uma fresta da porta um pouco entreaberta. Às vezes ela corria em círculos pela cozinha e recuava, rindo como uma bruxa, quando Karl cruzava o seu caminho. Às vezes ela fechava a porta depois de Karl ter entrado e segurava a maçaneta com a mão até ele exigir que o deixasse sair. Às vezes ela lhe trazia coisas que ele nem sequer desejava e, sem dizer nada, enfiava por entre as suas mãos. Mas uma vez ela disse "Karl!" e, enquanto ele ainda permanecia admirado com a abordagem inesperada, ela o levou, fazendo caras e bocas, ao seu quartinho, e trancou a porta. Abraçou-o, agarrando-o pelo pescoço, quase o estrangulando; e enquanto pedia que a despisse, na realidade era ela quem o despia e o deitava na cama, como se a partir de então não quisesse deixá-lo para mais ninguém e quisesse acariciá-lo e cuidar dele até o fim dos tempos. "Karl, oh, meu Karl!", exclamou ela, como se ao vê-lo se certificasse de sua propriedade, ao passo que ele não via absolutamente nada e se sentia desconfortável em meio à roupa de cama quente, que ela parecia ter amontoado única e exclusivamente para ele. Em seguida ela também se deitou a seu lado e queria saber de algum dos seus segredos, mas ele não conseguiu contar nenhum e, de brincadeira ou a sério, ela ficou zangada e sacudiu-o, auscultando seu coração, oferecendo o próprio peito para que ele escutasse também, coisa que não conseguiu que ele fizesse; apertou a barriga nua contra o corpo dele, procurou com a mão de uma maneira tão repulsiva entre as suas pernas, que Karl esticou a cabeça e o pescoço para fora dos travesseiros; ela então empurrou algumas vezes sua barriga contra ele — ele teve a sensação de que ela fosse parte de si mesmo, e talvez por esse motivo foi tomado por uma terrível sensação de desamparo. Chorando, ele chegou finalmente até sua própria cama, depois dos muitos pedidos da parte dela para voltarem a se ver. Isso tinha sido tudo, mas o tio soube transformá-lo numa história grandiosa. Quer dizer então que a cozinheira havia mesmo pensado nele e informado o tio de sua chegada! Fora uma bela atitude de sua parte, e um dia ele certamente iria recompensá-la por isso.

— E agora — exclamou o senador — quero que diga francamente se sou ou não sou seu tio.

— É meu tio — disse Karl, beijando-lhe a mão e recebendo em troca um beijo sobre a fronte. — Estou muito alegre por tê-lo encontrado, mas está enganado se pensa que meus pais falam só coisas más a seu respeito. Mas também, independentemente disso, a sua fala conteve alguns erros, quer dizer, eu acho que, na realidade, nem tudo aconteceu assim. Mas daqui não pode mesmo avaliar as coisas tão bem; além do mais eu creio que não trará grande prejuízo o fato de os senhores estarem um pouco mal-informados a respeito de um caso que não lhes pode mesmo dizer muito respeito.

— Falou muito bem — disse o senador; levou Karl até o capitão, que assistia à cena com visível interesse, e perguntou: — Não tenho um sobrinho esplêndido?

— Estou feliz — disse o capitão com uma reverência dessas que só pessoas com formação militar sabem fazer — por ter conhecido o seu sobrinho, senhor senador. É uma honra especial para meu navio ter podido ser a sede deste encontro. Mas a viagem nas entrecobertas deve com certeza ter sido muito desagradável — quem pode saber quem é transportado ali?! Certa vez, p. ex., até o primogênito do maior magnata húngaro — o nome e o motivo da viagem me escapam — viajou nas nossas entrecobertas. Só muito mais tarde é que vim a saber.[20] Bem, nós fazemos o possível para suavizar a viagem para as pessoas das entrecobertas, muito mais do que as companhias americanas, p. ex., mas a verdade é que ainda não conseguimos converter uma viagem dessas num divertimento.

— Não me fez nenhum mal — disse Karl.

— Não lhe fez nenhum mal! — repetiu, rindo em alta voz, o senador.

— Tenho só medo que a minha mala esteja perd... — e ao dizer isso lembrou de tudo o que tinha acontecido e o que restava ainda por fazer, olhou em torno e avistou todos os presentes mudos de atenção e assombro nos seus antigos lugares com os olhos fixos sobre ele. Somente nos funcionários do porto notava-se, pelo que deixavam transparecer seus rostos severos, autossuficientes, que lamentavam ter chegado em momento tão inoportuno; e o relógio de bolso que agora tinham diante de si sobre a mesa provavelmente lhes importava mais do que tudo o que acontecia no recinto e que talvez ainda pudesse ocorrer.

Depois do capitão, o primeiro a manifestar sua simpatia foi, curiosamente, o foguista:

— Dou-lhe os meus parabéns — disse ele e deu-lhe um aperto de mãos, com o qual pretendia expressar algo como reconhecimento. Quando a seguir ele pretendeu dirigir-se com as mesmas palavras ao senador, este

---

[20] MB: O trecho "Certa vez [...] vim a saber." não consta.

recuou, como se com isso o foguista estivesse indo além dos seus direitos; o foguista logo desistiu.

Mas os demais davam-se conta agora do que deviam fazer e em seguida criaram o maior alvoroço em volta de Karl e do senador. Aconteceu então que Karl recebeu felicitações até de Schubal, aceitou-as e agradeceu. Por último, restabelecida novamente a calma, aproximaram-se os funcionários do porto e proferiram duas palavras em inglês, o que causou uma impressão ridícula.

O senador estava de bom humor, disposto a saborear aquele prazer a fundo, recordando para si e para os outros episódios menos importantes, o que naturalmente não só foi tolerado como aceito com interesse por todos. Assim, chamou a atenção para o fato de ter registrado em sua caderneta de notas os traços mais marcantes de Karl, mencionados na carta da cozinheira, para utilizá-los no momento em que isso possivelmente se fizesse necessário. Pois bem, durante o insuportável falatório do foguista, ele tinha, sem qualquer outro propósito senão o de se distrair, sacado da caderneta e, como se fosse um jogo, tentara ligar as observações da cozinheira, não exatamente de uma precisão detetivesca, à figura de Karl.

— E é assim que se faz para achar o sobrinho! — finalizou com um tom de quem quer receber mais felicitações.

— O que vai acontecer agora com o foguista? — perguntou Karl, passando ao largo do último relato do tio. Em sua nova posição, acreditava poder expressar tudo o que pensava.

— O foguista receberá o que merece — disse o senador — e o que o senhor capitão achar correto. Acho que estamos mais do que fartos do foguista, e com isso concordarão seguramente todos os senhores presentes.

— Mas não é isso que importa, em se tratando de uma questão de justiça — disse Karl.

Estava de pé entre o tio e o capitão e acreditava, influenciado talvez por essa posição, ter a decisão em suas mãos.

E, apesar disso, o foguista parecia não ter mais esperança. Tinha as mãos meio enfiadas no cinto da calça, o qual, em consequência de seus movimentos agitados, aparecera junto com partes de uma camisa estampada. Isso não lhe importava minimamente, ele já tinha se queixado de todas as suas mágoas, agora também podiam ver os poucos trapos que lhe cobriam o corpo, e depois carregá-lo para fora! Ele imaginou que o criado e Schubal — os dois de mais baixo nível ali — devessem lhe fazer este último obséquio. Então Schubal ficaria sossegado e não iria mais entrar em desespero, conforme a expressão que utilizara o caixa-mor. O capitão poderia admitir uma porção de romenos, falariam romeno por toda parte, e então talvez realmente tudo corresse melhor. Não haveria mais foguista para tagarelar no caixa principal, somente esse último falatório seu permaneceria como uma recordação bastante agradável, já que, como o senador havia assinalado expressamente, fora o motivo indireto para o reconhecimento de seu sobrinho. Sobrinho este que, aliás, já havia tentado várias vezes ser-lhe útil anteriormente e com isso havia já expressado antecipadamente sua gratidão de modo mais do que suficiente pelos serviços prestados por ocasião do reconhecimento; nem ocorria agora ao foguista exigir ainda algo dele. De resto, ele bem podia ser sobrinho de um senador, mas estava longe de ser capitão; e era da boca do capitão que sairia por fim a infeliz sentença. Em consonância com essa sua opinião, o foguista tentava não olhar na direção de Karl, mas infelizmente não restava, naquele antro de inimigos, outro lugar de repouso para seus olhos.

— Não interprete mal a situação — disse o senador a Karl —, trata-se talvez de uma questão de justiça, mas ao mesmo tempo de uma questão de disciplina.[21] Ambas, e em especial a última delas, estão nesse caso sujeitas ao julgamento do senhor capitão.

— Isso mesmo — murmurou o foguista. Quem reparou nessas palavras e as compreendeu, esboçou um sorriso de estranhamento.

— Além de tudo, já atrapalhamos tanto o senhor capitão no desempenho de suas funções, funções essas que precisamente na chegada a Novayork por certo se acumulam incrivelmente, que está mais do que na hora de abandonarmos o navio, para de mais a mais não transformarmos, por meio de alguma intromissão sumamente desnecessária, esta insignificante desavença entre dois maquinistas num grande acontecimento. Aliás, eu compreendo perfeitamente o seu modo de agir, caro sobrinho, mas é precisamente isso que me dá o direito de levá-lo embora daqui com maior pressa.

— Mandarei baixarem um bote para o senhor — disse o capitão, que, para surpresa de Karl, praticamente nada teve a objetar com relação às palavras do tio, palavras que indubitavelmente podiam ser consideradas como autodepreciativas. O caixa-mor precipitou-se sobre a escrivaninha e passou a ordem do capitão por telefone ao contramestre.

---

[21] K: Mas disciplina e justiça não se misturam.

"O tempo urge", disse Karl a si mesmo. "Mas não posso fazer nada, sem ofender a todos. Não posso abandonar o meu tio, logo depois de ele ter me reencontrado. O capitão é de fato gentil, mas isso é tudo. Sua gentileza acaba onde começa a disciplina, e o tio seguramente falou do mais fundo de sua alma. Com Schubal não quero falar, lamento inclusive ter-lhe estendido a mão. E todas as outras pessoas aqui não valem nada."

Imerso em tais pensamentos, dirigiu-se lentamente até o foguista, retirou a mão dele do cinto, segurou-a na sua e ficou brincando com ela.

— Por que não diz nada? — perguntou ele. — Por que suporta tudo?

O foguista apenas franziu o cenho, como se procurasse a expressão justa para o que tinha a dizer. Além disso baixou os olhos para a mão de Karl e para a sua.

— Você sofreu uma injustiça como ninguém mais no navio, sei muito bem disso.

E Karl passou os dedos por entre os dedos do foguista, que olhava à sua volta com olhos brilhantes, como se experimentasse um deleite que ninguém pudesse levar a mal.

— Mas tem de se defender, dizer que sim ou que não, senão as pessoas não terão ideia de qual é a verdade. Tem de prometer que vai me obedecer, pois eu mesmo — tenho muitas razões para temer isso — não poderei mais ajudá-lo.

E aí Karl chorou enquanto beijava a mão do foguista, pegou naquela mão lanhada, quase sem vida, apertou-a contra suas faces, como se fosse um bem ao qual se deve renunciar. Nesse momento, porém, o tio senador já estava a seu lado carregando-o para fora dali, ainda que com a mais suave das pressões.

— O foguista parece tê-lo enfeitiçado — disse ele e dirigiu um olhar compreensivo ao capitão por sobre a cabeça de Karl.

— Você se sentiu abandonado, e aí então encontrou o foguista, sente-se grato a ele agora, isso é perfeitamente louvável. Mas, nem que seja em consideração a mim, não leve isso longe demais e aprenda a compreender a sua posição.

Diante da porta produziu-se um tumulto, ouviam-se gritos, e parecia até que alguém era brutalmente atirado contra ela. Um marinheiro entrou, com aspecto um tanto desalinhado, e trazia um avental de cozinha amarrado à cintura.

— Tem pessoas aí fora — exclamou ele e abanou mais uma vez com os cotovelos como se ainda estivesse no meio da multidão. Por fim recobrou-se e queria bater continência diante do capitão, quando percebeu o avental, arrancou-o, atirou-o no chão e berrou:

— Que nojo! Colocaram em mim um avental de cozinha!

A seguir bateu os calcanhares e fez a continência. Alguém tentou rir, mas o capitão disse severo:

— Isso é que eu chamo de bom humor. Quem está lá fora?

— São as minhas testemunhas — disse Schubal, adiantando-se. — Peço encarecidamente que as desculpem por seu comportamento inadequado. Depois de uma viagem marítima, às vezes as pessoas parecem todas malucas.

— Façam com que entrem imediatamente! — ordenou o capitão e, voltando-se em seguida para o senador, disse amável mas rapidamente:

— Agora tenha a bondade, estimado senador, de, junto com seu sobrinho, acompanhar este marinheiro que os levará até o bote. Nem preciso lhe falar do prazer e da honra a mim proporcionados, senhor senador, pelo fato de tê-lo conhecido em pessoa. Desejo apenas ter em breve a oportunidade de poder retomar novamente a conversa que interrompemos sobre a situação da frota americana[22] para depois talvez sermos de novo interrompidos de maneira tão agradável quanto hoje.

— Por ora, este sobrinho me basta — disse o tio, rindo. — E agora receba meus sinceros agradecimentos por sua cordialidade e passe bem. Aliás não seria nada tão impossível que — estreitando Karl afetuosamente contra si — por ocasião de nossa próxima viagem à Europa possamos nos encontrar, talvez por um período mais longo.

— Isso muito me alegraria — disse o capitão.

Os dois homens apertaram as mãos, Karl conseguiu apenas estender, mudo e rapidamente, a mão ao capitão, pois este já estava sendo solicitado pelas pessoas — umas quinze, talvez — que, conduzidas por Schubal, entravam no recinto um pouco perplexas, mas fazendo muito barulho. O marinheiro pediu licença ao senador para ir à frente, e abriu caminho dentro da aglomeração para ele e para Karl, os quais passaram facilmente entre as pessoas, que se inclinavam. Parecia que essas pessoas, benevolentes aliás, entendiam a briga de Schubal com o foguista como uma brincadeira, cujo caráter ridículo não cessava de existir nem mesmo diante do capitão. Karl reparou que em meio a elas estava também a moça da cozi-

---

[22] K: [...] sobre o intercâmbio de professores universitários [...].

nha, Line, que, dando-lhe uma piscadela matreira, vestiu o avental jogado ao chão pelo marinheiro, pois era o dela.

Continuando a seguir os passos do marinheiro, deixaram o escritório e entraram num pequeno corredor que os conduziu um pouco depois a uma portinhola da qual descia uma curta escada até o bote que estava preparado para eles. Os marinheiros que estavam no barco — para dentro do qual seu condutor saltou, com um só impulso — levantaram-se e bateram continência. Estava o senador advertindo para que tomasse cuidado ao descer, quando Karl, que ainda se encontrava no degrau mais alto, irrompeu num pranto convulsivo. O senador colocou a mão direita embaixo do queixo de Karl, apertou-o com força contra si e o acariciou com a mão esquerda. Assim desceram lentamente degrau após degrau e entraram estreitamente unidos no bote, onde o senador escolheu um bom lugar para Karl, bem em frente ao seu. A um sinal do senador os marinheiros desamarraram o bote do navio e começaram em seguida a remar com toda a força. Mal tinham-se afastado alguns metros, quando Karl fez a inesperada descoberta de que eles se encontravam bem do lado do navio para onde davam as janelas do caixa principal. Todas as três janelas estavam ocupadas com testemunhas de Schubal, que saudavam amigavelmente e acenavam; até o tio respondeu aos acenos e um marinheiro conseguiu a proeza de jogar um beijo para o alto com uma das mãos sem interromper o ritmo uniforme das remadas. Realmente, era como se não existisse mais foguista. Karl observou melhor o tio, cujos joelhos quase encostavam nos seus, e teve dúvidas de que esse homem jamais pudesse substituir o foguista. Ademais, o tio desviou o olhar e contemplou as ondas que faziam o bote balançar.

II.

O tio

Na casa do tio, Karl acostumou-se rapidamente à nova situação. Mas também o tio vinha amigavelmente ao seu encontro nas menores coisas, e Karl jamais precisou aprender só com más experiências o que na maior parte das vezes tanta amargura traz aos primeiros momentos da vida no exterior.

O aposento de Karl ficava no sexto andar de um prédio cujos andares inferiores, ao quais se acresciam mais abaixo outros três andares subterrâneos, eram tomados pela empresa do tio. A luz que penetrava no aposento por duas janelas e pela porta de uma sacada fazia com que Karl toda vez se surpreendesse ao entrar ali pela manhã, vindo de seu pequeno quarto de dormir. Onde teria ele sido obrigado a morar, se tivesse desembarcado em terra como humilde imigrante? Bem, talvez nem tivessem permitido sua entrada nos Estados Unidos, o que o tio considerava inclusive muito provável, dado o seu conhecimento das leis de imigração — tê-lo-iam enviado para casa, sem se preocuparem com fato de que ele não tinha mais uma pátria. Pois aqui não se devia esperar por compaixão, e era totalmente correto o que Karl tinha lido a esse respeito sobre a América: só os felizardos pareciam desfrutar verdadeiramente de sua felicidade entre as faces despreocupadas de seu entorno.

Uma estreita sacada estendia-se diante do quarto em todo o seu comprimento. Mas o que na cidade natal de Karl teria sido o mais alto mirante, aqui não permitia muito mais do que avistar uma rua que corria reta por entre duas fileiras de casas virtualmente entrecortadas e que por isso corria como que em fuga para longe, onde em meio a uma espessa bruma erguiam-se monstruosas as formas de uma catedral. E tanto pela manhã quanto à noite e nos sonhos da madrugada agitava-se nessa rua um tráfego cada vez mais intenso que, visto de cima, aparecia como uma mistura de figuras humanas deformadas e tetos de veículos de toda a espécie que se fundiam continuamente uns com os outros, na qual se elevava uma confusão ainda maior e mais selvagem, formada por ruídos, poeira e cheiros — tudo isso envolto e penetrado por um feixe de luz poderoso que era constantemente dissipado, levado e trazido de novo escrupulosamente pela massa de objetos, uma luz que parecia tão corpórea ao olhar atordoado, como se por cima da rua a cada instante se espatifasse violentamente uma placa de vidro que a tudo recobrisse.

Cauteloso em tudo como era, o tio aconselhou Karl a não se envolver seriamente com nada por ora. Ele devia por certo examinar e observar tudo, mas não se deixar prender por nada. Os primeiros dias de um europeu na América podiam ser comparados a um nascimento, e se era verdade que era mais rápido habituar-se ali — dizia ele para que Karl não tivesse medos desnecessários — do que quando se entra no mundo dos homens vindo do além, também era preciso ter em vista que o primeiro julgamento que se faz de um lugar sempre se constrói sobre bases frágeis e que talvez não conviesse fazer com que todos os julgamentos futuros, com o auxílio dos quais se pretendia conduzir a vida futura naquele país, fossem colocados em desordem. Ele mesmo alegava ter conhecido recém-chegados que, p. ex., ao invés de se comportarem segundo esses bons princípios, tinham ficado plantados em suas sacadas, olhando como ovelhas desgarradas para baixo. Isso necessariamente transtornava a mente! Essa solitária inatividade que se perde na contemplação de um laborioso dia novayorquino poder-se-ia permitir a um turista e talvez lhe fosse, embora não sem restrições, até mesmo aconselhável, mas para alguém que quisesse permanecer ali, ela era uma perdição — nesse caso podia-se empregar tranquilamente essa palavra, mesmo constituindo um exagero. E de fato o tio sempre[1] torcia a cara irritado ao encontrar Karl de pé na sacada por ocasião de suas visitas, que ocorriam apenas uma vez por dia e nos mais diversos horários. Karl logo o percebeu e, em consequência, sempre que possível renunciava ao prazer de ficar na sacada.

Este não era nem de longe o único dos prazeres de que Karl desfrutava. Em seu quarto havia uma escrivaninha americana da melhor quali-

---

[1] MB: não consta a palavra "sempre".

dade, como a que seu pai há anos desejava e tinha tentado arrematar nos mais diversos leilões por um preço baixo, a ele acessível, sem jamais ter sucesso, dados os seus parcos recursos. Naturalmente, esta peça não podia ser comparada àquelas escrivaninhas ditas americanas que circulavam em leilões europeus. Ela tinha, p. ex., em sua parte superior, repartições de diferentes tamanhos, e mesmo o presidente da União teria encontrado ali o lugar adequado para cada um de seus dossiês, mas além disso, havia na parte lateral um regulador, e girando uma manivela obtinham-se as mais diversas mudanças e novas combinações de compartimentos conforme o desejo ou a necessidade de cada um. Finas divisórias laterais baixavam lentamente e formavam a base de compartimentos que acabavam de subir ou o tampo de repartições que tinham recém se elevado; com um só giro da manivela, a estrutura superior já ganhava uma aparência totalmente diversa, e tudo se passava devagar ou absurdamente rápido, dependendo de como se girasse a manivela. Era uma invenção recente que, no entanto, recordava Karl vivamente daqueles presépios animados que, na sua terra, eram mostrados às crianças maravilhadas; também Karl estivera muitas vezes diante deles, entrouxado em sua roupa de inverno, comparando continuamente os giros da manivela dados por um ancião com as transformações que ocorriam no presépio: os passos mecânicos dos Três Reis Magos, o brilho da estrela e o recolhimento da vida no estábulo sagrado. E sempre lhe parecera que a mãe, que estava por trás dele, não seguia com suficiente precisão todos os movimentos; ele a puxava contra si até senti-la às suas costas e, com exclamações em voz alta, mostrava-lhe até os movimentos mais recônditos: um coelhinho, talvez, que na grama bem na parte da frente ora ficava em pé sobre duas patas, ora voltava à posição normal, pronto para sair em disparada — até que a mãe lhe tapasse a boca e provavelmente recaísse em sua falta de atenção anterior. Aquela escrivaninha evidentemente não tinha sido feita[2] para recordar essas coisas, mas é certo que devia haver na história dos dois inventos uma conexão — tão vaga quanto a que havia nas recordações de Karl. O tio, à diferença de Karl, não aprovava em absoluto aquela escrivaninha; só tinha pretendido adquirir uma escrivaninha decente para Karl, mas agora tais escrivaninhas eram todas dotadas daquele dispositivo novo, cuja vantagem também residia em poder ser instalado sem grandes custos em

---

[2] MB: [...] feita só para recordar [...].

escrivaninhas mais antigas. Ainda assim, o tio não deixou de aconselhar Karl a se possível nunca usar o regulador; para reforçar o conselho, o tio alegou que o mecanismo era muito sensível, fácil de estragar, e o conserto, dispendioso. Não era difícil perceber que tais observações eram somente pretextos, embora fosse preciso dizer, por outro lado, que se podia travar o regulador muito facilmente, coisa que o tio, contudo, não fez.

Nos primeiros dias, durante os quais era natural que se realizassem conversas mais frequentes entre Karl e o tio, Karl também havia lhe contado que em casa gostava de tocar piano, embora tocasse pouco, pois pudera valer-se unicamente dos conhecimentos iniciais que sua mãe lhe havia transmitido. Karl tinha consciência de que relatar aquilo equivalia a pedir um piano, mas ele já havia observado suficientemente o ambiente ao redor para saber que o tio não precisava em absoluto fazer economia. Apesar disso o pedido não foi atendido prontamente; cerca de oito dias depois, porém, o tio disse, quase como quem confessa ter feito algo contrário à sua vontade, que o piano tinha recém chegado e que Karl poderia, querendo, supervisionar o transporte. Era uma tarefa fácil, mas não muito mais fácil do que o transporte em si, pois na casa havia um elevador de carga no interior do qual um caminhão inteiro de mudança poderia caber com folga, e foi nesse elevador também que o piano subiu até o quarto de Karl. O próprio Karl poderia ter subido no mesmo elevador, junto com o piano e os empregados do transporte, mas como logo ao lado havia um elevador social livre para uso, subiu nele, mantendo-se por meio de uma alavanca sempre na mesma altura do outro elevador, e observando com o olhar fixo através das paredes de vidro o belo instrumento que agora era de sua propriedade. Quando o teve em seu quarto e tocou as primeiras notas, foi tomado de uma alegria tão louca que, ao invés de continuar tocando, saltou da cadeira e, distanciando-se um pouco e colocando as mãos na cintura, preferiu contemplar o piano. A acústica do quarto também era excelente, o que contribuiu para fazer com que desaparecesse completamente o pequeno mal-estar inicial que sentira por morar num prédio de ferro. De fato, por mais que de fora o prédio parecesse de ferro, no quarto não se percebia absolutamente nada de partes construídas em ferro e ninguém poderia identificar na decoração o mínimo detalhe de certa forma destoante do mais perfeito aconchego ambiente. Nos primeiros tempos Karl tinha muitas expectativas com relação aos seus estudos de piano e não se envergonhava de pensar, ao menos antes de dormir, na possibilidade de exercer uma influência imediata sobre a vida americana tocando piano. Soava um tanto estranho, contudo, quando ele tocava, diante das janelas abertas para uma atmosfera repleta de ruídos, uma antiga canção de sua terra, que os soldados cantam à noite, dirigindo-se uns aos outros, recostados nas janelas do quartel, olhando para o pátio envolto na escuridão — mas quando ele depois olhava para a rua, encontrava-a inalterada, constituindo apenas um pequeno trecho de um grande circuito que a rigor não se podia interromper sem que se conhecessem todas as forças atuantes em seus giros. O tio tolerava que tocasse piano, não dizia nada em contrário, já que Karl, mesmo sem advertência sua, só raramente se concedia o prazer de tocar; ele até trouxera partituras de marchas americanas, e também do hino nacional, mas somente o amor à música não era capaz de explicar por que certo dia ele perguntou a Karl, sem brincadeira, se ele não gostaria de aprender a tocar também violino ou trompa.

Naturalmente aprender inglês era a primeira e mais importante tarefa de Karl. Um jovem professor de uma escola comercial de nível superior aparecia todas as manhãs, às sete horas, no quarto de Karl e o encontrava já sentado junto à escrivaninha com os cadernos ou caminhando para cima e para baixo no quarto, memorizando algo. Karl por certo dava-se conta de que para dominar o inglês nenhuma pressa era suficientemente grande e que era aí, ademais, que estava a melhor oportunidade de proporcionar ao tio uma alegria extraordinária, fazendo progressos rápidos. E de fato, enquanto de início o inglês nas conversas com o tio se limitara a alguns cumprimentos e palavras de despedida, logo conseguiu transferir para o inglês partes cada vez maiores das conversas, com o que ao mesmo tempo começavam a entrar em temas mais confidenciais. O primeiro poema americano, a descrição de um grande incêndio, que Karl conseguiu recitar para o tio certa noite encheu este de grave satisfação. Naquela ocasião estavam ambos numa das janelas do quarto de Karl, o tio olhava para fora, desaparecida toda a claridade do céu, e, em sintonia com os versos, batia lenta e regularmente as mãos, enquanto Karl, de pé a seu lado, desentranhava com os olhos fixos o difícil poema.

Quanto melhor ia se tornando o inglês de Karl, tanto maior era o prazer demonstrado pelo tio em reuni-lo com os seus conhecidos, ordenando que, só para qualquer eventualidade, durante tais encontros o professor de inglês se mantivesse provisoriamente sempre nas proximidades de Karl. O primeiríssimo conhecido a quem Karl foi apresentado certa manhã era um jovem magro, incrivelmente flexível, a quem o tio introduziu com elogios muito especiais no quarto de Karl. Era evidentemente um dos muitos filhos de milionários — do ponto de vista de seus pais, completamente estragados — cuja vida transcorria de forma tão agitada que uma pessoa comum mal poderia acompanhar sem sofrimento um só dia de sua existência. E como se o soubesse ou o adivinhasse e, na medida em que estava em seu poder, enfrentasse aquilo tudo, envolvia seus lábios e seus olhos um permanente sorriso de felicidade que parecia dirigir-se a si mesmo, a quem estava à sua frente e ao mundo inteiro.

Com esse jovem — um tal de senhor Mak — combinaram, com a aprovação incondicional do tio, irem cavalgar juntos às cinco e meia da manhã na escola de equitação ou ao ar livre. Inicialmente Karl hesitou em aceitar, uma vez que jamais estivera sobre um cavalo e queria primeiro aprender um pouco a cavalgar, mas como o tio e Mack insistissem tanto, apresentando a equitação como puro prazer e um saudável exercício — não como uma arte —, ele finalmente aceitou. Mas aí passou a ser obrigado a levantar da cama já às quatro e meia da manhã, o que muitas vezes lamentava bastante, pois sofria de uma verdadeira sonolência, certamente por causa do constante esforço de atenção que era obrigado a despender durante o dia; mas no seu banheiro essa aflição logo desaparecia. Sobre toda a superfície da banheira, na largura e no comprimento, estendia-se a ducha — qual dos colegas lá na sua terra, por mais rico que fosse, possuía algo semelhante e, além do mais, só para si? — e lá estava ele estendido, nessa banheira ele podia abrir os braços, deixando escorrer à vontade os jatos alternados de água morna, água quente, de novo água morna e, por último, água gelada, às vezes sobre uma parte, às vezes sobre toda superfície de seu corpo. Permanecia ali deitado como que envolvido pelo prazer de um sono que ainda perdurasse um pouco mais e tinha especial satisfação em recolher com as pálpebras fechadas as últimas gotas esparsas que caíam, e depois se abriam e escorriam sobre o rosto.

Na escola de equitação, onde era deixado pelo automóvel do tio, cuja carroceria se elevava altíssima, o professor de inglês já o esperava, enquanto Mak invariavelmente só chegava mais tarde. Mas ele bem que podia chegar mais tarde sem se preocupar, pois a equitação verdadeira, viva, começava somente quando ele vinha. Acaso não empinavam os cavalos quando ele entrava, saindo do meio-sono em que estavam até então mergulhados? E não estalava mais alto o chicote através do recinto? E de repente não apareciam na galeria circundante pessoas isoladas: espectadores, tratadores de cavalos, alunos de equitação ou quem quer que fossem? Karl, entretanto, aproveitava o tempo que precedia a chegada de Mak para fazer um pouco dos exercícios preparatórios de equitação, nem que fossem os mais rudimentares. Havia ali um homem alto que alcançava com o braço ligeiramente erguido o lombo do mais alto cavalo e que dava a Karl essas aulas, que não chegavam a durar quinze minutos. Os progressos que Karl fazia nessa ocasião não eram excepcionalmente grandes, e ele conseguia aprender sempre muitas expressões de queixa em inglês, as quais soltava sem fôlego durante o treino para o professor de inglês, o qual permanecia sempre encostado no batente da porta, na maior parte das vezes caindo de sono. Entretanto quase todo o descontentamento com a equitação passava com a chegada de Mak. O homem alto era mandado embora, e no recinto ainda semi-iluminado logo não se ouvia mais nada além dos cascos dos cavalos a galope e não se via praticamente mais nada além do braço erguido de Mak, com o qual ele dava a Karl algum sinal de comando. Depois de meia hora de um divertimento que passava como passa o sono, eles paravam; Mak tinha muita pressa, despedia-se de Karl, às vezes lhe dava uns tapinhas na bochecha quando ficara particularmente satisfeito com o seu modo de cavalgar, desaparecendo sem nem mesmo cruzar a porta junto com ele, tal a sua pressa. Karl levava então o professor de inglês consigo no automóvel e, na maior parte das vezes, faziam desvios para chegar ao local da aula, pois se passassem pela aglomeração da avenida, que na verdade conduzia diretamente da casa do tio até a escola de equitação, perderiam tempo demais. Além disso o acompanhamento do professor de inglês logo foi suspenso, pois Karl, que se censurava por obrigar o homem, tão cansado, a ir inutilmente à escola de equitação, de vez que a comunicação em inglês com Mak era muito simples, pediu ao tio que dispensasse o professor daquela obrigação. Depois de refletir um pouco, o tio acabou aquiescendo a esse pedido.

Em comparação, demorou muito mais para que o tio se decidisse a permitir que Karl visse algo, ainda que pouco, de sua empresa, embora o sobrinho lhe tivesse pedido mais de uma vez. Era uma espécie de empresa de transportes e despachos, de um tipo que, até onde Karl podia lembrar, na Europa talvez nem existisse. Tratava-se pois de um negócio de intermediação, mas que não intermediava entre produtores e consumidores, nem talvez entre produtores e comerciantes, mas que providenciava o fornecimento de todos os produtos e matérias-primas para os grandes cartéis industriais e para os cartéis entre si. Portanto era um negócio que abarcava ao mesmo tempo compras, depósito, transporte e vendas de enormes proporções e que tinha de manter contatos telefônicos e telegráficos constantes e muito precisos com seus clientes. O salão dos telégrafos não era menor, aliás era maior do que a agência telegráfica da cidade natal de Karl, a qual certa vez ele havia percorrido em companhia de um colega que era conhecido por lá. No salão dos telefones, para onde quer que se dirigisse o olhar abriam-se e fechavam-se as portas das cabines telefônicas, e aquele tilintar confundia os sentidos. O tio abriu a porta mais próxima e sob uma faiscante luz elétrica viu-se um funcionário, indiferente ao barulho das portas, com a cabeça encaixada numa tira de aço que lhe apertava os fones contra as orelhas. Sobre uma mesinha pousava o braço direito, como se ele lhe fosse particularmente pesado, e apenas os dedos que seguravam o lápis faziam movimentos inumanamente regulares e velozes. Era muito lacônico ao microfone, e várias vezes percebia-se que ele tinha algo a objetar ao interlocutor, pretendendo fazer perguntas mais precisas; mas antes que pudesse realizar sua intenção, certas palavras que ouvia obrigavam-no a baixar os olhos e escrever. Ele não era obrigado a falar, como explicou o tio a Karl em voz baixa, pois os mesmos comunicados que aquele homem anotava eram simultaneamente registrados por dois outros funcionários e depois comparados, de forma que na medida do possível erros fossem evitados. No mesmo instante em que o tio e Karl tinham saído pela porta, um estagiário se esgueirou para dentro, saindo com um papel coberto de anotações feitas no entretempo. No meio da sala havia um movimento permanente de pessoas que corriam de um lado para o outro. Ninguém cumprimentava, os cumprimentos haviam sido abolidos, cada qual ia seguindo os passos de quem o precedia, olhando para o chão sobre o qual pretendia avançar da maneira mais rápida possível, ou então, capturando com olhadelas para os papéis que tinha em mãos o que na certa eram apenas palavras ou números isolados e que esvoaçavam com seu passo apressado.

— Você realmente foi longe — disse Karl certa vez num desses passeios pela empresa, a qual para ser percorrida por inteiro demandaria muitos dias, ainda que se desejasse apenas passar os olhos em cada um de seus departamentos.

— E fique sabendo que tudo isso fui eu mesmo que construí há trinta anos. Naquela época eu possuía um pequeno negócio no bairro do porto; se num dia cinco caixas tivessem sido descarregadas, já era muito e eu ia todo inflado para casa. Hoje em dia eu possuo o terceiro maior depósito do porto, e aquele armazém lá é o refeitório e o depósito da aparelhagem do sexagésimo quinto grupo dos meus carregadores.

— Parece mágica — disse Karl.

— As evoluções acontecem todas tão rápido por aqui — disse o tio, interrompendo a conversa.

Certo dia o tio veio pouco antes da hora do almoço, que Karl pensava passar, como de costume, sozinho, e pediu-lhe que colocasse imediatamente um terno escuro e viesse almoçar junto com ele e dois amigos de negócios. Enquanto Karl trocava de roupa no quarto ao lado, o tio sentou-se à escrivaninha, examinou a lição de inglês que ele havia recém terminado, bateu com a mão na mesa e exclamou em voz alta:

— Realmente excelente!

Sem dúvida alguma a troca de roupa transcorreu mais tranquilamente depois de Karl ter ouvido o elogio, embora ele de fato já estivesse bastante seguro de seu inglês.

Na sala de jantar do tio, que ele ainda guardava na lembrança desde a primeira noite, dois senhores altos e corpulentos levantaram-se para cumprimentá-lo: um deles, um certo Green; o outro, um tal Pollunder, como ficou sabendo durante a conversa à mesa, pois o tio costumava mal e mal emitir umas poucas palavras sobre seus conhecidos, deixando sempre a critério de Karl descobrir por observação própria o que fosse necessário ou de interesse. Depois de terem sido discutidos durante a refeição apenas assuntos privados de negócio, o que para ele significava uma boa lição em termos de vocabulário comercial, e de terem-no deixado ocupar-se silenciosamente de sua comida, como se fosse uma criança que antes de tudo deveria ser devidamente saciada, o senhor Green inclinou-se para Karl e, fazendo um evidente esforço para falar um inglês o mais claro possível, perguntou algo sobre suas primeiras impressões americanas. Karl respondeu de modo bastante pormenorizado em meio a um silêncio sepulcral a seu redor, lançando alguns olhares de través ao tio, e, em sinal de agradecimento, procurou agradar utilizando-se de uma linguagem tingida por alguns elementos nova-iorquinos.[3] Ao ouvirem uma daquelas expressões todos os três senhores caíram na gargalhada, e Karl temia já ter cometido um erro crasso; mas não era o caso, ele inclusive tinha dito, como explicou o senhor Pollunder, algo de muito certeiro. De modo ge-

---

[3] K: neworkino.

ral parecia que Karl havia caído nas graças desse senhor Pollunder e, enquanto o tio e o senhor Green retomavam a conversa de negócios, ele convidou Karl a aproximar a cadeira da sua, fazendo em primeiro lugar uma série de perguntas sobre o seu nome, sua origem e sobre a viagem, até que finalmente, para voltar a dar um descanso a Karl, pôs-se a contar ele próprio, apressadamente, entre risadas e tossidas, coisas a respeito de si e da filha, com a qual vivia nos arredores de Novayork[4] numa pequena casa de campo, na qual naturalmente ele só podia passar as noites, pois sendo banqueiro, seu trabalho o prendia em Novayork o dia inteiro. E logo em seguida Karl foi muito cordialmente convidado a fazer uma visita a essa propriedade: um americano de tão recente safra como Karl seguramente iria sentir às vezes a necessidade de repousar um pouco de Novayork.[5] Karl pediu imediatamente permissão ao tio para aceitar o convite, e o tio ao que parecia lhe dava de bom grado sua permissão, mas sem fixar ou considerar qualquer data, como Karl e o senhor Pollunder tinham esperado.

Entretanto, já no dia seguinte Karl foi chamado a um dos escritórios do tio — ele possuía, só naquele prédio, dez escritórios diferentes —, e lá encontrou o senhor Pollunder e o tio bastante calados, recostados nas suas poltronas.

— O senhor Pollunder — disse o tio, mal podendo ser reconhecido sob a luz crepuscular que banhava o recinto —, o senhor Pollunder veio para levá-lo consigo até a sua propriedade, como tínhamos conversado ontem.

— Eu não sabia que seria hoje — respondeu Karl —, senão já estaria preparado.

— Se você não está preparado, então talvez seja melhor adiar a visita para outra vez — disse o tio.

— Mas que preparativos que nada! — exclamou o senhor Pollunder. — Um rapaz jovem está sempre preparado.

— Não é por ele — disse o tio, voltando-se para o visitante —, mas de qualquer modo ele teria de subir até o quarto e o senhor iria se atrasar.

— Mas há tempo de sobra para isso — disse o senhor Pollunder —, eu já contava com um atraso e fechei mais cedo.

---

[4] K: <u>Novawork.</u>

[5] K: <u>Noviort.</u>

— Está vendo — disse o tio — que inconvenientes já está causando a sua visita.

— Lamento muito, mas em seguida estarei de volta — disse Karl, querendo sair de um salto.

— Não se apresse — disse o senhor Pollunder —, não me causa o mínimo inconveniente; e sua visita, pelo contrário, me dá uma grande alegria.

— Vai perder amanhã a sua aula de equitação. Já foi desmarcada?

— Não — disse Karl; o passeio que havia aguardado com tanto prazer começava a se tornar um peso para ele —, eu nem sabia...

— E ainda assim quer viajar? — continuou a perguntar o tio.

O senhor Pollunder, homem gentilíssimo, acudiu em seu auxílio.

— No caminho passaremos pela escola de equitação e resolveremos o problema.

— Assim já é outra coisa — disse o tio. — Mas Mak também estará esperando.

— Esperando ele não vai estar — disse Karl —, mas com certeza ele vai até lá.

— E então? — disse o tio, como se a resposta de Karl não contivesse a menor justificativa.

E outra vez, foi o senhor Pollunder quem pronunciou as palavras decisivas:

— Mas Klara — que era a filha do senhor Pollunder — também está esperando por Karl e já para esta noite; com certeza ela terá precedência em relação a Mak, não?

— Com certeza — disse o tio. — Então corra já para o quarto. — E como que sem querer, bateu algumas vezes contra o braço da poltrona. Karl já estava próximo à porta, quando o tio o deteve com a pergunta:

— Mas é claro que você estará aqui amanhã de manhã para a aula de inglês, não?

— Mas! — exclamou assombrado o senhor Pollunder, girando em sua poltrona na medida em que sua corpulência permitia. — Então ele não poderá permanecer fora nem ao menos o dia de amanhã? E eu o traria depois de amanhã cedo de volta.

— De maneira nenhuma — replicou o tio —, não posso deixar seus estudos se desorganizarem dessa forma. Mais tarde, quando ele estiver inserido numa vida profissional que seja a princípio bem regrada, terei o maior prazer em dar meu consentimento para que aceite um convite tão amável, que muito nos honra, e mesmo por um período mais longo.

"Quantas contradições!", pensou Karl.

O senhor Pollunder entristecera.

— Realmente, só para passar um fim de tarde e uma noite quase não vale a pena.

— Pois essa era também a minha opinião — disse o tio.

— Deve-se aceitar o que se obtém — disse o senhor Pollunder, rindo novamente —, pois então, estou esperando! — exclamou para Karl, e este, uma vez que o tio não dizia mais nada, saiu em disparada. Ao voltar pouco depois, pronto para a viagem, encontrou unicamente o senhor Pollunder no escritório; o tio havia ido embora. O senhor Pollunder apertou todo feliz ambas as mãos de Karl, como se quisesse assegurar-se da maneira mais firme possível de que iria realmente partir com ele. Karl, por sua vez, ainda totalmente acalorado pela correria, também apertou as mãos do senhor Pollunder: estava contente por poder fazer o passeio.

— Meu tio não ficou zangado por eu ir?

— De jeito nenhum! Ele não disse tudo aquilo tão a sério. É que ele se preocupa muito com a sua educação.

— Foi ele quem disse que não era a sério o que ele tinha dito antes?

— Foi sim — disse o senhor Pollunder esticando as palavras e demonstrando dessa forma não saber mentir.

— É estranha a má vontade com que me deu permissão para visitá-lo, embora seja seu amigo.

Embora não o confessasse abertamente, o senhor Pollunder tampouco conseguia encontrar uma explicação para o fato; e, apesar de logo passarem a falar de outros assuntos, ambos ficaram refletindo longamente sobre aquilo enquanto atravessavam o cálido entardecer a bordo do automóvel do senhor Pollunder.

Estavam sentados muito próximos um do outro, e o senhor Pollunder segurava a mão de Karl enquanto fazia seu relato. Karl queria saber muitas coisas sobre a senhorita Klara, como se a longa viagem o deixasse impaciente e como se, com o auxílio daqueles relatos, pudesse chegar mais cedo do que iria chegar na realidade. Embora nunca tivesse andado à noite pelas ruas de Novayork[6] e embora um ruído que mudava de direção a cada instante zunisse por sobre as pistas e as calçadas como um torvelinho, como se não fosse produzido por seres humanos, mas fosse um elemento estra-

---

[6] K: <u>Novawork.</u>

nho, procurando seguir atentamente as palavras do senhor Pollunder, Karl não se preocupava com outra coisa senão com o colete escuro do acompanhante, sobre o qual pendia na horizontal, sossegadamente, uma corrente de ouro.[7] Saindo por ruas em que o público acorria em massa aos teatros, andando a passos rápidos evidentemente com muito medo de se atrasar, ou dentro de veículos em alta velocidade, eles chegaram, depois de passar por bairros intermediários, aos subúrbios, onde seu automóvel foi desviado para ruas laterais por agentes da cavalaria, já que as avenidas estavam ocupadas por uma passeata de metalúrgicos em greve e apenas o trânsito minimamente indispensável de carros podia ser consentido nos cruzamentos. E quando o automóvel, vindo de ruas escuríssimas das quais ecoavam ruídos abafados, atravessou a seguir uma dessas avenidas que parecem verdadeiras praças, apareceram, de ambos os lados e em perspectivas que nenhum olhar conseguia seguir até o fim, calçadas apinhadas com uma massa que se movia a passos minúsculos e cujo canto era mais uniforme que o de uma única voz humana. Na pista que fora mantida livre via-se aqui e ali algum policial sobre um cavalo imóvel, ou então pessoas carregando bandeiras, ou faixas com dizeres estendidas sobre a rua, ou então algum dirigente operário cercado por seus colaboradores ou ordenanças, ou ainda um vagão de um bonde elétrico que não tinha escapado com rapidez suficiente e agora estava ali, vazio na escuridão, com o condutor e o cobrador sentados na plataforma. Pequenos grupos de curiosos paravam muito longe dos verdadeiros manifestantes e não deixavam seus lugares, embora permanecessem sem saber claramente o que de fato se passava. Karl, por sua vez, apoiou-se alegremente no braço que o senhor Pollunder tinha colocado ao seu redor: a certeza de que em breve seria um hóspede bem-vindo numa casa de campo bem iluminada, cercada por muros e vigiada por cães, fazia-lhe um bem que excedia todas as medidas, e quando, por causa de um sono que começava a se instalar, ele não compreendia sem erros, ou ao menos sem interrupções, tudo o que o senhor Pollunder dizia, sacudia de vez em quando o corpo e esfregava os olhos, para voltar a verificar se o senhor Pollunder percebia o seu sono, pois era isso que desejava evitar a todo custo.

---

[7] MB: uma corrente escura.

III.

Uma casa de campo
nos arredores de Nova York

— Chegamos — disse o senhor Pollunder justo num dos momentos ausentes de Karl. O automóvel parou diante de uma casa de campo que, como as casas de campo das pessoas ricas dos arredores de Novayork, era mais ampla e mais alta do que seria necessário para uma casa de campo que deve servir a uma só família. Como apenas a parte inferior da casa estava iluminada, tampouco era possível avaliar até onde ela se elevava. Na frente farfalhavam castanheiros, por entre os quais — o portão já estava aberto — um caminho curto levava até a escadaria da casa. Dado o seu cansaço ao desembarcar, Karl acreditou que a viagem durara, na verdade, bastante tempo. Na escuridão da alameda de castanheiros, escutou uma voz de moça a seu lado dizer:

— Aí está finalmente o senhor Jakob.

— Meu nome é Rossmann — disse Karl, pegando a mão que lhe estendia uma moça de quem agora reconhecia a silhueta.

— Ele é só o sobrinho de Jakob — disse o senhor Pollunder, à guisa de explicação — e seu nome é Karl Rossmann.

— Isso em nada altera o nosso prazer em tê-lo aqui — disse a moça, que não dava muita importância a nomes.

Apesar disso, Karl ainda perguntou, enquanto se dirigia para a casa, caminhando entre o senhor Pollunder e a moça:

— É a senhorita Klara, não?

— Sim — disse ela, e agora uma luz vinda da casa, que lhe permitia distinguir melhor as coisas, caía sobre seu rosto, que ela inclinara na direção dele. — É que eu não queria me apresentar aqui no escuro.

"Será que estava nos esperando no portão?", pensou Karl, que ao caminhar ia aos poucos acordando.

— Aliás, temos mais um convidado para esta noite — disse Klara.

— Não é possível! — exclamou o senhor Pollunder irritado.

— O senhor Green — disse Klara.

— Quando chegou? — perguntou Karl, como que tomado por algum pressentimento.

— Agora há pouco. Não ouviram o automóvel dele na frente do de vocês?

Karl elevou os olhos em direção a Pollunder para descobrir o que ele pensava do fato, mas ele tinha as mãos enfiadas nos bolsos da calça e apenas pisou com um pouco mais de força ao caminhar.

— De nada adianta morar só parcialmente fora de Nova York, com isso não se fica livre de aborrecimentos. Seremos obrigados a transferir nossa residência para ainda mais longe. Nem que eu tenha de viajar quase toda a noite até chegar em casa.

Pararam diante da escadaria.

— Mas o senhor Green há muito tempo não vinha aqui — disse Klara, que evidentemente concordava plenamente com o pai, mas apesar disso queria tranquilizá-lo.

— Mas por que será que ele vem justo esta noite — disse Pollunder, e suas palavras deslizaram furibundas sobre o carnudo lábio inferior, que como um naco de carne pesado e frouxo facilmente entrou em frenético movimento.

— É mesmo! — disse Klara.

— Talvez ele vá embora logo — observou Karl, ele mesmo admirado de como concordava com aquelas pessoas que até ontem lhe eram completamente estranhas.

— Ah, não! — disse Klara. — Ele deve ter algum grande negócio para o papai, que deve ser discutido por muito tempo, pois ele já me ameaçou, dizendo de brincadeira que, se eu quiser ser uma dona de casa bem-educada, terei de ficar escutando até o amanhecer!

— Era só o que faltava. Então, ele vai passar a noite! — exclamou Pollunder, como se com isso tivessem chegado finalmente ao que havia de pior.

— Realmente eu teria vontade — disse ele, e essa nova ideia o fez ficar mais amável —, eu teria realmente vontade de colocá-lo, senhor Rossmann, no automóvel e levá-lo de volta para a casa do seu tio. A noite de hoje já está de antemão comprometida, e sabe-se lá quando o senhor seu tio permitirá novamente a sua vinda. Mas se eu o levar hoje mesmo de volta, ele não poderá nos negar uma visita sua nos próximos dias.

E já estava pegando na mão de Karl para executar esse plano. Mas o rapaz não se moveu e Klara pediu para deixá-lo ficar, pois ao menos ela e Karl não poderiam ser minimamente perturbados pelo senhor Green; finalmente o próprio Pollunder percebeu que sua decisão não era das mais firmes. Ademais — e esse talvez tenha sido o elemento decisivo —, ouviu-se de repente a voz do senhor Green chamar do patamar superior da escadaria em direção ao jardim:

— Mas onde vocês estavam?

— Venham — disse Pollunder, dobrando em direção à escadaria. Atrás dele iam Karl e Klara, que agora, com a luz, passaram a se examinar mutuamente.

"Que lábios vermelhos ela tem!", disse Karl consigo mesmo, pensando nos lábios do senhor Pollunder e na bela metamorfose que tinham sofrido na filha.

— Logo depois da ceia — ia dizendo ela — vamos, se estiver de acordo, aos meus aposentos, para que ao menos nós nos livremos desse senhor Green, já que papai tem necessariamente de ocupar-se dele. E então eu vou lhe pedir a gentileza de executar algo no piano para mim, pois papai já me contou que sabe tocar muito bem; eu, infelizmente, sou de todo incapaz de tocar uma peça de música e não ponho a mão no piano, por mais que na verdade eu adore música.

Karl estava completamente de acordo com a proposta de Klara, ainda que desejasse trazer o senhor Pollunder para junto de sua companhia. Diante da gigantesca figura de Green — com o porte de Pollunder, Karl já se havia acostumado —, que ia crescendo lentamente à sua frente à medida que subiam os degraus, perdeu realmente toda a esperança de poder arrancar de alguma maneira o senhor Pollunder das garras daquele homem.

O senhor Green recebeu-os apressado, como se tivessem muito a recuperar, tomou o senhor Pollunder pelo braço e empurrou Karl e Klara à sua frente para o interior da sala de jantar, que tinha uma aparência muito festiva, sobretudo em virtude das flores colocadas sobre a mesa, meio erguidas por entre grupos de folhagem verde, o que tornava duplamente lamentável a presença do incômodo senhor Green. Enquanto aguardava à mesa até que os outros se sentassem, mal pôde Karl apreciar o fato de que a grande porta de vidro que dava para o jardim permanecia aberta, pois um perfume forte penetrava como se estivessem num caramanchão do jardim, quando nesse momento preciso, o senhor Green, ofegante, foi fechar a porta, inclinando-se até os trincos inferiores, esticando-se até os superiores, e tudo com uma agilidade tão jovial que o criado nada mais encontrou para fazer, ainda que tivesse acorrido prontamente. As primeiras palavras do senhor Green à mesa foram expressões admiradas sobre o fato de Karl ter obtido a permissão do tio para realizar aquela visita. Levou à boca grandes colheradas de sopa, uma atrás da outra, e explicava, à direita, para Klara, à esquerda, para o senhor Pollunder, a causa de sua admiração e como o tio vigiava Karl e como era grande o amor do tio por ele, se é que era ainda possível chamar aquilo de amor de tio.

"Não basta ele se intrometer aqui sem necessidade, ele se intromete também entre mim e meu tio", pensou Karl, sem conseguir engolir uma gota sequer daquela sopa de coloração dourada. Mas depois não quis que percebessem como se sentia mal, e começou a empurrar calado a sopa para dentro. A refeição transcorreu com a lentidão de um suplício. Somente o senhor Green e, no máximo, Klara estavam animados e vez por outra encontravam motivo para uma breve risada. Apenas quando o senhor Green começava a falar de negócios é que o senhor Pollunder entrava algumas poucas vezes na conversa. Contudo, logo passou também a não fazê-lo, e o senhor Green era obrigado, depois de algum tempo, a surpreendê-lo inopinadamente com o tema. Aliás, ele ressaltou — e foi nesse momento que Karl, que escutava com a atenção de quem pressente alguma ameaça, teve de ser advertido por Klara de que o assado estava diante dele e que ele se encontrava num jantar — que a princípio não tivera a intenção de fazer aquela visita inesperada, pois ainda que o negócio a ser discutido fosse particularmente urgente, teria sido possível ter tratado hoje na cidade ao menos da parte mais importante e deixar os aspectos secundários para o dia seguinte ou para mais tarde. Sendo assim, ele estivera de fato na firma do senhor Pollunder muito antes da hora de fechar o comércio, mas não o encontrara, de forma que tinha sido obrigado a telefonar para casa para avisar que passaria a noite fora, e então empreender aquela viagem.

— Então sou eu quem deve pedir desculpas — disse Karl em voz alta, antes que alguém tivesse tido tempo de responder —, pois sou eu o culpado pelo fato de o senhor Pollunder ter deixado a loja mais cedo hoje; lamento muitíssimo.

O senhor Pollunder cobriu a maior parte do rosto com o guardanapo, enquanto Klara dirigiu um sorriso a Karl, mas era não um sorriso solidário, era um sorriso que devia exercer alguma influência sobre ele.

— Não é preciso desculpar-se — disse o senhor Green, destrinchando uma pomba com cortes certeiros —, bem pelo contrário, estou contente de passar a noite em tão boa companhia, ao invés de jantar sozinho em casa, onde me atende minha velha governanta que tem dificuldade para caminhar o trecho que vai da porta até a mesa, de tão velha; e se eu quiser observá-la enquanto ela descreve esse percurso, posso relaxar por um bom tempo apoiado contra o encosto da minha cadeira. Só recentemente consegui que o criado levasse os pratos até a porta da sala de jantar; mas pelo que posso entender, o trecho que vai da porta até a mesa é prerrogativa dela.

— Meu Deus! — exclamou Klara — que lealdade!

— É sim, ainda existe fidelidade no mundo — disse o senhor Green, introduzindo uma porção de comida na boca, onde a sua língua — como observou Karl por acaso — recolheu o alimento com um rápido movimento. Aquilo quase lhe provocou náuseas e ele se levantou. Quase ao mesmo tempo o senhor Pollunder e Klara pegaram nas suas mãos.

— Tem de ficar sentado ainda — disse Klara. E quando ele voltou a sentar-se, ela sussurrou-lhe:

— Logo vamos sumir juntos. Tenha paciência.

Enquanto isso o senhor Green entregara-se tranquilamente à sua comida, como se tranquilizar Karl fosse tarefa natural do senhor Pollunder e de Klara, caso Green lhe causasse algum mal-estar.

A refeição prolongava-se, sobretudo pelo tratamento minucioso dispensado pelo senhor Green a cada um dos pratos e, embora ele estivesse sempre incansavelmente disposto a receber cada novo prato, dava a impressão de que desejava recuperar-se integralmente do tratamento que recebia de sua velha governanta. De quando em quando elogiava a arte da senhorita Klara na condução da casa, o que fazia com que ela se sentisse visivelmente lisonjeada, enquanto Karl era tentado a revidá-lo como se ele a estivesse criticando. Mas o senhor Green não se contentava só em mexer com ela; sem elevar os olhos do prato lamentou muitas vezes a visível falta de apetite de Karl. O senhor Pollunder protegeu o apetite do rapaz, embora enquanto anfitrião devesse também tê-lo estimulado a comer. E, de fato, por sofrer durante todo o decorrer da ceia uma tal pressão, Karl sentiu-se tão suscetível a ponto de, contrariamente ao que seu próprio bom senso indicava, interpretar a declaração do senhor Pollunder como uma descortesia. E foi única e exclusivamente graças a esse peculiar estado de espírito que passou de repente a comer muito mais do que deveria e com inconveniente rapidez para, em seguida, deixar tombar garfo e faca por muito tempo sobre o prato, cansado, e era o mais imóvel do grupo, com o qual o criado que trazia os pratos não sabia o que fazer.

— Vou contar amanhã mesmo ao senhor senador como magoou a senhorita Klara não querendo comer — disse o senhor Green e limitou-se a expressar a intenção jocosa dessas palavras por meio da forma com que manipulava os talheres. — Olhe só para a menina, como ela está triste — prosseguiu, colocando a mão debaixo do queixo de Klara. Ela deixou que o fizesse, fechando os olhos. — Sua coisinha...! — exclamou ele, refestelando-se no assento e, vermelho como um pimentão, soltou uma gargalhada com a energia de um homem saciado. Karl procurava em vão explicar o comportamento do senhor Pollunder. Este continuava sentado diante do prato, olhando para ele como se ali dentro estivesse acontecendo aquilo que importava de verdade.[1] Ele não puxou a cadeira de Karl para perto de si, e ao falar algo, falava a todos, mas a Karl ele não tinha nada de especial a dizer. Em compensação tolerava que Green, aquele velho solteirão malandro de Nova York, tocasse Klara com intenção bem óbvia, que ofendesse Karl[2] ou que pelo menos o tratasse, a ele, convidado de Pollunder, como uma criança, fortalecendo-se e animando-se a sabe-se lá que outras façanhas.

Depois de terem tirado a mesa — percebendo a atmosfera geral, Green foi o primeiro a levantar-se e, por assim dizer, a erguer os outros consigo —, Karl afastou-se, indo sozinho na direção de um dos janelões que, divididos por estreitas traves brancas, davam para o terraço e que na verdade eram portas mesmo, como ele percebeu ao se aproximar. O que restara da antipatia que o senhor Pollunder e sua filha haviam sentido de início com relação a Green e que àquela altura parecera a Karl um pouco incompreensível? Agora estavam ali junto a Green e assentiam a tudo o que ele dizia. A fumaça do charuto do senhor Green — um presente de Pollunder que era tão grosso como aqueles de que algumas vezes seu pai costumava falar, como se falasse de algo que ele mesmo prova-

---

[1] K: [...] e ele precisasse prestar conta para si mesmo de tudo o que acontecia ali.

[2] K: [...] continuamente, com palavras ou com gestos, [...].

velmente jamais tivesse visto com seus próprios olhos — disseminou-se pelo recinto, carregando também a influência de Green para cantos e recantos nos quais ele pessoalmente jamais poria os pés. Por mais afastado que estivesse, Karl sentia ainda cócegas no nariz provocadas pela fumaça, e o comportamento do senhor Green, a quem somente uma vez dirigiu um rápido olhar do local em que se encontrava, pareceu-lhe infame. Agora já não considerava mais impossível que seu tio lhe tivesse negado por tanto tempo a permissão para fazer essa visita unicamente porque conhecia a fraqueza de caráter do senhor Pollunder e porque, em consequência, ainda que não o previsse com exatidão, via como dentro de um certo âmbito de possibilidades o fato de Karl poder vir a sofrer alguma ofensa durante a visita. Também não gostou da moça americana, embora não a tivesse de forma alguma imaginado como sendo muito mais bonita do que ela de fato era. Desde que o senhor Green passara a se dedicar a ela, até ficara surpreso com a beleza da qual era capaz o rosto da moça, e sobretudo com o brilho de seus olhos indomavelmente vivazes. Nunca tinha visto uma saia que como a dela aderisse tanto ao corpo: pequenas pregas no delicado e firme tecido amarelado indicavam o quanto ele estava esticado. E, no entanto, Karl não dava a mínima para ela e teria com prazer renunciado a ser conduzido aos seus aposentos, se ao invés disso pudesse abrir aquela porta, em cuja maçaneta ele já havia posto as mãos, para qualquer eventualidade, e embarcar no automóvel, ou então, caso o motorista já estivesse dormindo, ir a pé sozinho até Novayork. A noite clara, com aquela lua cheia que se inclinava na sua direção, estava disponível para qualquer um e a Karl pareceu que talvez não fizesse sentido ter medo lá fora, ao ar livre. Imaginava — e pela primeira vez sentiu-se bem naquela sala — como pela manhã — antes disso provavelmente ele não chegaria em casa indo a pé — pretendia surpreender o tio. Embora jamais tivesse estado no quarto do tio, e nem mesmo soubesse onde se localizava, iria averiguar. Iria bater à porta e, ao ouvir o formal "Entre!", correria para o interior do quarto e surpreenderia o querido tio, a quem até então só conhecia vestido e todo abotoado dos pés à cabeça, sentado na cama em trajes de dormir, dirigindo à porta um olhar admirado. Isso talvez ainda não significasse grande coisa em si, mas devem-se imaginar as consequências que esse fato poderia acarretar! Talvez pela primeira vez iria tomar café junto com o tio — o tio, na cama, ele, numa poltrona e o café da manhã servido sobre uma mesinha entre os dois; talvez esse café da manhã em comum se tornasse um hábito permanente; talvez, em consequência dessa refeição, se reunissem — coisa praticamente inevitável — com frequência maior do que apenas uma vez ao dia como até aquele momento, e então, é claro, iriam poder conversar mais abertamente. Pois afinal de contas somente devido à falta de uma conversa franca como essa é que hoje ele havia se comportado de maneira um tanto desobediente, ou melhor, obstinada com o tio. E ainda que hoje tivesse de passar a noite ali — infelizmente era o que parecia mais provável, embora o deixassem estar junto à janela, entretendo-se por conta própria —, quem sabe aquela infeliz visita constituísse a virada para melhor no relacionamento com o tio, talvez o tio estivesse tendo esta noite pensamentos análogos lá no seu quarto.

Mais confortado, voltou-se. Diante dele estava Klara, que disse:

— Não está gostando de ficar aqui conosco? Não quer sentir-se um pouco como se estivesse em casa? Venha, quero fazer uma última tentativa.

Atravessou com ele a sala até a porta. Junto a uma mesa lateral estavam sentados os dois senhores, diante de uns copos altos com drinques levemente espumantes que eram desconhecidos de Karl e que ele teria tido vontade de experimentar. O senhor Green apoiava um cotovelo sobre a mesa e tinha aproximado o rosto ao máximo do senhor Pollunder; não conhecendo o senhor Pollunder, poder-se-ia muito bem supor que ali estivessem tratando de crimes e não de negócios. Enquanto o senhor Pollunder seguia Karl com um olhar amável até a porta, Green não fez o mínimo gesto no sentido de dirigir o olhar para o rapaz (embora involuntariamente qualquer pessoa costume acompanhar o olhar de seu interlocutor), a quem esse comportamento parecia expressar uma espécie de convicção de Green de que cada um deles, Karl e Green, devia procurar por si mesmo lidar com suas próprias capacidades, com a situação presente, e de que a necessária ligação social entre eles iria se produzir com o tempo, com a vitória ou com a destruição de um dos dois.

"Se ele pensa assim", disse Karl consigo mesmo, "é um bobo. Dele eu realmente não vou querer nada; que me deixe em paz."

Mal tinha posto os pés no corredor quando lhe ocorreu que provavelmente tinha-se comportado de maneira descortês, pois, mantendo os olhos pregados em Green, havia deixado que Klara quase o arrastasse para fora da sala. Tanto maior foi seu prazer em acompanhá-la. No caminho pelos corredores, inicialmente não acreditou no que seus olhos viam: a cada vinte passos estava de pé um criado, vestido em rica libré, com um candelabro, cujo largo suporte cingia com ambas as mãos.

— A nova instalação elétrica só chegou até agora à sala de jantar —
explicou Klara. — Compramos esta casa faz pouco e a reformamos totalmente, se é que de modo geral é possível reformar uma casa velha com
todos os caprichos de sua arquitetura.

— Então, na América também existem casas velhas — disse Karl.

— Claro — disse Klara rindo e continuando a puxá-lo. — Faz uma
ideia estranha da América.

— Não ria de mim — disse ele irritado. Afinal de contas ele já conhecia a Europa e a América, e ela só conhecia a América.

Ao passar, Klara abriu uma porta, empurrando-a com a mão ligeiramente estendida, e disse sem se deter:

— Vai dormir aqui.

Karl naturalmente queria ver o quarto de imediato, mas Klara explicou com impaciência, quase aos gritos, que ele teria tempo para isso,
que ele devia vir antes junto com ela. Andaram um pouco de um lado para
o outro do corredor; por fim, Karl pensou que não precisava fazer tudo
o que Klara mandava, soltou-se dela e entrou no quarto. A surpreendente escuridão diante da janela explicava-se pela copa de uma árvore que
balançava àquela altura em toda a amplitude de seus galhos. Ouvia-se o
canto de pássaros. No quarto mesmo, em cujo interior ainda não pene-
trara o clarão da lua, não se podia distinguir realmente quase nada. Karl
lamentou não ter trazido a lanterna elétrica que tinha recebido de presente
do tio. Pois nessa casa uma lanterna era algo indispensável: dispondo-se
de algumas dessas lanternas, seria possível mandar os criados dormir.
Sentou-se no parapeito da janela, olhou para fora e escutou com atenção
os ruídos. Um pássaro assustado parecia abrir caminho por entre a folhagem da velha árvore. O apito de um trem de subúrbio nova-iorquino
soou em algum lugar do campo. O resto era silêncio.

Mas não por muito tempo, pois Klara entrou às pressas. Visivelmente
zangada, gritou:

— Que história é essa? — e bateu com as mãos espalmadas na saia.

Karl pretendia só responder quando ela se mostrasse mais gentil. Mas
ela dirigiu-se a ele dando largas passadas e gritando:

— Então, quer vir comigo ou não quer? — e, ou de modo proposi-
tal, ou pela excitação do momento, ela lhe deu um empurrão tão forte
no peito que ele teria despencado da janela, se no último momento não
tivesse ainda alcançado o piso do quarto com os pés, ao deslizar para baixo
do parapeito.

— Quase caio lá embaixo — disse ele em tom de reprovação.

— Pena que não caiu. Por que é tão malcomportado? Vou empurrar de novo.

E realmente ela agarrou Karl e, com seu corpo enrijecido pelo esporte, carregou-o (inicialmente atônito, ele se esquecera de lhe opor resistência) quase até a janela. Mas lá chegando ele se recompôs e libertou-se com uma torção dos quadris, passando então a agarrá-la.

— Ai, está me machucando — disse ela em seguida.

Mas então Karl julgou não ser mais o caso de largá-la. Embora lhe deixasse liberdade para dar quantos passos quisesse, ele a seguia e não a largava. Também, era tão fácil agarrá-la naquela sua roupa justa!

— Largue-me — sussurrou ela, com o rosto inflamado bem próximo do dele; ele precisava esforçar-se para enxergá-la, de tão perto que ela estava.

— Largue-me, vou-lhe dar uma bela surpresa.

"Por que ela geme tanto?", pensou Karl. "Não pode estar doendo, eu não estou apertando", e continuou sem largá-la. Mas de repente, depois de um silencioso momento de desatenção, ele sentiu crescerem as forças da moça contra seu corpo e ela lhe escapou, imobilizou-o com um golpe de braço muito bem executado, bloqueou-lhe as pernas com um movimento de pés de uma exótica técnica de luta e, inspirando e expirando com fantástica regularidade, empurrou-o para diante de si, contra a parede. E ali estava um canapé, sobre o qual ela o estendeu, dizendo, sem se inclinar demais sobre ele:

— Agora mexa-se, se puder!

— Gata, gata raivosa! — foram as únicas palavras que Karl conseguiu exclamar com aquela sensação confusa de raiva e vergonha que sentia. — Você está é louca, sua gata raivosa!

— Cuidado com as palavras — disse ela e, deslizando uma das mãos sobre o pescoço dele, começou a estrangulá-lo com tanta força que Karl viu-se totalmente incapaz de fazer outra coisa senão tentar respirar enquanto ela passava a outra mão por uma de suas faces e a tocava como se estivesse testando algo: suspendia a mão repetidas vezes, elevando-a cada vez mais alto, como se a qualquer momento estivesse para lhe aplicar uma bofetada.

— E se — perguntava ela enquanto isso —, e se, para castigá-lo por mau comportamento para com uma dama, eu quisesse mandá-lo para casa com uma sonora bofetada? Talvez fosse útil para sua vida futura, ainda que não constituísse motivo de boas recordações. Mas me dá pena, é um rapaz até bem bonito que se tivesse aprendido jiu-jítsu provavelmente teria me dado uma surra. Porém, porém... estou enormemente tentada a lhe dar uma bofetada, vendo-o aí assim deitado. Provavelmente vou me arrepender; mas se eu der, saiba desde já que é quase contra a minha vontade que a darei. E depois, é claro que não vou me contentar com uma só bofetada, mas vou esbofeteá-lo de todos os lados até suas bochechas incharem. Mas quem sabe é um homem com brios — quero quase crer — e, não desejando continuar a viver depois das bofetadas, porá fim à sua existência neste mundo? Mas e por que é que se voltou tanto contra mim? Talvez eu não seja o seu tipo? Não vale a pena vir até o meu quarto? Cuidado! Quase que já ia lhe sapecando a tal bofetada sem querer. Então se hoje ainda escapar sem ela, da próxima vez trate de se comportar melhor. Não sou o seu tio, com quem você pode bancar o teimoso. De resto quero ainda avisá-lo: ainda que eu o libere sem bofetadas, não creia que, do ponto de vista da honra, sua situação atual e efetivamente levar umas bofetadas sejam a mesma coisa; se deseja acreditar nisso, então eu preferiria realmente lhe dar umas bofetadas. O que dirá Mack quando eu contar tudo a ele?

Ao lembrar de Mack, ela largou Karl, em cujos pensamentos difusos Mack surgiu como se fosse um libertador. Sentiu por mais alguns instantes a mão de Klara no seu pescoço, continuou a se contorcer um pouco e depois permaneceu deitado e quieto.

Ela pediu que levantasse; mas ele não respondeu, nem se moveu. Ela acendeu uma vela em algum lugar, o quarto se iluminou e no forro apareceu um desenho azul em zigue-zague; mas Karl permanecia na mesma posição em que Klara o havia colocado, com a cabeça apoiada sobre o estofado do sofá, sem movê-la um dedo sequer. Klara deu umas voltas pelo quarto, a saia farfalhando por entre as pernas, e se deteve por um bom tempo, provavelmente à janela.

— Passou a raiva? — ouviu-se a sua voz perguntar.

Para Karl era penoso não poder ficar em paz naquele quarto que o senhor Pollunder havia lhe destinado para passar a noite. Aquela moça que perambulava por ali, parava, falava, e ele estava tão indizivelmente farto dela! Dormir logo e sair dali eram seus únicos desejos. Ele nem queria mais ir para a cama; só queria permanecer deitado ali no canapé. Ficou apenas à espreita de que ela se fosse para saltar à porta, trancá-la e voltar a jogar-se novamente sobre o canapé. Sentia uma tal necessidade de espreguiçar-se e bocejar, mas diante de Klara não queria fazê-lo. E deitado assim, olhos fixos no alto, sentia seu rosto ir ficando cada vez mais imóvel e uma mosca que girava a seu redor tremia diante de seus olhos sem que ele soubesse ao certo o que era.

Klara aproximou-se novamente dele, inclinou-se na direção de seus olhos e se ele não tivesse se controlado, teria sido obrigado a olhar para ela.

— Agora vou embora — disse ela —, talvez mais tarde fique com vontade de ir me ver. A porta que leva aos meus aposentos é a quarta a partir daqui e fica do lado de cá do corredor. Vai passar então por três portas e a que vem em seguida é a certa. Não descerei mais para a sala, já vou ficar no meu quarto. Mas você me deixou mesmo muito cansada. Não estarei exatamente esperando por você, mas se quiser vir, venha. Lembre-se de que prometeu tocar piano para mim. Mas talvez eu o tenha deixado com os nervos em frangalhos e não possa mais se mover; se for assim, fique aqui e durma à vontade. A meu pai por enquanto não vou dizer nada a respeito da nossa briga; faço essa observação caso isso seja uma preocupação sua.

Dito isso, apesar de seu alegado cansaço, saiu do quarto com dois saltos.

Karl ergueu-se e sentou-se imediatamente: ficar ali deitado já tinha se tornado insuportável. Para se movimentar um pouco, dirigiu-se até a porta e olhou para o corredor. Que escuridão! Depois de ter trancado a porta a chave, ficou bastante contente por encontrar-se novamente diante de sua mesa, à luz da vela. Decidiu não ficar mais tempo naquela casa, desceria para ver o senhor Pollunder e dizer-lhe francamente como Klara o havia tratado — pouco lhe importava admitir a própria derrota — e, com essa justificativa mais do que satisfatória, iria solicitar sua permissão para voltar para casa de carro ou a pé. Caso o senhor Pollunder tivesse alguma objeção a esse retorno imediato, Karl pediria então para ser pelo menos conduzido por um criado até o hotel mais próximo. Em geral não se procedia assim como Karl estava planejando com anfitriões amáveis, mas ainda mais insólita tinha sido a maneira com que Klara tratara seu hóspede. Ela até considerara uma amabilidade a promessa de não contar por ora nada ao senhor Pollunder sobre a briga, mas — céus! — isso era de um descaramento inacreditável! Acaso ele viera ali como convidado para uma luta livre para depois passar o vexame de ser nocauteado por uma jovem que provavelmente tinha passado a maior parte da vida aprendendo truques e manhas de lutadores? Vai ver no final das contas ela até tivera aulas com Mack. Ela que contasse tudo a ele; seguramente seria compreensivo, Karl sabia disso, embora jamais tivesse tido oportunidade de verificá-lo em alguma situação específica. Karl sabia também que, se Mack lhe desse aulas, ele faria progressos muito maiores do que os de Klara; e então algum ele dia retornaria lá, muito provavelmente sem ser convidado, naturalmente examinaria em primeiro lugar o terreno, pois seu conhecimento preciso constituíra uma grande vantagem para Klara, agarraria essa mesma Klara e utilizaria seu corpo para bater a poeira daquele mesmo canapé sobre o qual ela o havia arremessado.

Agora tratava-se apenas de encontrar de novo o caminho até a sala, onde, num primeiro momento de distração, ele provavelmente tinha colocado também o seu chapéu nalgum lugar impróprio. É claro que ele queria levar consigo a vela, mas mesmo com luz não era fácil orientar-se. Ele nem sabia, p. ex., se esse quarto localizava-se no mesmo andar da sala. Na vinda, Klara o tinha arrastado sempre de tal forma que ele nem pudera olhar em torno. E o senhor Green e os criados segurando candelabros ocuparam seus pensamentos; em suma, agora ele de fato nem sabia se tinham passado por uma ou duas escadarias, ou por nenhuma. A julgar pela vista, o quarto devia estar num andar bastante alto, e por esta razão ele procurava convencer-se de que tinham chegado subindo escadas: se só para entrar na casa era preciso subir escadas, então por que não estaria também essa parte da casa localizada no alto? Se ao menos de alguma porta saísse algum reflexo de luz nalgum lugar do corredor ou se se pudesse ouvir alguma voz ao longe, ainda que baixinho!

O relógio de bolso — um presente do tio — indicava onze horas; pegou a vela e saiu para o corredor. Deixou a porta aberta para ao menos reencontrar seu quarto, caso sua busca viesse a se revelar infrutífera, e depois a porta do quarto de Klara, mas só em caso de extrema necessidade. Por segurança colocou uma cadeira para que a porta não batesse. No corredor surgiu o inconveniente de que na direção de Karl — naturalmente ele caminhou para a esquerda, afastando-se da porta de Klara — soprava uma corrente de ar que, embora muito fraca, poderia facilmente apagar a vela, de modo que Karl precisava proteger a chama com a mão e, além do mais, tinha de parar com frequência para que a chama diminuída se reavivasse. Era um lento avançar e com isso o caminho parecia duplamente longo. Karl já havia passado por longas extensões de paredes totalmente desprovidas de portas, não se podia imaginar o que havia por trás delas. A seguir reapareciam portas umas depois das outras;

ele tentou abrir várias delas, mas estavam trancadas e evidentemente suas peças encontravam-se desabitadas. Era um desperdício de espaço sem par, e Karl pensou nos bairros orientais de Nova York que o tio lhe havia prometido mostrar, onde supostamente viviam várias famílias num pequeno quarto e onde o lar de cada família era um dos cantos do quarto, onde bandos de filhos se aglomeravam ao redor de seus pais. E aqui havia tantos quartos vazios que só serviam para soarem ocos quando se batesse à sua porta. Parecia a Karl que o senhor Pollunder fora desencaminhado por falsos amigos e, sendo louco pela filha, estivesse arruinado. O tio tinha feito seguramente uma avaliação correta a respeito de Pollunder e o único culpado por aquela visita, por aquelas andanças pelos corredores, tinha sido aquele seu princípio de não influenciar a opinião de Karl sobre as pessoas que ele encontrasse. No dia seguinte Karl pretendia dizer aquilo ao tio sem maiores delongas, pois segundo seus próprios princípios, o tio também escutaria tranquilamente e de bom grado a avaliação que o sobrinho fazia sobre ele. De mais a mais esses princípios eram talvez o único aspecto que Karl não apreciava no tio, mas mesmo esse desagrado não era absoluto.

De um dos lados do corredor a parede sumiu de repente e, em seu lugar, seguiu-se uma gélida balaustrada de mármore. Karl depositou a vela a seu lado e inclinou-se com cuidado sobre ela. Lufadas de escuridão vazia vinham ao seu encontro. Se este era o salão principal da casa — no reflexo da luz da vela apareceu parte de um teto que se estendia em forma de abóbada —, por que não tinham entrado por aquela sala? Para que servia aquela peça enorme e tão profunda? Ali em cima era como se se estivesse na galeria de uma igreja. Karl quase lamentava não poder permanecer naquela casa até o dia seguinte, teria apreciado deixar-se guiar por toda parte pelo senhor Pollunder, que o informaria sobre tudo.

A balaustrada, aliás, não era muito longa, e logo Karl foi novamente engolido pelo corredor fechado. Devido a uma súbita curva do corredor, bateu violentamente o corpo contra a parede e foi somente graças a seu cuidado permanente em segurar a vela com toda a força que felizmente ela não caiu nem apagou. Como o corredor parecia não terminar nunca, não havendo qualquer janela que oferecesse vista para o exterior, nem qualquer movimento, nem na parte de cima, nem na de baixo, Karl chegou a pensar que estivesse andando em círculos, dando repetidas voltas, e esperava reencontrar talvez a porta aberta de seu quarto; mas nem ela, nem a balaustrada voltaram a aparecer no seu caminho. Até então Karl tinha evitado gritar para chamar alguém, pois não queria fazer barulho em casa alheia a uma hora tão avançada da noite. Mas agora ele se dava conta[3] de que não seria inteiramente injustificado fazê-lo naquela casa sem iluminação, e estava a ponto de gritar para os dois lados do corredor um sonoro "olá!", quando avistou, ao olhar para a direção de onde viera, uma luzinha que se aproximava. Só então conseguiu avaliar a extensão daquele corredor retilíneo — aquela casa era uma fortaleza e não uma casa de campo. A sua alegria ao ver aquela luz salvadora foi tal, que correu até ela, esquecendo toda cautela anterior: ao dar os primeiros passos a vela apagou-se. Não se importou com isso, pois não necessitava mais dela: em seu encontro vinha um velho criado que iria lhe mostrar o caminho certo.

— Quem é? — perguntou o criado, aproximando a lanterna do rosto de Karl e com isso iluminando o próprio rosto, que apareceu um tanto rígido em meio a uma barba cerrada, grande e alva, que descia em cachos sedosos até o peito.

"Deve ser um criado fiel, a quem se permite usar uma barba dessas", pensou Karl olhando fixamente para a barba, em sua largura e comprimento, sem sentir-se perturbado pelo fato de estar ele mesmo sendo observado. De resto, respondeu em seguida, dizendo que era hóspede do senhor Pollunder, e que desejava ir de seu quarto até a sala de jantar, mas não estava conseguindo encontrá-la.

— Ah, bom! — disse o criado. — Ainda não instalamos a luz elétrica.

— Sei — disse Karl.

— Não deseja acender sua vela no meu candeeiro? — perguntou o criado.

— Por favor — disse Karl, acendendo a vela.

— Há muita correnteza aqui nos corredores — disse o criado —, a vela se apaga facilmente, por isso tenho uma lanterna.

— É, a lanterna é bem mais prática — replicou Karl.

— E o senhor está todo respingado de vela — disse o criado, percorrendo com a luz da vela a roupa de Karl.

— Eu nem tinha reparado nisso! — exclamou Karl, lamentando muito, pois era um traje escuro que, segundo o tio, assentava-lhe melhor que todos os outros. Aquela briga com Klara — agora lhe ocorria — tampouco devia ter feito muito bem ao traje.

---

[3] K: [...] de que não havia nenhum outro remédio senão passar a noite no corredor, [...].

O criado era solícito o suficiente para limpar o traje às pressas da melhor forma que podia. Karl girava diante dele, mostrando aqui e ali mais uma mancha que o criado tirava obedientemente.

— Por que é mesmo que há tanta corrente de ar por aqui? — perguntou Karl quando continuaram a caminhar.

— Porque ainda falta construir muita coisa — respondeu o criado. — Embora já tenham iniciado a reforma, tudo vai muito devagar. E agora, além do mais, os operários da construção civil estão em greve, como talvez esteja sabendo. Uma obra dessas traz muitos inconvenientes. Agora fizeram algumas aberturas que ninguém fechou e a corrente de ar atravessa a casa inteira. Se não tivesse os ouvidos tapados com algodão, eu não resistiria.

— Então tenho de falar mais alto? — perguntou Karl.

— Não, porque tem uma voz muito clara — disse o criado —, mas para voltar à obra: especialmente aqui perto da capela, que depois deverá necessariamente ser separada do resto da casa, a corrente de ar é insuportável.

— Então o parapeito pelo qual se passa no corredor vai dar numa capela.

— Sim.

— Foi bem o que pensei — disse Karl.

— É uma construção muito vistosa — disse o criado —, se não fosse, certamente o senhor Mack não a teria comprado.

— O senhor Mack? — perguntou Karl. — Pensei que a casa pertencesse ao senhor Pollunder!

— Sem dúvida — disse o criado —, mas foi o senhor Mack que deu a palavra final nessa compra. Conhece o senhor Mack, não?

— Ah, sim! — disse Karl. — Mas qual a ligação dele com o senhor Pollunder?

— Ele é o noivo da senhorita — disse o criado.

— Mas disso eu não sabia — disse Karl, detendo-se.

— Por que está tão admirado? — perguntou o criado.

— Só quero ter as ideias claras. Quando não se sabe dessas relações, é que se podem cometer os maiores equívocos — respondeu Karl.

— Só me admira que não lhe tenham dito nada a respeito — disse o criado.

— É mesmo — disse Karl envergonhado.

— Provavelmente achavam que soubesse — disse o criado —, não é nenhuma novidade. Aliás, chegamos — e abriu uma porta por trás da qual apareceu uma escada que conduzia diretamente à porta dos fundos da sala de jantar, que se encontrava, como quando de sua chegada, muito bem iluminada.

Antes de Karl entrar na sala, de onde se ouviam as vozes do senhor Pollunder e do senhor Green inalteradas, como há bem cerca de duas horas, o criado disse:

— Se quiser, eu o espero aqui e o levo depois para o quarto. De qualquer forma não é nada fácil orientar-se aqui logo na primeira noite.

— Não vou mais retornar ao meu quarto — disse Karl, sem saber por que ficara triste ao dar essa informação.

— Não há de ser tão terrível — disse o criado, sorrindo com um certo ar de superioridade e dando umas palmadinhas no seu braço. Provavelmente havia interpretado as palavras de Karl como se ele pretendesse passar a noite inteira na sala de jantar, conversando e bebericando com os dois senhores. Karl não desejava fazer confidências naquele momento; além disso, pensando que aquele criado, de quem gostara mais do que dos demais criados da casa, poderia mostrar-lhe a direção de Nova York, disse:

— Se quiser esperar aqui, é muito amável de sua parte, aceitarei de bom grado. De todo modo vou retornar em alguns instantes e venho lhe dizer o que pretendo fazer a seguir. Penso mesmo que ainda vou precisar de sua ajuda.

— Bem — disse o criado, depositou a lanterna no chão e sentou-se sobre um pedestal baixo (o fato de ele estar vazio provavelmente estava ligado à reforma da casa) —, vou esperar aqui. Pode deixar também a vela comigo — disse o criado ainda no momento preciso em que Karl pretendia entrar no recinto com a vela acesa.

— Que distraído! — disse Karl, entregando a vela ao criado, o qual apenas assentiu com a cabeça, sem que se conseguisse entender se o fazia intencionalmente ou se a cabeça se movia somente porque ele estava alisando a barba com a mão.

Karl abriu a porta, que tiniu alto, não por culpa sua, mas porque era feita de uma só placa de vidro que quase se curvava ao abrirem a porta rapidamente segurando só na maçaneta. Karl soltou a porta assustado, pois queria justamente entrar de modo sobremaneira silencioso. Sem se virar para trás de novo reparou ainda como, às suas costas, o criado, que evidentemente havia descido do pedestal, fechava a porta com cuidado e sem fazer o menor ruído.

— Perdoem se incomodo — disse ele a ambos os senhores, que olharam para ele com seus grandes rostos admirados. E ao mesmo tempo percorreu a sala com o olhar para ver se conseguia encontrar o seu chapéu em algum lugar. Mas não se via o chapéu em parte alguma; a mesa do jantar havia sido completamente tirada, quem sabe o chapéu tinha sido levado — coisa bastante desagradável — para a cozinha.

— Onde é que deixou Klara? — perguntou o senhor Pollunder, a quem aliás não parecia desagradar a interrupção, pois imediatamente mudou de posição na sua poltrona, voltando-se de corpo inteiro para Karl.

O senhor Green se fez de desentendido, tirou uma carteira que, em termos de tamanho e grossura, era uma verdadeira monstruosidade do gênero: ele parecia estar procurando algo de muito preciso nas diferentes repartições; porém, enquanto procurava ia lendo também outros papéis que lhe caíam nas mãos.

— Gostaria de fazer um pedido, que o senhor não deve interpretar errado — disse Karl e dirigiu-se ligeiro para perto do senhor Pollunder, colocando, para estar bem próximo dele, a mão sobre o braço de sua poltrona.

— E que espécie de pedido seria esse? — perguntou o senhor Pollunder, dirigindo a Karl um olhar franco, sem reservas. — É óbvio que será atendido — e, passando o braço em torno a Karl, atraiu-o para si, colocando-o entre suas pernas.

De bom grado Karl tolerou aquele gesto, embora em geral se considerasse demasiado adulto para receber tal tratamento. E embora dessa forma naturalmente ficasse mais difícil para ele expressar o seu pedido.

— Então, está gostando da nossa casa? — perguntou o senhor Pollunder. — Não acha também que a pessoa se sente por assim dizer libertada ao sair da cidade? Em geral — e lançou um olhar de relance, parcialmente encoberto pelo corpo de Karl e impossível de ser mal-interpretado, na direção do senhor Green —, em geral sempre volto a ter essa sensação, todas as noites.

"Ele fala", pensou Karl, "como se não conhecesse essa enorme casa, os corredores infindáveis, a capela, os quartos vazios, a escuridão por toda a parte."

— E agora — disse o senhor Pollunder, sacudindo amistosamente o corpo de Karl, que permanecia mudo —, vamos ao pedido!

— Peço-lhe — disse Karl, e por mais que abafasse a voz, não era possível evitar que, estando sentado bem a seu lado, Green (de quem Karl desejaria tanto ocultar o pedido, passível de ser entendido como uma ofensa a Pollunder) a tudo escutasse —, peço-lhe que me deixe voltar agora mesmo, à noite, para casa.

E como o pior já estava dito, todo o resto saiu aos borbotões tanto mais rapidamente. Sem recorrer à menor mentira, disse coisas que na verdade nem havia pensado antes.

— O que mais quero é voltar para casa. Gostaria muito de retornar aqui, pois onde estiver o senhor, senhor Pollunder, lá eu também estarei de bom grado. Só hoje não posso permanecer aqui. O senhor sabe, meu tio relutou em conceder-me a permissão para esta visita. Decerto teve os seus bons motivos, como os tem para tudo o que faz, e eu tomei a liberdade de literalmente arrancar dele essa permissão, contrariando aquilo que ele considerava melhor fazer. Simplesmente abusei de seu afeto para comigo. Não vem ao caso agora que objeções tinha ele a esta visita, tudo o que sei com certeza é que não há nada nessas objeções que pudesse magoar a sua pessoa, senhor Pollunder, o senhor que é o melhor amigo de meu tio, o melhor dentre todos os seus amigos. Nenhum outro pode se equiparar ao senhor, nem remotamente, em termos da relação de amizade com meu tio. Essa é também a única desculpa para minha desobediência, mas não é desculpa suficiente. Talvez não saiba exatamente que relação há entre mim e meu tio, por isso quero lhe falar somente dos aspectos mais evidentes. Enquanto eu não tiver concluído meus estudos de inglês, nem tiver suficientes conhecimentos da prática comercial, estarei inteiramente dependente da generosidade de meu tio, generosidade da qual todavia posso, em minha condição de parente consanguíneo, tirar proveito. Não pense que hoje eu já teria possibilidade de ganhar o meu pão de maneira honesta — e Deus me livre e guarde de ganhá-lo de qualquer outra maneira. Para isso infelizmente minha educação foi muito pouco prática: durante quatro anos fui aluno mediano de um colégio europeu, e em termos de ganhar dinheiro isso significa muito menos do que nada, pois nossas escolas secundárias possuem programas muito atrasados. Iria rir de mim se lhe contasse o que aprendi. Quando se continua estudando, quando se termina o colegial e entra-se na universidade, é provável que de alguma forma tudo acabe equivalendo, e no fim tenha-se uma formação bem organizada, que sirva para alguma coisa e dote a pessoa da necessária determinação para ganhar dinheiro. Infelizmente fui arrancado desse contexto de estudos. Às vezes acho que não sei nada e afinal, também, tudo o que eu pudesse chegar a saber ainda seria pouco para a América. Agora, mais recentemente, criou-se no meu país uma ou outra escola atualizada, onde se estudam línguas modernas e talvez também matérias comerciais. Quando saí da escola primária isso ainda não existia. Meu pai queria que eu tivesse aulas de inglês, mas, em primeiro lugar, eu não sabia da desgraça que se abateria sobre mim, nem o quanto eu viria a precisar do inglês, e em segundo lugar eu tinha de estudar muito para a escola, logo não me sobrava muito tempo para outras atividades. Menciono tudo isso para lhe mostrar o quanto sou dependente de meu tio e o reconhecimento que em função disso também devo a ele. Seguramente o senhor deverá admitir que em tais circunstâncias não poderei me permitir tomar a menor iniciativa que seja contrária à sua vontade, nem que seja uma vontade pressentida. E por isso, para remediar nem que seja só em parte a falta que cometi para com ele, sou obrigado a ir para casa imediatamente.

O senhor Pollunder tinha escutado com atenção todo esse longo discurso e, várias vezes, especialmente quando era mencionado o tio, estreitava Karl contra si ainda que de modo imperceptível, lançando algum olhar sério e como que cheio de expectativa na direção de Green, o qual continuava ocupado com a sua carteira. Mas à medida que sua posição diante do tio ia aflorando à sua consciência ao falar, Karl foi ficando cada vez mais inquieto, procurando involuntariamente desvencilhar-se do braço de Pollunder; tudo o aprisionava naquele lugar; o caminho que passava pelas portas envidraçadas, pelas escadas, pela alameda, pelas estradas vicinais e pelos subúrbios levando à grande avenida movimentada que desembocava na casa do tio parecia-lhe algo rigorosamente interligado, que estava ali, vazio, liso, preparado especialmente para ele, a clamar por ele com voz potente. A bondade do senhor Pollunder e o caráter asqueroso do senhor Green confundiam-se e daquele quarto cheio de fumaça ele não desejava para si senão a permissão para despedir-se. Embora se sentisse distanciado do senhor Pollunder e disposto a lutar contra o senhor Green, o espaço a seu redor foi sendo preenchido por um vago temor, cujos momentos de impacto turvavam-lhe os olhos.

Deu um passo atrás e assim ficou a igual distância do senhor Pollunder e do senhor Green.

— Não desejava dizer algo a ele? — perguntou o senhor Pollunder ao senhor Green, tomando sua mão como se estivesse lhe fazendo um pedido.

— Eu não saberia o que lhe dizer — respondeu o senhor Green, que finalmente tirara de sua carteira uma carta que colocou diante de si sobre a mesa.

— É altamente louvável que ele queira retornar à casa do tio e, dentro do humanamente previsível, é de se pensar que isso daria ao tio uma grande alegria. A não ser que já o tenha deixado zangado demais com a sua desobediência, o que também é possível. Nesse caso seria então melhor que ele permanecesse aqui. Bem, não é fácil dizer algo de preciso, ambos somos amigos do tio e seria um grande esforço para nós identificar diferenças de grau entre a amizade por ele dedicada ao senhor Pollunder e a mim; não podemos, todavia, enxergar o que se passa no íntimo do tio, muito menos através dos muitos quilômetros de distância que nos separam agora de Nova York.

— Por favor, senhor Green — disse Karl, aproximando-se dele e dominando com isso seus próprios impulsos —, se bem entendo suas palavras, o senhor também acha que o melhor seria eu retornar imediatamente.

— Não foi o que eu disse, absolutamente — replicou o senhor Green, mergulhando na contemplação da carta, cujas bordas percorria de um lado para outro com dois dedos. Parecia querer insinuar com isso que quem havia feito a pergunta fora o senhor Pollunder, e a ele é que devia resposta, ao passo que na verdade ele nada teria a ver com Karl.

Enquanto isso o senhor Pollunder tinha-se aproximado de Karl, e, afastando-o com delicadeza do senhor Green, levava-o até um dos janelões.

— Caro senhor Rossmann — disse ele, inclinando-se para o ouvido de Karl e, como para preparar sua fala, passou o lenço sobre o rosto e, detendo-se na altura do nariz, assoou-o —, certamente não estará pensando que eu quero retê-lo aqui contra a sua vontade. Não se trata disso. Mas não posso pôr à sua disposição o automóvel, porque ele está longe, numa garagem pública, pois ainda não tive tempo de construir a minha própria garagem aqui, onde tudo está ainda em construção. O motorista, por sua vez, não dorme aqui em casa, e sim perto da garagem, eu mesmo realmente nem sei onde. Além disso ele não tem obrigação de estar agora em casa; seu dever é somente apresentar-se com o carro aqui na hora certa, cedo pela manhã. Mas tudo isso não constituiria um verdadeiro impedimento a seu retorno imediato, pois se faz questão eu o acompanho agora mesmo até a próxima estação do trem urbano, que no entanto fica tão longe daqui que não chegaria em casa muito antes do que se viesse — já que nós partimos às sete da manhã — comigo no meu automóvel.

— Nesse caso, eu preferiria, senhor Pollunder, ir de trem — disse Karl. — Eu nem tinha pensado no trem urbano. O senhor mesmo diz que eu chegaria mais cedo indo com ele do que partindo de manhã cedo de automóvel.

— Mas é uma diferença ínfima.

— Mesmo assim, mesmo assim, senhor Pollunder — disse Karl —, ao lembrar-me de sua gentileza, terei sempre o maior prazer em retornar aqui, desde que o senhor ainda pretenda me convidar depois de minha conduta de hoje, é claro. E talvez, da próxima vez, eu consiga expressar melhor por que para mim, hoje, é tão importante cada minuto em que eu possa adiantar o encontro com meu tio.

E como se já tivesse obtido a permissão para ir embora, acrescentou:

— Mas não deve me acompanhar, de forma alguma. É totalmente desnecessário. Lá fora está um criado que irá me acompanhar com prazer até a estação. Agora ainda tenho de procurar meu chapéu.

E com essas últimas palavras, atravessou o recinto correndo para fazer a última tentativa de encontrar às pressas o seu chapéu.

— Ajudaria uma boina? — disse o senhor Green, tirando uma de dentro do bolso. — Talvez esta lhe sirva por acaso.

Karl deteve-se espantado e disse:

— Não vou deixá-lo sem sua boina. Posso ir muito bem com a cabeça descoberta. Não preciso de nada.

— Não é minha. Pode levar!

— Então eu lhe agradeço — disse Karl para não perder mais tempo e pegou a boina.

Vestiu-a e inicialmente começou a rir, pois ela servia perfeitamente; tomou-a então de novo nas mãos e a contemplou: procurava nela algo de especial, mas não conseguiu encontrar — era nova em folha.

— Serve tão bem! — disse.

— Então ela serve! — exclamou o senhor Green, batendo com a mão sobre a mesa.

Karl já estava se encaminhando em direção à porta para buscar o criado, quando o senhor Green levantou-se e, espreguiçando-se depois da abundante ceia e do longo descanso, deu umas batidas no peito e, num tom que estava entre um conselho e uma ordem, disse:

— Antes de ir embora, tem de se despedir da senhorita Klara.

— Isso mesmo — disse igualmente o senhor Pollunder, que também tinha se levantado. Mas o tom de sua fala indicava que as palavras não vinham do fundo do coração, deixava cair as mãos, débeis, contra a costura das calças, abotoava e desabotoava o casaco que, segundo a moda do momento, era muito curto e chegava-lhe somente até os quadris, o que ficava muito mal em pessoas gordas como o senhor Pollunder. Além do mais, tinha-se a clara impressão, ao vê-lo lado a lado com o senhor Green, de não se tratar de uma corpulência saudável: no seu conjunto maciço suas costas estavam algo encurvadas, sua barriga tinha um aspecto mole e flácido, como se fosse um verdadeiro peso, e seu rosto parecia pálido e aflito. A seu lado, ao contrário, estava o senhor Green, que era talvez ainda mais gordo do que o senhor Pollunder, mas de uma obesidade compacta, bem-proporcionada, com os pés unidos como um soldado, balançando a cabeça erguida — parecia um grande ginasta, um instrutor de ginástica.

— Vá então primeiro ver — prosseguiu o senhor Green — a senhorita Klara. Seguramente com isso você ficará contente, além de se encaixar muito bem no meu horário. Pois, de fato, tenho algo de interessante a dizer-lhe, antes que vá embora, algo que provavelmente poderá ser decisivo também para o seu retorno. Só que, infelizmente, tenho ordens superiores de não lhe revelar nada antes da meia-noite. Pode imaginar como eu mesmo lamento, pois é um transtorno do meu repouso noturno, mas cumprirei com minha incumbência. Agora são onze e quinze, posso ainda terminar de discutir meus negócios com o senhor Pollunder, coisa que sua presença só perturbaria, e você poderá passar alguns bons momentos com a senhorita Klara. Mais tarde, às doze em ponto, apresente-se aqui e saberá o que é preciso.

Poderia Karl recusar-se a atender a um pedido desses, que realmente exigia apenas um mínimo de cortesia e gratidão para com o senhor Pollunder e que, de mais a mais, era feito por um homem rude, que em geral tinha uma atitude indiferente, ao passo que o senhor Pollunder, a quem a questão concernia de perto, se mostrava o mais reservado possível em palavras e em olhares? E o que seria aquele algo de interessante que ele só poderia ficar sabendo à meia-noite? Se não fosse para acelerar sua volta em quarenta e cinco minutos, os mesmos quarenta e cinco minutos que agora retardavam sua partida, pouco lhe interessava aquilo. Mas a grande dúvida era se poderia ir ter com Klara, que agora era sua inimiga. Se ao menos ele tivesse consigo a barra de ferro que o tio lhe tinha dado de presente para servir de peso para papéis! O quarto de Klara podia ser uma toca bem perigosa. Entretanto, ali era totalmente impossível alegar a mínima coisa contra ela, já que era filha de Pollunder e além do mais, como ele acabara de ficar sabendo, a noiva de Mack. Tivesse ela se comportado de modo minimamente diferente para com ele e ele a teria sinceramente admirado por esses seus relacionamentos. Ainda estava refletindo sobre tudo aquilo, quando percebeu que agora o que se exigia dele não eram reflexões, pois Green abriu a porta e disse ao criado, que deu um salto do pedestal:

— Leve este jovem ao quarto da senhorita Klara.

"Assim é que se dão ordens", pensava Karl, enquanto o criado o arrastava, quase correndo, arfante em sua fraqueza senil, até o quarto de Klara por um caminho particularmente curto. Ao passar por seu próprio quarto, cuja porta ainda estava aberta, quis entrar por um instante, talvez para se acalmar. Mas o criado não permitiu.

— Não — disse ele —, tem de ir ao quarto da senhorita Klara. O senhor mesmo ouviu.

— Eu ia ficar só um instante lá dentro — disse Karl, pensando em deitar-se por distração um pouco sobre o canapé, para que o tempo que ainda faltava para a meia-noite passasse mais rapidamente.

— Não dificulte a execução de minha tarefa — disse o criado.

"Ele parece considerar um castigo o fato de eu ter de ir ao quarto da senhorita Klara", pensou Karl, deu alguns passos e, teimoso, deteve-se novamente.

— Mas venha, meu jovem — disse o criado —, já que está aqui. Sei, o senhor queria ir embora ainda esta noite, mas nem tudo acontece como se deseja: eu logo lhe falei que dificilmente isto seria possível.

— Sim, eu quero ir embora e eu vou embora — disse Karl —, só quero despedir-me da senhorita Klara.

— Ah, é? — disse o criado, e Karl percebeu pela expressão do rosto que ele não estava acreditando em nenhuma de suas palavras. — Por que então essa demora em despedir-se? Venha logo.

— Quem está no corredor? — a voz de Klara ressoou e viram-na inclinando-se para fora de uma porta próxima, tendo na mão um grande candeeiro de mesa com uma cúpula vermelha. O criado correu em sua direção e anunciou a visita. Karl seguiu-o lentamente.

— Chegou tarde — disse Klara.

Deixando de responder-lhe por um momento, Karl disse em voz baixa ao criado, mas — agora que conhecia seu caráter — num tom de ordem severa:

— Aguarde-me bem em frente a essa porta!

— Eu já estava querendo ir dormir — disse Klara, colocando o candeeiro sobre a mesa.

Como ocorrera embaixo, na sala de jantar, também ali o criado fechou a porta com cuidado pelo lado de fora.

— Já passa das onze e meia.

— Passa das onze e meia? — repetiu Karl, em tom interrogativo, como que assustado com aqueles números. — Então tenho de me despedir imediatamente — disse ele —, pois às doze em ponto tenho de estar lá embaixo na sala de jantar.

— Que negócios urgentes! — disse Klara e arrumou distraidamente as pregas de sua camisola esvoaçante; tinha o rosto em brasa e sorria o tempo todo. Karl acreditou que não corria mais perigo de entrar de novo numa briga com Klara. — Será que não poderia executar algo no piano, como ontem papai tinha me prometido e hoje você mesmo me prometeu?

— Mas não será tarde demais? — perguntou Karl. Ele desejava ser-lhe solícito, pois ela agia de modo totalmente diverso do que anteriormente, como se tivesse ascendido às altas esferas de Pollunder e, ainda mais alto, às esferas de Mack.

— Sim, é tarde realmente — disse ela, e pareceu que sua vontade de ouvir música já tivesse passado —, e depois aqui cada nota ecoa pela casa inteira. Tenho certeza de que se tocar, lá em cima no sótão toda a criadagem vai acordar.

— Então não vou tocar, pois espero retornar com certeza; aliás, se não lhe custar muito esforço, venha uma vez visitar o meu tio e, aproveitando a ocasião, venha dar uma espiada no meu quarto também. Tenho um piano magnífico. Ganhei de presente do titio. E aí eu tocarei, se quiser, todas as peças que sei. Infelizmente elas não são muitas, nem combinam com um instrumento tão grande, no qual somente os virtuoses deveriam pretender serem ouvidos. Mas também poderá ter este prazer, se me comunicar sua visita com antecedência, pois meu tio deseja contratar futuramente um professor famoso para mim — pode imaginar como estou feliz com isso. Ouvi-lo tocar certamente valerá a visita durante o horário de aula. Para ser sincero, estou contente que já seja tarde demais para tocar, pois ainda não sei tocar nada. Ficaria admirada do pouco que sei. E agora permita-me que me despeça, afinal já é hora de dormir. — E como Klara lhe dirigia um olhar benevolente, não parecendo guardar nenhum ressentimento pela briga, ele acrescentou com um sorriso, enquanto lhe estendia a mão:

— No meu país, costumamos dizer "durma bem e tenha doces sonhos".

— Espere — disse ela, sem aceitar a mão estendida —, talvez você devesse tocar, sim. — E desapareceu por uma pequena porta lateral, junto à qual estava o piano.

"Mas o que está acontecendo?", pensou Karl. "Não posso esperar muito mais, por mais amável que ela seja."

Bateram à porta do corredor e o criado, que não ousava abrir a porta por inteiro, sussurrou por uma pequena fresta:

— Perdoe-me, acabo de ser chamado, não posso mais esperar.

— Pode ir — disse Karl, que agora se enchera de coragem para encontrar sozinho o caminho até a sala de jantar. — Só me deixe a lanterna na frente da porta. Aliás, que horas são?

— Quase quinze para a meia-noite — disse o criado.

— Como o tempo passa devagar! — exclamou Karl.

O criado já ia fechando a porta, quando Karl lembrou-se de que ainda não lhe dera uma gorjeta e pegou uma moeda do bolso da calça — agora ele carregava sempre as moedas soltas, à moda americana, tilintando no bolso da calça; as notas, no bolso do colete — e entregou-a ao criado com as palavras:

— Por seus bons serviços.

Klara tinha entrado novamente, passando as mãos no penteado firme, quando ocorreu a Karl que ele não deveria ter mandado embora o criado, pois agora quem iria levá-lo até a estação de trem? Bem, certamente o senhor Pollunder ainda conseguiria arranjar um outro criado, ou talvez o velho só tivesse sido chamado à sala de jantar e depois estaria novamente disponível.

— Peço que toque um pouco ainda. Aqui é tão raro ouvir música que não queremos deixar passar nenhuma oportunidade de ouvi-la.

— Então já está mais do que na hora — disse Karl, sem pensar mais, sentando-se em seguida ao piano.

— Quer alguma partitura? — perguntou Klara.

— Obrigado, mas nem sei ler direito as notas — respondeu Karl, já começando a tocar.

Era uma cançãozinha que, como Karl bem sabia, devia ser tocada bastante devagar, para ser ao menos um pouco compreensível — sobretudo para estrangeiros; mas ele atacou num compasso de marcha dos piores. Quando terminou de tocar, o silêncio da casa, perturbado, encaminhou-se como que num grande tumulto para o seu lugar. Permaneceram sentados como que aturdidos e não se moveram.

— Muito bonita — disse Klara, mas não havia fórmula de cortesia que pudesse servir de elogio a Karl depois de uma tal execução.

— Que horas são? — perguntou ele.

— Quinze para meia-noite.

— Então ainda tenho um tempinho — disse ele, pensando de si para si: "Ou uma coisa, ou outra. Não preciso tocar todas as dez canções que conheço, mas uma delas eu posso, na medida do possível, tocar bem".

E Karl atacou sua amada canção soldadesca com uma lentidão que distendia o desejo do ouvinte, repentinamente desperto, até a nota seguinte, que ele retinha e só soltava a duras penas. De fato, quase a cada canção tinha primeiro de procurar as teclas necessárias com os olhos; mas além disso, sentiu crescer dentro de si uma dor que buscava, para além do final da canção, um outro final sem poder encontrá-lo.

— Não sei mesmo nada — disse Karl no fim da canção, olhando para Klara com lágrimas nos olhos.

Nesse instante ouviram um ruidoso aplauso provindo do quarto ao lado.

— E ainda por cima alguém está escutando! — exclamou sobressaltado.

— Mack — disse Klara em voz baixa. E a seguir ouviu-se a voz de Mack, exclamando:

— Karl Rossmann, Karl Rossmann!

Karl deu um impulso com os dois pés saltando por sobre a banqueta do piano e abriu a porta. Viu ali Mack semirrecostado numa grande cama com sobrecéu, a colcha displicentemente jogada sobre as pernas. O baldaquim de seda azul era o único luxo um pouco feminino[4] numa cama de resto simples, angulosa, feita de uma madeira pesada. Na mesinha de cabeceira ardia somente uma vela, mas a roupa de cama e a roupa de Mack eram tão brancas que refletiam a luz dessa vela que recaía sobre elas com um brilho quase que ofuscante; também o dossel brilhava, ao menos nas bordas, com sua seda levemente ondulada e não muito bem estendida. Logo atrás de Mack, a cama e tudo o mais afundava na escuridão. Klara apoiou-se num barrote da cama e só tinha olhos para Mack.

— Salve! — disse Mack, estendendo a mão para Karl. — Toca muito bem, até agora eu só conhecia seus dotes de cavaleiro.

---

[4] MB: "fabuloso" (*märchenhaft*) no lugar de "feminino" (*mädchenhaft*).

— Faço uma coisa tão mal quanto a outra — disse Karl. — Se soubesse que estava ouvindo, com certeza não teria tocado. Mas a senhorita sua... — calou-se, hesitando em dizer "noiva", já que Mack e Klara evidentemente já dormiam juntos.

— Eu imaginava — disse Mack —, por isso Klara teve de atraí-lo de Nova-York até aqui, senão eu jamais teria tido a oportunidade de ouvi-lo tocar. É por certo uma interpretação típica de iniciantes, pois mesmo nessas canções ensaiadas e cuja composição é muito primitiva cometeu alguns erros; mas ainda assim gostei muito de escutá-lo, fora o fato de que não desprezo a execução de ninguém. Não gostaria de sentar-se e ficar mais um pouco conosco? Klara, dê a ele uma cadeira.

— Agradeço — disse Karl hesitante. — Não posso ficar, por mais que deseje permanecer aqui. Tarde demais descobri que existem aposentos tão agradáveis nesta casa.

— Estou reformando tudo desse modo — disse Mack.

Nesse instante soaram doze badaladas em rápida sucessão, uma engatando no eco da outra. Karl sentia sobre as faces o sopro produzido pelo movimento daqueles sinos. Que espécie de aldeia era essa que possuía sinos como aqueles!

— Está mais do que na hora — disse Karl, apenas estendeu as mãos a Mack e Klara, sem tocá-los, e saiu às pressas em direção ao corredor. Lá chegando não encontrou a lanterna, e lamentou ter dado cedo demais a gorjeta ao criado. Pretendia ir tateando as paredes até o seu quarto quando, mal tendo alcançado a metade do caminho, viu o senhor Green aproximar-se cambaleante e apressado, levando na mão uma vela erguida. Na mão com a vela trazia também uma carta.

— Rossmann, por que não vem? Por que me faz esperar? O que estava fazendo com a senhorita Klara?

"Tantas perguntas!", pensou Karl, "e agora ainda vai me colocar contra a parede", pois de fato ele estava muito perto de Karl, que tinha as costas apoiadas na parede. Naquele corredor a figura de Green assumia uma dimensão ridiculamente grotesca, e Karl perguntou a si mesmo brincando: "Por acaso ele não terá devorado o bom senhor Pollunder?".

— Realmente, não é um homem de palavra. Promete descer à meia-noite e ao invés disso fica a rondar a porta da senhorita Klara. Eu, de minha parte, prometi-lhe algo de interessante para a meia-noite e já estou aqui. — Ao dizer isso entregou a carta a Karl. No envelope constavam os dizeres: *A Karl Rossmann, a ser entregue pessoalmente, à meia-noite, onde quer que ele se encontre.*

— Afinal — disse o senhor Green, enquanto o rapaz abria a carta —, creio que é bem apreciável o esforço de viajar de Nova York até aqui por sua causa, de modo que não deve me fazer correr em seu encalço por esses corredores.

— Do meu tio! — exclamou Karl, mal tendo posto os olhos na carta. — Já estava esperando por isso — disse ele dirigindo-se ao senhor Green.

— Se esperava por isso ou não, para mim é completamente indiferente. Mas leia de uma vez — disse, aproximando a vela de Karl.

À luz da vela Karl leu então:

Caro sobrinho! Como deverá ter notado ao longo de nossa convivência, infelizmente por demais breve, sou antes de tudo um homem de princípios. Isso não é extremamente desagradável e triste só para os que me rodeiam — é desagradável e triste também para mim; mas eu devo aos meus princípios tudo o que sou, e ninguém tem o direito de exigir de mim que negue minha existência sobre a face da terra, ninguém, nem você, meu querido sobrinho, ainda que fosse justamente você o primeiro da fila, caso alguma vez me viesse em mente permitir um tal ataque generalizado contra mim. Então seria justo você que eu mais gostaria de acolher e levar para o alto com estas duas mãos com que estou segurando o papel e escrevendo. Entretanto, como por ora nada indica que isso poderia acontecer algum dia, sou necessariamente obrigado, depois do ocorrido hoje, a afastá-lo de mim; peço-lhe encarecidamente que não venha me ver, nem tente entrar em contato comigo por carta ou por intermediários. Decidiu, contra minha vontade, afastar-se de mim. Então, mantenha essa decisão por toda a sua vida — só assim será uma decisão de um homem. Escolhi como portador dessa notícia o senhor Green, meu melhor amigo, que seguramente encontrará suficientes palavras de consolo, palavras de que realmente não disponho nesse momento. Ele é um homem influente e o apoiará, em palavras e em atos, nem que seja em consideração à minha pessoa, nos primeiros passos que dará na sua vida independente. Para compreender nossa separação, que volta a me parecer, ao final desta carta, inconcebível, é preciso que repita para mim mesmo outra vez: de sua família, Karl, não vem nada de bom. Se o senhor Green esquecer de entregar sua mala e seu guarda-chuva, faça o obséquio de recordá-lo disso.

Com os melhores votos para o seu bem-estar futuro,

seu fiel tio Jakob

— Terminou? — perguntou Green.

— Terminei — disse Karl. — Trouxe minha mala e meu guarda-chuva? — perguntou.

— Aqui está ela — disse Green, depositando no chão ao lado de Karl a velha mala de viagem que até então havia mantido oculta, segurando-a com a mão esquerda às suas costas.

— E o guarda-chuva? — continuou a perguntar Karl.

— Está tudo aqui — disse Green, tirando também o guarda-chuva, que ele tinha pendurado num dos bolsos de sua calça. — Estas coisas foram trazidas por um certo Schubal, maquinista-mor da Companhia Hamburg-Amerika, que declarou tê-las encontrado no navio. Oportunamente poderá lhe agradecer.

— Agora pelo menos tenho minhas velhas coisas novamente — disse Karl, pousando o guarda-chuva sobre a mala.

— Mas no futuro deveria cuidar melhor delas, foi o que o senhor senador mandou lhe dizer — observou o senhor Green e perguntou a seguir, aparentemente por uma curiosidade pessoal: — Mas que mala esquisita é essa?

— É uma mala das que levam no meu país os soldados quando vão prestar o serviço militar — respondeu —, é a velha mala de campanha de meu pai. Além do mais, é muito prática — acrescentou sorrindo —, contanto que não seja esquecida em algum lugar.[5]

— Afinal já está suficientemente informado — disse o senhor Green — e certamente não possui um segundo tio na América. Eis aqui ainda um bilhete de terceira classe para São Francisco. Decidi esta viagem para você porque, em primeiro lugar, as possibilidades de ganhar dinheiro são muito maiores para você no Leste e, em segundo lugar, porque aqui seu tio está envolvido em todas as coisas que poderiam ser interessantes para

---

[5] K: — Ah é? Então está bem — disse o senhor Green, e encostou na mala com o pé.

você, e um encontro entre vocês deve ser evitado em absoluto. Em Frisco poderá trabalhar completamente desimpedido. Comece tranquilamente de baixo e tente ir subindo pouco a pouco com o seu trabalho.

Karl não conseguia ouvir maldade alguma nessas palavras; a notícia terrível que estivera a noite inteira nas mãos de Green fora dada, e a partir daquele momento Green parecia um homem inofensivo, com quem talvez se pudesse falar mais abertamente do que com qualquer outro. O melhor dos homens que, sem ser ele mesmo culpado, for eleito mensageiro de uma decisão tão secreta e tão torturante, vai necessariamente parecer suspeito enquanto a mantém só para si.

— Vou deixar — disse Karl, aguardando a confirmação de um homem experiente — esta casa imediatamente, pois só fui recebido por ser sobrinho de meu tio; sendo eu um estranho, nada tenho a fazer aqui. Poderia ter a gentileza de mostrar-me a saída e depois indicar um caminho que me leve até a hospedaria mais próxima?

— Mas vamos rápido — disse Green —, já está me causando muitos incômodos.

Ao ver o grande passo que Green deu em seguida, Karl deteve-se — era uma pressa suspeita aquela; agarrou-o pela parte inferior do casaco e, reconhecendo subitamente o verdadeiro estado das coisas, disse:

— Ainda me deve uma explicação: no envelope da carta que devia me entregar constava apenas que eu deveria recebê-la à meia-noite, onde quer que me encontrasse. Por que então, com o pretexto desta carta, me reteve aqui quando eu queria ir embora às onze e quinze? Nisso ultrapassou os limites de sua incumbência.

Green iniciou sua resposta com um gesto que expressava de modo exagerado a inutilidade da observação de Karl, dizendo a seguir:

— Consta acaso no envelope que eu devo me matar de tanto correr por sua causa? E por acaso o conteúdo da carta permite inferir que o endereçamento do envelope deve ser entendido nesse sentido? Se eu não o tivesse retido aqui, teria de entregar-lhe a carta à meia-noite na estrada.

— Não — disse Karl impassível —, não é bem assim. No envelope consta: "A ser entregue após a meia-noite". Se o senhor estivesse demasiado cansado, não teria conseguido me seguir; ou então, eu teria — coisa que na verdade o próprio senhor Pollunder negou — chegado à meia-noite à casa de meu tio; ou então, afinal, teria sido dever seu, já que eu desejava tanto retornar, levar-me de volta à casa de meu tio no seu automóvel, do qual subitamente não mais se falou. Não expressam claramente os dizeres no envelope que meia-noite deveria ser o último prazo para mim? E o senhor é o culpado por eu ter perdido esse prazo.

Karl fitou Green com olhar penetrante e percebeu bem a luta que se travava no íntimo dele entre a vergonha por ter sido desmascarado e a satisfação pelo sucesso de seus planos. Por fim Green se recompôs e disse, como se tivesse sido interrompido no meio do discurso por Karl, que já tinha parado de falar há muito tempo:

— Nem uma palavra mais! — disse e empurrou para fora Karl, que já tinha voltado a recolher sua mala e seu guarda-chuva, por uma pequena porta que abriu diante de si com um empurrão.

Estupefato, Karl encontrou-se ao ar livre. À sua frente, anexa à casa, uma escada sem corrimão conduzia para o andar de baixo. Ele precisava somente descer e depois dobrar ligeiramente para a direita em direção à alameda que levava até a estrada. Com o clarão da lua era impossível perder-se. Embaixo no jardim ouviu repetidamente os latidos dos cães, que corriam por entre as árvores soltos na escuridão. No silêncio que imperava em torno, escutava-se muito nitidamente como, depois de darem grandes saltos, eles caíam na grama.

Karl saiu tranquilamente do jardim sem ser importunado por aqueles cães. Não conseguiu detectar com certeza em que direção estava Novayork. Durante a viagem de ida tinha prestado muito pouca atenção a pormenores que agora poderiam ter-lhe sido úteis. Por fim, disse a si mesmo que não precisava ir necessariamente para Nova-York, onde não era esperado por ninguém e onde alguém, com toda certeza, não o esperava. Escolheu pois uma direção qualquer e pôs-se a caminho.

IV.

A marcha para Ramses[1]

Na pequena hospedaria onde chegou depois de breve marcha, e que constituía na verdade somente uma pequena estação terminal para o sistema de transporte urbano novaiorquino e portanto raramente costumava ser utilizada como local de pernoite, Karl pediu a acomodação mais barata que havia, pois achava que deveria começar a economizar de imediato. Em resposta a esse seu pedido o dono da hospedaria indicou-lhe com um aceno, como se ele fosse um empregado seu, para subir as escadas, onde foi recebido por uma velha desgrenhada que, irritada por terem lhe perturbado o sono, quase sem escutá-lo, conduziu-o, entre contínuas exortações a não fazer ruído, a um quarto cuja porta fechou às suas costas, não sem lhe ter antes assoprado um "psit!" na cara.

Num primeiro momento, Karl não sabia direito se eram apenas as cortinas que estavam fechadas ou se talvez o quarto nem tivesse janelas, de tão escuro que estava. Finalmente, reparou numa pequena abertura coberta com um pano, que ele removeu, deixando entrar alguma luz. O quarto tinha duas camas, no entanto já estavam ambas ocupadas. Karl viu nelas dois jovens que dormiam um sono pesado e pareciam pouco confiáveis, sobretudo por estarem, sem razão plausível, dormindo vestidos — um deles até calçado com suas botas.

No instante em que removeu o pano da abertura, um dos que dormiam elevou os braços e as pernas um pouco para o alto, ficando numa posição tão estranha que Karl, apesar de suas preocupações, riu consigo mesmo.

---

[1] MB: O caminho para Ramses.

Percebeu logo que, à parte o fato de não haver qualquer outra espécie de lugar para dormir, nem canapé, nem sofá, ele não conseguiria conciliar o sono, pois não podia colocar em risco sua mala recém-recuperada e o dinheiro que trazia consigo. Mas Karl também não queria ir embora, pois não se atrevia a sair novamente do prédio, passando pela camareira e pelo hospedeiro. Afinal, ali talvez não fosse um lugar menos seguro do que a estrada. Por certo chamava a atenção que não se pudesse enxergar uma só peça de bagagem no quarto todo, se é que se podia fazer uma constatação dessas naquela penumbra. Mas talvez — e era até muito mais provável — aqueles dois jovens fossem empregados da casa que logo iriam se levantar por conta dos hóspedes e por essa razão dormiam vestidos. Então, se não era nenhuma grande honra dormir com eles, em compensação não era nada muito perigoso. Só que enquanto essa dúvida não tivesse sido totalmente dissipada, ele não podia em absoluto ir deitar-se.

Aos pés de uma das camas havia uma vela e fósforos, que Karl foi buscar pé ante pé. Não hesitou em acender a vela, pois de acordo com a indicação do hospedeiro o quarto pertencia tanto a ele quanto aos outros dois, que além do mais já tinham usufruído do sono de metade da noite e levavam incomparável vantagem em relação a ele por estarem de posse das camas. Naturalmente ele também se esforçou para tomar cuidado e não despertá-los enquanto andava pelo quarto e mexia nas suas coisas.

Antes de mais nada queria examinar sua mala para obter uma ideia geral de como estavam as suas coisas, das quais só vagamente se recordava e cuja parte mais valiosa seguramente já devia estar perdida. Pois quando aquele Schubal põe suas mãos em alguma coisa, pensou ele, pouca esperança resta de recuperá-la intacta. Sem dúvida era possível que este esperasse receber uma boa gorjeta do tio, mas, por outro lado, na falta de alguns objetos isolados, ele bem podia pôr a culpa em quem realmente vigiara a mala, o senhor Butterbaum.

Karl ficou horrorizado com a primeira visão que teve ao abrir a mala. Quantas horas tinha passado a arrumar e a rearrumar a mala durante a travessia — e agora tudo tinha sido enfiado ali dentro numa embolação tão fantástica que a tampa da mala saltou sozinha para o alto quando o fecho foi aberto. Mas, para sua alegria, Karl logo percebeu que aquela desordem se devia ao fato de terem colocado depois ali o traje que ele usara durante a viagem e para o qual naturalmente não tinha sido previsto lugar na mala. Não faltava absolutamente nada. No bolso secreto do casaco não só estava o passaporte, mas também o dinheiro que ele havia trazido de casa, de maneira que, somado ao dinheiro que tinha consigo, Karl dispunha de uma quantia mais do que suficiente para o momento. Ali se encontrava também, cuidadosamente lavada e passada, a roupa que ele levara no corpo na chegada. Guardou imediatamente o relógio e o dinheiro no bolso secreto, lugar garantido. A única coisa lamentável era que o salame veronês, que tampouco faltava, tinha transmitido o seu cheiro a todas as outras coisas. Se não fosse possível eliminá-lo com algum produto, Karl via-se diante da perspectiva de andar meses a fio envolto por aquele cheiro.

Ao procurar tirar alguns objetos bem do fundo, objetos que eram: uma Bíblia de bolso, papel de carta e as fotografias dos pais, deixou cair a boina da cabeça para dentro da mala. Recolocada em seu contexto original, ele a reconheceu de imediato: era a sua boina, aquela que sua mãe tinha lhe dado para a viagem. Por precaução, porém, ele não a vestira a bordo, pois sabia que na América se usavam em geral boinas em vez de chapéus, motivo pelo qual não quis gastar a sua antes da chegada. E agora, aquele senhor Green a usara para divertir-se às custas dele. Será que seu tio também lhe tinha dado esta incumbência? E com um movimento involuntário de raiva golpeou a tampa da mala, que se fechou com estrépito.

Agora nada mais havia a fazer: os que dormiam tinham acordado. Primeiro um deles espreguiçou-se e bocejou, sendo imediatamente seguido pelo outro. Nisso, quase todo o conteúdo da mala tinha sido despejado sobre a mesa; se fossem ladrões, só precisavam se achegar e escolher. Não apenas para adiantar-se a essa possibilidade, mas também para esclarecer logo as coisas, Karl aproximou-se das camas com a vela na mão, explicando com que direito se encontrava ali. Eles pareciam nem esperar por tal esclarecimento, pois, ainda demasiado sonolentos para poderem falar, simplesmente olharam para ele sem qualquer espanto. Eram ambos muito jovens, mas o trabalho pesado ou a miséria lhes haviam feito saltar precocemente os ossos da face; uma barba desgrenhada pendia de seus queixos, os cabelos, há muito tempo sem cortar, rodeavam desordenadamente sua cabeça, e agora, para completar, de tanto sono, esfregavam e apertavam os olhos fundos com os nós dos dedos.

Karl, querendo aproveitar-se daquele seu momento de fragilidade, disse:

— Eu me chamo Karl Rossmann e sou alemão. Por favor, peço-lhes que me digam seu nome e nacionalidade, já que temos um quarto em comum. Esclareço desde já que não pretendo utilizar nenhuma das camas, uma vez que cheguei tão tarde e não tenho em absoluto intenção de dormir. Além disso, não se impressionem com minhas roupas bonitas — sou pobre, pobre e estou sem perspectivas.

O mais baixo dos dois — o que estava de botas — deu a entender com gestos dos braços, das pernas e caretas que tudo aquilo não lhe interessava em absoluto e que não era hora para aquela conversa, deitou-se e adormeceu imediatamente; o outro, um homem de pele escura, também voltou a se deitar, mas antes de pegar no sono, com a mão negligentemente estendida, disse ainda:

— Aquele ali se chama Robinson e é irlandês; eu me chamo Delamarche, sou francês e peço que faça silêncio.

Mal tendo dito isso, apagou a vela de Karl com um grande sopro, tombando a seguir sobre o travesseiro.

"Bem, por ora esse perigo está afastado", disse Karl consigo mesmo e retornou até a mesa. Se o sono que tinham não fosse só uma desculpa, estava tudo bem. A única coisa desagradável era o fato de um deles ser irlandês. Karl não sabia mais ao certo em qual livro um dia, ainda em casa, havia lido que na América era preciso tomar cuidado com os irlandeses. É certo que durante a sua estadia na casa do tio tivera oportunidade de investigar a fundo em que consistia o perigo representado pelos irlandeses, mas como se acreditara para sempre resguardado desse perigo, tinha negligenciado a questão. Agora, ele queria ao menos olhar melhor para aquele irlandês à luz da vela que acendera novamente, e achou que justo o irlandês tinha um aspecto mais aceitável que o francês. Conservava até mesmo um resquício de bochechas arredondadas e sorria simpaticamente durante o sono, conforme Karl pôde constatar a certa distância, erguido nas pontas dos pés.

Não obstante tudo, firmemente decidido a não dormir, Karl sentou-se na única cadeira do quarto, adiou momentaneamente a arrumação da mala, já que podia empregar a noite inteira naquilo, e folheou um pouco a Bíblia, sem ler nada de particular. A seguir pegou na mão a fotografia dos pais, na qual o pai, de estatura baixa, aparecia de pé no alto, enquanto diante dele a mãe aparecia ligeiramente afundada numa poltrona. O pai apoiava uma das mãos sobre o encosto da poltrona e a outra, com o punho cerrado, sobre um livro ilustrado que estava aberto sobre uma frágil mesinha decorativa a seu lado. Havia também uma outra fotografia na qual figurava Karl com os pais. Nela, o pai e a mãe lançavam-lhe um olhar penetrante ao passo que Karl, conforme solicitação do fotógrafo, devia olhar para a câmera. Mas não lhe tinham dado essa fotografia para levar na viagem.

Tanto maior foi a atenção com que escrutinou aquela fotografia que tinha diante dos olhos, tentando captar o olhar do pai dos mais diferentes ângulos. Mas, por mais que modificasse sua visão alterando a posição da vela, o pai permanecia sem vida: seus bigodes retos e densos não correspondiam em nada à realidade, não era um bom retrato. Em compensação, a mãe tinha sido muito melhor retratada: a boca retorcida como se tivesse sido maltratada e obrigada a sorrir. Parecia a Karl que esse particular devia chamar a atenção de quem quer que contemplasse o retrato, tanto que no instante seguinte a nitidez dessa impressão resultou demasiado forte, quase paradoxal. Como era possível que se obtivesse de um retrato uma convicção irrefutável a respeito de um sentimento secreto do retratado! E desviou por alguns instantes os olhos do retrato. Quando retornou o olhar, chamou-lhe a atenção a mão da mãe, pendendo do braço da poltrona, tão próxima que seria capaz de beijá-la. Pensou se acaso não seria bom escrever para os pais, como ambos — por último, o pai, com muita severidade, em Hamburgo — lhe haviam solicitado. É claro que quando sua mãe lhe anunciara, naquela terrível noite, junto à janela, a viagem para a América, ele tinha jurado a si mesmo terminantemente nunca escrever; mas que valor teria aqui, nessas novas circunstâncias, um tal juramento de um garoto inexperiente! Naquela ocasião podia muito bem ter jurado tornar-se general da milícia americana depois de dois meses de permanência na América, ao passo que realmente agora ele se encontrava no sótão de uma hospedaria nos arredores de Novayork junto com dois vadios e, além do mais, era obrigado a admitir que ali ele realmente estava no lugar que merecia. E, com um sorriso nos lábios, observou o rosto de seus pais, como se neles pudesse ler se ainda acalentavam o desejo de receber alguma notícia de seu filho.

Durante essa contemplação, percebeu logo que estava de fato muito cansado e que dificilmente poderia passar a noite em claro. O retrato tombou de sua mão; a seguir apoiou o rosto sobre aquele retrato cujo frescor acariciava sua face, adormecendo assim com uma agradável sensação.

Foi despertado cedo por umas cócegas debaixo do braço: era o francês que se permitia tal impertinência. Mas o irlandês também já estava postado diante da mesa de Karl. Ambos olhavam-no com um interesse tão grande quanto o que Karl demonstrara por eles durante a noite. Karl não se admirou de não o terem despertado ao se levantarem; eles certamente não deviam ter evitado fazer ruído com más intenções: ele estivera dormindo profundamente e, além disso, não deviam ter tido muito trabalho para vestir-se, nem, como era evidente, para se lavar.

Nesse momento cumprimentaram-se corretamente, com uma certa formalidade até e Karl ficou sabendo que ambos eram torneiros mecânicos que há muito não conseguiam encontrar trabalho e em consequência disso tinham baixado bastante de nível. À guisa de comprovação Robinson abriu seu casaco e se viu que não havia camisa alguma por baixo, o que por certo se podia perceber também pela gola solta, presa só pela parte de trás do casaco. Tencionavam caminhar em direção à cidadezinha de Butterford, distante dois dias de viagem de Novayork, onde supostamente haveria trabalho. Não se opunham em absoluto a que Karl viesse com eles, prometendo-lhe, em primeiro lugar, ajudar a levar sua mala de quando em quando e, em segundo, caso eles mesmos encontrassem trabalho, arrumar-lhe um posto de aprendiz, coisa muito fácil de arranjar no caso de encontrarem trabalho. Karl mal tinha concordado quando eles já o estavam aconselhando amigavelmente a tirar os seus belos trajes, já que poderiam prejudicá-lo quando se candidatasse a algum emprego. E, diziam eles, justamente naquela hospedaria apresentava-se uma boa oportunidade de livrar-se da roupa, pois a camareira tinha um comércio de roupas usadas. Ajudaram Karl, que ainda não estava totalmente decidido a respeito do que fazer com sua roupa, a se despir e levaram tudo embora. Quando, sozinho e um pouco bêbado de sono, ia vestindo lentamente suas antigas roupas de viagem, recriminava-se por ter vendido uma roupa que para pleitear um emprego de aprendiz poderia atrapalhar, mas para se candidatar a um posto melhor, só poderia ser-lhe útil. Abriu a porta então para chamar os dois de volta, mas deu com eles, que já retornavam e colocavam meio dólar sobre a mesa como produto da venda, com uma cara tão alegre que era impossível convencer-se de que não tivessem tido algum lucro com aquela operação, aliás, um lucro muito grande, para sua irritação.

De resto não havia tempo de discutir sobre aquilo, pois a camareira entrou, tão sonolenta quanto à noite, e enxotou todos os três para o corredor, alegando que o quarto deveria ser arrumado para outros hóspedes. Mas naturalmente não se tratava disso; ela agia assim só por pura maldade. Karl, que naquele exato momento pretendia arrumar sua mala, teve de ficar assistindo à mulher agarrar suas coisas com as duas mãos e enfiá-las na mala à força, como se fossem animais a serem domados. Os dois mecânicos também davam muito trabalho a ela, puxando-lhe a saia, dando-lhe pancadinhas nas costas, mas se com isso tinham a intenção de ajudar Karl, este era o sistema errado. Quando a mulher terminou de fechar a mala, pôs a alça na sua mão e, desvencilhando-se dos mecânicos com um empurrão, expulsou os três para fora do quarto com a ameaça de que, se não obedecessem, não ganhariam café. Evidentemente a mulher devia ter esquecido completamente de que Karl de início não tivera qualquer vínculo com os mecânicos, pois tratava-os como se fossem todos do mesmo bando. Se bem que eles tinham vendido a ela a roupa de Karl, o que demonstrava uma certa afinidade entre eles.

No corredor tiveram de ficar muito tempo andando de um lado para o outro, e o francês, que tinha agarrado Karl pelo braço, soltava continuamente impropérios e ameaçava encher de socos o hospedeiro caso ele ousasse aparecer por ali; e parecia preparar-se para isso esfregando furioso os punhos cerrados um contra o outro. Finalmente veio um garotinho inocente que teve de ficar na ponta dos pés para entregar ao francês o bule de café. Infelizmente havia só um bule e não havia jeito de fazer o garoto entender que também desejavam copos. Assim só um deles podia tomar o café enquanto os outros ficavam em pé esperando. Karl não estava com vontade de tomar café, mas não queria ofender os outros e quando chegava a sua vez ficava com o bule nos lábios mas sem beber.

Antes de ir embora o irlandês atirou o bule de café contra o piso de pedra. Deixaram a casa sem que ninguém os visse e penetraram na densa e amarelada névoa matinal. A maior parte do tempo andaram em silêncio um ao lado do outro na beira da estrada; Karl tinha de carregar sua mala, os outros provavelmente só o ajudariam se pedisse. De quando em quando um automóvel saía chispando de dentro da névoa, e os três giravam a cabeça em direção aos carros, na sua maioria gigantescos, tão chamativos no seu formato e tão rápidos na sua aparição que não se tinha nem tempo de verificar a presença de ocupantes no seu interior. Mais tarde começaram a aparecer caravanas de veículos que levavam alimentos para Nova York e que, compondo cinco fileiras que ocupavam a estrada em toda a sua largura, se movimentavam com uma regularidade tal que ninguém conseguiria atravessar a estrada. De vez em quando a estrada se alargava até formar uma praça em cujo centro um policial caminhava de um lado para outro sobre uma elevação em forma de torre para poder vigiar tudo e dirigir com um pequeno bastão o trânsito da estrada principal, bem como o das estradas laterais que ali desembocavam; em seguida o trânsito permanecia sem vigilância até a próxima praça e o próximo policial, mas por sua livre e espontânea vontade cocheiros e choferes atentos e silenciosos mantinham-no em suficiente ordem. O que mais surpreendia Karl era a calma generalizada. Se não fosse a algazarra de animais que eram levados despreocupados para abate, talvez não se ouvisse nada além do estalar dos cascos dos cavalos e do zunido dos antiderrapantes. E naturalmente a velocidade dos veículos não se mantinha sempre igual. Quando, devido a um afluxo excessivamente intenso proveniente das estradas laterais, era preciso fazer grandes desvios, todas as filas paravam, andando em marcha lenta; mas também acontecia que por um instante tudo disparava com a rapidez de um relâmpago, até que, como se regido por um freio único, tudo se acalmasse novamente. E com tudo isso nem o menor grão de poeira se levantava da estrada, tudo se movia num ar límpido e transparente. Não havia pedestres e nem havia ali aquelas feirantes a caminho da cidade, como na terra de Karl; mas de vez em quando surgiam grandes veículos achatados que levavam umas vinte mulheres de pé com cestas às costas, ou seja, talvez elas fossem realmente feirantes que esticavam o pescoço para avistar o trânsito e assim ter a esperança de fazer uma viagem mais rápida. Em seguida viam-se veículos análogos sobre os quais passeavam de um lado para o outro alguns homens com as mãos nos bolsos. Num desses veículos, sobre o qual estavam pregados vários cartazes, Karl leu soltando um gritinho de surpresa: "Admitem-se estivadores para a Transportadora Jakob". Nesse exato momento o veículo movia-se muito lentamente e um sujeitinho animado que estava inclinado por sobre a escada do veículo convidou os três andarilhos a subir. Karl escondeu-se por trás dos mecânicos, como se o tio em pessoa pudesse estar ali e pudesse vê-lo. Ficou contente porque também os outros recusaram o convite, embora se ofendesse com a frase de desprezo com que expressaram a recusa. Eles que não se acreditassem bons demais para servir ao seu tio. Deu-lhes a entender isso, ainda que não de forma explícita, naturalmente. Em vista disso Delamarche pediu-lhe que fizesse o favor de não se intrometer em assuntos dos quais não entendia, dizendo que aquela forma de contratar pessoas era uma vigarice desavergonhada e que a firma Jakob tinha muito má reputação nesse sentido em todo o território dos Estados Unidos. Karl não respondeu, mas a partir daquele momento passou a dirigir-se mais ao irlandês, pedindo-lhe também que carregasse um pouco a sua mala, o que este de fato acabou fazendo depois de Karl ter repetido seu pedido várias vezes. Só que ele se lamentava continuamente do peso da mala, até que ficou clara sua intenção de aliviá-la tirando o salame veronês, que já no hotel havia chamado agradavelmente a sua atenção. Karl teve de retirá-lo da mala, o francês apoderou-se dele para manuseá-lo com uma faca parecida com um punhal e comê-lo quase que sozinho. Robinson ganhava só de vez em quando uma fatia; Karl, por sua vez, obrigado a carregar de novo a mala, se não quisesse abandoná-la na beira da estrada, não recebeu nada, como se já tivesse tirado a sua parte antecipadamente. Parecia-lhe demasiado mesquinho mendigar um pedacinho, mas sentiu um gosto de fel subir-lhe à boca.[2]

Toda a neblina tinha desaparecido, ao longe fulgurava uma alta cordilheira cuja crista conduzia a uma nuvem ainda mais longínqua, atravessada pelos raios do sol. Nas margens da estrada havia campos malcultivados que se espalhavam ao redor de grandes fábricas pretas de fumaça e localizadas em meio a campo aberto. Em cada um dos conjuntos habitacionais espalhados aleatoriamente pelo terreno agitava-se uma infinidade de janelas com movimentos e iluminação muito diversos. E em todas aquelas frágeis sacadinhas, mulheres e crianças estavam entretidas com suas muitas ocupações, enquanto a seu redor, ora as encobrindo, ora descobrindo, panos e peças de vestuário estendidos e pendurados tremulavam e inflavam-se sob o impulso do vento matinal. Deslizando o olhar para longe das casas viam-se cotovias voando alto no céu e embaixo, andorinhas, bem perto da cabeça dos viajantes.

Muitas daquelas coisas faziam Karl recordar-se de sua terra natal e ele não sabia se estava fazendo bem em deixar Nova-York e ir para o interior do país. Em Nova-York havia o mar e a possibilidade de retornar a qualquer momento. E por isso deteve-se diante de seus dois companheiros, dizendo que na realidade tinha vontade de permanecer em Nova York. E quando Delamarche simplesmente quis empurrá-lo para frente, Karl não permitiu, dizendo que ainda se achava no direito de decidir por si mesmo. O irlandês precisou fazer a intermediação, dizendo que Butterford era uma cidade muito mais bonita que Novayork, e foi necessário que lhe implorassem ainda muito para que ele seguisse andando. Ainda assim ele não teria ido, se não tivesse dito a si mesmo que talvez fosse melhor chegar a um local onde a possibilidade de retorno para a sua terra natal não

---

[2] K: [...] sobretudo ao observar com que apetite os dois (...) o seu salame.

fosse tão fácil. Aí ele seguramente trabalharia melhor e progrediria mais não sendo atrapalhado por pensamentos inúteis.

E era ele agora que passara a puxar os outros dois; e tanto se alegravam com o entusiasmo de Karl que, sem esperar que ele pedisse, passaram a carregar a mala alternadamente. Karl não entendia exatamente por que na verdade ele lhes causava tanta alegria. Chegaram a uma região que se elevava e, nas vezes em que pararam, ao olhar para trás podiam ver descortinar-se cada vez mais extensamente o panorama de Nova York e seu porto. A ponte que liga Nova York a Boston pendia suavemente sobre o rio Hudson e quando apertavam os olhos para enxergar melhor, ela parecia estremecer. Aparentemente a ponte estava completamente desimpedida e abaixo dela estendia-se a faixa de água lisa, inanimada. Tudo naquelas duas cidades gigantescas parecia deserto e sem utilidade. Quanto aos prédios, mal havia diferença entre grandes e pequenos. Nas invisíveis profundezas das ruas a vida provavelmente continuava à sua maneira, mas sobre elas não se via nada além de uma leve névoa que embora não se movesse parecia fácil de dissipar. Mesmo no porto — o maior do mundo — retornara a paz e somente de vez em quando acreditava-se ver deslizar — por certo sob influência da memória de algum momento anterior quando ele tinha sido visto mais de perto — por um curto trecho algum navio. Mas tampouco era possível segui-lo com o olhar muito tempo, ele saía do campo de visão e não era possível mais encontrá-lo.

Entretanto evidentemente Delamarche e Robinson avistavam muito mais: apontavam para a esquerda e para a direita e com as mãos estendidas descreviam arcos sobre praças e parques que designavam pelo nome. Não conseguiam entender que Karl tivesse estado por mais de dois meses em Nova York e da cidade tivesse visto pouco mais do que uma rua. Prometeram-lhe também que quando tivessem ganhado o suficiente em Butterford, iriam com ele a Nova York e lhe mostrariam todos os lugares interessantes; especialmente, é claro, aqueles locais em que se divertiriam até se esbaldarem. E, em seguida, Robinson encheu a boca e entoou em altos brados uma canção que Delamarche acompanhava batendo palmas e que Karl reconheceu como sendo uma melodia de opereta de sua terra natal que ali, com o texto em inglês, agradava-lhe muito mais do que no seu país. Assim realizou-se uma pequena apresentação ao ar livre, da qual todos eles tomaram parte; somente a cidade lá embaixo, que supostamente deveria divertir-se com aquela melodia, parecia ignorá-la em absoluto.

A certo ponto Karl perguntou onde ficava a Transportadora Jakob e imediatamente viu os dedos indicadores de Delamarche e Robinson se estenderem, indicando talvez o mesmo ponto, ou talvez pontos separados por milhas de distância. Quando prosseguiram a caminhada, Karl perguntou quando iriam poder retornar a Nova York com dinheiro bastante. Delamarche disse que bem poderia ser em um mês, pois em Butterford havia falta de operários e os salários eram altos. Naturalmente iriam depositar o dinheiro numa caixa comum para que, como bons camaradas, as diferenças ocasionais de pagamento fossem niveladas entre eles. Karl não gostou nem um pouco da ideia da caixa comum, embora, como aprendiz, ele naturalmente fosse ganhar menos do que um operário com alguma formação. Além disso Robinson observou que, caso não houvesse trabalho em Butterford, evidentemente teriam de continuar a marcha, ou para serem empregados nalgum lugar como trabalhadores rurais, ou quem sabe ir garimpar ouro na Califórnia, o que era, como se podia deduzir pelo nível de minúcia dos relatos de Robinson, seu plano preferido.

— Por que se tornou torneiro mecânico se quer ir agora para o garimpo? — perguntou Karl, que não gostava de ouvir falar da necessidade de tais longas e inseguras viagens.

— Por que eu me tornei torneiro mecânico? — perguntou Robinson. — Não terá sido para que o garoto aqui morra de fome. No garimpo se ganha muito bem.

— Ganhava-se — disse Delamarche.

— Ganha-se ainda hoje — replicou Robinson, contando a respeito de muitos conhecidos que tinham ficado ricos, que ainda estavam lá e que, evidentemente, não moviam mais um dedo, mas que em função de sua velha amizade iriam ajudá-lo a ficar rico e, naturalmente, também a seus companheiros.

— Vamos arranjar trabalho à força em Butterford — disse Delamarche, exprimindo com essas palavras também o mais íntimo desejo de Karl; mas certamente não era um modo de se expressar que inspirava muita confiança.

Durante o dia fizeram apenas uma parada numa hospedaria e na frente dela, ao ar livre, comeram numa mesa que a Karl pareceu de ferro uma carne quase crua que não era possível cortar com garfo e faca, só ir arrancando aos pedaços. Os pães tinham um formato cilíndrico e em cada um deles estava espetada uma faca comprida. Para acompanhar a refeição foi servido um líquido negro que queimava a garganta, mas Delamarche e Robinson gostavam dele: elevavam muitas vezes seus copos à saúde de diferentes projetos, fazendo tim-tim e mantendo-os erguidos no alto encostados um no outro por alguns instantes. Na mesa ao lado estavam sentados operários vestidos com camisas respingadas de cal, e todos bebiam do mesmo líquido. Os automóveis, que passavam em grande número, deixavam nuvens de pó sobre as mesas. Grandes páginas de jornal circulavam, falava-se da greve dos operários da construção e o nome Mack foi mencionado várias vezes. Karl informou-se a respeito dele e descobriu que esse era o pai do Mack seu conhecido, e era o maior empresário da construção civil de Nova-York. A greve custava-lhe milhões e ameaçava talvez a situação de seus negócios. Karl não acreditou em nenhuma palavra daquela conversa de gente malévola e mal-informada.

Além de tudo Karl teve a refeição arruinada pelo fato de ser sumamente duvidoso como iriam pagar por ela. O natural teria sido que cada um pagasse a sua parte, mas Delamarche e também Robinson tinham feito casualmente a observação de que seu último dinheiro fora consumido para pagar a última noite. Nenhum deles exibia relógio, anel ou qualquer bem vendável. E Karl nem podia repreendê-los por terem obtido algum ganho com a venda de suas roupas — isso teria sido uma ofensa e os teria separado para sempre. Mas o que era surpreendente é que nem Delamarche, nem Robinson manifestassem quaisquer preocupações com o pagamento; pelo contrário, estavam suficientemente bem-humorados para tentar muitas vezes puxar conversa com a garçonete que andava orgulhosamente com passo pesado de um lado para outro por entre as mesas. Sobre sua testa e faces caíam-lhe meio soltos os cabelos, que ela empurrava continuamente para trás, enfiando as mãos por debaixo. Por fim, quando se esperava por aquilo que seriam talvez as suas primeiras palavras amáveis, ela se aproximou da mesa, apoiou-se sobre ela e perguntou:

— Quem é que vai pagar?

Nunca mãos ergueram-se mais rápido do que neste momento as de Delamarche e Robinson apontando para Karl, que não se espantou, pois já tinha previsto aquilo e não via nada de mal no fato de que os companheiros, dos quais também esperava obter algum favor, fizessem com que pagasse algumas pequenas despesas, ainda que fosse mais correto discutir essa questão claramente antes do momento decisivo. A única coisa constrangedora era que ele precisaria ainda retirar o dinheiro do bolso secreto. Sua primeira intenção fora guardar o dinheiro para um caso de extrema necessidade e provisoriamente colocar-se assim, em certa medida, no mesmo nível dos seus companheiros. A vantagem que ele conseguia pela posse desse dinheiro e sobretudo pela omissão de sua posse aos olhos dos companheiros era amplamente compensada pelo fato de eles já se encontrarem desde pequenos na América, de possuírem conhecimento e experiência o bastante para ganhar a vida e, finalmente, de não estarem habituados a um nível de vida melhor do que o atual. Até o momento não havia motivo para que as intenções de Karl com relação a seu dinheiro fossem perturbadas pelo pagamento daquela conta, pois afinal ele podia dispor de um quarto de libra e podia, portanto, colocar uma moeda desse valor sobre a mesa, explicando que essa era sua única propriedade e que ele estaria disposto a sacrificá-la em prol da viagem comum a Butterford. E para uma viagem a pé, essa quantia era mais do que bastante. Mas ele não sabia se tinha suficiente dinheiro trocado e, de mais a mais, esse dinheiro, bem como as notas em papel-moeda, dobradas, estavam nalgum lugar no fundo do bolso secreto, no interior do qual a melhor forma de achar algo era justamente sacudindo todo o seu conteúdo sobre a mesa. Além do mais era absolutamente desnecessário que os companheiros ficassem sabendo da existência daquele bolso secreto. Por sorte parecia que eles seguiam mais interessados na garçonete do que no modo como Karl arranjaria o dinheiro para pagar a conta. Delamarche atraiu a garçonete com o pedido da conta; colocada entre ele e Robinson, a moça só conseguia defender-se dos atrevimentos dos dois colocando a mão espalmada sobre o rosto, ora de um, ora de outro, empurrando-os para longe. Enquanto isso, Karl, sentindo calor pelo esforço que fazia, recolhia numa das mãos, debaixo do tampo da mesa, o dinheiro que com a outra mão procurava, moeda por moeda, e ia tirando de dentro do bolso secreto. Por fim, apesar de ainda não conhecer bem o dinheiro americano, pensou ter, ao menos a julgar pela quantidade de moedas, uma quantia suficiente, e colocou-a sobre a mesa. O ruído das moedas interrompeu imediatamente a brincadeira. Para raiva de Karl e espanto generalizado, viu-se que havia ali quase uma libra. Embora ninguém perguntasse por que Karl não tinha dito nada antes sobre esse dinheiro, que teria bastado para uma cômoda viagem de trem a Butterford, Karl sentiu-se muito constrangido. Lentamente, depois de paga a refeição, voltou a guardar o dinheiro; Delamarche ainda conseguiu tirar da sua mão uma moeda de que precisou para dar uma gorjeta à garçonete, a quem estreitou contra si num abraço entregando-lhe então a moeda pelo outro lado.

Ao continuarem sua marcha Karl ficou-lhes muito grato por não terem feito nenhuma observação sobre o dinheiro, e por algum tempo chegou a pensar em confessar-lhes o valor de todas as suas posses, mas não o fez, uma vez que não se apresentou uma ocasião apropriada para tal. Ao anoitecer chegaram a uma região mais agrícola e fértil. A seu redor viam-se campos sem divisões que se estendiam com seu tenro tapete verde por cima de suaves colinas; ricas propriedades rurais margeavam a estrada, e por horas a fio caminharam passando por entre as grades douradas dos jardins, atravessaram várias vezes o mesmo rio de lenta correnteza e muitas vezes ouviram sobre as suas cabeças o estrépito dos trens de ferro passando pelos viadutos que se erguiam em arcos no alto.

No exato momento em que o sol se punha sobre a borda retilínea de bosques distantes, para repousarem de toda a canseira, deixaram o corpo cair sobre a pradaria, numa elevação cercada por um pequeno grupo de árvores. Ei-los, Delamarche e Robinson, deitados, espreguiçando-se como podiam. Karl, sentado de cabeça erguida, olhava para a estrada que ficava alguns metros mais abaixo e sobre a qual os automóveis passavam chispando um bem ao lado do outro, como ocorrera durante todo o dia, como se de um ponto distante fosse despachado um número exato de automóveis que eram esperados em igual quantidade num outro ponto distante da direção oposta. Durante o dia inteiro, desde a madrugada, Karl não vira sequer um automóvel parar, nem desembarcar qualquer passageiro.

Robinson fez a proposta de passarem a noite ali, já que estavam todos suficientemente cansados, podendo prosseguir assim a marcha tanto mais cedo e, por fim, porque antes de escurecer por completo dificilmente conseguiriam encontrar pouso mais barato e melhor localizado. Delamarche estava de acordo e só Karl sentiu-se na obrigação de dizer que tinha dinheiro suficiente para pagar hospedagem para todos num hotel. Delamarche disse que ainda iriam precisar do dinheiro, que o guardasse bem, não escondendo minimamente que contavam, sim, com o dinheiro de Karl. Como sua primeira proposta estava aceita, Robinson declarou a seguir que, antes de dormir e para reunir forças para o dia seguinte, era preciso que comessem algo substancioso, e que um deles fosse buscar comida para todos no hotel que se via logo ali, na beira da estrada, ostentando o letreiro luminoso Hotel occidental. Por ser o mais jovem e porque ninguém mais se manifestava, Karl não hesitou em oferecer-se para realizar a tarefa, e dirigiu-se para o hotel, depois de ter recebido a encomenda de trazer toucinho, pão e cerveja.

Devia haver uma cidade grande nas proximidades, pois já o primeiro salão do hotel por onde Karl entrou estava tomado por uma ruidosa multidão. Diante do bufê que se estendia ao longo de uma das paredes principais e das duas paredes laterais, corriam sem cessar muitos garçons com aventais brancos cobrindo o peito que, não obstante, não eram capazes de satisfazer os impacientes fregueses, pois ouvia-se continuamente, vindo dos mais diversos pontos da sala, o som de maldições e socos nas mesas. Ninguém prestou atenção em Karl. No salão não havia propriamente serviço: os clientes, sentados ao redor de mesas minúsculas que desapareciam facilmente entre três comensais, pegavam tudo o que desejavam no bufê. Em cada mesinha havia um frasco grande com azeite, vinagre ou algo semelhante, e antes de comer, o líquido desse frasco era vertido sobre todos os pratos trazidos do bufê. Para conseguir chegar até lá, onde provavelmente as dificuldades apenas iriam começar, sobretudo porque o seu pedido era grande, ele precisava passar por entre muitas mesas, coisa que, por mais cuidado que tomasse, naturalmente não era possível fazer sem incomodar de forma rude os fregueses, que todavia suportavam tudo como que insensíveis, até mesmo quando a certa altura Karl, tendo sido empurrado por um cliente contra uma mesinha, por pouco não a derrubou. Embora se desculpasse, evidentemente não foi entendido nem entendeu em absoluto nada do que lhe diziam aos berros.

Encontrou com dificuldade um lugarzinho livre no bufê, onde os cotovelos de seus vizinhos obstruíram-lhe por um bom tempo a visão. Aliás, apoiar os cotovelos sobre o balcão e apertar os punhos contra as têmporas parecia constituir um hábito naquele lugar. Karl lembrou como o seu professor de latim, o doutor Krumpal, detestava precisamente esta posição e como ele se aproximava sempre de modo dissimulado e súbito, varrendo os cotovelos das carteiras com um golpe doloroso[3] aplicado com uma régua que surgia do nada.

Karl estava comprimido contra o bufê, pois mal entrara na fila e tinham posto uma mesa atrás dele, e só de se inclinar um pouco para trás ao falar, um dos clientes que ali tinham se sentado roçava com força o seu grande chapéu nas costas de Karl. E mesmo depois de os dois vizinhos grosseirões terem ido embora satisfeitos, havia tão pouca esperança de conseguir algo do garçom! Várias vezes Karl chegara a agarrar algum garçom pelo avental, inclinando-se por cima da mesa, mas ele sem-

---

[3] MB: no lugar de "doloroso" (*schmerzhaft*), "brincalhão" (*scherzhaft*).

pre se desvencilhava de cara amarrada. Não era possível deter a nenhum deles, eles só corriam, corriam e corriam. Se perto dele ao menos houvesse algo que servisse para comer e beber, ele teria pego, perguntado o preço, deixado o dinheiro e ido embora contente. Mas bem à sua frente havia somente travessas com peixes parecidos com arenques, cujas negras escamas exibiam um brilho dourado nas bordas. Poderiam custar muito caro e provavelmente não saciariam ninguém. Além disso a seu alcance estavam pequenos barrilzinhos de rum — mas ele não queria levar rum para os companheiros, os quais de qualquer forma pareciam interessados a todo momento só em bebidas com altíssimo teor alcoólico e para isso ele não pretendia dar o seu apoio.

Nada mais restava a Karl senão procurar um outro lugar e recomeçar suas tentativas do início. Mas a essas alturas já era muito tarde. O relógio que havia do outro lado do salão, cujos ponteiros mal se podiam distinguir dentro daquela fumaceira, por mais que se fixasse o olhar, marcava mais de nove horas. Em qualquer outro lugar do bufê a aglomeração era ainda maior do que no anterior, um pouco afastado. Além disso, à medida que ia ficando mais tarde, o salão ia-se enchendo cada vez mais. Novos fregueses entravam continuamente pela porta principal fazendo grande algazarra. Em alguns pontos, fregueses retiravam arbitrariamente o conteúdo do bufê, sentando-se sobre o balcão e brindando — estes eram os melhores assentos, deles avistava-se todo o salão.

Embora Karl continuasse a abrir caminho por entre as pessoas, não tinha mais esperança de alcançar alguma coisa. Recriminava-se por ter-se oferecido para essa tarefa sem ser conhecedor da situação local. Seus companheiros se zangariam com ele, com razão, e até pensariam que ele não trouxera nada só para poupar dinheiro. Até que chegou num ponto em que nas mesas ao redor as pessoas comiam pratos de carne fumegante com belas batatas amarelas; era-lhe incompreensível onde as pessoas tinham conseguido aquilo.

Foi então que viu, alguns passos à sua frente, uma mulher mais velha, que evidentemente fazia parte do corpo de funcionários do hotel, conversando risonha com um freguês. Enquanto falava, remexia sem parar o penteado com um grampo de cabelos. Karl imediatamente decidiu-se a fazer o seu pedido para essa mulher, seja porque ela, sendo a única mulher no salão, constituía uma exceção em meio ao barulho e à correria geral, seja também pelo simples motivo de que ela era a única funcionária do hotel à qual se podia ter acesso — naturalmente desde que ela não saísse correndo para tratar de suas ocupações à primeira palavra que ele lhe dirigisse. Mas o que ocorreu foi exatamente o contrário. Karl nem a havia abordado, estava apenas à espreita, quando ela, como quando apenas se desvia o olhar para o lado no meio de uma conversa, olhou para Karl e, interrompendo a sua fala, perguntou-lhe, num inglês claro como o da gramática, se ele estava procurando algo.

— Estou sim — disse Karl —, não estou conseguindo nada aqui.

— Então venha comigo, pequeno — disse ela, despedindo-se de seu conhecido, o qual tirou o chapéu, o que ali parecia uma inacreditável gentileza, e, pegando Karl pela mão, foi até o bufê, afastou um freguês, abriu uma porta do balcão, atravessou o corredor que se estendia por trás dele, local onde era preciso tomar cuidado com os incansáveis garçons que corriam, abriu uma porta dupla, forrada com papel de parede, chegando então a uma grande e fresca despensa.

"É preciso conhecer o mecanismo", disse Karl consigo mesmo.

— Então, o que deseja? — perguntou ela, inclinando-se solicitamente à sua frente. Ela era muito gorda, seu corpo balançava todo, mas seu rosto tinha um formato quase que delicado — em comparação com o corpo, naturalmente. Diante de tantos alimentos cuidadosamente ordenados em prateleiras e mesas, Karl estava quase tentado a compor seu pedido com uma ceia mais refinada, sobretudo porque contava com a possibilidade de que aquela mulher influente lhe atendesse a um preço mais barato; por fim, porém, já que não lhe ocorria nada mais apropriado, pediu apenas pão, toucinho e cerveja.

— Mais nada? — perguntou ela.

— Não, obrigado — disse Karl —, mas para três pessoas.

Perguntado sobre os outros dois, Karl disse algumas poucas palavras a respeito de seus companheiros: ficava contente por lhe perguntarem alguma coisa.

— Mas isso é comida para presos — disse a mulher, aguardando evidentemente que Karl expressasse outros desejos. Mas temendo que ela lhe desse a comida de presente e não quisesse aceitar o dinheiro, ele calou-se.

— Em seguida estará tudo pronto — disse ela. Com uma agilidade admirável, tendo em vista a sua corpulência, dirigiu-se até uma das mesas e cortou com uma faca longa e fina, de fio serrilhado, um pedaço grande de toucinho entremeado de abundantes tiras de carne; de uma prateleira pegou um pão grande e do chão, três garrafas de cerveja, colocando tudo numa levíssima cesta de palha, que entregou a Karl. Entre uma e outra coisa, explicou a Karl que o havia levado até ali porque, apesar do consumo rápido, os alimentos lá fora no bufê sempre perdiam o seu frescor, expostos à fumaça e a tantos outros cheiros. Mas para aquela gente lá fora, acrescentou, tudo estava suficientemente bom. Karl então não disse mais nada, pois não sabia por que motivo seria merecedor daquele tratamento excepcional. Pensou nos seus companheiros que, por melhor que conhecessem a América, talvez não tivessem jamais chegado a entrar naquela despensa e iriam ter de se contentar com os alimentos estragados do bufê. Dali não se ouvia ruído algum vindo do salão: as paredes deviam ser muito grossas para conservar suficientemente frescas aquelas caves abobadadas. Karl já estava havia um bom tempo com a cesta de palha na mão, mas não pensava em pagar, nem se movia. Apenas quando a mulher quis acrescentar à cesta mais uma garrafa parecida com aquelas que havia fora, sobre as mesas, agradeceu sentindo um arrepio.

— Ainda tem muita estrada pela frente? — perguntou ela.

— Até Butterford — respondeu Karl.

— Ainda está bem longe — disse a mulher.

— Mais um dia de viagem — completou Karl.

— Não mais? — perguntou ela

— Ah, não! — exclamou Karl.

A mulher arrumou algumas coisas sobre as mesas e, nisso, um garçom entrou e olhou em torno, procurando por algo; ela então indicou-lhe uma grande travessa na qual havia uma pilha de sardinhas enfeitadas com salsinha, que ele carregou em seguida para o salão sobre as mãos erguidas.

— Mas por que é que quer passar a noite a céu aberto? — perguntou a mulher — Aqui temos bastante lugar. Durma conosco aqui no hotel.

Esse convite era muito tentador para Karl, especialmente porque ele tinha passado bastante mal a noite anterior.

— A minha bagagem está lá fora — disse ele hesitante, não sem uma certa dose de vaidade.

— É só trazer para cá — disse a mulher —, isso não é nenhum empecilho.

— Mas e os meus companheiros! — exclamou Karl, percebendo de imediato que eles, sim, constituíam um empecilho.

— Eles também podem pernoitar aqui, é claro — disse a mulher —, venha, venha, não se faça de rogado.

— Por outro lado, meus companheiros são gente de bem — disse Karl. — Não são é muito limpos.

— Não viu a sujeira no salão? — perguntou a mulher, fazendo uma careta. — Para cá pode vir o que há de pior. Mandarei logo preparar três camas, então. Mas terá de ser no sótão, pois o hotel está lotado, eu também me transferi para lá; mas de qualquer maneira, é melhor do que a céu aberto.

— Não posso trazer meus companheiros — disse Karl.

Imaginava a barulheira que fariam aqueles dois pelos corredores daquele fino hotel: Robinson iria sujar tudo e Delamarche com toda a certeza iria molestar até mesmo aquela mulher.

— Não sei por que isso seria impossível — disse ela —, mas se assim deseja, deixe os seus companheiros lá fora e venha sozinho.

— Não posso, não posso — disse Karl —, são meus companheiros e eu tenho de ficar com eles.

— É teimoso — disse a mulher, desviando o olhar —, age-se com a melhor das intenções, deseja-se ajudá-lo e você se opõe com todas as suas forças.

Karl reconhecia tudo aquilo, mas como não sabia como sair daquela situação, acrescentou apenas:

— Muitíssimo obrigado por sua amabilidade.

A seguir lembrou-se de que ainda não tinha pago e perguntou qual era a importância devida.

— Pague somente quando me trouxer a cesta de volta — disse a mulher —, preciso dela o mais tardar amanhã de manhã.

— Pois não — disse Karl.

A mulher abriu uma porta que conduzia diretamente para o exterior e, enquanto ele saía fazendo-lhe uma reverência, ela lhe disse ainda:

— Boa noite, mas não está se portando bem.

Ele já tinha se afastado alguns passos quando ela gritou ainda atrás dele:

— Até amanhã!

Mal tinha saído quando ouviu novamente aquele barulho provindo do salão, que em nada havia diminuído e ao qual se misturavam agora os sons de uma banda de música. Ele estava contente por não ter de passar por lá para sair. Nesse momento o hotel encontrava-se com as luzes de todos os seus cinco andares acesas, iluminando a rua à frente em toda a sua largura. Do lado de fora ainda passavam automóveis, mesmo que já num ritmo intermitente: aproximando-se muito mais rapidamente do que durante o dia e tateando o chão da estrada com os raios brancos de seus faróis, cruzavam com luz baixa a zona iluminada do hotel e perdiam-se na escuridão reacendendo os faróis.

Karl encontrou os companheiros já imersos em sono profundo: sua ausência realmente tinha sido demasiado longa. Pretendia dispor as coisas que trouxera em cima de uns papéis que encontrou dentro da cesta, conferindo assim a tudo um aspecto apetitoso, para despertar os companheiros somente quando tudo estivesse pronto, quando viu com horror a sua mala, que ele havia fechado e cuja chave estava no seu bolso, completamente aberta e metade de seu conteúdo espalhado pela grama ao redor.

— Levantem! — exclamou. — Enquanto vocês dormiam ladrões estiveram aqui.

— Está faltando algo? — perguntou Delamarche.

Robinson nem bem acordara e já estendia o braço para pegar a cerveja.

— Não sei — exclamou Karl —, mas a mala está aberta. É mesmo muita falta de cuidado ir dormir e deixar a mala aqui dando sopa.

Delamarche e Robinson riram e o primeiro disse:

— Da próxima vez não deveria ficar tanto tempo fora. O hotel fica a dez passos de distância e levou três horas para ir e voltar! Estávamos com fome e pensamos que poderia ter algo de comer dentro da mala. Fuçamos tanto na fechadura que ela se abriu. Mas não havia absolutamente nada, pode tornar a guardar tudo tranquilamente.

— Ah, é — disse Karl, fitando a cesta que se esvaziava rapidamente e escutando o curioso ruído produzido por Robinson ao beber, pois primeiramente o líquido penetrava até o fundo da sua garganta para depois retornar ligeiro com uma espécie de assobio e só então rolar garganta abaixo num ruidoso gorgolejo.

— Já terminaram de comer? — perguntou enquanto os dois repousavam por um momento.

— Ora, já não comeu lá no hotel? — perguntou Delamarche, pensando que Karl estivesse reclamando a sua parte.

— Se ainda querem comer, andem logo — disse Karl, dirigindo-se até a sua mala.

— Ele parece estar de mau humor— disse Delamarche a Robinson.

— Não estou de mau humor, não — disse Karl —, mas por acaso está certo arrombarem a mala na minha ausência e tirar as minhas coisas lá de dentro? Sei que entre companheiros é preciso tolerar certas coisas, e eu estava disposto a isso, mas assim é demais. Vou passar a noite no hotel; não vou para Butterford. Comam rápido, tenho de devolver a cesta.

— Está vendo, Robinson, assim é que se fala — disse Delamarche. — Isso é que é conversa de gente fina! Claro, ele é alemão! Bem que você tinha me prevenido, mas fui um perfeito idiota e mesmo assim o trouxe conosco. Tivemos confiança nele e o arrastamos um dia inteiro atrás de nós, perdendo com isso pelo menos metade de um dia, e agora ele se despede de nós, ele simplesmente se despede — só porque alguém lá do hotel o enrolou. Mas sendo um alemão falso ele não faz isso abertamente, mas arranja o pretexto da mala, e sendo um alemão grosseiro não é capaz de ir embora sem nos ofender em nossa honra e nos chamar de ladrões por termos feito uma brincadeirinha com a sua mala.

Karl, que estava arrumando as suas coisas, disse sem se voltar:

— Podem continuar falando que assim facilitam a minha partida. Sei muito bem o que é companheirismo. Eu também tive amigos na Europa e nenhum deles pode me acusar de ter me comportado com falsidade ou com baixeza. É claro que agora interrompemos nossas relações, mas se algum dia eu voltar para a Europa, todos eles me receberão bem e irão me reconhecer imediatamente como amigo. E eu iria trair justo você, Delamarche, e você, Robinson — vocês que foram tão amáveis comigo, a ponto de (coisa que jamais irei negar) se interessarem por mim e me prometerem um posto de aprendiz em Butterford? Mas se trata de outra coisa: o fato de que não possuem nada a meus olhos não os rebaixa nem um pouco, mas que invejem os meus parcos bens e tentem me humilhar por causa deles — isso eu não posso tolerar. E agora, depois de terem arrombado a minha mala, não têm uma palavra de desculpa, ao contrário, ainda me insultam e insultam também o meu povo — com isso eliminam toda a possibilidade de eu permanecer junto a vocês. Aliás, Robinson, tudo isso na verdade não vale para você. A única objeção que tenho a seu caráter é ser demasiado dependente de Delamarche.

— Agora estamos vendo — disse Delamarche, aproximando-se de Karl e dando-lhe um empurrão de leve, como que para lhe chamar a atenção —, agora estamos vendo a máscara cair. Passou o dia inteiro caminhando atrás de mim, dependurado na aba do meu casaco, imitando cada um dos meus movimentos, quieto como um ratinho. Mas agora, que sentiu o respaldo de alguém naquele hotel, começa a fazer grandes discursos. É um espertinho, e eu nem sei se nós vamos aceitar isso com essa tranquilidade toda, se não exigiremos que nos pague pelo que aprendeu conosco durante o dia. Ei, Robinson, nós temos inveja — diz ele — dos seus bens! Um só dia de trabalho em Butterford — para não falar da Califórnia — e teremos dez vezes mais do que nos mostrou e do que pode ter escondido no forro do seu casaco. Então, cuidado com essa boca!

Karl tinha-se erguido da mala e viu então aproximar-se Robinson, sonolento mas um pouco animado pela cerveja.

— Se eu continuar aqui por muito tempo — disse — ainda poderei ter novas surpresas. Parecem estar com vontade de me dar uma surra.

— Paciência tem limite — disse Robinson.

— É melhor ficar quieto, Robinson — disse Karl, sem tirar Delamarche dos olhos —, em seu íntimo, sabe que estou com a razão, mas tem de ficar do lado de Delamarche!

— Por acaso está querendo suborná-lo? — perguntou Delamarche.

— Isso nem me passa pela cabeça — disse Karl —, estou contente por ir embora e não quero ter mais nada a ver com nenhum de vocês. Só quero dizer mais uma coisa: fizeram-me a acusação de possuir algum dinheiro e de tê-lo escondido de vocês. Suponhamos que seja verdade: não era assim que deveria proceder em se tratando de pessoas que eu conhecia há algumas horas somente? E não confirmam, com sua atual conduta, o quanto foi acertado um tal procedimento de minha parte?

— Fique quieto — disse Delamarche a Robinson, embora este nem se movesse. A seguir perguntou a Karl:

— Já que é de um descaramento tão sincero, leve essa sinceridade um passo mais adiante e, já que estamos tão bem juntos aqui, confesse por que na verdade quer ir para o hotel.

Karl precisou retroceder um passo por cima da mala, de tanto que Delamarche havia se aproximado. Mas este não se desconcertou: empurrou a mala para o lado, deu um passo adiante, pisando sobre uma camiseta branca que ficara na grama, e repetiu a sua pergunta.

Como se fosse em resposta, um homem com uma lanterna que emitia uma luz forte subiu até onde estava o grupo, vindo da estrada. Era um camareiro do hotel. Mal avistou Karl e disse:

— Estou à sua procura há quase meia hora. Já revistei todos os arbustos dos dois lados da estrada. A senhora dona cozinheira-mor mandou dizer que precisa com urgência da cesta de palha que lhe emprestou.

— Aqui está ela — disse Karl com a voz insegura de quem está nervoso. Delamarche e Robinson tinham-se afastado com a falsa modéstia com que sempre se comportavam diante de pessoas estranhas de um certo nível. O garçom pegou a cesta e disse:

— E a senhora cozinheira-mor manda perguntar também se não refletiu melhor e não quer mesmo vir passar a noite no hotel. Os outros dois senhores também seriam bem-vindos, se quiser trazê-los. As camas já estão preparadas. A noite está quente hoje, mas dormir aqui na colina não deixa de ser perigoso, muitas vezes se encontram cobras.

— Já que a senhora cozinheira-mor é tão amável, vou aceitar o seu convite, apesar de tudo — disse Karl, esperando que os seus companheiros se manifestassem. Mas Robinson continuava ali de pé, apático, e Delamarche com as mãos nos bolsos das calças erguia os olhos para as estrelas. Evidentemente ambos esperavam que Karl os levasse com ele sem maiores problemas.

— Nesse caso — disse o camareiro — tenho a incumbência de conduzi-lo até o hotel e carregar sua bagagem.

— Então peço que aguarde ainda um instante — disse Karl, inclinando-se para colocar na mala as poucas coisas que ainda estavam espalhadas.

De repente ele se ergueu: faltava a fotografia. Dentro da mala ela estivera bem em cima, mas agora não se encontrava em parte alguma. Estava tudo lá, só faltava a fotografia.

— Não consigo achar a fotografia — disse suplicante para Delamarche.

— Que fotografia? — perguntou ele.

— A fotografia dos meus pais — disse Karl.

— Não vimos nenhuma fotografia — disse Delamarche.

— Não havia nenhuma fotografia lá dentro, não, senhor Rossmann — confirmou também Robinson de sua parte.

— Mas isso é impossível — disse Karl e os olhos que buscavam ajuda atraíram o camareiro mais para perto. — Ela estava bem aqui em cima e agora sumiu. Teria sido melhor se não tivessem feito aquela brincadeira com a mala!

— Não há possibilidade de engano — disse Delamarche —, na mala não havia nenhuma fotografia.

— Ela era mais importante para mim do que todo o resto da mala — disse Karl ao camareiro que andava de um lado para o outro, procurando na grama — pois ela é insubstituível, não receberei outra.

E quando o camareiro abandonou aquela busca infrutífera, Karl acrescentou:

— Era o único retrato que eu possuía dos meus pais.

Diante disso o camareiro disse em voz alta sem maiores rodeios:

— Quem sabe poderíamos examinar ainda os bolsos dos senhores.

— Sim — disse Karl de imediato —, preciso encontrar a fotografia. Mas antes de revistar seus bolsos quero dizer que quem me der a fotografia por livre e espontânea vontade, ganhará a mala e tudo o que ela contém.

Depois de um momento de silêncio geral, Karl disse ao camareiro:

— Pelo visto meus companheiros preferem que revistemos os seus bolsos. Mas mesmo assim, prometo a mala inteira para aquele em cujo bolso se encontrar a fotografia. Mais não posso fazer.

O camareiro imediatamente passou a examinar Delamarche, porque ele lhe pareceu mais difícil de tratar, deixando Robinson para Karl. Advertiu Karl para o fato de que deviam revistar a ambos simultaneamente, pois de outra forma um deles poderia sumir com a fotografia sem que ninguém se apercebesse. Já na primeira investida, Karl encontrou no bolso de Robinson uma gravata que lhe pertencia, mas não a tomou para si e, dirigindo-se ao camareiro, exclamou:

— Deixe com Delamarche tudo o que encontrar, seja o que for, por favor. Só quero a fotografia, só isso.

Ao revistar os bolsos internos do paletó de Robinson, Karl encostou com a mão no seu peito quente e oleoso, e se deu conta de que talvez estivesse cometendo uma grande injustiça para com os seus companheiros. Passou a agir com a maior rapidez possível. Mas foi tudo em vão: a fotografia não se encontrava nem com Delamarche, nem com Robinson.

— Não há nada a fazer — disse o camareiro.

— Provavelmente rasgaram a fotografia e jogaram fora os pedaços — disse Karl. — Pensei que eram amigos, mas no seu íntimo queriam apenas me prejudicar. Robinson talvez não, a ele não teria passado pela cabeça que a fotografia tivesse tanto valor para mim, mas Delamarche muito mais.

Karl via diante de si somente o camareiro, cuja lanterna iluminava um pequeno círculo, enquanto todo o resto, inclusive Delamarche e Robinson, mergulhava na mais profunda escuridão.

Naturalmente nem se cogitou mais da possibilidade de levar aqueles dois para o hotel. O camareiro ergueu a mala sobre o ombro, Karl pegou a cesta de palha e eles partiram.

Karl já estava na estrada quando, interrompendo suas reflexões, parou e gritou para o alto, para dentro da escuridão:

— Ouçam bem, se algum de vocês ainda estiver com a fotografia e quiser trazê-la para mim no hotel, ainda irá receber a mala e não será denunciado, eu juro.

O que chegou até embaixo não foi uma verdadeira resposta, só o que se ouviu foi uma palavra entrecortada, o princípio de uma exclamação de Robinson, cuja boca evidentemente fora imediatamente tapada por Delamarche. Karl ficou aguardando por um bom tempo para ver se, apesar de tudo, lá em cima não seria tomada uma outra decisão. Por duas vezes, a intervalos, gritou:

— Ainda estou aqui!

Mas som algum vinha em resposta, só uma vez uma pedra rolou encosta abaixo, talvez por acaso, ou talvez em consequência de um arremesso que errara seu alvo.

V.

No Hotel occidental[1]

No hotel, Karl foi logo conduzido a uma espécie de escritório, no qual a cozinheira-mor, com um livro de encomendas na mão, ditava uma carta para uma jovem datilógrafa bater à máquina. O ditado extremamente preciso, a batida contida e elástica das teclas recobriam a toda velocidade o tique-taque do relógio de parede, que se ouvia apenas de quando em quando e que indicava já quase onze e meia.

— Pronto! — disse a cozinheira-mor, fechando o livro, enquanto a datilógrafa levantava-se de um salto e cobria a máquina com o tampo de madeira, sem despregar os olhos de Karl enquanto executava essa operação mecânica. Parecia ainda uma colegial: seu avental tinha sido passado com todo cuidado: nos ombros p. ex. ele era franzido, seu penteado era bem alto e, depois de observar esses detalhes, era um pouco surpreendente ver a seriedade de seu rosto. Depois de fazer algumas reverências, primeiro diante da cozinheira-mor e, a seguir, diante de Karl, ela afastou-se e ele sem querer lançou um olhar interrogativo à cozinheira-mor.

— Que bom que veio afinal! — disse ela. — E os seus companheiros?

— Não os trouxe comigo — disse Karl.

— Decerto vão partir muito cedo — disse a cozinheira-mor, como que tentando encontrar uma explicação para o caso.

"Será que ela está pensando que eu também vou partir?", perguntou-se Karl e, para dirimir qualquer dúvida, acrescentou:

— Nós nos separamos em desacordo.

A cozinheira-mor pareceu acolher aquela notícia como algo agradável.

---

[1] MB: Hotel Occidental.

— Está livre portanto? — perguntou ela.

— Sim, estou livre — disse Karl, e nada lhe pareceu valer menos do que isso.

— Escute, não aceitaria um trabalho aqui no hotel? — perguntou a cozinheira-mor.

— Com muito prazer — disse Karl —, mas disponho de parquíssimos conhecimentos. P. ex., nem sequer sei bater à máquina.

— Isso não é o mais importante — disse a cozinheira-mor —, por ora ocuparia um cargo bem baixo e teria então que procurar ascender trabalhando com zelo e atenção. De qualquer forma creio que seria melhor estabelecer-se nalgum lugar, ao invés de vagar assim pelo mundo. Não me parece feito para essa vida.

"Também o meu tio subscreveria essas palavras", disse Karl consigo, anuindo em sinal de aprovação. Ao mesmo tempo lembrou-se de que nem sequer havia se apresentado àquela pessoa que demonstrava tanta preocupação por ele.

— Perdoe-me, por favor — disse ele —, ainda nem me apresentei: eu me chamo Karl Rossman.

— É alemão, não é verdade?

— Sim — disse Karl —, estou na América há pouco tempo.

— E de onde é?

— De Praga, na Boêmia — disse Karl.

— Veja só! — exclamou a cozinheira-mor num alemão com forte sotaque inglês, quase erguendo os braços na sua direção. — Então somos compatriotas, eu me chamo Grete Mitzelbach e sou de Viena. E conheço Praga muito bem, pois trabalhei meio ano no restaurante *Ganso de Ouro*, que fica na Praça de São Venceslau. Imagine só!

— Quando foi isso? — perguntou Karl.

— Há muitos e muitos anos atrás.

— O antigo *Ganso de Ouro* — disse Karl — foi demolido há dois anos.

— Claro que foi — disse a cozinheira-mor, completamente imersa nas recordações de tempos passados.

Mas de repente recobrou ânimo e, tomando Karl pelas mãos, exclamou:

— Agora que descobrimos que é meu compatriota, não poderá sair daqui de modo algum. Não pode fazer isso comigo. Teria vontade, p. ex., de ser ascensorista? É só dizer sim, e vai ser. Se já esteve em outros lugares, deve saber que não é particularmente fácil conseguir esse tipo de emprego, pois é o melhor começo que se pode imaginar. Entra-se em contato com todos os hóspedes, eles o vêm sempre, lhe dão pequenas tarefas; em suma, terá todo o dia a possibilidade de obter algo melhor. Deixe o resto comigo.

— Gostaria muito de ser ascensorista — disse Karl depois de uma breve pausa.

Teria sido uma bobagem ter reservas em relação ao posto de ascensorista considerando os cinco anos de colegial que frequentara. Pelo contrário, na América teria ainda mais motivos para envergonhar-se desses cinco anos de colegial. De resto Karl sempre simpatizara com ascensoristas, pareciam-lhe um pouco como os ornamentos do hotel.

— Não exigem conhecimento de línguas? — perguntou ainda.

— Fala alemão e um belo inglês — isso é mais do que suficiente.

— O inglês aprendi aqui na América em dois meses e meio, ao chegar — disse Karl, que acreditava não dever ocultar sua única virtude.

— Isso já depõe suficientemente a seu favor — disse a cozinheira-mor —, quando penso nas dificuldades que tive com o inglês! É verdade que desde lá já se passaram bem seus trinta anos. Ontem mesmo ainda falei nisso. É que ontem foi meu aniversário de cinquenta anos. — E sorrindo procurava ler na expressão do rosto de Karl a impressão que uma idade tão respeitável produzia sobre ele.

— Então, desejo-lhe muitas felicidades — disse Karl.

— Disso sempre se pode precisar — disse ela, dando a mão para Karl e ficou novamente um tanto tristonha ao usar aquela velha expressão de sua terra, que lhe ocorria agora, ao falar alemão.

— Mas eu o estou prendendo aqui — exclamou a seguir — e com certeza deve estar muito cansado, e poderemos falar de tudo isso muito melhor durante o dia. A alegria por ter encontrado um compatriota faz com que fique completamente aérea. Venha, eu o levarei até seu quarto.

— Eu gostaria de lhe pedir um favor ainda, senhora cozinheira-mor — disse Karl ao ver o aparelho de telefone sobre a mesa —, é possível que amanhã, talvez muito cedo, meus antigos companheiros tragam uma fotografia da qual necessito urgentemente. A senhora poderia me fazer a gentileza de telefonar ao porteiro e pedir-lhe para deixar essas pessoas entrarem ou então mandarem-me chamar?

— Com certeza — disse a cozinheira-mor —, mas não bastaria ele receber a fotografia? E que tipo de fotografia é, se permite perguntar?

— É a fotografia dos meus pais — respondeu Karl. — Não, eu preciso falar pessoalmente com eles.

A cozinheira-mor não acrescentou mais nada e passou por telefone a tal ordem à portaria, mencionando o número 536 como sendo o do quarto de Karl.

A seguir, saíram passando por uma porta em frente à porta de entrada e entraram num pequeno corredor, onde um ascensorista muito jovem estava encostado na grade de um elevador, dormindo.

— Podemos subir sem ele — disse a cozinheira-mor em voz baixa, deixando Karl entrar primeiro. — Uma jornada de trabalho de dez a doze horas é de fato um pouco excessiva para um garoto desses — disse ela, depois, enquanto subiam —, mas é curioso na América: eis aí esse rapazinho, p. ex. Ele também chegou aqui há apenas meio ano com seus pais, ele é italiano. Agora ele parece ser absolutamente incapaz de aguentar o trabalho, já está com o rosto que é só pele e osso, dorme no serviço, embora por natureza tenha muito boa vontade; no entanto, ele precisa trabalhar apenas mais meio ano, aqui ou em qualquer outro lugar da América, e será capaz de aguentar tudo facilmente e, em cinco anos, será um homem. Poderia continuar citando exemplos desse tipo por horas a fio. E não é que eu esteja em absoluto pensando no seu caso, porque você é um rapaz robusto — tem dezessete anos, não é?

— Vou fazer dezesseis no mês que vem — respondeu Karl.

— Só dezesseis! — exclamou a cozinheira-mor. — Então, coragem!

Chegando em cima ela conduziu Karl a um quarto que, embora tivesse uma parede inclinada por ser uma mansarda, tinha um aspecto muito agradável graças à iluminação de duas lâmpadas elétricas.

Não se assuste com a decoração — disse a cozinheira-mor —, pois não é um quarto do hotel, é um dos quartos do meu apartamento, que possui três cômodos, de forma que não irá me perturbar minimamente. Trancarei a porta de comunicação para que fique inteiramente à vontade. É claro que amanhã, como novo funcionário do hotel, irá receber seu próprio quartinho. Se tivesse vindo com seus companheiros, eu teria mandado acomodá-lo no dormitório coletivo dos empregados da casa, mas como está sozinho, acho que ficará melhor aqui, mesmo tendo de dormir num sofá. E agora, durma bem para reunir forças para o trabalho. Amanhã ainda não será demasiado cansativo.

— Agradeço infinitamente por sua gentileza.

— Espere — disse ela, detendo-se na saída —, por pouco teria sido acordado logo em seguida.

E dirigindo-se a uma das portas laterais do quarto, bateu e chamou:

— Therese!

— Pois não, senhora cozinheira-mor — respondeu a voz da pequena datilógrafa.

— Quando você for me acordar de manhã, passe pelo corredor, tenho um hóspede dormindo aqui no quarto. Ele está morto de cansaço. — Ao dizer essas palavras, sorriu para Karl. — Entendeu?

— Sim, senhora cozinheira-mor.

— Então, boa noite!

— Boa noite para a senhora também!

— É que faz alguns anos que durmo — disse a cozinheira-mor à guisa de explicação — terrivelmente mal. Mas agora posso estar satisfeita com meu emprego e na verdade não preciso me preocupar. Decerto são sequelas de antigas preocupações que causam essa minha insônia. Posso me dar por satisfeita se conseguir pegar no sono às três da madrugada. Mas como já tenho de estar a postos novamente às cinco — às cinco e meia, no máximo — tenho de pedir que me acordem, e que isso seja feito com particular cautela para que eu não fique ainda mais nervosa do que já sou. E é justamente Therese a pessoa que me desperta. Agora realmente já sabe de tudo e eu ainda não fui embora. Boa noite! — E apesar de seu peso, deixou o quarto quase que deslizando para fora.

Karl alegrava-se ao pensar na noite de sono que tinha pela frente, pois aquele dia o havia deixado muito cansado. E não podia desejar ambiente mais agradável para desfrutar de um longo e tranquilo sono. Aquele cômodo não era destinado a ser um quarto de dormir, era mais uma sala de estar, ou melhor, uma sala de recepção da cozinheira-mor, e para lá tinham trazido, especialmente para aquela noite, um lavatório para ele; nem por isso ele se sentia um intruso, ao contrário, sentia-se apenas ainda mais à vontade. Sua mala tinha sido posta no local correto e certamente por muito tempo não estivera em maior segurança. Sobre um armário baixo com gavetas, coberto com um cobertor de lã de malhas muito largas, havia diversas fotografias emolduradas sob vidro; ao passar os olhos pelo quarto deteve-se diante delas e olhou-as. Eram quase todas fotografias antigas e exibiam em sua maioria moças que — trajando vestidos antiquados e desconfortáveis e chapéus pequenos mas altos, colocados de maneira displicente, a mão direita apoiada num guarda-chuva —, apesar de estarem voltadas para o observador, desviavam o olhar. Entre os retratos de homens, chamou sua atenção em especial o de um jovem soldado que colocara o quepe sobre a mesinha, permanecendo de pé, rígido, com seus cabelos negros rebeldes e com a expressão tomada por um riso orgulhoso, embora reprimido. Na fotografia, os botões do uniforme tinham sido coloridos de dourado posteriormente. Todas aquelas fotografias decerto vinham da Europa, e isso provavelmente também teria sido possível confirmar com precisão lendo no verso, mas Karl não queria pegar as fotos com a mão. Da mesma forma com que estavam dispostas ali aquelas fotografias, também ele iria poder colocar a fotografia de seus pais no seu futuro quarto.

Estava justamente se espreguiçando sobre o divã depois de um meticuloso banho de corpo inteiro, que ele se esforçara por realizar da maneira mais silenciosa possível por causa de sua vizinha de quarto, e gozando antecipadamente do prazer do sono, quando acreditou ouvir leves batidas numa das portas. Não era possível distinguir de imediato de que porta se tratava, poderia ser também apenas um ruído casual. Um ruído que também não se repetiu imediatamente a seguir: Karl estava quase dormindo quando voltou a ouvi-lo. Mas agora não havia mais dúvidas de que fossem batidas e de que provinham da porta da datilógrafa. Karl dirigiu-se na ponta dos pés até a porta e perguntou com uma voz tão baixa que, mesmo que apesar de tudo já estivessem dormindo no quarto ao lado, não teria sido possível despertar ninguém:

— Deseja algo?

A resposta veio de imediato e com voz igualmente baixa:

— Não quer abrir a porta? A chave está do seu lado.

— Pois não — disse Karl —, preciso só me vestir primeiro.

Depois de uma pequena pausa, a voz disse:

— Não é necessário. Abra a porta e vá se deitar que eu espero um momento.

— Está bem — disse Karl, assim fazendo, mas além disso acendeu também a luz elétrica. — Já estou deitado — disse ele depois, elevando um pouco a voz.

Nesse momento a pequena datilógrafa saiu do escuro do seu quarto, vestida exatamente como ele a vira embaixo, no escritório; durante todo aquele tempo ela decerto nem havia pensado em ir dormir.

— Desculpe-me muitíssimo — disse ela e deteve-se, inclinando-se um pouco diante da cama de Karl — e, por favor, não diga a ninguém que estive aqui. De mais a mais não vou perturbá-lo por muito tempo, sei que está morto de cansaço.

— Não é tão grave — disse Karl —, mas talvez tivesse sido melhor eu ter me vestido.

Viu-se obrigado a permanecer estendido para poder estar coberto até o pescoço, pois não possuía roupa de dormir.

— Vou ficar somente por um instante — disse ela, pegando uma cadeira. — Posso me sentar junto ao canapé?

Karl assentiu. Então ela se sentou tão próximo do canapé que Karl precisou chegar mais perto da parede para poder olhar para ela. Tinha um rosto redondo e com traços regulares, só a testa era excepcionalmente alta, mas talvez isso se devesse somente ao penteado, que não lhe ficava muito bem. Seu traje era muito limpo e bem cuidado. Na mão esquerda levava um lenço apertado entre os dedos.

— Vai ficar muito tempo aqui? — perguntou ela.

— Ainda não está definido com certeza — respondeu Karl —, mas acho que vou ficar.

— Pois isso seria muito bom — disse ela, passando o lenço sobre o rosto —, eu estou tão sozinha aqui!

— Isso me admira — disse Karl. — A senhora cozinheira-mor é tão amável com você! Ela nem a trata como uma funcionária. Pensei até que fossem parentes.

— Ah, não — disse ela —, eu me chamo Therese Berchtold, sou da Pomerânia.

Também Karl se apresentou. Em seguida ela olhou para ele pela primeira vez diretamente nos olhos, como se ao ter dito seu nome ele tivesse se tornado um pouco mais estranho para ela. Calaram por um momento. Depois ela acrescentou:

— Não deve pensar que sou ingrata. Se não fosse a senhora cozinheira-mor eu estaria muito pior. Antigamente eu era ajudante de cozinha aqui no hotel e estava prestes a ser despedida, pois não conseguia dar conta do trabalho pesado. Aqui eles são muito exigentes. Há um mês uma ajudante de cozinha desmaiou só por excesso de trabalho e esteve duas semanas no hospital. E eu não sou muito forte, sofri muito no passado e por isso tive um pequeno atraso no meu desenvolvimento. Certamente não diria que já tenho dezoito anos. Mas agora já estou ficando mais forte.

— O serviço aqui deve ser realmente muito cansativo — disse Karl. — Lá embaixo vi um ascensorista dormindo em pé.

— E imagine que os ascensoristas são os que estão em melhor situação — disse ela —, ganham um bom dinheiro com gorjetas e, afinal de contas, não precisam nem de longe dar duro como o pessoal na cozinha. Mas um dia tive realmente sorte: a senhora cozinheira-mor precisou certa vez de uma moça para arrumar os guardanapos para um banquete, mandou buscar aqui embaixo uma de nós, ajudantes de cozinha — aqui há bem umas cinquenta moças — e eu estava aqui à mão e a deixei muito satisfeita, pois sempre soube dobrar bem os guardanapos. E foi assim que ela passou a me manter sempre a seu lado e pouco a pouco me ensinou a ser a sua secretária. Aprendi muito com isso.

— Então há muito para escrever? — perguntou Karl.

— Ih, muitíssimo — respondeu ela —, provavelmente nem pode imaginar, talvez. Viu que hoje trabalhei até as onze e meia, e hoje não é um dia especial. Se bem que não escrevo o tempo todo, tenho muitas incumbências a fazer na cidade.

— E como se chama a cidade? — perguntou Karl.

— Não sabe? — disse ela. — Ramses.

— É uma cidade grande? — perguntou Karl.

— Muito grande — respondeu ela —, não gosto de ir lá. Mas não quer mesmo ir dormir?

— Não, não — disse Karl —, eu ainda nem sei por que veio aqui.

— Porque não posso falar com ninguém. Não sou de me lamentar, mas quando realmente não se tem ninguém no mundo, fica-se feliz em ser ouvido finalmente. Eu já o tinha visto lá embaixo no salão, fui eu quem veio chamar a senhora cozinheira-mor quando ela o levou para a despensa.

— É um salão horroroso — disse Karl.

— Já nem reparo mais — respondeu ela. — Mas eu queria só dizer que a senhora cozinheira-mor é tão boa comigo como só minha mãe foi. Mas há uma diferença grande demais na nossa posição para que eu possa falar com ela abertamente. Antigamente eu tinha boas amigas entre as moças da cozinha, mas já faz muito tempo que elas não estão mais aqui, e as novas eu praticamente não conheço. No final das contas, às vezes tenho a impressão de que o meu trabalho atual me cansa mais do que o antigo e que eu nem sequer o realizo tão bem quanto o outro e que a senhora cozinheira-mor me mantém nesse cargo somente por compaixão. Afinal, é preciso que se tenha tido realmente uma formação escolar melhor para ser secretária. É um pecado dizer uma coisa dessas, mas tenho cada vez mais medo de ficar louca. Pelo amor de Deus — disse ela de repente, acelerando a fala e estendendo ligeiramente a mão na direção do ombro de Karl, já que ele estava com as mãos debaixo do cobertor —, mas não vá dizer nenhuma palavra sobre isso à senhora cozinheira-mor, senão estarei mesmo perdida. Seria realmente o cúmulo se, além dos transtornos que já causo com o meu trabalho, eu ainda viesse a lhe dar algum desgosto.

— É evidente que não vou lhe dizer nada — respondeu Karl.

— Então está bem — disse ela —, e fique conosco. Eu ficaria contente se ficasse e, se estivesse de acordo, poderíamos ser amigos. Tive confiança em você desde a primeira vez que o vi. E mesmo assim — imagine só quanta maldade! — eu também tive medo de que a senhora cozinheira-mor o contratasse como secretário em meu lugar e me despedisse. Só depois de ter ficado por muito tempo aqui sozinha a pensar enquanto você estava lá embaixo no escritório, é que refleti melhor sobre o assunto e achei que seria até muito bom se você assumisse as minhas tarefas, pois com certeza saberia realizá-las melhor do que eu. Se não quisesse fazer as compras na cidade, eu poderia ficar com essa tarefa. Senão, com certeza eu seria muito mais útil na cozinha, principalmente porque já estou um pouco mais forte.

— A questão já está resolvida — disse Karl —, eu vou ser ascensorista e você continua sendo secretária. Mas se fizer a mínima alusão a esses seus planos à senhora cozinheira-mor, eu revelo a ela tudo o que me contou hoje, por mais que isso me desagrade.

Aquele tom de voz afetou Therese de tal forma que ela se jogou ao chão junto à cama e, chorosa, comprimiu o rosto contra a roupa de cama.

— Mas eu não vou contar nada — disse Karl — e nem você pode dizer nada.

A essas alturas, já não conseguindo mais permanecer totalmente escondido debaixo do cobertor, acariciou-lhe um pouco o braço e, sem encontrar as palavras certas, conseguia só pensar que aquela vida era uma vida muito amarga. Finalmente ela se acalmou a ponto de envergonhar-se de ter chorado, olhou para Karl agradecida, recomendou-lhe que dormisse até mais tarde no dia seguinte e prometeu, caso tivesse tempo, subir para despertá-lo pelas oito horas.

— Tem tanto jeito para despertar as pessoas! — disse Karl.

— É, algumas coisas eu sei fazer — disse ela, passando suavemente a mão sobre o cobertor em sinal de despedida, e saiu correndo para o quarto.

No dia seguinte Karl fez questão de começar a trabalhar, embora a cozinheira-mor quisesse lhe dar o dia livre para visitar a cidade de Ramses. Mas Karl declarou abertamente que ainda haveria oportunidade para fazer isso; agora, para ele, o mais importante era começar a trabalhar, pois na Europa ele já havia feito o erro de interromper um trabalho que tinha um propósito muito diverso, e só agora começava a trabalhar como ascensorista, numa idade em que outros rapazes, pelo menos os mais capacitados, estavam prestes a assumir um cargo superior como consequência natural de seu trabalho. Era perfeitamente correto começar como ascensorista; mas igualmente correto era o fato de que devia fazê-lo o mais rapidamente possível. Em tais circunstâncias a visita à cidade não lhe proporcionaria prazer algum. Não conseguia sequer se decidir a dar a volta para a qual Therese o tinha convidado. Pairava sempre diante de seus olhos a ideia de que se não trabalhasse com afinco poderia acabar igual a Delamarche e Robinson.

Na alfaiataria do hotel experimentaram nele o uniforme de ascensorista, magnificamente adornado na parte externa com botões e cordões dourados; entretanto, ao vesti-lo, Karl sentiu um certo arrepio, pois sobretudo debaixo das axilas a jaqueta estava fria, dura e, ao mesmo tempo, inevitavelmente úmida do suor de todos os ascensoristas que a tinham vestido antes dele. O uniforme teve também de ser alargado especialmente para Karl, sobretudo no peito, pois nenhum dos dez disponíveis cabia nele, nem provisoriamente. Apesar do trabalho de costura que naquele caso fora necessário e se bem que o alfaiate-mestre parecesse muito meticuloso — por duas vezes, o uniforme já entregue voou das suas mãos de volta para a oficina —, em menos de cinco minutos tudo estava pronto e Karl deixava o ateliê já de uniforme, vestindo aquelas calças justas e — não obstante as decididas afirmações do alfaiate, assegurando-lhe do contrário — uma jaqueta que era muito apertada e o induzia a fazer constantemente exercícios respiratórios para ver se ainda conseguia respirar.

A seguir foi apresentar-se ao camareiro-mor, sob cujas ordens deveria permanecer — um homem magro e bonito com um nariz enorme, que certamente já devia estar na faixa dos quarenta. Ele não tinha tempo de trocar nem meia palavra com ele, e limitou-se a tocar uma campainha para chamar um ascensorista — por acaso justo aquele que Karl tinha visto no dia anterior. Chamou-o apenas por seu nome de batismo — Giacomo, coisa que Karl ficou sabendo só mais tarde, pois na pronúncia inglesa o nome ficava irreconhecível. Ora, esse rapaz recebera ordens de mostrar-lhe tudo o que fosse necessário saber para operar o elevador; mas ele era tão tímido e apressado que Karl mal conseguiu saber aquele pouco que no fundo havia para mostrar. Seguramente Giacomo devia estar irritado por ter tido de deixar o serviço nos elevadores,[2] evidentemente por causa de Karl, e por ter sido designado para auxiliar as camareiras, coisa que lhe parecia aviltante, em função de determinadas experiências que tivera, mas que preferia ocultar. Karl decepcionou-se sobretudo com o fato de que o único vínculo de um ascensorista com o mecanismo do elevador estava em apertar um botão para simplesmente colocá-lo em movimento, sendo que para os consertos do motor eram utilizados única e exclusivamente os mecânicos do hotel, de modo que Giacomo, p. ex., em meio ano de serviço jamais vira com seus próprios olhos nem o motor no poço, nem o maquinário da parte interna do elevador, embora ele desejasse muito fazê-lo, como dissera expressamente. De modo geral era um serviço monótono e tão cansativo com sua jornada de doze horas de trabalho em turnos noturnos e diurnos alternados, que, de acordo com as informações de Giacomo, aquilo se tornava absolutamente insuportável se não se pudesse dormir alguns minutos em pé. Karl não comentou nada, mas deu-se conta de que fora precisamente esse talento de Giacomo que lhe custara o posto.

Karl ficou muito contente com o fato de que o elevador em que ele devia servir fosse destinado apenas aos andares superiores, porque assim ele não teria de entrar em contato com as pessoas mais ricas mas também mais exigentes. É bem verdade que ali não se poderia aprender tanto quanto em outras partes, mas para o começo estava bom.

Já ao final da primeira semana Karl percebeu que estava totalmente à altura do serviço. As partes em latão de seu elevador eram as mais bem polidas — nenhum dos outros trinta elevadores podia se equiparar ao seu nesse aspecto, e talvez eles estivessem ainda mais reluzentes se o rapaz que servia no mesmo elevador que ele fosse, ainda que só em parte, tão aplicado quanto ele e se não sentisse o zelo de Karl como um incentivo à sua própria negligência. Chamava-se Renell e era um rapaz vaidoso, americano de nascimento, de olhos escuros e faces lisas, um pouco fundas. Possuía um elegante traje de passeio, com o qual, ligeiramente perfumado, corria nas noites de folga para a cidade; de vez em quando pedia também a Karl que o substituísse à noite, alegando ter de se ausentar para tratar de assuntos familiares e pouco se importava que seu aspecto desmentisse todas aquelas desculpas. Apesar disso Karl simpatizava com ele e apreciava que nessas

---

[2] K: [...], que descreveu de modo muito vago dando-se ares de importância, [...]

noites, antes de sair em seu traje de passeio, Renell ainda permanecesse a seu lado, lá embaixo, de pé diante do elevador, continuando a se desculpar um pouco enquanto vestia suas luvas para em seguida afastar-se pelo corredor afora. De resto Karl queria apenas fazer-lhe um favor com aquelas substituições, como lhe parecia natural proceder de início em relação a um colega mais antigo, mas isso não deveria se tornar um hábito permanente. Pois aquele eterno sobe e desce no elevador era de fato bastante cansativo e sobretudo no período noturno quase não havia interrupção.

Karl logo aprendeu também a fazer aquelas rápidas e profundas reverências que se exigem de um ascensorista, e agarrava no ar as gorjetas, que acabavam desaparecendo no bolso de seu colete; pela expressão de seu rosto ninguém era capaz de adivinhar se eram magras ou gordas. Diante das senhoras ele abria a porta com um galanteio adicional e se enfiava lentamente para dentro do elevador atrás delas que, preocupadas com suas saias, chapéus e acessórios, costumavam entrar mais hesitantes do que os homens. Durante a subida, permanecia bem próximo à porta, pois assim chamava menos a atenção, dando as costas a seus passageiros e segurando na maçaneta da porta do elevador, pronto para empurrá-la de chofre para o lado no momento da chegada, mas sem causar qualquer sobressalto. Só muito raramente alguém lhe tocava o ombro durante a subida para pedir alguma breve informação; aí ele se voltava depressa, como se já estivesse esperando por aquela pergunta, e respondia alto e bom som. Apesar de haver muitos elevadores, com frequência, sobretudo depois da saída do teatro ou da chegada de alguns trens expressos, produzia-se uma aglomeração tal que, mal tendo deixado os passageiros nos andares superiores, Karl tinha de precipitar-se de novo para pegar os que esperavam nos andares inferiores. Puxando um cabo que atravessava a cabine do elevador ele também podia aumentar sua velocidade habitual, mas isso era proibido pelo regulamento dos elevadores e devia também ser perigoso. De fato, Karl nunca o fazia quando levava passageiros consigo; mas quando os tinha deixado em cima e havendo embaixo outros à espera, não possuía qualquer escrúpulo: manobrava o cabo com movimentos fortes e ritmados, como um marinheiro. Aliás ele sabia que os outros ascensoristas também faziam aquilo e ele não queria perder seus passageiros para os outros rapazes. Alguns hóspedes que residiam havia mais tempo no hotel — coisa, aliás, bastante usual por aqui — demonstravam vez por outra com um sorriso que reconheciam Karl como o seu ascensorista. Karl aceitava com prazer aquela gentileza, mas mantinha uma expressão séria. Às vezes quando o movimento enfraquecia, ele podia realizar também pequenas incumbências especiais:[3] p. ex., buscar alguma coisinha esquecida no quarto e que o hóspede não queria se dar ao trabalho de voltar para buscar; Karl subia então voando no seu elevador que, em tais ocasiões, lhe era particularmente familiar, entrava no quarto do estranho onde na maioria das vezes havia coisas que ele jamais vira antes espalhadas por todo o recinto ou penduradas em cabides, e sentia o aroma característico do sabonete de um estranho, do perfume, do colutório e retornava às pressas, sem se deter um instante, com o objeto encontrado, apesar das indicações o mais das vezes imprecisas. Com frequência lamentava não poder aceitar incumbências maiores, pois para elas havia criados e mensageiros especiais que faziam o percurso de bicicleta, ou mesmo de motocicleta; somente para passar recados dos quartos para os refeitórios ou para as salas de jogo é que Karl podia ser utilizado na melhor das hipóteses.

Quando voltava do trabalho depois da jornada de doze horas, três dias às seis da tarde, e os outros três, às seis da manhã, Karl estava tão cansado que, sem se preocupar com mais ninguém, ia diretamente para a cama. Ela ficava no dormitório coletivo dos ascensoristas; a cozinheira-mor, cuja influência talvez não fosse tão grande quanto ele acreditara na primeira noite, tinha se esforçado por conseguir um quartinho só para ele — e certamente até teria conseguido; mas ao ver as dificuldades que aquilo lhe trazia e os muitos telefonemas que a cozinheira-mor dava ao superior de Karl, o ocupadíssimo camareiro-mor, para tratar daquela questão, ele renunciou ao quarto, convencendo-a da seriedade de sua renúncia, pretextando não desejar ser invejado pelos outros rapazes por causa de um privilégio que na verdade não tinha sido alcançado por esforço próprio.

Mas aquele dormitório não era mesmo nada tranquilo. Pois sendo que cada um subdividia suas doze horas de folga de forma diferente — entre momentos dedicados a comer, a dormir, a se divertir e a obter algum ganho adicional —, no dormitório reinava sempre um grande movimento: uns dormiam e puxavam as cobertas até as orelhas para não ouvirem nada; mas se alguém fosse despertado, punha-se a gritar tão furiosamente, sobrepondo seus gritos à gritaria dos outros, que nem aqueles que tinham o sono mais pesado conseguiam continuar a dormir. Quase

---

[3] K: [...] com a perspectiva de embolsar uma boa gorjeta [...]

todos os rapazes possuíam um cachimbo, era uma espécie de luxo; até mesmo Karl tinha arranjado um para si e logo começou a gostar de fumar. Mas, não sendo permitido fumar em serviço, a consequência era que quem não dormia, fumava. Consequentemente cada uma das camas estava envolta na sua própria nuvem de fumaça e todo o ambiente, numa névoa generalizada. Embora a maioria deles estivesse basicamente de acordo, era impossível conseguir que à noite a luz permanecesse acesa somente num dos extremos do recinto. Se essa proposta tivesse sido colocada em prática, aqueles que desejassem dormir poderiam fazê-lo tranquilamente na parte escura da peça — tratava-se de um salão com quarenta leitos —, ao passo que, na parte iluminada, os outros poderiam jogar dados ou cartas, ou dedicar-se às demais atividades que necessitavam de luz. E se uma pessoa cuja cama se encontrasse na parte iluminada do salão quisesse ir dormir, podia deitar-se numa das camas livres na parte escura, pois sempre havia suficientes camas livres e ninguém objetava contra uma tal utilização temporária de sua cama por outro. Mas não havia noite em que essa divisão fosse mantida. P. ex., havia sempre dois rapazes que, depois de terem se aproveitado do escuro para tirar um cochilo, ficavam com vontade de jogar cartas sobre uma tábua colocada entre as suas camas, e naturalmente acendiam uma lâmpada elétrica para tal fim, cuja luz ofuscante fazia saltar os que dormiam voltados na sua direção. É bem verdade que primeiro se reviravam um pouco na cama, mas afinal não encontravam nada melhor para fazer do que jogar com o vizinho que também tinha sido acordado uma partida sob aquela nova iluminação. E outra vez, naturalmente, os cachimbos soltavam fumaça. Havia também alguns que desejavam dormir a qualquer preço — Karl em geral estava entre eles — e que, ao invés de colocar a cabeça sobre o travesseiro, com ele a cobriam ou envolviam; mas como é que se podia dormir quando o vizinho mais próximo se levantava no meio da noite para procurar um pouco de diversão na cidade antes de entrar no serviço e se lavava ruidosamente no lavatório instalado aos pés da própria cama, respingando água por toda parte, e não só fazia barulho para calçar as botas mas também batia com os pés no chão para entrarem melhor — quase todos tinham botas demasiado apertadas, apesar de a forma ser americana — e por fim, como sempre lhes faltava algum pequeno acessório para completar o traje, levantavam o travesseiro de quem dormia, debaixo do qual este — há muito desperto — esperava apenas a ocasião para pular no seu pescoço? Ora, ali eram todos esportistas e em sua maioria jovens robustos, que não desejavam perder a menor oportunidade de realizar exercícios físicos. E se durante a noite alguém acordasse em sobressalto no meio do sono com um barulho enorme, podia estar certo de encontrar no chão junto à cama dois lutadores e, sob uma luz ofuscante, os aficionados, em mangas de camisa e cuecas, de pé sobre todas as camas ao redor. Certa vez, por ocasião de um desses combates noturnos, um dos lutadores caiu sobre Karl, que dormia: a primeira coisa que enxergou ao abrir os olhos foi o sangue que escorria do nariz do rapaz e que inundou toda a roupa de cama, antes que se pudesse fazer algo para evitar. Com frequência Karl passava quase todas as suas doze horas tentando obter algumas horas de sono, embora se sentisse muito atraído a participar dos divertimentos dos demais; entretanto, parecia-lhe que todos os outros levavam na vida alguma vantagem sobre ele, uma vantagem que ele teria de compensar trabalhando com mais afinco e com alguma disposição à renúncia. Embora o sono fosse para ele algo muito importante, principalmente por causa do trabalho, ele não se lamentava nem com a cozinheira-mor, nem com Therese sobre a situação no dormitório, pois em primeiro lugar *grosso modo* todos os rapazes aguentavam firme sem reclamar seriamente e, em segundo lugar, o tormento no dormitório era uma parte necessária de seu trabalho de ascensorista, trabalho esse que ele aceitara agradecido das mãos da cozinheira-mor.

Uma vez por semana ele tinha uma folga de vinte e quatro horas devido à mudança de turno e em parte ele a empregava para fazer uma, duas visitas à cozinheira-mor e para trocar algumas palavras rápidas com Therese, adaptando-se a seu escasso tempo livre, nalgum canto, num corredor e só muito raramente no quarto dela. Às vezes ele a acompanhava às compras na cidade, que tinham de ser feitas todas com a maior pressa. Então quase que corriam: Karl carregando sua bolsa, dirigiam-se à estação mais próxima do metrô, a viagem transcorria num piscar de olhos, como se o trem fosse apenas carregado sem oferecer qualquer resistência, e mal desembarcavam subiam em disparada escada acima, ao invés de esperar pelo elevador que lhes parecia demasiado lento; logo em seguida descortinavam-se à sua frente grandes praças, das quais partiam ruas como os raios de uma estrela, tumultuando o tráfego que afluía em linha reta, vindo de todos os lados, mas Karl e Therese permaneciam um bem junto ao outro e corriam para os diversos escritórios, lavanderias, depósitos e lojas, nos quais era preciso fazer algum pedido ou reclamação que não era fácil fazer por telefone, mas que no mais não implicava nenhuma responsabilidade maior. Therese percebeu logo que o auxílio prestado por Karl nessas ocasiões não era nada desprezível, que aliás, ao contrário, ele acelerava um número muito grande de coisas. Quando estava com ele, ela nunca precisava ficar esperando, como acontecera com frequência outras vezes, até que comerciantes superatarefados viessem atendê-la. Ele se aproximava do balcão e batia com os nós dos dedos sobre ele até conseguir ser ouvido, gritando por sobre muralhas de seres humanos no seu inglês ainda algo estridente e que se poderia reconhecer facilmente dentre centenas de vozes; abordava as pessoas sem hesitar mesmo que estas se retirassem com desdém para o fundo dos longuíssimos salões das lojas. Não se comportava assim por prepotência e tinha consideração por todo e qualquer obstáculo, mas ele se sentia numa posição segura que lhe dava certos direitos: o Hotel occidental não era um cliente com o qual se podia brincar e, afinal de contas, Therese, não obstante sua experiência comercial, estava bastante necessitada de ajuda.

— Deveria sempre vir comigo — dizia ela às vezes, rindo contente, ao voltarem de alguma empresa particularmente bem-sucedida.

Somente três vezes durante esse mês e meio que permaneceu em Ramses Karl ficou por mais tempo — mais de duas horas — no quartinho de Therese. Naturalmente era menor que qualquer uma das dependências da cozinheira-mor e as poucas coisas que continha estavam por assim dizer apenas depositadas em torno à janela, mas depois da experiência no dormitório Karl já sabia apreciar o valor de ter um quarto próprio, relativamente silencioso, e mesmo não o tendo dito claramente, Therese percebeu como o seu quarto agradava a ele. Ela não tinha segredos para com ele; e também não teria sido lá muito fácil tê-los, depois daquela visita da primeira noite. Ela era filha ilegítima, seu pai, mestre de obras, tinha mandado vir da Pomerânia mãe e filha; mas como se com isso tivesse cumprido sua obrigação ou como se tivesse esperado pessoas diversas que não aquela mulher estafada e aquela criança frágil que ele tinha ido buscar no desembarque, logo depois de terem chegado, ele emigrou para o Canadá sem dar grandes explicações, não recebendo as duas abandonadas nem carta nem qualquer outra notícia, coisa que em parte não era mesmo de admirar, pois elas estavam irremediavelmente perdidas nos imensos bairros orientais de Nova York.[4]

---

[4] K: Novawork.

Uma vez Therese falou[5] — Karl estava de pé a seu lado na fresta e olhava para a rua — da morte de sua mãe, de como a mãe e ela — que devia ter cerca de cinco anos de idade à época — se puseram a vagar numa noite de inverno pelas ruas, cada qual com sua trouxa de roupa à procura de um lugar para dormir; como de início a mãe a levava pela mão (havia uma tempestade de neve, era difícil avançar) até que essa mão ficou paralisada e, sem nem virar para trás para ver se ela ainda estava lá, largou Therese que precisou então fazer esforço para se agarrar nas saias da mãe. Com frequência Therese tropeçava e quase caía, mas a mãe estava como que num delírio e não parou. E que nevascas aquelas, nas longas e retas avenidas noviorquinas! Karl ainda não havia passado nenhum inverno em Novayork. Caminhando contra o vento, que sopra num redemoinho, não se consegue abrir os olhos nem por um instante, o vento esfrega sem cessar a neve cortante sobre o rosto, caminha-se mas não se avança um passo, é um desespero. Naturalmente, nessas condições, uma criança leva vantagem em relação a um adulto: passa por baixo das rajadas de vento e até se diverte com tudo aquilo. Assim, também Therese naquela noite fora incapaz de compreender a mãe inteiramente e tinha a firme convicção de que se a tivesse tratado de modo mais inteligente — mas Therese era ainda uma criança tão pequena! — a mãe não teria sido

---

[5] K: — Lembro de uma noite de inverno — contou Therese enquanto Karl olhava para a rua embaixo — nós duas, minha mãe e eu — eu devia ter uns cinco ou seis anos, mas não sei exatamente a minha idade — correndo pelas ruas, cada qual com sua trouxa de roupa, à procura de um lugar para dormir. De início minha mãe me levando pela mão, era uma tempestade de neve e estava difícil avançar, até que a mão dela paralisou-se e ela me largou sem nem se voltar para trás para ver se eu ainda estava lá, de forma que eu tive de me agarrar nas suas saias. Tropecei e caí, mas minha mãe estava como que num delírio e não parou. Minha mãe já estava há dois dias sem trabalho, não tínhamos um tostão furado, tínhamos passado o dia a céu aberto sem comer nem um bocado, e nas trouxas que, acredito, não jogamos fora só por superstição, carregávamos conosco apenas trapos que não serviam para nada. Entretanto, à minha mãe tinham prometido trabalho na manhã seguinte num canteiro de obras, mas ela temia, como me explicou, não poder aproveitar aquela ocasião favorável porque se sentia morta de cansaço, de manhã tinha tossido e cuspido sangue na rua, e seu único desejo era repousar nalgum lugar quente. E, veja, justo naquela noite foi totalmente impossível conseguir um cantinho qualquer. Naquela época o Exército da Salvação não era tão difundido como hoje, além do mais, não dispúnhamos nem daquele pouco que se pede nos dormitórios do Exército da Salvação, e minha mãe não tivera jamais o tempo nem a tranquilidade necessários para procurar outro abrigo mais distante e sobre o qual ela ainda teria tido de se informar.

obrigada a sofrer uma morte tão miserável. Naquela ocasião a mãe estava já havia dois dias sem trabalho, não possuíam nem um vintém, haviam passado o dia a céu aberto, sem comer nadinha, e em suas trouxas carregavam consigo somente trapos inúteis que, talvez por superstição, não ousavam jogar fora. Ora, fora prometido à mãe trabalho na manhã seguinte num canteiro de obras, mas ela temia — como procurou explicar a Therese ao longo de todo o dia — não ser capaz de aproveitar a oportunidade, pois sentia-se morta de cansaço e, já pela manhã, para horror dos transeuntes, cuspira muito sangue na rua; seu único desejo era chegar a algum lugar quente e repousar. E justo naquela noite estava impossível conseguir um lugarzinho qualquer. Quando não eram mandadas embora pelos zeladores já na entrada dos prédios, nos quais ao menos teriam podido se recobrar um pouco dos efeitos da intempérie, atravessavam correndo gélidos e apertados corredores, subiam até os andares superiores, andavam em círculos nas estreitas sacadas que circundavam os pátios, batiam indiscriminadamente nas portas, ora sem falar com ninguém, ora implorando a todos os que encontravam; e por uma ou duas vezes a mãe agachou-se sem fôlego no degrau de uma escada solitária, estreitou Therese — que quase opunha resistência — contra si e beijou-a com a dolorosa pressão de seus lábios. Sabendo-se depois que estes tinham sido os últimos beijos, não se pode entender como, por menor que fosse a criaturinha, ela pudesse ter sido tão cega a ponto de não compreender o que acontecia. Alguns aposentos pelos quais passavam tinham as portas abertas para permitir a saída do ar sufocante e em meio àquela névoa de fumaça que, como se causada por um incêndio, enchia o ambiente, surgia somente a figura de alguém que aparecia no batente da porta, indicando com sua muda presença ou com uma palavra curta e grossa a impossibilidade de encontrar abrigo naquele quarto. Agora, vendo as coisas em retrospecto, parecia a Therese que só nas primeiras horas a mãe tinha procurado seriamente por algum lugar, porque depois da meia-noite mais ou menos ela não dirigira a palavra a mais ninguém, embora não tivesse cessado de vagar, com pequenas pausas, até o amanhecer, e embora houvesse naqueles prédios, onde nunca se fecham nem as portas de entrada nem as dos apartamentos, uma contínua movimentação e a todo momento se encontrassem pessoas. É claro que não era um passo que as fizesse avançar rapidamente, mas era só o esforço máximo de que eram capazes, e na realidade podia bem ser apenas um arrastar-se. Therese não sabia também se entre a meia-noite e as cinco da madrugada elas tinham estado em vinte prédios, em dois prédios ou num só prédio. Os corredores desses prédios tinham sido construídos segundo projetos que visavam um melhor aproveitamento do espaço, mas que não levavam em conta a necessidade de se orientar com facilidade dentro deles — quantas vezes tinham passado pelos mesmos corredores! Therese tinha na lembrança, por certo obscura, terem saído de um prédio depois de tê-lo percorrido por uma eternidade, mas depois lhe parecera igualmente que na rua tinham dado meiavolta e se precipitado de novo para o interior do mesmo prédio. Era naturalmente um sofrimento inconcebível para a criança ser arrastada, ora levada pela mãe, ora agarrando-se nela, sem a menor palavra de consolo; e, na sua ignorância, tudo aquilo parecia ter uma única explicação: que a mãe desejava fugir e abandoná-la. Por isso, por segurança Therese agarrava-se ainda com uma das mãos nas suas saias, mesmo quando ela a segurava pela outra, e de vez em quando chorava alto. Ela não queria ser deixada para trás ali, entre pessoas que subiam a escada fazendo estrondo à sua frente ou que se aproximavam por trás delas, ainda invisíveis, atrás de uma curva da escada, pessoas que brigavam nos corredores diante de uma porta e que se empurravam para o interior do quarto. Bêbados perambulavam pelo prédio cantarolando com voz abafada, e por sorte a mãe conseguiu ainda passar com Therese por entre esses grupos que iam se fechando em torno delas. Com certeza, a altas horas da noite, quando ninguém mais estivesse prestando atenção e ninguém mais fizesse questão de afirmar os seus direitos, poderiam ao menos introduzir-se para dentro de algum daqueles dormitórios coletivos alugados por empresários, e pelos quais haviam passado, mas Therese não entendia e a mãe não queria mais repouso. De manhã, no começo de um belo dia de inverno, ambas encostaram na parede de um prédio, e talvez tivessem dormido um pouco ali, ou talvez somente fitado em torno com olhos arregalados. Ocorre que Therese tinha perdido a sua trouxa e, como castigo por sua desatenção, a mãe já estava prestes a bater nela — mas Therese não ouviu e nem sentiu nenhuma palmada. Continuaram então andando pelas ruas que iam se animando, a mãe encostada na parede, e passaram por uma ponte, onde a mãe tirou com a mão o gelo do peitoril, chegando finalmente (na época Therese aceitara o fato; hoje ela não conseguia compreender) justo àquele canteiro de obras onde haviam prometido à mãe trabalho para aquela manhã. Ela não disse a Therese se devia esperar ou ir embora, e ela tomou isso como ordem para que esperasse, já que era o que correspondia melhor aos seus desejos. Sentou-se pois sobre uma pilha de tijolos e ficou olhando a mãe abrir a sua trouxa, tirar um trapo colorido e cobrir com ele o seu lenço de cabeça, que ela vestira durante toda a noite. Therese estava cansada demais para sequer pensar em ajudar a mãe. Sem se apresentar no barracão da obra como de costume, e sem perguntar a ninguém, a mãe subiu uma escada, como se já soubesse o trabalho que devia realizar. Therese estranhou, pois as ajudantes habitualmente ocupavam-se apenas de dissolver a cal, de alcançar os tijolos e de outros trabalhos simples feitos embaixo. Por isso pensava que a mãe estivesse querendo realizar algum trabalho melhor remunerado naquele dia, e lançou-lhe um sorriso sonolento. A construção ainda não estava alta, mal chegara ao andar térreo, embora as altas vigas dos andaimes destinados à construção futura — ainda sem as pranchas de comunicação — se destacassem contra o céu azul. No alto a mãe desviava-se habilmente dos pedreiros que assentavam tijolo com tijolo e que incompreensivelmente não lhe pediam explicações; ela se segurava com cuidado tocando de leve num tabique de madeira que servia de corrimão, e lá embaixo, Therese em sua sonolência admirava-se dessa habilidade, acreditando ainda receber um olhar amável de sua mãe. Mas em seguida, caminhando, a mãe chegou até uma pequena pilha de tijolos, antes da qual terminava o corrimão e, provavelmente, também o caminho; ela não se importou com isso: andou em direção à pilha de tijolos e, dando um passo por cima deles, despencou no vazio. Muitos tijolos rolaram atrás dela e, por fim, um bom tempo depois, uma tábua pesada se desprendeu de algum lugar, caindo ruidosamente sobre seu corpo. A última lembrança que Therese tinha de sua mãe era essa visão: caída, de pernas abertas, vestindo ainda a saia quadriculada que havia trazido da Pomerânia, a tábua pesada que quase a cobria, as pessoas que acorriam de todos os lados e a voz de um homem que do alto gritava furioso algo para baixo.

Já era tarde quando Therese finalizou seu relato. Tinha feito uma narrativa detalhada, coisa que não fazia habitualmente, e justo nos momentos neutros, como na descrição das vigas dos andaimes, cada qual destacando-se individualmente contra o céu, foi obrigada a interromper a narrativa com lágrimas nos olhos. Agora, dez anos depois, ela sabia exatamente cada pormenor do que havia acontecido naquela ocasião, e sendo aquela visão da mãe lá em cima daquele térreo inacabado a última recordação que tinha dela com vida, e não podendo transmiti-la ao amigo com clareza bastante, quis retornar a ela depois de finalizar o relato; no entanto, parou, colocou o rosto entre as mãos e não disse mais palavra.

Mas também havia momentos mais divertidos no quarto de Therese. Já em sua primeira visita Karl viu ali um manual de correspondência comercial que, a seu pedido, ela lhe emprestou. Ao mesmo tempo combinaram que Karl faria os exercícios do livro e deveria apresentá-los a Therese, que já havia estudado todo o seu conteúdo, uma vez que ele fora necessário para a execução de seus pequenos serviços. E agora Karl passava noites a fio lá embaixo, no dormitório, com algodão nos ouvidos, deitado em sua cama, nas mais diversas posições possíveis, só para variar de posição, a ler o livro e a rabiscar os exercícios num caderninho com uma caneta-tinteiro que a cozinheira-mor lhe dera de presente como recompensa por ter organizado para ela um grande inventário de modo muito prático e limpo. Conseguiu reverter em benefício próprio a maioria das interrupções dos outros rapazes, pedindo-lhes sempre pequenos conselhos sobre o uso da língua inglesa até que eles se cansassem daquilo e o deixassem em paz. Com frequência admirava-se que os outros estivessem absolutamente conformados com sua situação atual, e nem sentiam seu caráter provisório — não eram aceitos ascensoristas maiores de vinte anos —, nem percebiam a necessidade de decidir sobre sua profissão futura, e, não obstante o exemplo de Karl, nada liam além de, no máximo, histórias de detetive que circulavam de cama em cama em páginas rasgadas e sujas.

Nos encontros, Theresc corrigia com excessiva minúcia; se surgiam pontos de vista discordantes Karl aduzia como testemunha seu grande professor nova-iorquino;[6] mas para Therese ele tinha tão pouco valor quanto as opiniões dos ascensoristas sobre gramática. Ela lhe arrancava a caneta da mão e riscava a passagem de cuja incorreção estava convencida; em tais casos duvidosos, porém, Karl voltava a riscar, por pedantismo, as correções de Therese, embora em geral nenhuma autoridade superior a ela fosse ver o exercício. Às vezes, contudo, aparecia a cozinheira-mor e decidia sempre em favor de Therese, o que ainda não provava nada, já que Therese era sua secretária. Ao mesmo tempo, porém, era ela quem trazia a reconciliação geral, pois faziam chá, traziam biscoitos e Karl tinha de contar coisas sobre a Europa, naturalmente com muitas interrupções por parte da cozinheira-mor que voltava a fazer perguntas e se admirar, fazendo com que Karl se desse conta de quanta coisa havia mu-

---

[6] K: neworkino.

dado radicalmente num espaço de tempo relativamente curto e de quanta coisa certamente deveria ter-se modificado desde sua ausência e iria continuar a se modificar.

Devia fazer mais ou menos um mês que Karl estava em Ramses quando uma noite, ao passar, Renell lhe disse ter sido abordado na frente do hotel por um homem chamado Delamarche, que perguntara por Karl. Renell lhe disse que, evidentemente, não tivera motivo para esconder coisa alguma e lhe contara a verdade: que Karl era ascensorista, mas que, graças à proteção da cozinheira-mor, tinha possibilidade de obter ainda postos bem diferentes. Karl reparou no cuidado com que Delamarche tinha tratado Renell, convidando-o até para jantar com ele aquela noite.

— Não tenho mais nada a ver com Delamarche — disse Karl —, e você, tome muito cuidado com ele!

— Eu? — disse Renell, espreguiçou-se e saiu correndo. Era o rapaz mais elegante do hotel e entre os outros rapazes corria o boato, do qual não se sabia a autoria, de que ele teria sido, pelo menos, beijado no elevador por uma senhora distinta, que estava hospedada no hotel havia algum tempo. Para quem sabia do boato, tinha sem dúvida o seu encanto ver passar aquela senhora cheia de si, cuja aparência externa em nada denunciava a possibilidade de um tal comportamento, com seus passos tranquilos e suaves, seus véus delicados e sua cintura apertada. Ela morava no primeiro andar e o elevador de Renell não era o dela; mas é natural que, quando os outros elevadores estavam momentaneamente ocupados, não se podia impedir a hóspedes de tal categoria o acesso a outro elevador. Por isso é que de vez em quando aquela senhora andava no elevador atendido por Renell e Karl e, de fato, só quando Renell o estava atendendo. Podia ser uma coincidência, embora ninguém acreditasse nisso; e quando o elevador partia com os dois, uma agitação reprimida com dificuldade perpassava toda a fila dos ascensoristas e chegara certa vez até a provocar a intervenção de um dos camareiros-mores. Fosse o motivo a tal senhora, fosse o boato, de qualquer maneira, Renell tinha-se modificado, tornando-se ainda mais cheio de si, deixando a limpeza do elevador inteiramente para Karl — que já estava à espera da próxima ocasião para discutir a fundo esse assunto — e desaparecendo totalmente do dormitório. Nenhum outro havia-se afastado tão completamente da comunidade dos ascensoristas, pois de modo geral eram muito unidos, ao menos em questões de serviço, e possuíam uma organização reconhecida pela direção do hotel.

Tudo isso passava pela cabeça de Karl, que pensava também em Delamarche e de resto seguia executando o seu serviço como sempre. Perto da meia-noite, teve um pequeno momento de distração, pois Therese, a qual frequentemente o surpreendia com pequenos presentes, trouxe-lhe uma maçã enorme e uma barra de chocolate. Conversaram um pouco, não sendo quase perturbados pelas interrupções devidas às viagens de elevador. A conversa chegou também ao tema Delamarche e Karl notou que, na verdade, deixara-se influenciar por Therese e se o considerava havia algum tempo uma pessoa perigosa era porque assim ele parecera a Therese depois do relato de Karl. No entanto, ele o considerava no fundo apenas um vagabundo arruinado pelo azar mas com quem era possível conviver. Therese, porém, o contradisse vivamente e por meio de longos discursos exigiu que Karl prometesse não trocar mais nenhuma palavra com Delamarche. Ao invés de fazer essa promessa, Karl instou-a repetidamente a ir dormir, pois já passava da meia-noite, e quando ela se recusou a ir, ele ameaçou deixar seu posto e levá-la até seu quarto. Quando finalmente ela se dispôs a ir embora, ele disse:

— Por que tem essas preocupações inúteis, Therese? Caso isso a faça dormir melhor, prometo com todo prazer que só falarei com Delamarche se for inevitável.

A seguir teve muitas viagens, pois o rapaz do elevador ao lado fora cedido para auxiliar em algum outro serviço e Karl teve de servir os dois elevadores. Houve hóspedes que falaram de desordem e um senhor acompanhado de uma outra senhora chegou a encostar em Karl de leve com a bengala de passeio para apressá-lo — uma advertência absolutamente desnecessária. Se ao menos os hóspedes se dirigissem logo ao elevador de Karl ao ver que não havia ascensorista no outro elevador; mas eles não faziam isso; pelo contrário, iam até o elevador vizinho e permaneciam lá parados com a mão na maçaneta ou então chegavam a entrar por conta própria no elevador, o que os ascensoristas deveriam evitar a todo custo segundo as cláusulas mais severas do regulamento. Assim, Karl era obrigado a um cansativo vaivém, sem que ao fazer isso tivesse a consciência de estar cumprindo rigorosamente com seu dever. Além de tudo, pelas três horas da madrugada um carregador — um velho com quem mantinha alguma amizade — quis um auxílio seu; mas ele não pôde em absoluto auxiliá-lo, pois naquele preciso momento havia hóspedes a aguardar na frente de seus dois elevadores. E era preciso ter presença de espírito para decidir-se de imediato por um grupo ou pelo outro, dando grandes passadas. Karl ficou feliz, portanto, quando o outro rapaz retornou, e lhe dirigiu algumas palavras de reprovação por sua longa ausência, embora o rapaz provavelmente não fosse culpado por ela.

Depois das quatro da manhã tudo se tranquilizou um pouco; Karl já estava precisando com urgência dessa tranquilidade. Apoiou-se pesadamente no corrimão ao lado de seu elevador, comeu lentamente a maçã, da qual já desde a primeira mordida emanou um intenso perfume, e olhou para baixo, para uma claraboia cercada pelas grandes janelas das despensas, por trás das quais mal se vislumbrava o reflexo de maciças pencas de bananas dependuradas na escuridão.

VI.

O caso Robinson

Naquele momento alguém tocou-lhe o ombro. Karl, pensando naturalmente tratar-se de um hóspede, enfiou às pressas a maçã no bolso e, mal tendo avistado a pessoa, correu em direção ao elevador.

— Boa noite, senhor Rossmann — disse então o homem —, sou eu, Robinson.

— Mas como está mudado! — exclamou Karl, meneando a cabeça.

— É, vou muito bem — disse Robinson, descendo o olhar para o próprio traje, composto de peças talvez bastante finas, mas combinadas de tal forma que o conjunto parecia simplesmente lastimável. O mais chamativo era um colete branco, que ele evidentemente vestia pela primeira vez, com quatro bolsinhos pequenos bordados de preto, sobre os quais Robinson também tentava chamar a atenção inflando o peito.

— Usa roupas caras — disse Karl e pensou rapidamente no seu simples mas belo traje, com o qual teria podido competir até mesmo com Renell e que aqueles dois maus amigos tinham vendido.

— É, sim — respondeu Robinson —, quase diariamente compro algo. O que acha do colete?

— Bem bonito — disse Karl.

— Mas não são bolsos de verdade, são só de enfeite — falou Robinson, agarrando a mão de Karl para que se convencesse por si mesmo. Karl, porém, recuou, pois a boca de Robinson exalava um insuportável cheiro de aguardente.

— Outra vez bebendo demais — disse Karl, encostando novamente na grade do elevador.

— Não — respondeu Robinson —, não demais. — E, contradizendo a alegria que expressara anteriormente, acrescentou: — O que mais resta a um homem neste mundo?

Uma viagem de elevador interrompeu a conversa, e Karl nem bem havia retornado quando recebeu um telefonema dizendo para chamar o médico do hotel, pois uma senhora no sétimo andar sofrera um desmaio. A caminho de lá Karl alimentava a secreta esperança de que no entretempo Robinson tivesse se afastado, pois não desejava ser visto junto com ele e, recordando a advertência de Therese, tampouco queria ouvir falar de Delamarche. No entanto, Robinson continuava à espera com a rigidez típica de quem está completamente bêbado; naquele mesmo instante, passou pelo local um funcionário importante do hotel, de terno preto e cartola; felizmente, ao que parecia, sem reparar muito em Robinson.

— Rossmann, um dia desses não quer nos fazer uma visita? Agora estamos muito bem — disse Robinson, lançando um olhar sedutor para Karl.

— É você quem convida ou Delamarche? — perguntou Karl.

— Eu e Delamarche. Nisso estamos de acordo — disse Robinson.

— Pois então eu vou lhe dizer algo e peço que transmita o mesmo a Delamarche: nossa separação — caso isso já não tenha ficado bem claro em princípio — foi definitiva. Vocês dois me magoaram mais do que qualquer outra pessoa. Por acaso meteram na cabeça que não vão mais me deixar em paz?

— Mas nós somos os seus companheiros — disse Robinson, e seus olhos encheram-se com as asquerosas lágrimas de um bêbado. — Delamarche manda-lhe dizer que pretende indenizá-lo por tudo o que aconteceu. Moramos agora junto com Brunelda, uma cantora esplêndida.

E imediatamente depois estava a entoar uma sonora canção, quando Karl silenciou-o, sussurrando:

— Cale-se imediatamente! Não sabe onde está?

— Rossmann — disse Robinson, deixando-se intimidar só em relação à cantoria —, diga o que disser, sou seu companheiro. E agora que tem uma posição tão boa por aqui, não poderia me deixar algum dinheiro?

— Só para gastar tudo em bebida — disse Karl —; estou vendo até aí no seu bolso uma garrafa de bebida, da qual com certeza bebeu na minha ausência, pois de início ainda estava bastante senhor de si.

— É só para me reanimar quando tenho algo a fazer — disse Robinson desculpando-se.

— Não pretendo mais corrigi-lo — falou Karl.

— Mas, e o dinheiro? — disse Robinson arregalando os olhos.

— Recebeu de Delamarche a tarefa de levar algum dinheiro. Bem, eu vou lhe dar algum dinheiro, mas somente com a condição de que desapareça daqui imediatamente e nunca mais venha me visitar. Se quiser me dizer algo, escreva para mim: Karl Rossmann, ascensorista, Hotel occidental — isso basta como endereço. Mas aqui — eu repito —, aqui não deve mais vir me visitar. Aqui estou a trabalho e não tenho tempo para visitas. Vai querer o dinheiro nessas condições? — perguntou Karl, enfiando a mão no bolsinho do colete, decidido a sacrificar a gorjeta daquela noite. Robinson limitou-se a assentir, respirando com dificuldade. Karl interpretou o gesto incorretamente e perguntou de novo:

— Sim ou não?

Nesse momento Robinson fez sinal para que se aproximasse e sussurrou-lhe com movimentos de deglutição cada vez mais evidentes:

— Rossmann, estou me sentindo muito mal.

— Diabos! — foi a exclamação que escapou a Karl, e o arrastou com ambas as mãos até a grade do elevador.

E o vômito jorrou da boca de Robinson caindo no fundo. Desamparado, nos intervalos permitidos por sua náusea, Robinson tateava às cegas na direção de Karl.

— Você é um bom rapaz, realmente — disse ele a seguir; ou então: — Já, já vai passar — algo que nem de longe era correto; ou ainda: — Aqueles cachorros, o que será que me deram para beber!

A inquietação e o asco eram tais que Karl não suportou mais ficar ao lado de Robinson e começou a caminhar de um lado para o outro. Naquele canto junto ao elevador Robinson encontrava-se relativamente bem escondido; mas o que aconteceria se, ainda assim, alguém notasse, algum daqueles hóspedes ricos e nervosos, que só esperam o momento de apresentar ao primeiro funcionário do hotel que passa uma queixa, pela qual este, furioso, irá vingar-se de todo o estabelecimento; ou então, se viesse um daqueles detetives do hotel, que mudam sempre e que ninguém exceto a Direção conhece e cuja presença supõe-se por trás de qualquer pessoa com olhar perquiridor, motivado no entanto somente por sua miopia! E bastava que lá embaixo alguém do serviço do restaurante entrasse nas despensas (o que faziam incessantemente à noite), percebesse com espanto aquela porcaria no poço do elevador e ligasse para Karl perguntando: "Pelo amor de Deus, o que está acontecendo aí em cima?". Nesse caso, como iria poder negar a presença de Robinson? E se o fizesse, não iria Robinson, com sua burrice e desespero, ao invés de desculpar-se, justamente indicar Karl como única referência? E não seria então inevitável Karl ser demitido no ato, pois algo inaudito acontecera: um ascensorista — o mais baixo e dispensável funcionário da gigantesca escala hierárquica dos funcionários do hotel — deixara um amigo seu emporcalhar o ambiente, assustando ou mesmo afugentando os hóspedes? Seria possível continuar tolerando um ascensorista que possuía tais amigos, e que além de tudo deixava que o visitassem durante o horário de serviço? E não dava a impressão de que um tal ascensorista fosse ele mesmo um beberrão, se não algo de pior, pois não seria a suposição mais evidente a de que ele teria por tanto tempo fartado os amigos com provisões do hotel, a ponto de eles, como Robinson, acabarem por expelir dejetos de tal espécie num canto qualquer daquele estabelecimento, cuja limpeza era mantida de modo extremamente meticuloso? E por que razão um rapaz como aquele iria se limitar ao furto de gêneros alimentícios, sendo que havia realmente incontáveis ocasiões para um ladrão, dada a conhecida negligência dos hóspedes: por toda parte armários abertos, objetos de valor esparramados sobre as mesas, cofres escancarados, chaves distraidamente jogadas pelos cantos?

Naquele exato momento Karl avistou de longe hóspedes subindo as escadas vindos de um café localizado no porão, no qual havia recém terminado um espetáculo de variedades. Karl postou-se junto ao elevador e não ousou voltar-se na direção de Robinson, com medo do que iria ver. O fato de não escutar nenhum ruído, nem um gemido sequer vindo daquela direção tranquilizava-o muito pouco.[1] Embora atendesse seus hóspedes, acompanhando-os para os andares de cima e de baixo, não conseguia ocultar totalmente a sua distração, e a cada descida estava pronto a encontrar uma surpresa desagradável.

Finalmente voltou a dispor de tempo para olhar para Robinson, que estava todo encolhido no seu canto, o rosto apertado contra os joelhos. Tinha empurrado bem para trás seu chapéu redondo e duro.

— Bem, agora vá embora — disse Karl em voz baixa com determinação —, aqui está o dinheiro. Se se apressar, ainda poderei mostrar-lhe o caminho mais curto.

---

[1] K: [...], pois se tudo estivesse correndo bem, Robinson certamente já teria se manifestado, já que ele ainda não tinha recebido o dinheiro.

— Não poderei ir embora — disse Robinson, enxugando a fronte com um lenço minúsculo —, morrerei aqui. Não pode imaginar como estou passando mal. Delamarche me leva a toda parte, nesses lugares chiques, mas essas coisas sofisticadas não me caem bem, é o que digo todos os dias a ele.

— Bem, mas aqui não vai poder ficar — insistiu Karl —, pense bem onde está. Se for encontrado aqui, será punido e eu perco o meu emprego. É isso que pretende?

— Não posso ir embora — respondeu Robinson —, prefiro atirar-me lá embaixo — acrescentou, apontando por entre as barras da grade em direção ao poço do elevador. — Sentado aqui, assim, ainda consigo aguentar, mas não consigo levantar, já tentei enquanto você não estava.

— Pois então eu vou buscar uma condução para levá-lo ao hospital — disse Karl, sacudindo levemente as pernas de Robinson, que a todo instante ameaçava cair numa completa apatia. No entanto, ao escutar a palavra "hospital", que parecia evocar-lhe imagens terríveis, desatou a chorar alto, estendendo na direção de Karl suas mãos que suplicavam por misericórdia.

— Quieto — continuou Karl, baixando as mãos de Robinson com uma palmada; depois correu até o ascensorista que havia substituído à noite para solicitar-lhe retribuir o favor por alguns instantes, voltou correndo até ele, com toda a sua força ergueu-o ainda soluçante para o alto e sussurrou:

— Robinson, se quer que eu cuide de você, faça um esforço agora para caminhar de pé um trecho muito curto. Pois eu vou levá-lo para a minha cama, onde poderá ficar até sentir-se bem. Vai se admirar de como se recupera rápido. Mas agora trate de se comportar de maneira sensata, pois há gente por toda parte nos corredores e a minha cama fica num dormitório coletivo. Caso chame minimamente a atenção, não poderei fazer mais nada por você. E precisa ficar de olhos abertos, não posso carregá-lo por aí como se fosse um moribundo.

— Farei tudo o que quiser — disse Robinson —, mas não conseguirá me carregar sozinho. Não poderia chamar Renell também?

— Renell não está aqui — replicou Karl.

— Ah, é — lembrou Robinson. — Renell está com Delamarche. Foram os dois que me mandaram falar com você. Já estou confundindo tudo.

Karl aproveitou este e outros monólogos incompreensíveis de Robinson para empurrá-lo adiante, por sorte conseguindo chegar com ele a um canto do qual partia um corredor relativamente mal iluminado que levava até o dormitório dos ascensoristas. Justo naquele momento um jovem ascensorista aproximou-se correndo, passando ao lado deles. Além deste, até então só haviam tido encontros não perigosos, pois o horário das quatro às cinco da manhã era o mais calmo, e Karl bem sabia que se não conseguisse carregar Robinson naquele horário, ao amanhecer e no início do movimento do dia isso seria absolutamente impensável.

Naquele exato momento, no outro extremo do salão do dormitório, uma grande briga ou algo do gênero estava acontecendo: ouviam-se palmas ritmadas, um bater de pés nervoso e gritos de uma torcida. Na parte do salão mais próxima da porta viam-se nas camas alguns poucos que dormiam imperturbáveis, os outros na maioria estavam deitados de costas e fitavam o vazio, sendo que de vez em quando algum deles, vestido ou despido, do jeito que se encontrasse no momento, saltava da cama para verificar em que pé estavam as coisas do outro lado do salão. Dessa forma, Karl levou Robinson, o qual no entretempo tinha-se habituado um pouco a caminhar, até a cama de Renell sem dar muito na vista, pois ela ficava muito perto da porta e por sorte não estava ocupada, ao passo que, como pôde enxergar de longe, na sua própria cama dormia tranquilamente um rapaz estranho, que ele nem sequer conhecia. Ao sentir a cama debaixo do corpo, Robinson adormeceu imediatamente, com uma perna ainda dependurada para fora. Karl cobriu-o puxando o cobertor por cima de seu rosto e pensou que ao menos nos próximos momentos não teria por que se preocupar, pois Robinson seguramente não acordaria antes das seis da manhã e até lá ele estaria de volta e encontraria então um meio, quem sabe acompanhado de Renell, de levá-lo embora. Somente em casos extraordinários havia inspeções no dormitório por parte de instâncias superiores; os ascensoristas tinham conseguido havia anos abolir a antiga inspeção geral de praxe — também nesse sentido não havia nada a temer.

Ao chegar novamente junto ao seu elevador, Karl viu que partiam para cima, justo naquele momento, o seu próprio elevador e o do vizinho. Permaneceu à espera, inquieto para ver qual era a explicação para aquele fato. O seu elevador desceu primeiro e dele saiu aquele rapaz que havia poucos instantes passara correndo por eles no corredor.

— Ei, onde estava, Rossmann? — perguntou ele. — Por que foi embora? Por que não avisou?

— Mas eu disse para ele me substituir um momento — respondeu

Karl, apontando para o rapaz do elevador vizinho que se aproximava.
— Eu também o substituí por duas horas durante o horário de maior movimento.

— Tudo bem — falou o interpelado —, mas não basta. Não sabe que por pouco que alguém se ausente é preciso avisar no escritório do camareiro-mor? É para isso que tem aquele telefone ali. Eu teria tido o maior prazer em substituí-lo, mas sabe que isso não é tão fácil assim. Agora há pouco estavam na frente dos dois elevadores os novos hóspedes que chegaram no expresso das quatro e meia. Eu não podia pegar o seu elevador e deixar os meus hóspedes esperando; assim sendo, subi primeiro com o meu!

— E então? — perguntou Karl curioso, pois os dois rapazes permaneciam em silêncio.

— E então? — disse o rapaz do elevador vizinho. — Então, bem naquela hora passa o camareiro-mor, vê as pessoas na frente do seu elevador desatendidas, sente revolver-lhe a bílis de raiva, pergunta a mim que acorri de imediato, onde você se metera, e eu digo que não faço ideia, pois nem me disse para onde ia, e daí ele telefona logo para o dormitório para pedir que um outro rapaz venha imediatamente.

— E eu até o encontrei no corredor — disse o substituto de Karl.
Karl assentiu.

— É claro — reiterou o outro —, eu disse logo que tinha me pedido para substituí-lo, mas e ele lá aceita tais desculpas? Provavelmente você ainda não o conhece. E fomos encarregados de dizer que você deve comparecer imediatamente no escritório. Portanto não perca tempo, corra para lá. Talvez ele o perdoe, realmente você só saiu por dois´minutos. Pode tranquilamente alegar que me pediu para substituí-lo. É melhor não falar que tinha me substituído antes, ouça o meu conselho: comigo nada pode acontecer, eu tinha permissão, mas não é bom falar desse assunto, misturar com o caso de agora, que não tem nada a ver com isso.

— Foi a primeira vez que deixei o meu posto — disse Karl.

— É sempre assim, mas ninguém acredita — falou o rapaz e correu para o seu elevador, pois se aproximavam pessoas.

O substituto de Karl, um rapaz de aproximadamente quatorze anos, que evidentemente sentia pena dele, disse:

— Já houve muitos casos em que coisas desse tipo foram perdoadas. Geralmente transferem a pessoa para outras funções. Ao que eu saiba, apenas um rapaz foi demitido por uma coisa dessas. Precisa inventar uma boa desculpa. Não diga de jeito nenhum que se sentiu mal de repente, porque ele iria rir da sua cara. Nesse caso, é melhor dizer que um hóspede lhe mandou entregar alguma mensagem urgente para um outro hóspede e que não lembra mais quem era o primeiro, e não conseguiu encontrar o segundo.

— Bem — disse Karl —, não há de ser tão terrível.

Depois de tudo que ouvira não acreditava mais numa solução favorável. Mesmo que perdoassem aquela falta no serviço, no dormitório continuava estirado Robinson como encarnação viva de sua culpa. Dado o caráter colérico do camareiro-mor, era mais do que provável que não iriam se contentar com uma investigação superficial e que finalmente desaninhariam Robinson. É bem verdade que não havia uma proibição expressa no sentido de não se levarem pessoas estranhas ao dormitório, mas isso apenas porque coisas impensáveis não se proíbem.

Quando Karl entrou no escritório do camareiro-mor, encontrou-o diante de seu café matinal: dava um gole e voltava a olhar para uma lista que evidentemente havia sido trazida pelo porteiro do hotel, pessoa igualmente presente. Era um homem grande, cujo suntuoso uniforme, ricamente adornado — inclusive com cordões e faixas douradas serpenteando por sobre os ombros e ao longo dos braços —, fazia com que parecesse ainda mais espadaúdo do que já era por natureza. O bigode negro e lustroso, que terminava em duas pontas esticadas como costumam usar os húngaros, não se movia nem com o mais brusco movimento de sua cabeça. Ademais, em função do peso de sua vestimenta, só com muita dificuldade conseguia movimentar-se e, para distribuir o peso corretamente, não ficava de pé senão com as pernas plantadas como estacas uma ao lado da outra.

Karl entrara com pressa e desembaraço, conforme se habituara no hotel, pois lentidão e cautela, que em pessoas comuns significam gentileza, no caso de ascensoristas são consideradas sinal de preguiça. Além do mais não era preciso que percebessem o seu sentimento de culpa logo na entrada. Embora o camareiro-mor tivesse lançado um olhar fugaz para a porta que se entreabria, logo retornara ao seu café e à leitura, sem se preocupar mais com Karl. O porteiro, porém, talvez se sentisse incomodado com a presença do rapaz, ou talvez tivesse alguma notícia ou algum pedido secreto para comunicar; seja como for, a todo instante lançava olhares malévolos com a cabeça rigidamente inclinada na direção de Karl, para depois, conforme era sua intenção evidente, ao cruzar olhares com ele, dirigir-se novamente ao camareiro-mor. Karl pensou que, uma vez que já se encontrava lá, não ficaria bem tornar a sair do escritório sem antes ter recebido ordens para tal do camareiro-mor. Mas este continuava a estudar a lista, e comia um pedaço de bolo que sacudia de quando em quando, sem interromper a leitura, para eliminar o excesso de açúcar. A certo ponto uma página da lista caiu no chão; o porteiro nem tentou apanhá-la, sabia que não iria conseguir, e nem era preciso, pois Karl já estava a postos e entregou a folha ao camareiro-mor, o qual a agarrou com um gesto que parecia que ela tinha levantado voo sozinha do chão. De nada adiantara aquela pequena cortesia, pois o porteiro não cessava de lançar para ele seus olhares malevolentes.

Apesar disso Karl sentia-se mais calmo do que antes. O próprio fato de que a sua questão parecia ter tão pouca importância para o camareiro-mor podia ser considerado um bom sinal. Afinal era mais que compreensível. É claro que um ascensorista não tem importância alguma e por esta razão nada pode se permitir; mas precisamente por ser insignificante ele também não pode causar nenhum mal extraordinário. Afinal de contas, em sua juventude o camareiro-mor também tinha sido ascensorista — o que continuava a ser o orgulho da nova geração de ascensoristas —, fora ele quem organizara a categoria pela primeira vez e seguramente também ele deveria ter abandonado alguma vez o seu posto sem permissão, embora hoje ninguém pudesse forçá-lo a se lembrar disso, e ainda que não se possa ignorar o fato de que, justamente na qualidade de ex-ascensorista, ele considerasse um dever seu manter a ordem no interior da categoria por meio de uma severidade por vezes inflexível. Além disso Karl resolveu depositar as suas esperanças no passar do tempo. Pelo relógio do escritório eram já cinco e quinze; Renell poderia retornar a qualquer momento, talvez até já tivesse chegado, pois devia ter percebido que Robinson não retornara; aliás, como ocorreu a Karl, Delamarche e Renell nem podiam estar muito longe do Hotel occidental, pois senão Robinson, em seu estado deplorável, nem sequer teria encontrado o caminho que o levara até lá. Se agora Renell encontrasse Robinson deitado em sua cama, coisa que logicamente deveria acontecer, então estava tudo em ordem. Pois prático como era, sobretudo quando se tratava dos seus próprios interesses, Renell iria encontrar um meio de tirar logo Robinson do hotel, algo que agora poderia ser feito com maior facilidade, já que naquele ínterim Robinson deveria ter-se recuperado um pouco e que, além do mais, Delamarche provavelmente já deveria estar esperando na frente do hotel para recolhê-lo. Uma vez afastado Robinson, Karl poderia enfrentar o camareiro-mor de modo muito mais tranquilo e, quem sabe, desta vez escapar com uma repreensão apenas, ainda que severa. A seguir iria pedir conselho a Therese, iria perguntar se poderia dizer a verdade à cozinheira-mor — de sua parte, não via empecilho nisso — e, se isso fosse possível, o assunto estaria liquidado sem maiores danos.

Karl acabara de se acalmar um pouco depois daquelas reflexões e estava prestes a conferir discretamente a gorjeta recebida naquela noite, pois tinha a sensação de que era particularmente abundante, quando o camareiro-mor depôs a lista sobre a mesa com as palavras: "Por favor, espere um momento, Feodor", e deu um salto tão elástico e um urro tão alto que Karl de início só fitou apavorado o grande buraco negro daquela boca.

— Abandonou seu posto sem permissão. Sabe o que isso significa? Significa demissão. Não quero ouvir nenhum pedido de perdão, pode conservar para si as suas desculpas esfarrapadas, para mim é mais do que suficiente o fato de que você não estava lá. Se eu tolerar e perdoar isso nem que seja uma única vez, daqui a pouco todos os quarenta ascensoristas sairão de seus postos e eu terei de carregar sozinho escada acima os meus cinco mil hóspedes.

Karl silenciou. O porteiro tinha-se aproximado e puxou[2] a jaqueta de Karl que estava um pouco franzida, sem dúvida para chamar a atenção do camareiro-mor de modo especial para esse pequeno desalinho no traje do rapaz.

— Por acaso sentiu-se mal subitamente? — perguntou o camareiro--mor com ar astuto.

Karl dirigiu-lhe um olhar indagador e respondeu:

— Não.

— Quer dizer que nem se sentiu mal? — bradou o camareiro-mor ainda mais alto. — Então deve ter inventado alguma mentira magnífica. Qual é a sua desculpa? Desembuche!

— Eu não sabia que era preciso pedir permissão por telefone — disse Karl.

— Mas essa é boa — disse o camareiro-mor, agarrando Karl pelo colarinho do paletó e assim, quase que suspenso no ar, carregou-o até a frente de um regulamento dos elevadores que estava afixado na parede. O porteiro também os seguiu, indo em direção à parede.

---

[2] K: <u>sem que Karl naquele momento o percebesse particularmente [...]</u>

— Leia aí! — disse o camareiro-mor, apontando para uma das cláusulas.

Karl pensou que deveria ler em voz baixa.

— Em voz alta! — ordenou o camareiro-mor.

Em vez de ler em voz alta e na esperança de com isso acalmar mais o camareiro-mor, ele lhe disse:

— Conheço essa cláusula, eu também recebi o regulamento e o li com atenção. Mas justamente uma disposição dessas, que nunca se usa, se esquece. Eu estou há dois meses no serviço e nunca abandonei meu posto.

— Pois vai abandoná-lo agora — disse o camareiro-mor.

Dirigiu-se até a mesa, pegando novamente a lista como se quisesse continuar sua leitura; mas em vez disso bateu com ela na mesa como se fosse um pedaço de papel inútil e pôs-se a caminhar pela sala de um lado para o outro, com a fronte e as bochechas muito vermelhas.

— Tudo isso por causa de um safado desses! Todo esse alvoroço no turno da noite! — exclamou ele repetidas vezes. E voltando-se para o porteiro:

— Sabe quem é que queria subir, bem na hora que esse sujeitinho aí tinha fugido do elevador? — E citou um nome que, só de ouvir, o porteiro, o qual seguramente conhecia e sabia avaliar todos os hóspedes, estremeceu a ponto de precisar olhar rapidamente para Karl, como se a mera existência deste último fosse por si só a confirmação do fato de que o portador daquele nome tivera de esperar inutilmente por um elevador abandonado por seu ascensorista.

— É terrível! — disse o porteiro e sacudiu a cabeça lentamente com uma inquietação infinita em direção a Karl, o qual olhava para ele com tristeza, pensando que agora teria de pagar até pela obtusidade daquele homem.

— Aliás, eu também já te conheço — disse o porteiro, apontando para ele, rigidamente esticado, o dedo indicador grande e gordo. — É o único dos rapazes que sistematicamente não me cumprimenta. Quem pensa que é! Quem quer que passe pela portaria deve me cumprimentar. Com os outros porteiros pode fazer do jeito que quiser, mas eu exijo que me cumprimentem. Embora às vezes eu finja não estar prestando atenção, pode ficar tranquilo que eu sei exatamente quem me cumprimenta e quem não, seu mal-educado!

E deu as costas para Karl, marchando ereto em direção ao camareiro-mor, o qual, em vez de se manifestar sobre a questão do porteiro, terminou seu café da manhã e passou os olhos por um jornal matutino, que um servente acabava de trazer para a sala.

— Senhor porteiro-mor — disse Karl, querendo ao menos esclarecer o assunto com o porteiro enquanto o camareiro-mor estava distraído, pois deu-se conta de que embora a acusação do porteiro não pudesse prejudicá-lo, sua hostilidade certamente o prejudicaria —, com toda a certeza eu o cumprimento. É que ainda não tenho muito tempo na América, venho da Europa, onde, como é sabido, as pessoas se cumprimentam muito mais do que é necessário. Eu ainda não consegui me desacostumar e há dois meses atrás, em Nova York, onde casualmente circulei nas altas rodas, a todo momento as pessoas me diziam para parar com meu excesso de cerimônia. E sendo assim, como teria deixado de cumprimentar o senhor, justo o senhor! Todos os dias eu o cumprimentava várias vezes. Mas naturalmente não todas as vezes que o via, já que eu passava pela sua frente umas cem vezes por dia.

— Tem de me cumprimentar toda vez, toda vez, sem exceção; enquanto fala comigo, tem de segurar o casquete na mão o tempo todo e me tratar por "porteiro-mor" e não por "senhor". E tudo isso, toda santa vez.

— Toda vez? — repetiu Karl em voz baixa com tom interrogativo, e lembrou nesse momento como durante todo o período de sua permanência ali o porteiro o encarara com olhares severos e acusatórios, a começar por aquela primeira manhã, em que, não estando ainda bem à vontade em sua posição de subalterno, com uma certa dose de ousadia, tinha continuado a interrogar sem mais aquele porteiro, de modo complicado e insistente, perguntando se acaso dois homens não tinham procurado por ele e lhe deixado uma fotografia.

— Agora está vendo aonde leva comportar-se dessa forma — disse o porteiro, que tinha voltado a ficar bem próximo a Karl, apontando para o camareiro-mor, o qual continuava a ler, como se este fosse o representante de sua vingança. — Em seu próximo emprego, nem que seja numa espelunca miserável, saberá cumprimentar o porteiro!

Karl deu-se conta de que na verdade já tinha perdido o emprego, pois o camareiro-mor já o havia declarado e o porteiro-mor o repetira como fato consumado, e em se tratando de um simples ascensorista por certo não deveria ser necessária a confirmação da demissão por parte da direção do hotel. Tudo aquilo se passara mais rápido do que ele tinha pensado, pois afinal de contas por dois meses ele havia executado o serviço da melhor maneira que pudera, seguramente melhor do que muitos outros rapazes. Mas na hora H, evidentemente, em parte alguma do mundo, nem na Europa, nem na América, tais coisas são levadas em consideração; decide-se segundo a sentença que escapa pela boca no primeiro momento de raiva. Talvez o melhor fosse despedir-se imediatamente e ir embora;[3] a cozinheira-mor e Therese talvez ainda estivessem dormindo e ele poderia despedir-se por carta, para ao menos poupá-las da decepção e da tristeza que seu comportamento lhes causaria; poderia fazer as malas depressa e sair silenciosamente. Mas se permanecesse mais um dia que fosse — e ele precisava realmente de um pouco de sono — as únicas coisas que esperavam por ele eram: ver seu caso crescer até ser transformado em escândalo, reprovação de todas as partes, o espetáculo insuportável das lágrimas de Therese e talvez até mesmo da cozinheira-mor e, possivelmente, por fim, além de tudo, até uma punição. Por outro lado, o fato de estar ali diante de dois inimigos e de que, a cada palavra que proferisse, um ou outro teria algo a objetar ou a interpretar de modo negativo, tudo isso o confundia. Por isso, permaneceu em silêncio desfrutando momentaneamente da calma reinante no recinto, pois o camareiro-mor continuava a ler o jornal, e o porteiro-mor arrumava a lista esparramada sobre a mesa, colocando as páginas em ordem numérica, coisa que lhe causava grandes dificuldades dada a sua evidente miopia.

Finalmente, o camareiro-mor pousou o jornal bocejando, dirigiu um olhar para Karl para assegurar-se de que ele ainda estava presente e girou a manivela do telefone que estava sobre a mesa. Disse várias vezes "alô!", mas ninguém atendeu.

— Ninguém atende — disse ele para o porteiro-mor, o qual, segundo pareceu a Karl, observava o telefonema com particular interesse e replicou:

— Já são quinze para as seis. Com certeza, ela já está acordada. Pode deixar tocar mais.

Nesse instante, sem necessidade de outras solicitações, o telefone tocou em resposta.

---

[3] K: "Agora perdi o emprego", disse Karl consigo mesmo, "o camareiro-mor já declarou e agora o porteiro está repetindo. Em se tratando de um simples ascensorista por certo não há necessidade de confirmar a demissão por parte da direção do hotel. Tudo se passou mais rápido do que eu tinha pensado, pois afinal de contas por dois meses executei o serviço da melhor maneira que podia. Mas tais coisas evidentemente não são levadas em consideração em parte alguma do mundo. Talvez o melhor seria eu imediatamente me desped [...].

— Aqui fala o camareiro-mor Isbary — disse ele. — Bom dia, senhora cozinheira-mor. Não me diga que a acordei? Lamento muito. É, já são quinze para as seis. Mas lamento sinceramente tê-la assustado. Deveria desligar o telefone enquanto dorme. Não, não, de fato, não deve me desculpar, especialmente dada a insignificância do assunto que tenho a tratar. Mas é claro que tenho tempo, pois não, aguardo no telefone se quiser.

— Ela deve ter corrido de camisola até o telefone — disse o camareiro-mor lançando um sorriso para o porteiro, o qual tinha permanecido todo o tempo curvado sobre o aparelho com expressão interessada. — Realmente eu a acordei; em geral ela é acordada por aquela mocinha que datilografa para ela, e hoje excepcionalmente ela não deve tê-la acordado. Lamento ser a causa desse sobressalto, ela já é tão nervosa.

— Por que ela não está mais falando?

— Ela foi verificar o que está acontecendo com a moça — respondeu o camareiro-mor recolocando o aparelho no ouvido, pois o telefone tocara novamente. — Ela já vai ser encontrada — disse depois ao telefone —; a senhora não pode se assustar assim com qualquer coisa. Está realmente precisando de um repouso prolongado. Bem, então, vamos à minha pequena consulta: está aqui um ascensorista chamado... — e ele voltou-se com ar interrogativo para Karl, que, por estar prestando muita atenção, conseguiu acorrer de imediato para dizer seu nome —, então, chamado Karl Rossmann. Se bem me lembro, tinha-se interessado um pouco por ele; lamentavelmente, ele retribuiu muito mal a sua amabilidade: deixou seu posto sem permissão, causando-me com isso graves transtornos cujo alcance ainda não se pode prever, e por esta causa eu acabo de demiti-lo. Espero que não encare o fato tragicamente. Como? Demitido, sim, demitido. Mas se eu acabei de lhe dizer que ele abandonou seu posto! Não, não posso lhe fazer concessões, minha cara senhora cozinheira-mor. Trata-se da minha autoridade, há muita coisa em jogo, um rapaz desses perverte todo o grupo. Precisamente em se tratando dos ascensoristas é preciso tomar um cuidado danado. Não, não, nesse caso não posso lhe fazer o favor, por mais que eu faça sempre questão de ser gentil com a senhora. E mesmo que apesar de tudo eu o deixasse ficar aqui, ainda que mais não fosse para exercitar meu fel, é por sua causa, sim, por sua causa, senhora cozinheira-mor, que ele não pode permanecer aqui. Tem uma simpatia por ele de que não é absolutamente merecedor, e como eu conheço tanto a ele quanto à senhora, sei que isso necessariamente lhe traria as maiores decepções, decepções das quais pretendo poupá-la a qualquer preço. Falo abertamente ainda que o teimoso esteja só alguns passos à minha frente. Ele vai ser despedido — não, não, senhora cozinheira-mor, ele será despedido cabalmente; não, não, não vai ser transferido para nenhuma outra função, ele é totalmente imprestável. Aliás, já estou recebendo reclamações contra ele: o porteiro-mor, p. ex., é — então, o que é mesmo, Feodor? É, Feodor está se queixando da má educação e da insolência desse rapaz. Como não basta? Mas, minha cara senhora, está contradizendo o seu caráter só por causa desse garoto. Não, não, não pode me pressionar assim.

Nesse instante o porteiro inclinou-se na direção do ouvido do camareiro-mor e cochichou algo. O camareiro-mor primeiramente olhou para ele com ar admirado, mas a seguir falou tão depressa ao telefone que de início Karl não compreendeu tudo perfeitamente e pé ante pé aproximou-se mais dois passos.

— Cara senhora cozinheira-mor — dizia ele —, para ser sincero não imaginei que a senhora fosse tão má conhecedora da alma humana. Acabo de ficar sabendo de uma coisa sobre o seu anjinho que irá alterar totalmente a opinião que tem dele, e chego quase a lamentar ser justo eu quem tem de lhe contar isso. Pois esse rapaz finíssimo, que a senhora considera um modelo de decência, não deixa passar uma noite de folga sem correr para a cidade, retornando só pela manhã. É, sim, senhora cozinheira-mor, isso foi comprovado por testemunhas, por testemunhas idôneas, sim, senhora. Pode me dizer por acaso de onde tira o dinheiro para todas essas diversões? Como vai manter a atenção necessária no seu serviço? Por acaso quer também que eu lhe descreva o que ele faz na cidade? O que eu quero é me livrar desse rapaz e bem rápido. E a senhora faça o favor de tomar isso como advertência: é preciso cautela no trato com esses garotos que aparecem de repente.

— Mas, senhor camareiro-mor — exclamou Karl então, literalmente aliviado pelo grande equívoco em que parecia terem incorrido e que talvez pudesse, mais do que qualquer outra coisa, fazer com que inesperadamente tudo se voltasse a seu favor —, aqui há certamente um erro. O senhor porteiro-mor, creio, lhe disse que eu saio todas as noites. Mas isso não é absolutamente verdade; pelo contrário, estou todas as noites no dormitório, todos os rapazes podem confirmar isso. Quando não estou dormindo, estou estudando correspondência comercial, mas não há noite que eu não passe no dormitório. Isso é fácil de comprovar. O senhor porteiro-mor evidentemente está me confundindo com outra pessoa, e agora eu entendo por que acha que eu não o cumprimento.

— Cale-se imediatamente! — gritou o porteiro-mor, brandindo o punho, enquanto outros teriam apenas levantado um dedo. — Eu estaria confundindo você com outra pessoa! Bem, então não posso ser mais o porteiro-mor, se eu confundo as pessoas. Escute bem, senhor Isbary, então não posso mais ser o porteiro-mor, pois se eu confundo as pessoas! Nos meus trinta anos de serviço nunca aconteceu de eu me confundir, como confirmarão obrigatoriamente as centenas de camareiros-mores que tivemos desde aquela época; e seria no seu caso, seu garoto miserável, que eu supostamente teria começado a confundir as pessoas. Você, e essa sua cara lisa de doer! O que há para confundir? Poderia ter corrido para a cidade todas as noites pelas minhas costas que só de olhar para a sua cara eu já posso ter certeza de que é um vadio de marca maior.

— Deixe para lá, Feodor! — falou o camareiro-mor, cuja conversa ao telefone com a cozinheira parecia ter-se interrompido subitamente. — A coisa é muito simples. Não são absolutamente os seus divertimentos noturnos que importam em primeira instância. Talvez ele queira, antes de partir, provocar alguma grande investigação a respeito de suas ocupações noturnas. Posso bem imaginar como ele gostaria disso. E se possível seriam citados um a um todos os quarenta ascensoristas e ouvidos como testemunhas, ele alegaria que todos o teriam confundido, paulatinamente seria preciso chamar todos os funcionários para prestarem depoimento, o hotel pararia de funcionar por algum tempo e finalmente, se de fato ele acabasse sendo mandado embora, pelo menos teria se divertido um pouco. Bem, isso é melhor não fazermos. Ele já fez de boba a cozinheira--mor, esta boa mulher, e isso já chega. Não quero ouvir mais nada: está sumariamente demitido do trabalho por faltar ao serviço. Aqui está um bônus para que o caixa pague seu salário até o dia de hoje. Aliás, cá entre nós, tendo em vista o seu comportamento esse é um presente que lhe faço só em consideração à senhora cozinheira-mor.

Uma ligação telefônica impediu o camareiro-mor de assinar o bônus de imediato.

— Os ascensoristas estão me dando um trabalho hoje! — exclamou ele logo depois de ouvir as primeiras palavras. — Mas é inacreditável! — exclamou logo a seguir.

E afastando-se do telefone, voltou-se em direção ao porteiro do hotel e disse:

— Por favor, Feodor, segure esse moleque um instante, nós ainda temos o que tratar com ele.

E ao telefone, ordenou:

— Suba imediatamente!

Finalmente o porteiro-mor podia agora ao menos extravasar a sua raiva, coisa que não conseguira fazer com palavras. Segurou Karl pela parte superior do braço; mas não o agarrava calmamente, de um modo que se pudesse suportar afinal; afrouxava a mão de quando em quando para depois ir apertando cada vez mais, e, dada a sua força física, parecia que aquilo não ia terminar nunca, chegando a fazer com que Karl visse tudo negro diante dos olhos. Mas não se limitava a segurar o rapaz; como se tivesse recebido ordens de esticá-lo ao mesmo tempo, ele o puxava algumas vezes para o alto, sacudindo-o enquanto repetia com ar meio interrogativo para o camareiro-mor:

— Será que eu o estou confundindo com alguém, será que eu estou confundindo?

Foi um alívio para Karl quando entrou o primeiro dos ascensoristas — um certo Bess, um jovem gordo sempre arfante — e atraiu para si um pouco a atenção do porteiro. Karl estava tão exausto que mal pôde cumprimentá-lo, e logo atrás do rapaz viu, para surpresa sua, entrar, pálida como um cadáver, Therese, a roupa em desalinho, os cabelos desgrenhados apanhados num coque frouxo. Num instante ela estava a seu lado, cochichando:

— A cozinheira-mor já sabe?

— O camareiro-mor ligou para ela contando — respondeu Karl.

— Então está tudo bem, então está tudo bem — disse ela ligeiro com olhos vivazes.

— Não — disse Karl —, não sabe de que eles me acusam. Tenho de ir embora, a cozinheira-mor também já está convencida disso. Por favor, não fique aqui, vá para cima, em seguida virei me despedir.

— Mas, Rossmann, o que está pensando? Vai ficar conosco quanto tempo quiser. O camareiro-mor faz tudo o que a cozinheira-mor deseja, ele está apaixonado por ela, soube disso por acaso[4] ultimamente. Portanto pode ficar tranquilo.

— Por favor, Therese, vá agora. Não posso me defender direito na

---

[4] MB: não consta "por acaso".

sua presença. E eu preciso me defender com cautela, pois estão inventando mentiras contra mim. Quanto mais atento eu estiver e souber me defender, tanto maiores esperanças terei de ficar. Então, Therese... — Infelizmente, sentindo uma dor súbita, não pôde deixar de acrescentar em voz baixa:

— Se ao menos esse porteiro me largasse! Nem sabia que era meu inimigo. Continua a me apertar e puxar de um jeito!

"Por que estou dizendo isso?", pensou no mesmo instante. "Nenhuma mulher aguentaria ouvir uma coisa dessas em silêncio."

E, de fato, sem que ele pudesse detê-la com a mão que estava livre, Therese voltou-se para o porteiro-mor e disse:

— Senhor porteiro, por favor, solte imediatamente o Rossmann, está machucando o rapaz. A senhora cozinheira-mor em pessoa está para chegar a qualquer momento e então verificaremos que está sendo cometida uma injustiça contra ele. Solte-o. Que prazer pode ter em torturá-lo assim? — E chegou mesmo a pegar o porteiro-mor pela mão.

— Seu desejo é uma ordem, mocinha, uma ordem — disse ele, com a mão livre estreitando Therese amigavelmente contra si, enquanto com a outra apertava Karl com mais força do que antes, como se não quisesse apenas machucá-lo, como se, de posse daquele braço, ele perseguisse também um objetivo muito particular e estivesse ainda longe de tê-lo alcançado.

Therese precisou de algum tempo para desvencilhar-se do abraço do porteiro-mor e pretendia justamente intervir em favor de Karl diante do camareiro-mor, que continuava ouvindo o cerimonioso Bess, quando a cozinheira-mor entrou com passos rápidos.

— Graças a Deus! — exclamou Therese e por um instante não se ouviu na sala nada além dessas palavras pronunciadas em voz alta. O camareiro-mor ergueu-se imediatamente de um salto, empurrando Bess para o lado.

— Veio pessoalmente, senhora cozinheira-mor? Por causa dessa bobagem? Depois de nossa conversa ao telefone, eu bem podia imaginar, mas na verdade não pude acreditar. E de mais a mais a situação do seu protegido está cada vez pior. Temo que de fato não tenha só de demiti-lo, mas em lugar disso mandar prendê-lo. Ouça a senhora mesma. — E fez um sinal para que Bess se aproximasse.

— Primeiro gostaria de trocar umas palavras com o Rossmann — disse a cozinheira-mor, sentando-se numa cadeira a convite do camareiro-mor.

— Karl, por favor, aproxime-se — disse a seguir. Karl obedeceu, ou melhor, foi arrastado para mais perto dela pelo porteiro-mor.

— Solte-o — disse a cozinheira-mor irritada. — Ele não é nenhum assassino!

O porteiro-mor o soltou de fato, mas não sem antes apertá-lo ainda uma vez com tanta força que lhe vieram lágrimas aos olhos pelo esforço.

— Karl — disse a cozinheira-mor, apoiando calmamente as mãos no colo e inclinando a cabeça para olhar para Karl (aquilo não se parecia em nada com um interrogatório) —, antes de mais nada quero lhe dizer que ainda tem toda a minha confiança. O senhor camareiro-mor também é um homem justo, posso garantir. No fundo, nós dois gostaríamos de mantê-lo aqui — ao dizer isso olhou de relance para o camareiro-mor, como se estivesse lhe pedindo para não interrompê-la, o que de fato não ocorreu —, portanto esqueça o que quer que lhe tenham dito até agora. E sobretudo não deve levar a mal o que o senhor porteiro-mor eventualmente lhe tenha dito. Embora ele seja um homem nervoso, o que não é de admirar com o serviço que executa, ele também possui mulher e filhos para criar e sabe que não se deve atormentar inutilmente um rapaz sozinho no mundo, porque disso já se encarregam os outros.

Reinava o mais completo silêncio na sala. O porteiro-mor olhava para o camareiro-mor, exigindo explicações, e este por sua vez olhava para a cozinheira-mor meneando a cabeça. O ascensorista Bess dava um sorrisinho muito bobo pelas costas do camareiro-mor. Therese soluçava consigo mesma de alegria e de tristeza, fazendo grande esforço para não ser ouvida.

Muito embora essa atitude só pudesse ser interpretada como mau sinal, Karl não dirigiu o olhar para a cozinheira-mor, a qual seguramente buscava o seu, e cravou os olhos no chão diante de si. O braço latejava de dor por todos os lados, a camisa grudava no hematoma e, na verdade, ele deveria ter tirado o paletó para inspecionar a situação. Evidentemente o que a cozinheira-mor dissera tinha uma intenção amigável, mas por infelicidade a ele parecia que justo esta sua atitude deveria forçosamente trazer à luz que ele não era merecedor de nenhuma amabilidade, que ele havia desfrutado por dois meses imerecidamente da bondade da cozinheira-mor — aliás, que ele não mereceria nada além de cair nas garras do porteiro-mor.

— Eu digo isso — prosseguiu a cozinheira-mor — para que agora você responda sem se deixar perturbar, o que, aliás, pelo que creio conhecer de você, é provável que fizesse de todo modo.

— Por favor, posso ir chamando o médico? É que o homem pode sangrar até morrer — intrometeu-se subitamente o ascensorista Bess de modo muito cortês mas também muito inoportuno.

— Vá — disse o camareiro-mor a Bess, que saiu correndo em seguida. E voltando-se para a cozinheira-mor:

— A questão é a seguinte: o porteiro-mor não segurou aquele rapaz ali só por divertimento. Lá em baixo, no dormitório dos ascensoristas, foi encontrado numa cama, cuidadosamente coberto, um homem totalmente desconhecido e completamente embriagado. Naturalmente o acordaram e queriam tirá-lo de lá. Mas então o homem começou a fazer uma enorme algazarra, gritando o tempo todo que o dormitório era de Karl Rossmann, de quem era convidado, e que Rossmann o tinha levado para lá e que puniria quem quer que ousasse tocá-lo. De resto, ele também precisava esperar pelo tal Karl Rossmann porque ele lhe havia prometido algum dinheiro e só saíra para buscá-lo. Senhora cozinheira-mor, faça o favor de prestar atenção nisso: tinha prometido algum dinheiro e saíra para buscá-lo. Preste atenção também, Rossmann — disse o camareiro-mor, dirigindo-se simultaneamente a Karl, que tinha se voltado naquele exato momento para Therese, a qual fitava o camareiro-mor como que enfeitiçada e a todo instante ou afastava alguma mecha de cabelo da testa, ou fazia aquele gesto com a mão automaticamente, só por fazer —, talvez eu deva lembrá-lo de certos compromissos. Pois o homem lá de baixo disse além do mais que, quando retornasse, os dois iriam prestar uma visitinha noturna a uma tal cantora, cujo nome evidentemente ninguém entendeu, pois o homem só conseguia pronunciá-lo cantando.

A essa altura o camareiro-mor interrompeu sua fala, pois a cozinheira-mor, que visivelmente empalidecera, ergueu-se empurrando a cadeira um pouco para trás.

— Vou poupá-la do restante — disse o camareiro-mor.

— Não, por favor, não — disse a cozinheira-mor, pegando-o pela mão —, continue contando, quero ouvir tudo, por isso estou aqui.

O porteiro-mor, que dera um passo à frente e, para sinalizar que havia intuído tudo desde o começo, golpeara com uma sonora palmada o próprio peito, foi tranquilizado e ao mesmo tempo silenciado pelo camareiro-mor com as seguintes palavras: "É, você tinha razão, Feodor!".

— Não há muito mais a contar — continuou o camareiro-mor —, sabe como são os rapazes: primeiro riram da cara do homem, depois começaram uma briga com ele e, como por ali há sempre bons pugilistas à disposição, ele acabou simplesmente nocauteado e eu nem me atrevi a perguntar quais nem quantas foram as partes do seu corpo a sangrar, pois esses garotos são boxeadores terríveis e um bêbado evidentemente facilita as coisas para eles!

— Ah, é — disse a cozinheira-mor, segurando no encosto da cadeira e olhando para o lugar que acabara de deixar —, pois então diga alguma coisa, por favor, Rossmann! — disse ela em seguida.

Therese tinha saído do lugar onde estivera até então, correra até a cozinheira-mor e enganchara-se nela, coisa que Karl jamais a vira fazer antes. O camareiro-mor permanecera de pé por trás da cozinheira-mor e alisava-lhe devagar a modesta golinha de renda que tinha ficado um pouco franzida. O porteiro-mor, ao lado de Karl, disse:

— Como é? É para hoje ou para amanhã? — mas com essas palavras queria só encobrir o empurrão que dava em Karl pelas costas enquanto falava.

— É verdade — disse Karl com menos segurança do que pretendia devido ao golpe recebido — que eu levei um homem para o dormitório.

— Não queremos saber mais nada — disse o porteiro em nome de todos. A cozinheira-mor voltou-se em silêncio primeiramente para o camareiro-mor e depois para Therese.

— Não pude fazer nada — continuou dizendo Karl —, aquele homem é um amigo do passado. Há dois meses não nos víamos; ele veio aqui me fazer uma visita. Só que estava tão bêbado que não conseguiu ir embora sozinho.

Parado ao lado da cozinheira-mor, o camareiro-mor disse a meia-voz consigo mesmo:

— Portanto, ele veio fazer uma visita e depois estava tão bêbado que não conseguiu ir embora.

A cozinheira-mor cochichou algo por sobre o ombro ao camareiro-mor, o qual parecia fazer objeções exibindo um sorriso que evidentemente não convinha à situação. Therese — Karl só tinha olhos para ela — apertou o rosto no mais completo desamparo contra o peito da cozinheira-mor, não querendo ver mais nada. O único que se satisfez totalmente com a explicação de Karl foi o porteiro-mor, o qual repetiu algumas vezes:

— Está certo, é preciso ajudar os companheiros de farra — e com olhares e gestos procurava gravar aquela explicação na mente de cada um dos presentes.

— Sou culpado então — disse Karl, fazendo uma pausa como se esperasse por uma palavra amigável de parte de seus juízes, uma palavra que pudesse lhe infundir coragem para continuar em sua defesa; mas ela não veio —, mas sou culpado só de ter trazido para o dormitório esse homem que se chama Robinson e é um irlandês. Tudo o mais que ele disse, falou porque estava bêbado e não é verdade.

— Então, não prometeu nenhum dinheiro para ele? — perguntou o camareiro-mor.

— Prometi — disse Karl, e lamentou ter se esquecido daquilo; por precipitação ou por distração havia se declarado inocente em termos demasiado categóricos. — Eu prometi um dinheiro a ele, porque ele me pediu. Mas eu não pretendia ir buscá-lo, ia só dar a gorjeta que eu recebi hoje à noite — e, para comprovar, tirou o dinheiro do bolso, mostrando umas poucas moedinhas na palma de sua mão.

— Está se complicando cada vez mais — disse o camareiro-mor —, para acreditar no que diz teríamos sempre de esquecer o que disse no instante anterior. Portanto, primeiro você levou o homem — nem acredito que se chame Robinson, pois desde que a Irlanda é Irlanda nenhum irlandês tem esse nome —, portanto, primeiro você só o levou para o dormitório, o que, aliás, por si só já poderia fazê-lo sair voando daqui; de início então não tinha prometido dinheiro a ele, mas depois, quando lhe perguntam assim de surpresa, aí alega ter prometido o dinheiro. Mas nós não estamos aqui para fazer um jogo de perguntas e respostas, nós queremos ouvir a sua justificativa. De início, quer dizer então que não queria buscar o dinheiro, e sim dar a ele a sua gorjeta de hoje; mas depois vê-se que ainda está com o dinheiro da gorjeta; que, portanto, evidentemente pretendia buscar mais dinheiro, o que explica também a sua longa ausência. Afinal de contas, não seria nada de extraordinário que você tivesse ido buscar dinheiro na sua mala para ele. Mas o fato de que negue veementemente, isso sim é tão extraordinário quanto o fato de o tempo todo querer esconder o fato de tê-lo embriagado aqui mesmo no hotel — e não antes —, fato sobre o qual não paira a menor sombra de dúvida, pois você mesmo admitiu que ele chegou sozinho, mas não foi capaz de ir embora sozinho, e ele mesmo espalhou aos berros no dormitório que era seu convidado. Sendo assim, duas questões ainda permanecem duvidosas, questões essas que você mesmo poderá responder ou que ao fim e ao cabo também poderão ser verificadas sem o seu auxílio: em primeiro lugar, como conseguiu ter acesso às despensas e em segundo, como conseguiu juntar dinheiro suficiente para dar de presente?

"É impossível defender-se quando não há boa vontade", disse consigo mesmo Karl, deixando sem resposta o camareiro-mor, por mais que com isso provavelmente fizesse Therese sofrer. Ele sabia que tudo o que ele pudesse dizer pareceria afinal bem diferente daquilo que pretendia dizer, e que encontrar algo de bom ou algo de mau nas suas palavras dependeria apenas do tipo de julgamento que se fizesse.

— Não responde — disse a cozinheira-mor.

— É a coisa mais sensata que ele pode fazer — replicou o camareiro-mor.

— Ele ainda acabará inventando alguma coisa — disse o porteiro-mor enquanto alisava cuidadosamente sua barba com aquela mão que fora antes tão cruel.

— Fique quieta — disse a cozinheira-mor a Therese, que começava a soluçar a seu lado —, está vendo, ele não responde, como posso fazer algo por ele? Afinal serei eu a errada aos olhos do camareiro-mor. Therese, diga-me, na sua opinião, eu deixei de fazer algo por ele?

Como poderia Therese sabê-lo? E de que serviria o fato de que com aquela pergunta e aquele pedido abertamente dirigidos àquela mocinha ela talvez prejudicasse sua própria imagem diante dos dois senhores?

— Senhora cozinheira-mor — disse Karl, recobrando ânimo novamente, sem outra finalidade senão a de poupar Therese da obrigação de dar uma resposta —, não creio ter-lhe dado qualquer motivo para vergonha, e depois de um exame mais preciso, qualquer outra pessoa também iria necessariamente achar o mesmo.

— Qualquer outra pessoa — disse o porteiro-mor e apontou com o dedo para o camareiro-mor —, isso é uma indireta para o senhor, senhor Isbary.

— Bem, senhora cozinheira-mor — disse Isbary —, são seis e meia, está mais do que na hora. Acho que é melhor que deixe comigo a tarefa de dar a palavra final nesse assunto, até agora tratado de maneira demasiado tolerante.

O pequeno Giacomo entrara, querendo aproximar-se de Karl, mas, dado o silêncio geral reinante, deteve-se e permaneceu a aguardar.

Desde suas últimas palavras a cozinheira-mor não despregara os olhos de Karl, e nada indicava que ela tivesse escutado a observação do camareiro-mor. Inteiramente voltados para Karl, seus olhos grandes e azuis eram um pouco baços por causa da idade e do excesso de trabalho. Pelo modo como se postara ali, balançando a cadeira devagar à sua frente, podia-se muito bem esperar que ela dissesse no momento seguinte: "Bem, Karl, pensando bem, o assunto ainda não foi devidamente esclarecido e precisa, como você disse com toda razão, ser examinado com cuidado. E é o que pretendemos fazer agora, estejam os outros de acordo ou não, pois é preciso que se faça justiça".

Mas ao invés disso, depois de uma breve pausa que ninguém ousou interromper — só o relógio bateu, para confirmar as palavras do camareiro-mor, às seis e meia, e junto com ele, ao mesmo tempo, como sabiam todos, bateram os relógios de todo o hotel, ressoando aos ouvidos e ao pensamento como a dupla batida de uma única e enorme impaciência —, a cozinheira-mor disse:

— Não, Karl, não, não, não! Não podemos nos iludir com isso. As causas justas se reconhecem por seu aspecto, um aspecto que a sua, devo admitir, não possui. Eu posso e até preciso dizê-lo,[5] pois fui eu que vim aqui com a melhor das predisposições com relação a você. Veja, até Therese se calou! (Mas ela não calava, chorava.)

A cozinheira-mor interrompeu-se em função de uma decisão subitamente tomada, e disse:

— Karl, venha cá um pouco.

No momento em que se aproximou dela — às suas costas, o camareiro-mor e o porteiro-mor começaram imediatamente a entabular uma animada conversa —, ela envolveu-o com a mão esquerda, indo com ele e Therese, que os seguia apática, até o fundo da sala, e caminhou com eles algumas vezes de um lado para o outro, enquanto dizia:

— É possível, Karl, e disso parece estar confiante, se não estivesse, eu não entenderia em absoluto o seu comportamento, que uma investigação venha a lhe dar razão em alguns particulares isolados. E por que não? Talvez de fato tenha cumprimentado o porteiro-mor. Aliás, acredito nisso piamente e sei também o que pensar do porteiro-mor; veja, ainda agora continuo lhe falando com franqueza. Mas essas pequenas justificativas não lhe ajudam em nada. O camareiro-mor, cujo conhecimento da alma humana aprendi a valorizar ao longo de muitos anos e que é a pessoa mais confiável que conheço, declarou claramente a sua culpa, e esta me parece realmente irrefutável. Talvez tenha agido apenas sem refletir, ou talvez não seja a pessoa que pensei que fosse. E no entanto — com essas

---

[5] MB: tenho de admiti-lo.

palavras ela interrompeu de certa forma a si mesma, olhando de relance para trás na direção dos dois homens — eu não consigo me desacostumar com a ideia de considerá-lo, no fundo, um rapaz decente.

— Senhora cozinheira-mor! Senhora cozinheira-mor! — advertiu o camareiro-mor, que tinha percebido o olhar lançado por ela.

— Estamos acabando — disse a cozinheira-mor e falou mais rapidamente para persuadi-lo:

— Ouça, da forma como eu vejo o caso, ainda fico contente que o camareiro-mor não queira realizar uma investigação, pois se quisesse, eu teria de impedi-lo para o seu próprio bem, Karl. É melhor que ninguém saiba nem como, nem o que serviu a seu convidado, que aliás pode nem ser um de seus antigos companheiros como alega, porque com esses tais você teve uma briga homérica antes de partir, de forma que agora não vai regalar nenhum dos dois. Só pode ser algum conhecido com o qual esteve confraternizando levianamente nalguma taberna da cidade. Como pôde, Karl, esconder de mim todas essas coisas? Se a atmosfera no dormitório lhe era talvez insuportável e se de início começou a dar suas saídas noturnas com essa motivação bastante inocente, por que não falou nada? Bem que eu pretendia lhe conseguir um quarto privativo e praticamente só desisti atendendo a um pedido seu. Ora, parece que preferiu dormir no dormitório coletivo, porque ali sentia-se menos limitado. Guardava o seu dinheiro no meu cofre e toda semana me trazia as gorjetas. Menino do céu, de onde tirava o dinheiro para os seus divertimentos? E agora, de onde você pretendia tirar dinheiro para o seu amigo? Naturalmente essas são todas coisas que, ao menos por ora, eu não poderei sequer aventar diante do camareiro-mor, pois de outra forma uma investigação se tornaria inevitável. Por isso é preciso que saia sem falta do hotel e o mais rápido possível. Vá diretamente à Pensão Brenner — você já esteve lá várias vezes com Therese —, com esta recomendação vai ser acolhido gratuitamente.

Com um lápis dourado que tirou da blusa, a cozinheira-mor começou a escrever algumas linhas num cartão de visitas, sem no entanto interromper a sua fala:

— Vou mandar que levem imediatamente a sua mala. Therese, corra até o guarda-roupa dos ascensoristas e arrume a mala dele! — Mas Therese continuava imóvel, pois da mesma forma com que tinha suportado todo o sofrimento, agora queria também presenciar por inteiro o desenlace positivo que o caso de Karl estava por sofrer, graças à generosidade da cozinheira-mor.

Alguém entreabriu a porta sem aparecer, fechando-a logo em seguida de novo. Evidentemente era alguém à procura de Giacomo, pois este deu um passo à frente e disse:

— Rossmann, tenho algo a lhe dizer.

— Já, já — disse a cozinheira-mor, enfiando o cartão de visitas no bolso de Karl, que escutava de cabeça baixa o que ela dizia. — Por enquanto ficarei com o seu dinheiro, sabe que pode confiá-lo a mim. Fique hoje em casa e reflita sobre o seu caso; amanhã — hoje não tenho tempo e já me demorei mesmo demais por aqui — eu irei até a Brenner, e vamos ver o que ainda poderemos fazer por você. Eu não vou abandoná-lo; quero que de todo modo você saiba disso desde já. Não se preocupe com o futuro; preocupe-se mais com esta última etapa de sua vida.

Dito isso, deu-lhe umas batidinhas de leve no ombro, dirigindo-se então para o camareiro-mor. Karl ergueu a cabeça e seguiu com o olhar a figura daquela mulher alta e imponente, que se afastava dele com passo tranquilo e atitude desembaraçada.

— Nem ficou contente — disse Therese, que permanecera junto a ele — por tudo ter acabado tão bem?

— Claro que sim! — disse Karl, sorrindo para ela mas sem saber por que motivo deveria ficar contente de ter sido mandado embora como um ladrão.

Os olhos de Therese irradiavam alegria pura, como se lhe fosse indiferente o fato de Karl ter ou não cometido algum crime, que tivesse ou não sido julgado injustamente,[6] contanto que o deixassem escapar na honra ou na desonra. E era assim que Therese se comportava — ela que lidava tão penosamente com suas próprias questões, remoendo e esquadrinhando em pensamento por semanas a fio palavras da cozinheira-mor que não tivessem ficado inteiramente claras. Ele lhe perguntou propositalmente:

— Você vai arrumar e despachar a minha mala logo?

Karl sacudiu a cabeça involuntariamente, surpreso pela rapidez com que Therese se adequara àquela pergunta; e a convicção de que a mala contivesse coisas que precisassem ser escondidas de todos não lhe permitia sequer olhar para Karl, sequer estender-lhe a mão, levando-a somente a sussurrar:

— Claro, Karl, logo, logo vou fazer a mala — e num instante saiu correndo.

---

[6] K: [...], que o seu caso tivesse ou não sido definitivamente encerrado, [...].

Entretanto Giacomo não pôde mais reprimir sua fala e, agitado com a longa espera, exclamou em voz alta:

— Rossmann, aquele homem está se revirando lá embaixo no corredor e não deixa que o levem embora. Queriam levá-lo para o hospital, mas ele se nega e afirma que você não toleraria jamais que ele fosse internado num hospital. Disse que deveríamos buscar uma condução e mandá-lo para casa, que você pagaria. Vai pagar?

— Aquele homem confia em você — disse o camareiro-mor. Karl deu de ombros e contou seu dinheiro, colocando-o na mão de Giacomo.

— Não tenho mais nada — disse em seguida.

— Ele me mandou perguntar se quer ir junto com ele — perguntou Giacomo ainda, fazendo o dinheiro tilintar.

— Ele não vai junto — apartou a cozinheira-mor.

— Pois bem, Rossmann — disse o camareiro-mor às pressas, sem nem esperar que Giacomo tivesse saído —, está sumariamente demitido.

O porteiro-mor assentiu sacudindo várias vezes a cabeça, como se aquelas fossem suas próprias palavras que o camareiro-mor estivesse apenas repetindo.

— Não poderei pronunciar em voz alta os motivos de sua demissão, pois nesse caso eu teria de mandar prendê-lo.

O porteiro-mor lançou um olhar extraordinariamente severo para a cozinheira-mor, pois tinha compreendido muito bem ser ela a causa daquele tratamento demasiado benevolente.

— Agora vá se apresentar a Bess, entregue a ele o seu libré e saia desta casa imediatamente, mas imediatamente!

A cozinheira-mor fechou os olhos, querendo com isso tranquilizar Karl. Enquanto se inclinava fazendo uma reverência para sair, Karl viu de relance o camareiro-mor envolver como que às escondidas a mão da cozinheira-mor dentro da sua, brincando com ela. O porteiro-mor acompanhou-o com seus passos pesados até a porta e não deixou que fechasse, mantendo-a ele mesmo entreaberta para poder gritar no ouvido do rapaz ao sair:

— Em meio minuto quero ver você passando por mim na entrada principal! Não se esqueça disso!

Karl apressou-se o quanto pôde para evitar transtornos na entrada principal, mas tudo se passou muito mais lentamente do que ele pretendia. Em primeiro lugar, não encontrou logo Bess e naquele horário do café da manhã estava tudo apinhado de gente; mais tarde verificou-se que um rapaz pegara emprestada sua calça velha, sendo ele obrigado a revistar os cabides de quase todas as camas até achá-la, de forma que bem uns cinco minutos haviam se passado até que ele chegasse à entrada principal. Naquele exato momento, uma senhora cercada por quatro homens passou na sua frente. Iam todos em direção a um grande automóvel que os aguardava e cuja porta era aberta por um lacaio que enquanto isso estendia rigidamente para o lado, na horizontal, o braço esquerdo desocupado, numa posição que causava uma impressão extremamente solene. Karl teve a vã esperança de conseguir sair despercebido indo atrás daquele grupo de pessoas distintas. Mas naquele mesmo instante o porteiro-mor agarrou-o pela mão, puxando-o contra si por entre dois daqueles senhores, perante os quais se desculpou.

— Isso é meio minuto? — disse ele, olhando Karl de perfil como se observasse um relógio que estivesse funcionando mal. — Venha aqui um pouco — disse ele então, conduzindo-o para o interior da grande portaria que Karl há muito tivera vontade de conhecer, mas onde, naquele momento, empurrado pelo porteiro, ele só entrava com desconfiança. Diante da porta ele deu uma guinada tentando empurrar para o lado o porteiro-mor e fugir.

— Não, não, não. É por aqui que se entra — disse o porteiro-mor, girando Karl.

— Mas eu já estou despedido! — disse Karl, querendo dizer com isso que ninguém mais poderia lhe dar ordens no hotel.

— Enquanto eu o estiver segurando, não está despedido — disse o porteiro, o que de fato era realmente verdade.

Afinal Karl também não via motivo algum para opor resistência ao porteiro. No fundo, o que ainda podia lhe acontecer? Ademais, as paredes da portaria eram uma única monstruosa vidraça através da qual se via nitidamente uma multidão de pessoas afluírem ao vestíbulo chocando-se umas contra as outras, como se se estivesse no meio delas. Mais ainda: parecia não haver naquela portaria nenhum local onde fosse possível esconder-se dos olhos daquela gente. Por mais pressa que parecessem ter aquelas pessoas lá fora — abriam caminho com braço estendido e cabeça baixa, olhos à espreita e bagagens ao alto —, quase ninguém deixava de dar uma espiada na portaria, pois atrás de suas vidraças estavam sempre dependurados avisos e notícias que eram de importância tanto para os hóspedes quanto para os funcionários do hotel. Além disso havia um comunicação direta entre a portaria e o vestíbulo, pois junto a duas enormes janelas de correr estavam sentados dois subporteiros ocupados ininterruptamente em dar informações sobre os mais diversos assuntos. Era uma gente realmente sobrecarregada de trabalho e Karl poderia jurar que o porteiro-mor, tal como o conhecia, deveria ter arranjado alguma forma de esquivar-se desse tipo de posto em sua carreira. Os dois informantes tinham sempre — de fora não dava para se fazer ideia — no mínimo dez rostos interrogativos voltados para a abertura da janela diante de si. Entre aqueles dez que perguntavam e que mudavam sempre, havia com frequência uma confusão de línguas tal, como se cada um deles tivesse sido enviado de um país diferente. Sempre ocorria de alguns perguntarem algo simultaneamente; além disso, também havia sempre uns e outros que continuavam falando entre si. A maioria deles queria retirar ou entregar algo na portaria, por isso viam-se sempre mãos que se destacavam do tumulto num agitar-se impaciente. Certa vez chegou uma pessoa que desejava algo relacionado a algum jornal que de repente se abriu, caindo do alto, e cobriu por um instante todos os rostos. Aqueles dois porteiros tinham, pois, de fazer frente a tudo isso. O simples falar não teria sido suficiente para o cumprimento de sua tarefa; eles matraqueavam — sobretudo um deles, um homem sombrio, com uma barba escura que envolvia todo seu rosto, que prestava as informações sem a menor interrupção. Ele não olhava nem para o tampo da mesa, de onde continuamente precisava retirar alguma coisa, nem para o rosto desta ou daquela pessoa que lhe fazia alguma pergunta; apenas mantinha o olhar fixo à sua frente, evidentemente com o intuito de poupar, reunir forças. Aliás, sua barba de fato atrapalhava um pouco a compreensibilidade de sua fala, e durante o tempo em que ficou a seu lado, Karl conseguiu compreender muito pouco do que era dito, embora possivelmente se tratasse, não obstante o sotaque inglês, justamente de línguas estrangeiras que ele era obrigado a usar. Além disso, era um tanto confuso que uma informação se seguisse imediatamente à outra, de forma que com frequência um dos que pediam informações continuava a escutar com expressão atenta, acreditando que ainda estivessem tratando do seu assunto, para só depois de algum tempo notar que já fora despachado. Era preciso habituar-se também ao fato de que o porteiro nunca pedia para repetirem uma pergunta, ainda que de modo geral ela fosse compreensível, apenas formulada de modo pouco claro; um gesto de cabeça, mal e mal perceptível, revelava em seguida que ele não tinha intenção de responder a ela e que era problema de quem perguntara reconhecer o erro e formular melhor a pergunta. Sobretudo por esse fato algumas pessoas passavam muitíssimo tempo diante do guichê. Para seu auxílio cada um dos subporteiros dispunha de um contínuo a seu serviço, o qual correndo de um lado para o outro devia lhe trazer de uma estante de livros, ou de diversos caixotes, tudo aquilo de que o porteiro estivesse precisando. Ainda que fossem os postos mais cansativos, estes eram os mais bem pagos que havia no hotel para os mais jovens; em certo sentido, sua condição era pior do que a dos subporteiros, pois estes precisavam apenas refletir e falar, enquanto os mais jovens tinham de pensar e correr ao mesmo tempo. Se porventura trouxessem algo de errado, o porteiro, em sua pressa, não podia parar para lhes passar grandes sermões; ele simplesmente derrubava com um só golpe de mão o objeto colocado sobre a mesa.

Muito interessante foi a troca de turno dos porteiros que se realizou precisamente um pouco depois da entrada de Karl. É evidente que uma troca dessas deveria realizar-se, ao menos durante o dia, muitas vezes, pois dificilmente haveria alguém capaz de aguentar por mais de uma hora atrás daquele guichê. Na hora da troca soava uma campainha e imediatamente entravam por uma porta lateral os dois subporteiros que deveriam assumir o turno, cada qual seguido por seu respectivo contínuo. Posicionavam-se provisoriamente inoperantes junto ao guichê, olhando por algum tempo as pessoas do lado de fora para verificar em que estágio se encontrava o processo de resposta às perguntas naquele exato momento. Quando lhes parecia o momento apropriado para intervir, batiam no ombro do porteiro a ser substituído, o qual, embora até aquela ocasião não tivesse se preocupado com nada do que ocorria às suas costas, compreendia imediatamente do que se tratava e cedia o seu lugar. Tudo acontecia tão rápido, muitas vezes surpreendendo as pessoas do lado de fora de tal forma que elas praticamente recuavam, assustadas ao verem surgir tão de repente aquele novo rosto diante de si. Os dois homens substituídos espreguiçavam-se e molhavam as cabeças quentes em duas pias que se encontravam no local. Os contínuos substituídos, porém, não podiam ainda espreguiçar-se, tinham de recolher os objetos que haviam sido atirados no chão durante o seu horário de serviço e colocá-los no lugar.

Karl havia absorvido em poucos instantes tudo aquilo com a maior atenção, e, sentindo uma ligeira dor de cabeça, seguiu em silêncio o porteiro-mor, que o conduziu mais para dentro. Evidentemente o porteiro-mor também tinha reparado na forte impressão que aquela forma de prestar informações causara em Karl e, puxando-o subitamente pela mão, disse:

— Está vendo, assim é que se trabalha por aqui.

Karl certamente não havia passado o tempo a vagabundear pelo hotel; mas ele jamais imaginara que existisse um trabalho como aquele e, praticamente esquecendo do fato de que o porteiro-mor era o seu grande inimigo, ergueu os olhos para ele, assentindo em silêncio com a cabeça. Ao porteiro-mor, porém, esse gesto pareceu constituir uma supervalorização dos subporteiros e talvez constituísse uma falta de cortesia com relação à sua própria pessoa, pois, como se estivesse fazendo troça de Karl, exclamou, não se preocupando com fato de que pudessem ouvi-lo:

— É claro que este aqui é o trabalho mais estúpido de todo o hotel; depois de ficar ouvindo aquilo tudo por uma hora, já se sabe mais ou menos que perguntas serão feitas, e ao restante não é preciso dar uma resposta. Se não tivesse sido insolente e mal-educado, se não tivesse mentido, vadiado, bebido e roubado, talvez eu pudesse tê-lo empregado num desses guichês, pois para esse trabalho eu posso utilizar única e exclusivamente os cabeças-duras.

Karl ignorou por completo as injúrias que se referiam a ele, tal era a sua indignação com o fato de que, ao invés de ser reconhecido, aquele trabalho honesto e difícil do subporteiro fosse escarnecido, e, sobretudo, escarnecido por um homem que se tivesse jamais ousado sentar-se num daqueles guichês, seguramente teria tido de se retirar em pouquíssimos minutos debaixo das gargalhadas de todos os presentes.

— Deixe-me — disse Karl, sua curiosidade em relação à portaria tinha sido mais do que satisfeita —, não quero ter mais nada a ver com o senhor.

— Isso não basta para ir embora — disse o porteiro-mor; e apertou com tanta força os braços de Karl que ele não pôde sequer movê-los, e literalmente o carregou assim até a outra extremidade da portaria. Será que as pessoas do lado de fora não viam aquele ato de violência do porteiro-mor? Ou então, se viam, como o interpretavam? Pois ninguém parava para olhar, ninguém nem ao menos batia no vidro para mostrar-lhe que estava sendo observado e que não podia agir com Karl como bem lhe aprouvesse.

Bem depressa, no entanto, Karl perdeu as esperanças de obter ajuda do vestíbulo, pois o porteiro-mor puxou um cordão e num átimo os vidros daquele lado da portaria foram cobertos até o alto por cortinas pretas. Também naquela parte da portaria havia pessoas, mas elas estavam todas imersas em suas tarefas, sem olhos nem ouvidos para tudo o que deixasse de ter ligação com seu trabalho. Ademais, elas dependiam totalmente do porteiro-mor e ao invés de ajudar Karl teriam preferido ajudar a ocultar qualquer coisa que o porteiro-mor se atrevesse a fazer. Ali estavam, p. ex., seis subporteiros junto a seis telefones. O serviço — como se podia notar logo — era organizado de modo que um deles recebesse as ligações enquanto o seu vizinho encaminhava por telefone os pedidos feitos de acordo com anotações tomadas pelo primeiro. Tratava-se daqueles aparelhos novíssimos para os quais eram desnecessárias cabines telefônicas, pois o tilintar da campainha não era mais forte do que um zumbido; podia-se sussurrar ao telefone e ainda assim as palavras chegavam tonitruantes a seu destino graças a amplifições elétricas especiais. Por este motivo, mal e mal se ouviam os três operadores em seus aparelhos e podia-se imaginar que observassem, sussurrantes, um acontecimento qualquer que se passava dentro do telefone, enquanto os outros três, como que anestesiados pelo ruído que chegava até eles e que aliás era inaudível para os demais, baixavam a cabeça até a folha de papel sobre a qual deviam escrever suas anotações. E aqui novamente havia, ao lado de cada telefonista, um rapaz para auxiliá-lo. Esses três jovens não faziam nada mais do que esticar a cabeça na direção de seus respectivos superiores e em seguida procurar às pressas, como se tivessem levado uma estocada, números de telefone em gigantescos volumes amarelos — o farfalhar das massas de páginas manuseadas por eles superava em muito qualquer ruído causado pelos telefones.

Karl de fato não pôde deixar de seguir tudo aquilo com atenção, embora o porteiro-mor, que havia sentado, o mantivesse à sua frente aprisionado numa espécie de abraço.

— É meu dever — disse o porteiro-mor, sacudindo Karl como se desejasse apenas fazer com que voltasse o rosto na sua direção — complementar, em nome da direção do hotel, ao menos em parte, o que quer que o camareiro-mor tenha deixado de fazer, por um motivo ou por outro. Dessa forma, aqui, um substitui o outro. Sem isso um hotel de tão grandes dimensões seria impensável. Talvez você objete dizendo que não sou seu superior imediato; ora, é um gesto tanto mais bonito de minha parte eu assumir esse caso que, de outra forma, teria sido abandonado. Fora isso, em certo sentido, na qualidade de porteiro-mor estou acima de todos, pois a meu cargo estão todas as portas de entrada do hotel, ou seja: esta aqui, a principal, as três portas do meio e as dez laterais, para não falar das inúmeras portinhas menores e das saídas desprovidas de portas.

É claro que todas as equipes de serviço em questão me devem obediência incondicional. Por outro lado, ao usufruir de tal honraria eu tenho perante a direção do hotel a obrigação de não permitir que ninguém minimamente suspeito saia. E a sua pessoa, justamente, porque assim me apraz, parece-me muitíssimo suspeita.

Sua alegria era tanta que ergueu as mãos e deixou-as novamente cair sobre o rapaz com uma força tal que chegaram a estalar e a doer.

— É possível — acrescentou ele divertindo-se realmente — que tivesse passado despercebido por uma outra saída, pois é claro que para mim não valia a pena dar instruções especiais só por sua causa. Mas agora que está aqui, quero aproveitar. Aliás não duvidei que iria ao encontro que marcamos na entrada principal, pois via de regra os insolentes e os desobedientes corrigem seus defeitos no momento e local precisos em que eles começam a lhes prejudicar. Certamente ainda terá ocasião de observar isso muitas vezes em si mesmo.

— Não creia — disse Karl inspirando aquele esquisito cheiro de mofo exalado pelo porteiro-mor, que só agora percebera por ter estado tanto tempo tão próximo a ele —, não creia — disse — que estou inteiramente em seu poder porque eu ainda posso gritar.

— E eu, tapar a sua boca — disse o porteiro-mor com a mesma calma e rapidez com as quais pensava naquele gesto caso ele se fizesse necessário. — E acha realmente que, se entrassem por sua causa, encontraria alguém que lhe desse razão, contra mim, o porteiro-mor? Está se dando conta portanto do absurdo de suas esperanças. Sabe, quando ainda estava de uniforme, tinha de fato uma aparência respeitável; mas com esse traje, que realmente só se pode usar na Europa! — e começou a puxar por diferentes partes do traje que, embora cinco meses antes ainda estivesse quase novo, agora encontrava-se gasto, amarrotado e sobretudo manchado, coisa que se devia principalmente à desatenção dos ascensoristas que todo dia, para conservar o piso do dormitório brilhante e livre de poeira, em conformidade com as ordens gerais, em vez de fazer uma faxina de verdade somente borrifavam o chão com um óleo qualquer e, com isso, respingavam ao mesmo tempo terrivelmente todas as roupas penduradas nos cabides. Ora, onde quer que se guardassem as roupas, sempre haveria alguém que, não estando com as suas à mão, facilmente encontrava as roupas alheias escondidas e as tomava emprestadas. E podia muito bem ser justamente essa pessoa a responsável pela limpeza do dormitório naquele dia, e então as roupas não só eram respingadas com aquele óleo, mas chegavam a ficar encharcadas de cima a baixo. Somente Renell havia escondido suas preciosas roupas em algum lugar secreto, de onde raramente alguém as retirara; sobretudo porque ninguém vestia a roupa dos outros por maldade ou avareza, mas a pegava onde quer que a encontrasse por pura pressa e negligência. No entanto, até mesmo a roupa de Renell exibia no meio das costas uma mancha de óleo redonda e avermelhada, de modo que na cidade um conhecedor poderia descobrir por aquela mancha que aquele jovem elegante era um ascensorista.

E, ao recordar-se disso, Karl disse consigo mesmo que ele também tinha sofrido bastante como ascensorista e que, afinal, tudo tinha sido em vão, pois esse serviço agora não se revelara, como ele havia esperado, um primeiro passo na direção de uma colocação melhor; pelo contrário, agora ele havia decaído ainda mais, tendo chegado até perto de ser preso. Além do mais, tinha sido detido pelo porteiro-mor, que decerto refletia sobre a melhor forma de fazê-lo passar mais vergonha. E esquecendo totalmente que o porteiro-mor não era homem de se deixar persuadir, exclamou, enquanto batia na testa várias vezes com a mão que se encontrava livre naquele momento:

— E mesmo que eu não o tivesse cumprimentado, como pode um homem adulto se tornar tão vingativo pela falta de um cumprimento!

— Não sou vingativo — disse o porteiro-mor —, quero apenas revistar os seus bolsos. Embora eu esteja convencido de que não vou encontrar nada, pois com certeza deve ter sido prudente o bastante e deve certamente ter deixado que o seu amigo carregasse tudo pouco a pouco, todo dia alguma coisa. Mas vai ter de ser revistado!

E foi já enfiando a mão num dos bolsos do paletó de Karl com tanta força que as costuras laterais rebentaram.

— Pelo visto aqui não há nada — disse ele, repassando na mão o conteúdo daquele bolso: um calendário de propaganda do hotel, uma folha com um exercício de correspondência comercial, alguns botões de paletó e de calças, o cartão de visitas da cozinheira-mor, uma lixa de unhas que um hóspede certa vez lhe atirara enquanto fazia as malas, um velho espelho de bolso, que Rennel lhe dera de presente em agradecimento por bem umas dez substituições no trabalho, e mais algumas miudezas. — Aqui não há nada, pelo visto — repetiu o porteiro-mor, jogando tudo embaixo do banco, como se fosse evidente que a propriedade de Karl, desde que não fosse roubada, devesse ir parar debaixo do banco.

"Mas agora chega", disse consigo Karl (seu rosto devia estar em fogo), e quando o porteiro-mor, que se tornara mais descuidado em sua gana, começou a remexer no segundo bolso, Karl deu-lhe um safanão e escapuliu para fora das mangas da jaqueta, empurrando com um primeiro salto, ainda descontrolado, um dos subporteiros com bastante força contra o seu aparelho de telefone, e atravessando o ar abafado correu até a porta, na verdade mais lentamente do que pretendera; conseguiu sair antes mesmo que o porteiro-mor, com seu pesado sobretudo, pudesse erguer-se. A organização do serviço de vigilância não devia ser tão exemplar, pois ouviam-se soar campainhas de alguns lugares, mas sabe Deus com que finalidade! Embora passassem funcionários do hotel de um lado para o outro no corredor da entrada, eram em número tal que quase se podia pensar que pretendessem bloquear a saída sem dar na vista, pois outro sentido não se podia encontrar naquele vaivém todo; de qualquer maneira, Karl logo chegou ao ar livre, mas teve ainda de continuar andando pela calçada do hotel, já que não se podia chegar até a rua, pois uma fila ininterrupta de automóveis passava em ritmo lento diante da porta principal. Para chegar o mais rápido possível até seus donos, aqueles automóveis tinham praticamente se encaixado uns nos outros, cada qual sendo empurrado para frente pelo seguinte. Às vezes pedestres que estavam com muita pressa para chegar até a rua atravessavam por dentro dos carros, como se aquilo fosse uma passagem pública; e era-lhes totalmente indiferente se no interior do automóvel estavam somente o chofer e a criadagem, ou se também havia pessoas mais distintas. Mas um comportamento desses parecia a Karl exagerado; era preciso conhecer muito bem a situação para se atrever a fazer aquilo; como era fácil cair num automóvel cujos ocupantes levassem aquilo a mal, o enxotassem e fizessem um escândalo! E não havia nada que ele, em sua condição de empregado suspeito, fugindo do hotel em mangas de camisa, temesse mais. Afinal, a fila de carros não podia continuar eternamente andando naquele ritmo, e enquanto se mantivesse próximo do hotel ele pareceria na verdade menos suspeito. De fato, finalmente Karl chegou a um ponto onde a fila de automóveis, ainda que não acabasse, fazia uma curva em direção à rua e tornava-se menos cerrada.[7] Estava prestes a entrar no meio do movimento do tráfego, onde por certo transitavam livremente pessoas muito mais suspeitas do que ele, quando ou-

---

[7] K: <u>Naquele momento descortinou-se para ele a visão integral do tráfego da rua, porque até então ele tinha apenas [...].</u>

viu chamarem seu nome de algum lugar próximo. Voltou-se e viu dois ascensoristas que ele conhecia bem fazendo um esforço enorme para extrair da pequena e baixa abertura de uma porta, que parecia a entrada de uma cripta, uma maca sobre a qual realmente jazia — como então reconheceu Karl — Robinson, com a cabeça, o rosto e os braços completamente enfaixados. Era horrível de ver como ele levava os braços aos olhos para limpar com a atadura as lágrimas que derramava, lágrimas de dor ou devidas a alguma outra mazela, ou talvez até fossem lágrimas de alegria por estar revendo Karl.

— Rossmann — exclamou ele em tom de recriminação —, por que me fez esperar tanto? Já faz uma hora que estou lutando para evitar que me levem embora antes de você chegar. Esses sujeitos — e como se as faixas lhe dessem proteção, deu um tapa na cabeça de um dos ascensoristas — são verdadeiros demônios. Ai, Rossmann, a visita que lhe fiz me custou bem caro.

— O que lhe fizeram? — perguntou Karl, aproximando-se da maca que os ascensoristas, para descansar, depositaram no chão rindo.

— E ainda pergunta — suspirou Robinson —, está vendo o meu aspecto. Pense bem, bateram tanto em mim que é muito provável que eu fique aleijado para o resto da vida. Estou com dores horríveis desde aqui em cima até aqui embaixo — e apontava primeiro para a cabeça e a seguir para os dedos dos pés —, eu queria que tivesse visto como o meu nariz sangrou. Meu colete está completamente estragado, eu acabei deixando por lá mesmo; minhas calças estão um trapo, estou só de cuecas — e levantou o cobertor um pouco, convidando Karl a olhar embaixo. — O que será de mim? Terei de ficar pelo menos alguns meses de cama e, isso eu quero lhe dizer logo, além de você eu não tenho ninguém mais que possa cuidar de mim; Delamarche é impaciente demais. Rossmann, meu pequeno Rossmann!

E, para cativá-lo com um afago, Robinson estendeu a mão na direção de Karl, que recuou um pouco.

— Por que inventei de ir lhe fazer uma visita? — repetiu ele várias vezes, para não deixar Karl esquecer da parte de culpa que lhe cabia na sua desgraça.

Ora, Karl percebeu imediatamente que a queixa de Robinson não se devia aos seus ferimentos, mas sim à ressaca monstruosa em que se encontrava, pois fora acordado quando, na mais completa embriaguez, mal havia adormecido e, para sua surpresa, levara uma surra que o fez sangrar e não mais conseguir orientar-se no mundo desperto. A insignificância dos ferimentos ficava patente naquelas ataduras disformes, feitas de trapos velhos, com as quais os ascensoristas o haviam envolvido inteiro, evidentemente por divertimento. E também os ascensoristas, cada qual numa das extremidades da maca, volta e meia chegavam a soluçar de tanto rir. Ali não era por certo o lugar para fazer Robinson voltar a si, pois os transeuntes passavam apressadíssimos por eles, sem se preocupar com o grupo em torno à maca. Várias vezes pessoas pulavam por cima de Robinson, dando saltos verdadeiramente atléticos, enquanto o chofer, pago com o dinheiro de Karl, bradava:

— Vamos indo, vamos indo!

Os ascensoristas levantaram a maca com suas últimas energias; Robinson agarrou a mão de Karl, dizendo, bajulador:

— Vamos lá, vamos!

Vestido como estava, não estaria ele mais bem abrigado no escuro do automóvel? E assim ele sentou-se ao lado de Robinson que apoiou a cabeça sobre seu ombro. Os ascensoristas do lado de fora deram então um cordial aperto de mão ao ex-colega através da janela do veículo e o automóvel arrancou, dando uma guinada em direção à rua; um acidente parecia inevitável, mas o trânsito que a tudo envolvia logo engoliu também tranquilamente a trajetória retilínea daquele automóvel.

Devia ser uma afastada rua de subúrbio[1] aquela em que o automóvel parou, pois ao redor reinava silêncio, na beira da calçada crianças brincavam agachadas; um homem com uma trouxa de roupas velhas sobre os ombros gritava algo para o alto olhando para as janelas dos prédios; em seu cansaço Karl sentiu-se mal ao sair do automóvel e pisar no asfalto que o sol da manhã banhava de calor e claridade.

— Mora realmente aqui? — gritou ele para dentro do automóvel.

Robinson, que tinha dormido pacificamente durante toda a viagem, balbuciou uma vaga resposta afirmativa, parecendo esperar que Karl o carregasse para fora.

— Então eu não tenho mais nada a fazer por aqui. Adeus — disse Karl, pondo-se a caminho naquela rua que descia em leve inclinação.

— Mas, Karl, que ideia é essa? — exclamou Robinson, e estava tão preocupado que se ergueu no carro bastante ereto, somente com os joelhos ainda um pouco trêmulos.

— Preciso ir — disse Karl, que assistira à rápida melhora de Robinson.

— Em mangas de camisa? — perguntou este.

— Pode deixar que eu arranjo um paletó — respondeu Karl, assentindo confiante para Robinson e acenando com a mão erguida; teria realmente ido embora, se o chofer não tivesse chamado:

— Só mais um instantinho de paciência, meu senhor!

---

[1] MB: "Um asilo" foi o título dado a este capítulo por Max Brod.

Verificou-se então o fato desagradável de que o motorista ainda exigia que lhe fizessem um pagamento adicional, pois o tempo que ele ficara esperando diante do hotel não havia sido pago.

— É, sim — gritou Robinson de dentro do automóvel confirmando que a exigência era justificada —, é que eu tive de esperar tanto tempo por você lá! Precisa lhe dar mais alguma coisa.

— É claro — disse o chofer.

— Sim, se eu tivesse mais alguma coisa — disse Karl, enfiando a mão nos bolsos, apesar de saber que aquilo era inútil.

— Eu só posso apelar para o senhor — disse o chofer, pondo-se de pé com as pernas abertas —, não posso exigir nada daquele homem doente.

Da entrada do prédio aproximou-se um rapazote com o nariz meio carcomido, que parou para escutar a alguns passos de distância. Naquele exato momento um policial que fazia a ronda na rua fixou cabisbaixo o olhar sobre aquele homem em mangas de camisa e parou.

Robinson, que também tinha reparado no policial, cometeu a asneira de lhe gritar da outra janela:

— Não é nada, não é nada — disse ele como se pudesse espantar um policial como se espanta uma mosca.

Ao verem o policial parar, as crianças, que o tinham estado observando, tiveram sua atenção atraída para Karl e o chofer, e acorreram aos trotes. Na entrada do prédio em frente uma velha imóvel olhava fixamente para a cena.

— Rossmann! — bradou uma voz lá do alto. Era Delamarche que gritava da sacada do último andar. Mal podia-se distinguir sua figura contra o céu azul esbranquiçado, parecia estar vestido com um robe e observar a rua com um binóculo de teatro. A seu lado abria-se um guarda-sol vermelho debaixo do qual parecia estar sentada uma mulher.

— Olaá! — gritou ele com grande esforço no intuito de se fazer entender. — Robinson também está aí?

— Está — respondeu Karl, secundado energicamente por um outro "está" muito mais alto, vindo de Robinson no carro.

— Olaá! — gritaram em resposta. — Já estou indo!

Robinson alongou o corpo para fora.

— Isso sim que é um homem de verdade — disse ele, e aquele elogio a Delamarche era dirigido a Karl, ao chofer, ao policial e a quem quer que desejasse ouvi-lo. Lá em cima na sacada, para onde todos continuavam a olhar só por distração, muito embora Delamarche já tivesse saído, ergueu-se de fato por baixo do guarda-sol uma mulher robusta com um vestido vermelho,[2] pegou o binóculo do parapeito e olhou com ele em direção às pessoas embaixo, as quais só pouco a pouco iam desviando o olhar. Enquanto esperava por Delamarche, Karl olhou para a entrada do prédio, estendendo depois o olhar mais para dentro, para o pátio, atravessado por uma fila quase ininterrupta de empregados do comércio, cada um dos quais levava sobre o ombro um caixote pequeno mas evidentemente muito pesado. O chofer tinha se aproximado do seu carro e para aproveitar o tempo limpava os faróis com um pano. Robinson apalpou os membros e parecia admirado da pouca dor que sentia, por mais que apalpasse com atenção, começando então com cuidado a tirar, com o rosto profundamente inclinado para baixo, uma das grossas ataduras que envolviam sua perna. O policial segurava o seu pequeno bastão negro na horizontal à sua frente e aguardava em silêncio com aquela grande paciência que os policiais precisam ter, seja no seu trabalho normal, seja quando estão espreitando alguém. O garoto de nariz carcomido sentou-se sobre um degrau da entrada e esticou as pernas diante de si. As crianças foram aos poucos se aproximando de Karl, dando uns passinhos, pois embora ele não reparasse nelas, ele lhes parecia, pelas mangas azuis de sua camisa, o mais importante de todos.

Pelo tempo transcorrido até a chegada de Delamarche, podia-se medir a enorme altura daquele prédio. E Delamarche chegou até muito rápido em seu robe displicentemente amarrado.[3]

— Aí estão vocês, finalmente! — exclamou ele, contente e severo a um só tempo.

Como dava grandes passadas, continuamente se podia entrever sua roupa íntima, colorida, por alguns instantes. Karl não entendia muito bem por que Delamarche andava por toda parte — na cidade, naquele gigantesco prédio de apartamentos, numa via pública — vestido como se estivesse em sua residência privada. Como Robinson, também Delamarche tinha-se modificado muito. Seu rosto escuro, bem escanhoado, escrupulosamente lavado e sulcado por músculos toscamente torneados tinha um aspecto orgulhoso que infundia respeito. Surpreendia o brilho penetrante de seus olhos, que ele mantinha agora sempre um pouco apertados. O

---

[2] MB: vestido vermelho solto, não acinturado.

[3] K: [...] por um bom tempo se ouviu o rápido arrastar de seus chinelos.

robe roxo estava velho, manchado e era grande demais para ele, mas da parte superior daquela horrível vestimenta despontava uma imponente gravata escura de seda grossa.

— E então? — perguntou ele dirigindo-se a todos a um só tempo.

O policial aproximou-se um pouco mais e apoiou-se no capô do automóvel. Karl deu uma breve explicação:

— Robinson está um pouco exangue, mas se se esforçar vai conseguir subir as escadas; o chofer aqui quer ainda um pagamento adicional ao preço da corrida, que eu já paguei. E agora eu estou indo embora. Bom dia.

— Não vai, não — disse Delamarche.

— Eu também já disse isso a ele — manifestou-se Robinson de dentro do carro.

— Vou, sim, senhor — disse Karl, dando alguns passos. Mas Delamarche já estava atrás dele e o empurrou violentamente de volta.

— Estou dizendo para ficar — gritou.

— Mas me deixem — disse Karl, preparando-se, caso fosse preciso, para conquistar sua liberdade a socos e pontapés, por menores que fossem as perspectivas de sucesso diante de um homem como Delamarche.

Ali estavam o policial e o chofer, e de vez em quando grupos de operários passavam por aquela rua, que de modo geral naturalmente era tranquila; eles tolerariam que Delamarche lhe fizesse uma injustiça? Nunca teria desejado ficar sozinho com Delamarche entre quatro paredes, mas e aqui? Naquele momento, Delamarche estava pagando tranquilamente o chofer, que, fazendo muitas reverências, guardou aquela soma imerecidamente elevada e dirigiu-se agradecido a Robinson, ao que parecia, discutindo sobre a melhor forma de retirá-lo do veículo. Karl sentiu que não era observado; talvez Delamarche tolerasse mais facilmente uma saída à francesa; se fosse possível evitar uma briga, naturalmente era melhor; sendo assim, Karl simplesmente começou a descer a rua para afastar-se o mais rápido possível. As crianças correram na direção de Delamarche procurando chamar sua atenção para a fuga de Karl, mas antes que ele precisasse intervir, o policial estendeu o seu bastão e disse:

— Alto lá! Qual é o seu nome? — perguntou ele, enfiou o bastão debaixo do braço e tirou do bolso lentamente uma caderneta. Pela primeira vez Karl o via mais detidamente: era um homem robusto, mas com o cabelo já quase todo branco.

— Karl Rossmann — disse ele.

— Rossmann — repetiu o policial, sem dúvida apenas por ser uma pessoa calma e metódica.

Karl, porém, para quem aquela era a primeira vez que lidava com autoridades americanas, viu no fato de repetirem o seu nome a expressão de uma certa suspeita. E de fato a sua situação não podia ser nada boa, pois até mesmo Robinson, envolvido que estava em seus próprios problemas, mudamente pedia em gestos enérgicos que emergiam do interior do veículo que Delamarche viesse em auxílio de Karl. Mas Delamarche recusou-se a atender o pedido balançando a cabeça de modo brusco e assistindo passivamente à cena, com as mãos afundadas nos bolsos excessivamente grandes. O garoto sentado no degrau da entrada explicou a história de cabo a rabo a uma senhora que estava saindo. As crianças posicionaram-se num semicírculo atrás de Karl e olhavam quietas para o policial.

— Mostre seus documentos — disse o policial. Essa era sem dúvida apenas uma questão formal, pois quem não está de paletó muito provavelmente não terá grandes documentos consigo. Por isso Karl permaneceu em silêncio, preferindo responder em detalhe à próxima pergunta e assim ocultar na medida do possível a falta dos documentos.

Mas a próxima pergunta foi:

— Quer dizer que não possui documento de identidade?

E Karl foi então obrigado a responder:

— Não aqui comigo.

— Isso é mau — disse o policial, olhou pensativo em torno e tamborilou com dois dedos sobre a capa de sua caderneta.

— Tem algum emprego?— perguntou finalmente o policial.

— Fui ascensorista — disse Karl.

— Foi ascensorista, quer dizer que não é mais, então do que é que vive?

— Agora vou procurar um outro trabalho.

— Então, acaba de ser despedido?

— É, faz uma hora.

— Assim de repente?

— É — disse Karl e suspendeu a mão como que para desculpar-se.

Ele não podia fazer o relato de toda a sua história ali e, mesmo que isso fosse possível, parecia totalmente inútil combater a ameaça de uma injustiça com o relato de outra injustiça sofrida. E se ele não tinha conseguido obter justiça da benevolência da cozinheira-mor nem da compreensão do camareiro-mor, seguramente não podia esperá-la daquele grupo reunido ali no meio da rua.

— E foi despedido sem paletó? — perguntou o policial.

— Pois é — disse Karl, percebendo que também na América era próprio das autoridades constituídas fazerem perguntas sobre coisas que podiam ver com seus próprios olhos. (Como o seu pai tinha se irritado com todas aquelas perguntas inúteis das autoridades quando do requerimento do seu passaporte!) Karl tinha muita vontade de sair correndo, esconder-se em qualquer lugar, para não ter de ouvir mais nenhuma pergunta.

E justo naquele instante o policial fez exatamente a pergunta que Karl mais temia, e devido à qual, por esperá-la com inquietação, provavelmente viera se comportando até então com menos cautela do que teria feito em outras circunstâncias:

— E em que hotel você estava empregado?

Karl abaixou a cabeça e não respondeu; a essa pergunta ele absolutamente não desejava responder. Não podia acontecer de ele retornar ao Hotel occidental escoltado por um policial, que lá fossem instaurados interrogatórios, para os quais se convocariam amigos e inimigos seus, que a cozinheira-mor perdesse totalmente a opinião positiva, já bastante debilitada, que tinha a seu respeito e — supondo que ele se encontrasse na Pensão Brenner — o visse retornar em mangas de camisa nos braços de um policial e sem o seu cartão de visitas; o camareiro-mor, de sua parte, talvez só assentisse como quem compreende tudo e o porteiro-mor, por sua vez, mencionasse Deus, que finalmente havia posto suas mãos sobre aquele vadio.

— Ele estava empregado no Hotel occidental — disse Delamarche, colocando-se ao lado do policial.

— Não — exclamou Karl, batendo com o pé no chão —, não é verdade.

Delamarche lançou-lhe um olhar debochado, fazendo bico com a boca como quem diz que ainda pode revelar muitas outras coisas. O nervosismo inesperado de Karl desencadeou uma grande agitação entre as crianças, que correram para o lado de Delamarche, preferindo olhar para Karl atentamente de lá. Robinson tinha esticado a cabeça completamente para fora do carro e se aquietara pela curiosidade. Uma piscadela de olhos aqui e ali era o único movimento que fazia. O garoto sentado na entrada bateu palmas só por divertimento, a mulher a seu lado deu-lhe uma cotovelada para fazê-lo ficar quieto. Naquele exato momento os carregadores faziam sua pausa para o café da manhã e apareciam todos com grandes canecas de café preto, que mexiam utilizando umas bisnagas de pão à guisa de colheres. Alguns sentaram na beira da calçada; todos sorviam o café muito ruidosamente.

— Pelo visto, conhece o rapaz — perguntou o policial a Delamarche.

— Mais do que gostaria — disse este. — Tempos atrás eu o tratei muito bem, mas ele foi bastante mal-agradecido, coisa que compreenderá facilmente, ainda que com base no brevíssimo interrogatório a que acaba de submetê-lo.

— É — disse o policial —, parece ser um rapaz teimoso.

— E é mesmo — disse Delamarche —, mas essa não é a sua pior característica.

— Como assim? — disse o policial.

— É — disse Delamarche, que agora se entusiasmava para falar, provocando com as mãos metidas nos bolsos um movimento ondulante em toda a sua roupa —, esse aí é um espertalhão. Por casualidade eu e o meu amigo que está ali no carro o recolhemos na mais completa miséria; na época ele não tinha a menor ideia de como eram as coisas na América, acabava de chegar da Europa, onde também não sabiam o que fazer com ele; bem, nós o levamos conosco, deixamos que morasse conosco, explicamos tudo a ele, tentamos conseguir-lhe um emprego e apesar de todos os sinais contrários, pensamos ainda em fazer dele um homem decente; mas certa noite ele desapareceu, ele simplesmente sumiu, e tudo isso em condições que prefiro não mencionar. Foi ou não foi assim? — perguntou por fim Delamarche, puxando Karl pela manga da camisa.

— Para trás, crianças! — bradou o policial, pois elas tinham avançado tanto que Delamarche quase que poderia ter tropeçado numa delas. No meio-tempo os carregadores, que até então haviam subestimado o que poderia haver de interessante naquele interrogatório, tinham começado a prestar atenção, reunindo-se num círculo fechado às costas de Karl, o qual também passou a não conseguir dar nenhum passo para trás e, além disso, tinha ininterruptamente nos ouvidos a confusão das vozes daqueles carregadores, os quais, mais do que falar, gritavam num inglês totalmente incompreensível, talvez misturado com palavras eslavas.

— Obrigado pela informação — disse o policial e bateu continência para Delamarche. — De qualquer forma vou levá-lo e fazer com que seja reconduzido ao Hotel occidental.

— Poderia pedir-lhe que deixasse o rapaz provisoriamente aqui comigo? Eu teria umas contas a acertar com ele. Eu me comprometo a levá-lo, eu mesmo, de volta ao hotel.

— Não posso fazer isso — disse o policial.

Delamarche disse então:

— Aqui está o meu cartão de visita — e entregou-lhe um cartãozinho.

O policial lançou para ele um olhar de aprovação, mas, sorrindo amavelmente, disse:

— Não, é inútil.

Por mais que Karl tivesse prevenção contra Delamarche, naquele momento, via nele a única salvação possível. É verdade que a maneira com que este se esforçava por ficar com Karl era suspeita; de todo modo, seria mais fácil demover Delamarche da ideia de levá-lo de volta ao hotel do que o policial. E mesmo que voltasse para o hotel pela mão de Delamarche, isso seria bem melhor do que voltar na companhia do policial. É claro que, por ora, contudo, Karl não devia deixar transparecer que seu desejo de fato era ir com Delamarche, senão poria tudo a perder. E olhava inquieto para a mão do policial, que a qualquer instante podia se erguer para agarrá-lo.

— Eu precisaria pelo menos saber por que ele foi despedido assim de repente — disse por fim o policial, enquanto Delamarche olhava para o outro lado com uma expressão aborrecida e amassava o cartão de visitas com as pontas dos dedos.

— Mas ele nem foi despedido — exclamou Robinson para surpresa geral, inclinando-se o mais que podia para fora do carro, apoiando-se no chofer. — Ao contrário, ele tem um bom emprego lá. No dormitório ele é quem manda e pode levar quem quiser. Só que está sempre tremendamente ocupado e quando se quer algo dele, é preciso esperar muito tempo. Sempre está nos aposentos do camareiro-mor ou da cozinheira-mor e é pessoa de confiança. Demitido ele não foi absolutamente. Não sei por que ele disse isso. Como pode ele estar demitido? Eu me feri gravemente no hotel e ele foi incumbido de me trazer para casa; como naquele exato momento ele estava sem paletó, ele veio comigo assim mesmo, sem paletó. Eu não podia esperar que ele ainda voltasse para buscar.

— Mas então — disse Delamarche abrindo os braços, num tom que parecia acusar o policial de falta de conhecimento da alma humana; e aquelas duas palavras pareciam introduzir uma clareza irrefutável no caráter vago da declaração de Robinson.

— E será isso verdade? — perguntou o policial, já mais abalado. — E se for verdade, por que o rapaz alega estar demitido?

— Responda — disse Delamarche para Karl.

Karl olhou para aquele policial que precisava manter a ordem ali, entre gente estranha, pessoas que se preocupavam só consigo mesmas, e algumas daquelas preocupações gerais do guarda o contagiaram. Ele não queria mentir e manteve as mãos estreitamente entrelaçadas às suas costas.[4]

Na porta apareceu um supervisor e bateu palmas para sinalizar que os carregadores deviam retornar ao trabalho. Estes viraram a borra de suas canecas de café e, silenciando, entraram no prédio com passos vacilantes.

— Assim não chegamos a lugar nenhum — disse o policial, querendo pegar Karl pelo braço. Involuntariamente o rapaz ainda recuou um pouco e, sentindo o espaço livre que se abrira em consequência da saída dos carregadores, virou-se e pôs-se a correr dando alguns enormes saltos iniciais. As crianças desataram numa gritaria única e o acompanharam correndo também, dando alguns passos com os bracinhos estendidos.

— Detenham-no! — gritou o policial na direção daquela rua que descia extensa, quase deserta e, emitindo regularmente estas palavras, saiu correndo atrás de Karl, num passo silencioso, que evidenciava grande força e exercício. Foi uma sorte para Karl que a perseguição ocorresse num bairro operário. Operários não simpatizam com autoridades. Karl corria no meio da rua, pois enfrentava ali menos obstáculos, via às vezes operários pararem no meio-fio e observarem-no calmamente, enquanto o policial gritava para eles o seu "detenham-no!" e ao correr — mantendo-se inteligentemente na calçada lisa — estendia o tempo todo o bastão contra o rapaz. Karl tinha pouca esperança de escapar e a perdeu quase por completo quando o policial passou a dar uns assobios francamente ensurdecedores, porque se aproximavam de ruas transversais, que certamente também possuíam patrulhas da polícia. A vantagem de Karl estava unicamente na leveza de sua roupa: voava, ou melhor, despencava naquela ladeira que ia se tornando cada vez mais íngreme; distraído pelo sono, porém, muitas vezes dava saltos demasiado altos, inúteis e que só lhe roubavam tempo. Além do mais, o policial tinha sempre seu objetivo diante dos olhos, sem ter de pensar muito; enquanto para Karl, ao contrário, a corrida era algo secundário, ele tinha de refletir, escolher entre várias possibilidades, sempre tomar uma nova decisão. Seu plano, um tanto desesperado, era evitar por ora ruas transversais, já que não era possível saber

---

[4] K: No entretempo Robinson tinha conseguido que o chofer o tirasse do automóvel e saiu, completamente envolto no seu cobertor, gemendo e atraindo os olhares de todos.

o que se ocultava nelas: talvez ele fosse dar diretamente num posto policial; na medida do possível queria manter-se naquela rua que se enxergava até muito longe, e que só bem ao fundo chegava a uma ponte, a qual, mal divisado o seu começo, desaparecia numa névoa de água e sol.

Justamente quando pretendia, uma vez tomada aquela decisão, fazer um esforço para correr mais rápido para atravessar de modo particularmente rápido a primeira rua transversal, Karl viu à sua frente, a uma distância não muito grande, encostado contra a parede escura de uma casa que estava na sombra, um policial à espreita, prestes a saltar sobre ele no momento oportuno. Agora não restava outra saída senão a rua transversal, e quando ouviu que de lá o chamavam pelo nome, de um modo totalmente inofensivo — pareceu-lhe inicialmente tratar-se de imaginação sua, pois já estava o tempo todo com um zumbido nos ouvidos —, não hesitou mais e, para tentar surpreender ao máximo os policiais, girou sobre uma perna e dobrou num ângulo reto naquela rua.

Mal tinha dado dois saltos — já esquecera que haviam gritado o seu nome; agora também ouvia-se o silvo do segundo policial, percebia-se a sua energia ainda não dispendida, enquanto longínquos transeuntes daquela transversal pareciam apertar o passo — quando de uma pequena porta de um prédio emergiu uma mão e o puxou para o interior de um saguão escuro pronunciando as palavras "fique quieto!". Era Delamarche, totalmente sem fôlego, com as bochechas em fogo, os cabelos grudados na cabeça. Carregava o robe debaixo do braço e estava vestido só de camisa e cuecas. Fechou e passou de imediato a tranca naquela porta, que não era a verdadeira entrada principal, mas só uma discreta entrada lateral.

— Um momento — disse ele então, apoiando-se na parede com a cabeça levantada para o alto e respirando pesadamente. Karl praticamente estava estendido em seus braços e apertou meio desmaiado o rosto contra o peito do outro.

— Lá vão os homens correndo — disse Delamarche prestando atenção e apontando o dedo para a porta. Realmente, naquele momento, estavam passando diante deles os dois policiais; sua carreira ressoava na rua deserta como aço se chocando contra pedra.

— Mas você ficou num estado lamentável — disse Delamarche a Karl, que ainda tinha dificuldade em recobrar o fôlego e não conseguia emitir palavra alguma. Delamarche sentou-o com cuidado[5] no chão, aco-

---

[5] K: [...] depois vestiu o robe e se recompôs com auxílio de espelho, pente e lenço.

corou-se a seu lado, passou a mão várias vezes sobre a sua fronte e ficou a observá-lo.

— Agora já estou melhor — disse Karl, erguendo-se com esforço.

— Então vamos — disse Delamarche, que vestira novamente o seu robe, empurrando à sua frente Karl, que mantinha a cabeça baixa pelo cansaço. De tempos em tempos, ele sacudia o rapaz, para reanimá-lo.

— Disse que está cansado? — disse ele. — Ao menos você podia correr ao ar livre como um cavalo, enquanto eu tive de me arrastar por esses malditos pátios e corredores. Mas felizmente eu também sou um bom corredor. — Todo orgulhoso, ergueu bem alto a mão e sapecou uma palmada nas costas de Karl. — De vez em quando uma corrida destas com a polícia é um bom exercício.

— Eu já estava cansado quando comecei a correr — disse Karl.

— Não há desculpa para quem corre mal — disse Delamarche —; se não fosse por mim, eles já o teriam agarrado há muito tempo.

— Eu também acho — disse Karl —, muito obrigado.

— Sem dúvida — disse Delamarche.

Passaram por um corredor longo e estreito, calçado com pedras escuras e lisas. Aqui e ali descortinava-se à direita ou à esquerda o início de alguma escadaria, ou então, avistava-se um outro corredor maior. Raramente viam-se adultos; somente crianças brincavam nas escadas vazias. Uma menina pequena estava parada ao lado de um corrimão e chorava tanto, que todo o seu rosto estava reluzente de lágrimas. Mal avistou Delamarche, saiu correndo escada acima, com a boca aberta e ofegante, e só se acalmou quando chegou bem no alto, quando teve certeza de que ninguém a seguia nem queria seguir.

— Acabei de passar por ela correndo e ela caiu no chão — disse Delamarche rindo e levantando o punho ameaçador contra ela, que continuou a correr aos berros escada acima.

Também os pátios pelos quais passaram estavam quase totalmente desertos. Aqui e ali algum empregado do comércio empurrava um carrinho de mão diante de si, uma mulher enchia uma jarra na bomba-d'água, um carteiro atravessava com passos tranquilos todo o pátio e um velho com bigode branco, sentado de pernas cruzadas diante de uma porta envidraçada, fumava cachimbo. Em frente a uma transportadora, caixotes eram descarregados e os cavalos, sem ocupação, meneavam a cabeça indiferentes; um homem vestido com um avental supervisionava com um papel na mão todo o trabalho; num escritório a janela estava aberta e um funcionário, sentado em sua escrivaninha, dava as costas para ela e lançava um olhar pensativo para fora, onde, naquele instante preciso, passavam Karl e Delamarche.

— Não se pode querer bairro mais tranquilo — disse Delamarche. — À noite, por algumas horas há muito barulho, mas durante o dia tudo transcorre no mais perfeito silêncio.

Karl anuiu; aquela tranquilidade lhe parecia grande demais.

— Eu nem poderia morar noutro lugar — disse Delamarche. — Pois Brunelda não suporta absolutamente nenhum ruído. Conhece a Brunelda? Bem, você vai vê-la. Em todo caso aconselho que se comporte da maneira mais silenciosa possível.

Quando chegaram à escada que levava ao apartamento de Delamarche, o automóvel já tinha partido e o garoto com o nariz carcomido anunciou, sem se admirar do reaparecimento de Karl, que havia carregado Robinson escada acima. Delamarche apenas assentiu com a cabeça, como se ele fosse um criado que tivesse somente cumprido com o seu dever, e arrastou por sua vez Karl escada acima, o qual vacilou um pouco e olhou para a rua ensolarada.

— Já estamos chegando — disse Delamarche algumas vezes durante a subida, mas essa sua previsão parecia não se confirmar nunca, pois sempre havia mais um lance de escadas a subir, apenas numa direção imperceptivelmente alterada. A certa altura, Karl chegou até a parar, não por cansaço, mas por sentir-se indefeso diante da extensão da escada.

— O apartamento fica bem no alto, é verdade — disse Delamarche quando retomaram a subida —, mas isso também tem lá as suas vantagens. Raramente saímos, ficamos o dia todo de robe, é muito aconchegante. É claro que visitas não chegam até aqui em cima.

"E de onde haveriam de vir as visitas?", pensou Karl.

Finalmente, num patamar da escada, diante da porta fechada de um apartamento, apareceu Robinson; agora realmente tinham chegado. A escada nem sequer tinha acabado, continuava e perdia-se numa penumbra sem qualquer indício de que fosse terminar proximamente.

— Bem que eu pensei — disse Robinson em voz baixa, como se as dores ainda o afligissem. — Ele está sendo trazido por Delamarche! Rossmann, o que seria de você sem Delamarche!

Robinson estava de pé, ali, em trajes íntimos, e tentava só enrolar-se como podia num pequeno cobertor que lhe haviam dado no Hotel occidental; não dava para entender por que ele não entrava no apartamento, ao invés de se expor ao ridículo diante de pessoas que eventualmente pudessem passar por ali.

— Ela está dormindo? — perguntou Delamarche.

— Acho que não — disse Robinson —, mas eu preferi esperar que viesse.

— Primeiro temos de ver se ela está dormindo — disse Delamarche, inclinando-se na direção do buraco da fechadura.

Depois de ter espiado longamente, fazendo diversos giros com a cabeça, ergueu-se e disse:

— Ela não está bem visível, a cortina está fechada. Está sentada no canapé, talvez esteja dormindo.

— Mas ela está doente? — perguntou Karl, já que Delamarche estava ali parado como se pedisse conselho. Mas então Delamarche devolveu a pergunta em tom ríspido:

— Doente?

— É que ele não a conhece — disse Robinson para desculpá-lo.

Algumas portas mais adiante duas mulheres assomaram no corredor e, limpando as mãos nos aventais, olharam na direção de Delamarche e Robinson, parecendo estar falando deles. Uma garota muito jovem, com uma cabeleira loira reluzente, saiu de uma das portas e insinuou-se por entre as duas mulheres, enganchando-se nos seus braços.

— São umas mulheres nojentas — disse Delamarche em voz baixa, mas pelo visto somente em consideração a Brunelda, que dormia —, qualquer dia desses, vou denunciá-las à polícia e assim vão me deixar em paz por muitos e muitos anos. Não olhe para lá — sussurrou ele para Karl, que não vira nada de mal em ficar olhando para as mulheres, já que de qualquer forma tinham de esperar no corredor pelo despertar de Brunelda.

Karl balançou a cabeça irritado, como quem diz que não tem de aceitar advertências da parte de Delamarche e, para demonstrá-lo de maneira ainda mais clara, pretendia ir em direção a elas, quando Robinson o deteve com as palavras: "Rossman, cuidado!", agarrando-o pela manga; e Delamarche, já irritado com Karl, ficou tão furioso com uma sonora gargalhada da garota que, com um grande impulso e agitando braços e pernas, correu em direção às mulheres, que sumiram, como que varridas pelo vento, cada uma pela sua porta.

— É assim que muitas vezes tenho de limpar os corredores por aqui — disse Delamarche, ao retornar a passo lento; nesse momento, lembrou-se da oposição feita por Karl e disse: — Mas de você eu espero um comportamento bem diferente, senão pode se dar mal comigo.

Nesse instante, de dentro do quarto chamou uma voz interrogativa, num tom suave e cansado:

— Delamarche?

— Sim — respondeu Delamarche, lançando um olhar benevolente para a porta —, podemos entrar?

— Claro que podem — respondeu a voz, e Delamarche, depois de ter dado uma olhadela nos dois que esperavam atrás, abriu lentamente a porta.

Penetraram na mais completa escuridão. A cortina da porta da sacada — não havia uma janela — chegava até o chão e não deixava passar claridade; além disso, um número excessivo de móveis e de roupas dependuradas por toda a parte contribuía para o escurecimento do quarto. O ar estava pesado e se sentia até o cheiro da poeira que se acumulara em cantos que evidentemente eram inacessíveis a qualquer mão. A primeira coisa que Karl reparou ao entrar foram três armários colocados um atrás do outro.

No canapé estava deitada a mulher que antes olhara da sacada para baixo. Seu vestido vermelho tinha-se retorcido um pouco na parte inferior e pendia numa ponta até o chão; suas pernas se viam quase até os joelhos, vestia meias de lã, grossas e brancas, mas estava sem sapatos.

— Que calor, Delamarche! — disse ela, afastando o rosto da parede e estendendo sua mão suspensa negligentemente na direção de Delamarche, que a agarrou e beijou. Karl olhava somente para sua papada, que ondulava quando ela movimentava a cabeça.

— Quem sabe mando levantar a cortina? — perguntou Delamarche.

— Tudo menos isso — disse ela de olhos fechados e como que desesperada —; aí vai ser ainda pior.

Karl tinha se aproximado da extremidade inferior do canapé para olhar melhor a mulher; admirava-se de suas queixas, pois o calor não era absolutamente extraordinário.

— Espere, vou fazer com que fique mais confortável — disse Delamarche temeroso, e desabotoou alguns botões da parte superior, perto do pescoço, abrindo o vestido de modo que o pescoço e o início do busto ficassem livres e fazendo com que aparecesse também uma pontinha de renda, delicada e amarelecida, de sua blusa.

— Quem é esse aí? — disse a mulher de repente, apontando com o dedo para Karl. — Por que ele está me encarando desse jeito?

— Logo, logo você vai começar a ser útil — disse Delamarche, empurrando Karl para o lado enquanto tranquilizava a mulher com as seguintes palavras:

— É só o rapaz que eu trouxe para lhe atender.

— Mas eu não quero ninguém! — exclamou ela. — Por que traz gente estranha ao meu apartamento?

— Mas você está o tempo todo querendo alguém a seu serviço — disse Delamarche, ajoelhando-se no chão; por mais largo que fosse o canapé, ao lado de Brunelda não havia o mínimo espaço.

— Ai, Delamarche — disse ela —, você não me compreende, não me compreende.

— Então eu realmente não compreendo — disse Delamarche, tomando o rosto dela entre as suas duas mãos. — Mas ainda nem aconteceu nada; se você quiser, ele vai embora nesse instante.

— Sendo que já está aqui, que fique — disse ela então e Karl, em seu cansaço, ficou-lhe tão grato por aquelas palavras, palavras que talvez nem sequer tivessem uma intenção amigável, a ponto de — imerso numa vaga lembrança daquela escada interminável que em breve ele talvez fosse obrigado a descer novamente — passar por cima de Robinson, que dormia placidamente sobre o seu cobertor, e apesar de todo aquele irritante agitar de mãos de Delamarche, dizer a ela:

— De todo modo eu lhe agradeço por me deixar ficar aqui por mais algum tempo. Eu estou bem umas vinte e quatro horas sem dormir e no meio-tempo trabalhei muito e tive diversos aborrecimentos. Estou terrivelmente cansado. Nem sei direito onde estou. Quando eu tiver dormido algumas horas, a senhora poderá me mandar embora sem o menor escrúpulo que eu irei com todo o prazer.

— Pode ficar aqui tranquilamente — disse a mulher, acrescentando com ironia: — Temos espaço de sobra, como vê.

— Tem de ir embora, então — disse Delamarche —, não precisamos de você.

— Não, ele fica — disse a mulher, agora passando a falar a sério novamente.

E Delamarche, como que executando esse desejo, disse então a Karl:

— Bem, então deite-se por aí em algum lugar.

— Ele pode dormir em cima das cortinas, mas tem de tirar as botas para não rasgar nada.

Delamarche mostrou a Karl o lugar referido por Brunelda. Entre a porta e os três armários estava jogada uma pilha de cortinas das mais variadas espécies. Dobrando todas elas por igual, colocando as mais pesadas por baixo e depois as mais leves por cima e, por fim, retirando as várias tábuas e anéis de madeira enfiados na pilha, aquilo iria se converter numa cama passável; do modo como estava, era apenas uma massa oscilante e escorregadia, sobre a qual, apesar de tudo, Karl se deitou imediatamente, pois estava cansado demais para fazer preparativos especiais para dormir e afora isso devia ter muito cuidado para não causar demasiados transtornos aos seus anfitriões.

Estava já quase profundamente adormecido, quando ouviu um grito forte, levantou-se e viu Brunelda, erguida, sentada no canapé, abrir bem os braços e se enroscar em Delamarche, que continuava de joelhos à sua frente. Karl, para quem aquela visão era extremamente constrangedora, recostou-se novamente e afundou nas cortinas para continuar a dormir. Parecia-lhe claro que não iria suportar nem dois dias por ali, mas nesse caso tornava-se ainda mais necessário que ele primeiro descansasse devidamente, para depois poder tomar uma decisão rápida e correta em pleno gozo de suas faculdades mentais.

Mas Brunelda já reparara nos olhos arregalados de cansaço de Karl, olhos que já uma vez a haviam assustado, e exclamou:

— Delamarche, não aguento mais de calor, estou fervendo, tenho de tirar a roupa, tomar banho; mande esses dois saírem do quarto, mande-os para onde quiser — para o corredor, para a sacada, desde que eu não os veja mais. Até na minha própria casa continuam a me perturbar! Quem dera estivesse sozinha com você, Delamarche. Ai, meu Deus, eles ainda estão aí! Como se espreguiça esse sem-vergonha desse Robinson, só de cuecas na presença de uma dama! E esse rapaz desconhecido, que há poucos instantes atrás olhava para mim com um olhar selvagem e agora se deitou de novo só para me enganar. Fora com eles, Delamarche, eles são um peso para mim, me dão um nó no peito; se eu morrer agora, é só por causa deles.

— Eles vão sair já, já; pode ir tirando a roupa — disse Delamarche, dirigiu-se até Robinson e sacudiu-o colocando um pé contra o seu peito.

E ao mesmo tempo berrou para Karl:

— Rossmann, levante-se! Vocês dois têm de ir para a sacada! E ai de vocês se entrarem antes de serem chamados! E agora, rapidinho, Robinson — ao dizer isso, sacudiu Robinson com mais força —, e você, Rossmann, cuidado para que eu não caia também por cima de você — e ao dizer isso bateu duas sonoras palmas com as mãos.

— Que demora! — exclamou Brunelda no canapé. Sentada, ela mantinha as pernas bem afastadas para dar mais espaço para o corpo excessivamente obeso; foi somente com muito esforço, ofegante e fazendo muitas pausas para descansar que ela conseguiu inclinar-se até a parte superior das meias e descê-las um pouco — não conseguiu retirá-las por inteiro, isso teve de ser providenciado por Delamarche, por quem ela agora aguardava impaciente.[6]

Totalmente atordoado de cansaço, Karl rastejara de cima da pilha de cortinas até o chão, dirigindo-se lentamente até a porta da sacada; um pedaço de tecido de cortina enroscara-se num de seus pés e ele o arrastava com indiferença. Em sua distração, chegou a dizer "Desejo boa noite" ao passar por Brunelda e continuou caminhando até chegar do lado de fora da sacada, passando por Delamarche, que tinha afastado um pouco a cortina da porta. Logo atrás de Karl vinha Robinson, certamente não menos sonolento, pois cochichava ao caminhar:

— Sempre maltratando a gente! Se Brunelda não vier também, não vou para a sacada!

Mas apesar dessa afirmação, saiu para a sacada sem opor qualquer resistência e, já fora, sendo que Karl afundara na cadeira de braços, deitou-se imediatamente no chão de pedra.

Quando Karl despertou, era noite, as estrelas já brilhavam no céu, o clarão da lua elevava-se por trás dos altos prédios do outro lado da rua. Somente depois de olhar algumas vezes à sua volta naquele lugar desconhecido, de inspirar fundo algumas vezes aquele ar fresco, é que Karl teve consciência de onde estava. Como fora imprudente! Tinha descurado de todos os conselhos da cozinheira-mor, das advertências de Therese, de seus próprios temores — estava ali sentado tranquilamente na sacada de Delamarche e tinha mesmo passado metade do dia a dormir, como se ali atrás das cortinas não estivesse o próprio Delamarche, seu grande inimigo! No chão, o preguiçoso Robinson se revirava e puxava Karl pelo pé; de fato parecia tê-lo acordado assim, pois disse:

— Que sono pesado tem você, hein, Rossmann! Isso é que é juventude despreocupada! Quanto tempo ainda pretende dormir? Eu teria deixado que continuasse a dormir, mas em primeiro lugar estou entediado

---

[6] K: Agora Delamarche tinha perdido a paciência. Agarrou Robinson pelo colarinho da camisa, ergueu-o e gritou: — Homem, não sabe mais o que é a boa educação?!

aqui no chão e, em segundo, estou com uma fome enorme. Peço que levante um pouco, porque eu guardei aí na cadeira algo para comer e gostaria de pegar. Eu também vou lhe dar um pouco.

Karl, que se erguera, viu Robinson rolar de barriga para baixo na sua direção e, sem levantar, estendendo as mãos por baixo da cadeira, puxar uma salva de prata, como aquelas que servem para guardar cartões de visita. Mas sobre ela o que havia era a metade de uma salsicha, totalmente preta, alguns cigarros finos, uma lata de sardinhas aberta mas ainda bem cheia e com óleo transbordando e uma porção de balas, a maior parte delas amassadas e formando uma bolota. A seguir apareceu ainda um grande pedaço de pão e uma espécie de frasco de perfume, que parecia conter algo que não era perfume, pois Robinson apontou para o frasco com especial satisfação, dando um estalo com a língua na direção de Karl.

— Está vendo, Rossmann? — disse Robinson, enquanto engolia sardinha após sardinha e de vez em quando limpava as mãos de óleo numa echarpe de lã que Brunelda evidentemente havia esquecido na sacada. — Está vendo, desse jeito é que precisa guardar sua comida, se não quiser morrer de fome por aqui. Rapaz, me deixaram totalmente de lado. E quando tratam a gente sempre como um cão, afinal a gente acaba acreditando que é realmente um. É bom que você esteja aí, Rossmann, pelo menos eu posso falar com alguém. Pois aqui nessa casa ninguém fala comigo. Nós somos odiados. E tudo por causa da Brunelda. É claro que ela é uma mulher esplêndida. Sabe — e fez sinal para que Karl se abaixasse até ele e cochichou: — uma vez eu a vi nua. Ah! — e ao relembrar essa grande alegria, começou a dar uns apertões e umas batidas nas pernas de Karl, até que o rapaz exclamou, agarrando suas mãos e empurrando-as para longe:

— Robinson, você está louco!

— É que você ainda é uma criança — disse Robinson e sacou de dentro da camisa um punhal que trazia pendurado no pescoço por um cordão, retirou-o da bainha e espetou aquela salsicha dura —, você ainda precisa aprender muita coisa. Mas aqui conosco você chegou ao lugar certo. Sente-se, por favor. Não quer comer alguma coisa também? Quem sabe o seu apetite desperta ao me ver comer. Também não quer beber? Não quer nada mesmo! E nem é de muita conversa. Mas para mim tanto faz quem está na sacada, contanto que haja alguém. É que eu passo muito tempo na sacada. A Brunelda se diverte muito com isso; basta que lhe ocorra qualquer pretexto: seja por estar com frio ou com calor, por querer dormir ou se pentear, seja por querer abrir ou vestir o corpete, nessas ocasiões eu sou sempre mandado para a sacada. Às vezes ela realmente faz o que diz, mas na maior parte dos casos ela fica deitada como estava no canapé sem se mexer. Antigamente muitas vezes eu abria assim um pouquinho a cortina e espiava, mas desde que Delamarche, numa ocasião dessas — eu bem sei que ele não queria fazer aquilo, mas o fez a pedido de Brunelda — me deu umas chicotadas na cara — está vendo a marca? — não me atrevo mais a espiar. De forma que eu fico aqui deitado na sacada e não tenho outra diversão senão a comida. Anteontem, enquanto eu estava ali deitado, sozinho, naquela ocasião eu ainda estava com as minhas roupas elegantes, aquelas que por desgraça eu perdi no seu hotel — aqueles cachorros! Arrancam as roupas caras do corpo da gente! — pois então, enquanto eu estava ali deitado, sozinho, olhei para a rua lá embaixo pela sacada, senti uma tristeza tão grande e me pus a chorar. E então, por acaso, sem que eu percebesse de imediato, Brunelda saiu do quarto e veio ter comigo no seu vestido vermelho — esse é o que de todos lhe cai melhor —, ficou me olhando um pouco e perguntou afinal: "Robinson, por que está chorando?". A seguir ela ergueu o vestido e enxugou meus olhos com a barra do vestido. Sabe-se lá o que mais ela teria feito, se Delamarche não tivesse chamado por ela e ela não tivesse sido obrigada a entrar de novo imediatamente no quarto. É claro que eu pensei: agora chegou a minha vez, e perguntei através da cortina se eu já podia ir entrando no quarto. E o que você acha que a Brunelda disse? Ela disse: "Não!" e "O que é que está pensando?".

— Por que fica aqui, se o tratam assim? — perguntou Karl.

— Perdão, Rossmann, mas essa não é uma pergunta muito inteligente — respondeu Robinson. — Você também vai ficar, e mesmo que o tratem ainda pior. Aliás, nem me tratam tão mal assim.

— Não — disse Karl —, eu vou-me embora com certeza e, se possível, ainda esta noite. Eu não vou ficar com vocês.

— Como é que pretende, p. ex., ir embora hoje à noite? — perguntou Robinson, que tinha tirado o miolo do pão com a faca e o molhava cuidadosamente no óleo da lata de sardinha. — Como é que você quer ir embora, se nem sequer pode entrar no quarto?

— Por que não podemos entrar?

— Bem, enquanto não soar a campainha, não podemos entrar — disse Robinson, abrindo a boca o mais que podia para engolir o pão engordurado, enquanto aparava com uma mão o óleo que escorria para depois mergulhar de vez em quando o resto do pão nesse oco da mão que lhe servia de vasilha. — Aqui tudo ficou mais rígido. De início, havia apenas uma cortina fina; com certeza não se enxergava através dela, mas de noite dava para reconhecer as sombras. Mas Brunelda achava isso desagradável e então eu tive de fazer uma cortina com uma de suas capas de teatro e pendurar aqui no lugar da velha cortina. Agora não se vê mais nada mesmo. E antigamente eu podia perguntar sempre se podia entrar e dependendo das circunstâncias respondiam "sim" ou "não"; mas é provável que depois eu tenha tirado proveito disso e perguntado demais; Brunelda não conseguiu suportar — apesar da sua corpulência, ela tem uma constituição muito frágil, tem seguidamente dores de cabeça e sofre quase sempre de gota nas pernas — e assim foi determinado que eu não podia mais perguntar, que apertariam o botão da campainha de mesa para sinalizar quando eu poderia entrar. Ela soa tão alto que chega a me acordar quando estou dormindo — certa vez tive um gato aqui para me entreter; ele fugiu apavorado com o barulho da campainha e nunca mais voltou. Bem, hoje a campainha ainda não soou — pois quando ela toca eu não só posso como devo entrar — e quando demora tanto tempo para soar quer dizer que pode demorar ainda muito mais.

— É — disse Karl —, mas o que vale para você não obrigatoriamente vale para mim. E em geral uma coisa dessas só vale para quem a aceita.

— Mas — exclamou Robinson — por que não deveria valer para você também? É evidente que também vale para você. Espere tranquilamente aqui comigo até que toque a campainha. E então vai poder ver se consegue ir embora.

— Por que é que na verdade você não vai embora daqui? Só porque Delamarche é seu amigo, ou melhor, era? Isso lá é vida? Não seria melhor lá em Butterford, para onde vocês queriam ir primeiro? Ou mesmo na Califórnia, onde você tem amigos.

— É — disse Robinson —, isso ninguém podia prever. — E antes de continuar o relato, disse ainda: — À sua saúde, caro Rossmann — dando um grande gole no conteúdo do frasco de perfume. — Aquela vez, quando você tão malvadamente nos abandonou, nós estávamos muito mal. Não conseguimos arranjar trabalho nos primeiros dias; aliás Delamarche não queria um trabalho, senão ele teria arranjado; ele enviava sempre só a mim para procurar algo, e eu não tenho sorte. Ele só vagabundeou por aí, mas já era quase noite e ele só tinha conseguido uma carteira de mulher, que era sem dúvida muito bonita, de pérolas (agora ele a deu de presente à

Brunelda), mas não tinha quase nada dentro. Depois ele disse que nós devíamos pedir esmola nas casas, é claro que nessas ocasiões é possível encontrar muita coisa aproveitável; fomos então esmolar e, para causar melhor impressão, eu cantava na porta das casas. E tendo Delamarche sorte como sempre tem, foi só pararmos na segunda casa, um apartamento muito rico no térreo de um prédio, e cantarmos alguma coisa em frente à porta da cozinheira e do criado, para que chegasse a senhora a quem pertencia a casa — Brunelda — subindo as escadas. Talvez estivesse com o corpete apertado demais e nem conseguiu subir aqueles poucos degraus. Mas como ela estava linda, Rossmann! Ela estava com um vestido todo branco e um guarda-chuva vermelho. Dava vontade de lamber. Dava vontade de beber ela todinha como se fosse um copo d'água! Ai, meu Deus, ai, meu Deus, como ela estava linda! Que mulher! Não, não, me diga: como é que pode existir uma mulher dessas? É claro que a empregada e o criado imediatamente correram ao seu encontro e praticamente a carregaram para cima. Nós nos colocamos à direita e à esquerda da porta e batemos continência, como se usa por aqui. Ela parou um pouco, porque ainda não tinha fôlego suficiente, e agora eu não sei como aconteceram as coisas, na verdade: de tanto passar fome, eu não estava muito bem da cabeça, e de perto ela era ainda mais bonita e largona e toda firme devido a um corpete especial que eu posso lhe mostrar depois no armário — em suma: eu rocei um pouquinho nela por trás, mas bem de leve, sabe, só rocei assim. É claro que não se pode tolerar que um mendigo toque numa senhora rica. Quase nem era um toque; mas afinal de contas, apesar de tudo, aquilo tinha sido um toque. Sabe-se lá que consequências fatais teria havido se Delamarche não tivesse me dado imediatamente uma bofetada na cara, uma bofetada tão forte que logo precisei de minhas duas mãos para aliviar a dor na minha bochecha.

— O que vocês andaram aprontando! — disse Karl, totalmente fascinado com a história e sentando no chão. — Essa então era Brunelda?

— Pois é — disse Robinson —, essa era Brunelda.

— Você não disse uma vez que ela era uma cantora? — perguntou Karl.

— Claro que ela é uma cantora, e uma grande cantora — respondeu Robinson, que revolvia uma massa de balas com a língua e de vez em quando empurrava de volta com os dedos um pedaço que escapulia da boca. — Mas é claro que naquela época não sabíamos disso, víamos só que ela era uma senhora rica e distinta. Ela fez como se nada tivesse acontecido e talvez não tivesse sentido nada mesmo, pois de fato eu só a tinha tocado com a ponta dos dedos. Mas ela continuava encarando Delamarche, que por sua vez — como ele bem sabe fazer — devolveu o olhar mirando diretamente nos olhos dela. A seguir ela lhe disse: "Entre um momento", apontando com a sombrinha para o interior do apartamento, dando a entender que Delamarche devia passar primeiro. Então os dois entraram e os criados fecharam a porta atrás deles. Esqueceram de mim do lado de fora; acreditando que não iria demorar tanto, sentei-me na escada para esperar por Delamarche. Mas em vez de Delamarche, quem saiu foi o criado e me trouxe uma vasilha cheia de sopa.[7] "Uma gentileza da parte de Delamarche!", disse comigo mesmo. O criado ficou um pouco ao meu lado enquanto eu comia e me contou algumas coisas sobre a Brunelda, e foi então que percebi o significado que poderia ter para nós aquela visita. Ela era uma mulher separada, possuía uma grande fortuna e era completamente independente. Seu ex-marido, um fabricante de chocolate em pó, continuava a amá-la, mas ela não queria saber absolutamente mais nada dele. Ele vinha muitas vezes ao apartamento, sempre muito elegante, como se estivesse vestido para um casamento — isso é verdade, palavra por palavra, eu mesmo o conheço —, mas por maior que fosse a propina, o criado não ousava perguntar a Brunelda se ela desejava recebê-lo, pois ele já tinha perguntado algumas vezes e ela sempre lhe jogava na cara o que quer que estivesse segurando na mão. Certa vez, até sua enorme bolsa de água quente, cheia, e com ela quebrou um de seus dentes da frente. Pois é, Rossmann, essa deixou você de boca aberta!

— De onde você conhece o marido? — perguntou Karl.

— Às vezes ele também sobe até aqui em cima — disse Robinson.

— Aqui em cima? — sua admiração era tal que Karl deu uma palmada de leve no chão.

— Pode se espantar — prosseguiu Robinson —, até eu me espantei quando o criado me contou daquela vez. Imagine, quando Brunelda não estava em casa, o marido mandava o criado conduzi-lo aos seus aposentos e sempre pegava para si alguma coisinha de recordação, deixando, em troca, sempre algo caríssimo e finíssimo para ela e proibindo severamente o criado de dizer de quem era. Mas certa vez, quando ele trouxe um objeto — foi o que falou o criado e eu acredito nele — de porcelana ab-

---

[7] K: <u>Era uma sopa finíssima.</u>

solutamente impagável, Brunelda deve tê-lo reconhecido de alguma forma e atirou-o imediatamente ao chão, pisoteou, cuspiu em cima e ainda fez algumas outras coisinhas mais, de modo que o criado, enojado, mal conseguiu carregar os cacos para fora.

— E o que o marido tinha feito a ela? — perguntou Karl.

— Isso eu não sei, na verdade — disse Robinson. — Acho que nada de mais, pelo menos nem ele mesmo sabe. Pois eu já falei com ele a respeito algumas vezes. Ele me espera todo dia ali na esquina; quando eu vou, tenho de contar as novidades para ele, quando eu não posso, ele espera uma meia hora e vai de novo embora. Foi um bom ganho extra para mim, pois ele paga muito bem pelas informações, mas desde que Delamarche ficou sabendo, tenho de dar tudo para ele, de forma que agora eu vou lá com menos frequência.

— Mas o que quer o marido? — perguntou Karl. — O que será que ele quer? Ele viu que ela não quer saber dele.

— É — suspirou Robinson, acendeu um cigarro e, fazendo grandes giros com o braço, soprou a fumaça para o alto. Mas depois pareceu ter mudado de ideia e disse: — O que me importa isso? Eu só sei que ele daria muito dinheiro para poder estar deitado aqui na sacada como nós.

Karl ergueu-se, apoiou-se no parapeito e olhou para baixo. A lua já estava visível, mas sua luminosidade ainda não chegava até o final da rua. Essa rua, que durante o dia era tão deserta, estava apinhada de gente, especialmente na frente da entrada dos prédios: todos imersos num movimento lento e pesado, as mangas das camisas dos homens e os vestidos claros das mulheres destacando-se debilmente na escuridão, todos sem chapéu. As muitas sacadas em torno estavam agora todas ocupadas, nelas estavam sentadas as famílias, à luz de uma lâmpada elétrica e, conforme o tamanho da sacada, ou estavam em volta de uma mesinha, ou só sentados numa fileira de cadeiras, ou então, pelo menos esticavam as cabeças para fora dos cômodos. Os homens, sentados de pernas abertas, esticavam os pés por entre as colunas do parapeito, liam jornais cujas páginas de tão grandes quase alcançavam o chão, ou então jogavam cartas, aparentemente em silêncio, mas batendo na mesa com toda força; as mulheres tinham o colo coberto por trabalhos de costura e só de vez em quando dispensavam um breve olhar em torno ou para a rua; na sacada vizinha, uma mulher loura, com aspecto debilitado, bocejava continuamente e, enquanto bocejava, revirava os olhos e tapava a boca com uma peça de roupa que estava remendando; mesmo nas sacadas mais apertadas, as crianças conseguiam brincar de pegar, o que incomodava muito os pais. No interior de muitos quartos havia gramofones ligados, tocando música cantada ou de orquestra; ninguém ligava muito para essa música e só de vez em quando um pai de família fazia um sinal e alguém corria para dentro do quarto para colocar um novo disco. Em algumas janelas, viam-se casais de namorados totalmente imóveis; em uma janela bem em frente a Karl havia um casal desses de pé, o rapaz tinha colocado o seu braço em volta da moça e apertava-lhe um seio com a mão.

— Conhece alguma dessas pessoas que moram aqui ao lado? — perguntou Karl a Robinson, o qual tinha se erguido e, como estava tremendo de frio, além de se enrolar no seu próprio cobertor, enrolara-se também no de Brunelda.

— Quase ninguém. Isso é que é ruim na minha situação — disse Robinson, puxando Karl mais para perto de si, para poder cochichar-lhe ao ouvido: — Não fosse por isso, não teria nada a reclamar por ora. Brunelda vendeu tudo o que tinha por causa do Delamarche e se mudou para esse apartamento de subúrbio com toda a sua fortuna para poder se dedicar inteiramente a ele e para que ninguém a perturbasse; aliás, esse também era o desejo de Delamarche.

— E ela demitiu os serviçais? — perguntou Karl.

— Isso mesmo — disse Robinson —, pois onde é que todos os serviçais iriam ser acomodados? Pois esses criados são uns senhores muito exigentes. Certa vez Delamarche simplesmente expulsou a bofetadas um criado desses do quarto de Brunelda — foi dando uma bofetada atrás da outra até que o homem estivesse fora. É claro que os outros se uniram a ele e fizeram um escarcéu na porta; então, Delamarche saiu (naquela época eu não era criado, era amigo da casa, mas ainda assim eu estava com os criados) e perguntou: "O que querem?". O criado mais velho, um certo Isidor, disse em resposta: "O senhor não tem nada a tratar conosco; nossa patroa é a ilustríssima senhora". Como provavelmente já deve estar percebendo, eles respeitavam muito Brunelda. Mas, sem se importar com eles, ela correu até Delamarche (naquela época ela ainda não era tão pesada quanto hoje) e o abraçou, beijou e chamou de "querido Delamarche" diante de todos. "E mande logo embora esses macacos horrorosos" — disse ela por fim. "Macacos horrorosos" — para designar os criados; imagine só a cara que eles fizeram quando ela disse aquilo. A seguir Brunelda atraiu para a carteira que trazia presa ao cinto a mão de Delamarche, que a enfiou lá dentro e começou então a pagar os criados; Brunelda só participou do pagamento ficando ali de pé com a carteira aberta pendurada na cintura. Delamarche precisava enfiar muitas vezes a mão lá dentro, pois distribuía o dinheiro sem contar nem verificar os pedidos. Ao final, disse: "Como não querem falar comigo?! Eu vou falar com vocês em nome de Brunelda: caiam fora, e já!". Assim é que foram despedidos. Houve alguns processos, Delamarche teve até de comparecer certa vez ao tribunal, mas sobre isso não sei nada de mais preciso. Só sei que logo após a demissão dos serviçais Delamarche disse para Brunelda: "E agora não vai ter mais criados?". Ela respondeu: "Mas eis aí o Robinson!". Diante disso, dando um tapinha no meu ombro, Delamarche me disse: "Então está bem, será nosso criado". E Brunelda me deu uma palmadinha na bochecha — se tiver a ocasião, Rossmann, deixe que ela também lhe dê uma palmada na bochecha, vai se admirar de como é gostoso!

— Quer dizer que ficou sendo criado de Delamarche? — disse Karl, resumindo.

Ao ouvir o lamento implícito na pergunta, Robinson respondeu:[8]

— Sou um criado, mas isso só poucas pessoas percebem. Veja, você mesmo não sabia, apesar de já estar há algum tempo conosco. Viu como eu estava vestido aquela noite no hotel: com o que há de melhor; por acaso é assim que criados andam vestidos? Só que a questão é que eu não posso sair muito, tenho de estar sempre à disposição, pois com esse movimento todo há sempre o que fazer. Pois um pessoa só é pouco para tanto trabalho. Como você talvez tenha notado, temos muitas coisas espalhadas pelo quarto; o que não conseguimos vender quando fizemos a grande mudança, trouxemos conosco. É claro que poderíamos ter-nos desfeito das coisas, dando-as de presente, mas Brunelda não dá nada de presente. Pense só que trabalheira para carregar essas coisas escada acima.

— Robinson, você carregou tudo isto aqui escada acima? — exclamou Karl.

— Quem senão eu? — disse Robinson. — Tinha também um ajudante, um preguiçoso de marca maior, eu tive de fazer a maior parte do trabalho sozinho. Brunelda ficou esperando lá embaixo encostada no carro, Delamarche dava as ordens lá de cima, indicando em que lugar deviam ser colocadas as coisas, e eu corria o tempo todo de um lado para o outro. Levou dois dias; muito tempo, não? Mas você nem sabe quantas coi-

---

[8] K: — Para Delamarche eu faço de tudo com prazer. Não está sendo justo com ele.

sas há aqui no quarto, os armários estão cheios e atrás deles está tudo entupido até o teto. Se tivessem contratado algumas pessoas para fazer a mudança, tudo estaria logo pronto, mas Brunelda não quis confiar a mudança a ninguém, só a mim. Foi um belo gesto, mas foi aí que arruinei a minha saúde para o resto da vida; e o que mais tinha eu além da minha saúde? Ao menor esforço sinto dores aqui, aqui e aqui. Você acha que aqueles rapazes do hotel, aqueles pirralhos — isso é que eles são, uns pirralhos — teriam me vencido se eu estivesse com saúde? Mas por pior que eu me sinta, não vou dizer nada para Delamarche nem para Brunelda, vou trabalhar enquanto for possível e até mesmo quando não for mais possível, e então me deitarei para morrer e só depois — tarde demais — eles verão que eu estava doente e que, mesmo assim, continuei trabalhando, trabalhando e trabalhando, e que trabalhei a seu serviço até morrer. Ai, Rossmann — disse ele por fim, enxugando os olhos na manga da camisa de Karl. Depois de um pouco, disse: — Não está com frio? Está aí só de camisa!

— Ande, Robinson — disse Karl —, você só chora o tempo todo. Não acredito que esteja tão doente. Está com uma aparência bastante saudável, mas como fica sempre deitado na sacada, fica imaginando coisas. Talvez tenha às vezes uma dor no peito, eu também, todo mundo tem. Se todos chorassem por qualquer bobagem como você, todas aquelas pessoas ali nas sacadas deveriam estar em prantos.

— Isso eu é que sei — disse Robinson, enxugando os olhos desta vez com a ponta de seu cobertor. — O estudante que mora aqui ao lado com a senhoria, que antes também cozinhava para nós, recentemente, quando fui devolver a louça da comida, me disse: "Escute, Robinson, não está doente?". Estou proibido de falar com as pessoas; sendo assim, só deixei a louça e estava para ir embora. Nesse momento, ele se aproximou de mim e disse: "Escute aqui, homem do céu, não leve a coisa a extremos, está doente". "Ora, por favor, o que é que eu posso fazer?", perguntei. "Isso é problema seu", disse ele, voltando-se. Os outros que estavam sentados lá na mesa riram, temos inimigos em toda a parte por aqui, por isso preferi ir embora.

— Então, quer dizer que acredita nas pessoas que lhe fazem de bobo e não naquelas que querem o seu bem.

— Mas sou eu que tenho de saber como me sinto — encrespou Robinson para em seguida voltar à choradeira.

— É que não sabe direito o que tem, deveria procurar algum trabalho decente, ao invés de continuar aqui como criado de Delamarche. Porque pelo que eu posso julgar do que me contou e por aquilo que eu mesmo vi, isso não é trabalho, é uma escravidão. Uma coisa dessas ninguém pode suportar, acredito em você. Mas pensa que por ser amigo de Delamarche você não pode abandoná-lo. Está errado, e se ele não percebe a vida miserável que você está levando, não tem mais nenhuma obrigação para com ele.

— Acha mesmo, Rossman, que eu vou me restabelecer quando parar de fazer esse serviço?

— Com certeza — disse Karl.

— Com certeza? — perguntou Robinson novamente.

— Com toda certeza — disse Karl, sorrindo.

— Pois então eu poderia começar logo a me restabelecer — disse Robinson, olhando para Karl.

— Como assim? — perguntou o rapaz.

— Bem, porque você vai ter de assumir o meu trabalho aqui — respondeu Robinson.

— Quem foi que lhe disse isso? — perguntou Karl.

— É um velho plano. Falam disso já há alguns dias. Tudo começou quando Brunelda me repreendeu porque eu não mantinha a casa suficientemente limpa. É claro que prometi que iria colocar tudo imediatamente em ordem. Acontece que isso é muito difícil. No estado em que estou, não posso ficar me arrastando por todo canto para tirar o pó: nem no meio do quarto dá para a gente se mexer, quanto mais lá no meio dos móveis e dos mantimentos. E se quiserem limpar tudo direito, é preciso mover os móveis de seus lugares; eu, sozinho, vou ter de fazer isso? Além do mais, tudo isso teria de ser feito no maior silêncio, porque Brunelda — que dificilmente sai do quarto — não pode ser perturbada. É bem verdade que eu prometi limpar tudo, mas de fato eu não limpei. Quando Brunelda percebeu isso, falou para Delamarche que assim não dava mais e que era preciso contratar mais um ajudante. "Não quero que você", disse ela, "me acuse de não ter administrado bem a casa. Eu mesma não posso fazer esforço, você está vendo, e Robinson não basta; no início ele era tão bem-disposto e cuidava de tudo, mas agora está sempre cansado e passa a maior parte do tempo sentado num canto. Mas uma peça com tantos objetos como a nossa não fica arrumada por si só". E então, Delamarche pôs-se a refletir sobre o que era possível fazer nesse caso, pois não se pode admitir uma pessoa qualquer numa casa como esta, nem em regime de experiência, porque nos observam de todos os lados. Mas como eu sou seu amigo e soube pelo Renell o duro que você deu lá no hotel, propus o seu nome. Delamarche logo concordou, embora daquela outra vez você tenha se comportado de modo tão insolente para com ele, e eu fiquei, é claro, muito contente por poder ser tão útil a você. Pois esse emprego é feito para você. Você é jovem, forte e habilidoso, enquanto eu não valho nada. Só quero lhe dizer que ainda não foi aceito, em absoluto; se não agradar a Brunelda, não podemos utilizá-lo. Então, faça um esforço para agradá-la; do resto cuido eu.

— E o que vai fazer quando eu for o criado aqui? — perguntou Karl; e sentia-se tão livre, o primeiro susto que lhe tinham causado as informações de Robinson havia passado. Quer dizer que Delamarche não tinha piores intenções para com ele do que transformá-lo em criado — se as tivesse, o tagarela do Robinson certamente já as teria revelado, e, estando assim as coisas, Karl iria se atrever a partir naquela mesma noite. Não se pode obrigar ninguém a aceitar um emprego. Mas enquanto anteriormente Karl se preocupara com a questão de saber se, depois de ser demitido do hotel, iria conseguir ou não um emprego apropriado e possivelmente não mais insignificante do que aquele, rápido o bastante para não morrer de fome, agora lhe parecia que, em comparação com este emprego que ali lhe reservavam e que lhe causava repulsa, qualquer outro emprego seria suficientemente bom, chegando mesmo a preferir permanecer na miséria do desemprego. Mas nem tentou explicar aquilo a Robinson, sobretudo porque a esperança de descarregar o trabalho sobre os ombros de Karl condicionava qualquer julgamento que ele pudesse fazer.

— Vou então — disse Robinson, acompanhando sua fala com ademanes afáveis (tinha os cotovelos apoiados no parapeito) — primeiro explicar tudo e mostrar onde estão os mantimentos. Você é uma pessoa culta e com certeza tem uma boa caligrafia, poderia ir logo fazendo uma lista de todas as coisas que temos aqui. Há muito tempo que Brunelda quer fazer isso. Se amanhã de manhã fizer tempo bom, vamos pedir para que ela se sente na sacada e, enquanto isso, poderemos trabalhar no quarto sem importuná-la. Pois é com isso que precisa tomar cuidado: não perturbar Brunelda de modo algum. Ela escuta tudo, provavelmente por ser cantora tem ouvidos tão sensíveis. P. ex., se for tirar o barril de aguardente que está lá atrás dos armários, ele vai fazer ruído, porque é pesado e lá atrás há várias coisas espalhadas, de forma que nem se consegue tirá--lo de lá rolando. Brunelda vai estar, p. ex., tranquilamente estendida sobre o canapé a matar moscas, que aliás sempre a incomodam muito. Você pensa então que ela não está se importando com você e continua rolando o seu barril. Ela continua deitada lá tranquilamente. Mas no momento em que você menos espera e que está fazendo menos barulho, ela se ergue subitamente, bate com as duas mãos no canapé com uma força tal que fica invisível por detrás da poeira levantada — desde que estou aqui ainda não bati o canapé, não consigo, ela está sempre deitada sobre ele — e começa a bradar horrivelmente, como se fosse um homem, e fica berrando assim por horas a fio. Os vizinhos a proibiram de cantar, mas ninguém pode proibi-la de gritar, ela precisa gritar; aliás isso acontece raramente, eu e Delamarche nos tornamos muito cuidadosos. Pois gritar já lhe fez muito mal. Certa vez ela desmaiou e eu tive — naquele exato momento Delamarche tinha saído — de buscar o estudante que mora ao lado, que borrifou sobre ela o líquido de um garrafão, o que de fato ajudou, só que o tal líquido tinha um fedor insuportável e, ainda hoje, quando se aproxima o nariz do canapé dá para sentir o cheiro. O estudante é com certeza nosso inimigo, como todos por aqui, você precisa tomar cuidado com todos e não dar confiança a ninguém.

— Escute aqui, Robinson — disse Karl —, mas esse é um serviço difícil. Que belo emprego me arranjou!

— Não se preocupe — disse Robinson, balançando a cabeça com os olhos fechados no intuito de dissipar todas as possíveis preocupações de Karl —, o emprego tem vantagens que nenhum outro pode lhe oferecer. Sempre estará perto de uma dama como Brunelda, de vez em quando vai poder dormir no mesmo quarto que ela, o que traz consigo, como bem pode imaginar, vários benefícios. Será muito bem pago — dinheiro há em grande quantidade; como amigo de Delamarche eu não recebia nada, só quando eu saía é que Brunelda sempre me dava alguma coisa; mas você com certeza receberá como qualquer criado. Pois não é mais do que isso: um criado. Mas, para você, o mais importante é que eu vou facilitar muito o seu trabalho. De início é claro que, para me restabelecer, não vou fazer nada, mas logo que eu estiver um pouco restabelecido, pode contar comigo. De modo geral, vou reservar para mim o atendimento a Brunelda propriamente dito: vou penteá-la e vesti-la, desde que Delamarche não o faça. Você só terá de se preocupar com a arrumação do quarto, compras e outras providências e com os trabalhos domésticos mais pesados.

— Não, Robinson — disse Karl —, nada disso me atrai.[9]

---

[9] K: — Você acredita mesmo — perguntou Karl — que isso seja particularmente vantajoso para mim?

— Não faça bobagens, Rossmann — disse Robinson bem perto do rosto de Karl —, não desperdice essa bela oportunidade. Onde é que vai encontrar um emprego agora? Quem conhece você? Quem você conhece? Nós, que somos dois homens muito vividos e temos uma experiência enorme, andamos semanas a fio por aí sem conseguir trabalho. Não é fácil, chega a ser desesperadoramente difícil.

Karl assentiu, admirando-se de como Robinson era capaz de falar tão sensatamente. Para ele, contudo, aqueles conselhos não tinham validade, ele não podia permanecer ali, naquela grande cidade ainda haveria de se achar algum lugarzinho para ele; ele sabia que durante a noite as hospedarias estavam lotadas, precisavam de pessoal para atender os hóspedes; nisso ele já estava treinado, logo iria conseguir entrar discretamente em algum estabelecimento. Justo no prédio em frente funcionava no térreo uma pequena pousada, da qual ecoava uma música ruidosa. A entrada principal estava coberta apenas com uma grande cortina amarela que, empurrada por uma corrente de ar, ondulava com força para fora, em direção à rua. Fora isso, na rua sem dúvida tudo ficara muito mais silencioso. A maioria das sacadas estava às escuras, somente ao longe via-se ainda aqui e ali uma luz isolada; mas mal o olho captava aquela luz por alguns instantes, as pessoas que estavam ali se erguiam e, enquanto voltavam para dentro de casa, um homem pegava a lâmpada e, sendo o último a permanecer na sacada, a apagava, depois de lançar um rápido olhar para a rua lá embaixo.

"Agora já está caindo a noite", disse Karl consigo mesmo, "se eu ficar mais tempo aqui, vou ser um deles." E voltou-se para puxar a cortina da porta do apartamento.

— O que você quer? — perguntou Robinson, colocando-se entre Karl e a cortina.

— Ir embora — disse Karl —, me largue, me largue!

— Você não vai querer incomodá-los! — exclamou Robinson. — O que é que está pensando?

E rodeando com os braços o pescoço de Karl, dependurou-se nele com todo o seu peso, imobilizou com suas pernas as de Karl e assim o atirou num instante ao chão. Mas Karl tinha aprendido um pouco de luta com os ascensoristas: deu em Robinson um soco embaixo do queixo, mas um soco fraco e dado com todo cuidado. Robinson ainda conseguiu acertar em Karl, rápido e sem qualquer escrúpulo, uma forte joelhada na barriga; mas em seguida, com as duas mãos no queixo, começou a chorar aos berros, tanto que um homem da sacada vizinha, batendo palmas furioso, ordenou: "Silêncio!". Karl permaneceu ainda um instante em silêncio para se recobrar da dor que o golpe de Robinson havia lhe causado. Voltou apenas o rosto na direção da cortina que balançava pesada e tranquila diante do quarto que, pelo visto, continuava às escuras. Parecia já não haver mais ninguém no quarto; talvez Delamarche tivesse saído com Brunelda; Karl estava já em total liberdade. Robinson, que realmente se comportava como um cão de guarda, estava então definitivamente descartado.

Nesse momento ressoaram ao longe, vindos da rua, intermitentes, tambores e trombetas. Os gritos isolados de muitas pessoas logo se unificaram numa gritaria generalizada. Karl girou para o lado a cabeça e viu todas as sacadas se reanimarem. Lentamente, ergueu-se, mas não conseguiu ficar totalmente em pé e teve de se apoiar com todo o seu peso sobre o parapeito. Lá embaixo, em ambos os lados da calçada, marchavam a passos largos uns jovens com os braços estendidos, os bonés no alto e o rosto voltado para trás. A rua ainda estava livre. Alguns brandiam sobre longas varas uns lampiões envolvidos por uma fumaça amarelada. No exato momento em que tambozeiros e trombeteiros despontavam e que Karl admirava-se de seu número, ouviu vozes atrás de si e, ao voltar-se, viu Delamarche elevar a pesada cortina e, a seguir, Brunelda sair da escuridão do quarto, de vestido vermelho, com um xale rendado sobre os ombros, uma pequena touca escura sobre o cabelo, provavelmente despenteado, só apanhado num coque displicente, cujas pontas apareciam aqui e ali. Trazia na mão um pequeno leque aberto, mas não o movia, mantendo-o apertado contra o peito.

Karl foi-se arrastando ao longo do parapeito para dar lugar aos dois. Seguramente ninguém o obrigaria a permanecer ali,[10] e ainda que Delamarche fizesse a tentativa, a um pedido seu Brunelda imediatamente o dispensaria. Ela não simpatizava com ele em absoluto, seus olhos a assustavam. Mas quando ele deu um passo em direção à porta, ela reparou e disse:

— Aonde vai, meu pequeno?

Karl estacou diante do olhar severo de Delamarche e Brunelda atraiu-o para si:

---

[10] K: [...], eles estavam tão ocupados consigo mesmos, [...].

— Não vai querer assistir ao cortejo lá embaixo? — disse ela, empurrando-o diante si contra o parapeito. — Não sabe do que se trata? — Karl ouviu-a dizer por trás de si e, sem sucesso, fez um movimento involuntário para livrar-se de sua pressão. Contemplou tristemente a rua embaixo, como se lá estivesse a causa de sua tristeza.

Delamarche postou-se primeiramente de braços cruzados por trás de Brunelda e depois correu para dentro do quarto e trouxe o binóculo de teatro. Lá embaixo, depois dos músicos, tinha aparecido a parte principal do cortejo. Sobre os ombros de um homem gigantesco, estava sentado um senhor do qual não se via, daquela altura, nada além do débil reflexo de uma careca, sobre a qual ele mantinha erguida no alto uma cartola num gesto de saudação permanente. A seu redor, ao que parecia, estavam sendo carregadas umas tabuletas de madeira que, vistas da sacada, pareciam ser todas brancas; sua disposição tinha sido concebida para que, vindos de todos os lados, os cartazes literalmente se apoiassem no homem, que sobressaía, elevando-se no meio deles. Como tudo estava em movimento, esse muro de cartazes o tempo todo se desfazia para se recompor logo em seguida de novo. Ao redor daquele senhor, a rua estava recoberta em toda a sua largura — mesmo que fosse, pelo que se podia avaliar no escuro, só por uma extensão insignificante — pelos seguidores daquele homem, todos eles batendo palmas e anunciando numa arrastada cantilena o que provavelmente era o nome do indivíduo, um nome muito curto, mas incompreensível. Algumas pessoas habilmente posicionadas no meio da multidão portavam faróis de carro que emitiam uma luz extremamente forte, que eles lentamente projetavam sobre os prédios de ambos os lados da rua, partindo do alto do prédio e chegando até embaixo. Na altura em que se encontrava Karl, a luz não incomodava mais, mas nas sacadas de baixo viam-se as pessoas que por ela eram atingidas rapidamente levar as mãos aos olhos.

A pedido de Brunelda, Delamarche informou-se com as pessoas da sacada ao lado sobre o significado daquela manifestação. Karl estava um pouco curioso para saber se e como iriam lhe responder. E, de fato, Delamarche precisou perguntar três vezes sem obter resposta. Já estava se inclinando perigosamente por sobre o parapeito; de raiva dos vizinhos, Brunelda sapateou suavemente; Karl sentiu o joelho dela encostar. Finalmente veio uma resposta qualquer, mas no mesmo instante todos começaram a rir alto naquela sacada apinhada de gente. Em resposta a isso, Delamarche berrou alguma coisa para o lado de lá, mas berrou tão alto que, não fosse todo aquele barulho da rua naquele momento, todos ao redor teriam sido obrigados a ouvi-lo, atônitos. Seja como for, o efeito foi que as gargalhadas acabaram com uma rapidez muito pouco natural.

— Amanhã será eleito um juiz em nosso distrito e aquele que eles estão carregando é um dos candidatos — disse Delamarche, retornando completamente calmo até Brunelda. — Incrível! — exclamou ele a seguir, dando uma palmadinha carinhosa nas costas de Brunelda. — Já nem sabemos mais o que acontece no mundo.

— Delamarche — disse Brunelda, voltando a referir-se ao comportamento dos vizinhos —, como eu gostaria de me mudar, se não fosse tão cansativo. Mas infelizmente eu não me animo.

E em meio a profundos suspiros, remexia entre inquieta e distraída na camisa de Karl, que tentava afastar, do modo o mais discreto possível, aquelas munhecas gorduchas, coisa que afinal conseguiu facilmente, pois Brunelda não estava pensando nele: estava imersa em pensamentos muito diferentes.

No entanto, também Karl logo esqueceu Brunelda e suportou o peso dos braços dela sobre os seus ombros, pois os acontecimentos na rua absorviam toda a sua atenção. Por ordem de um pequeno grupo de homens gesticulantes, que marchava bem em frente ao candidato e cujos discursos deviam ter uma importância muito especial, já que por todos os lados se viam rostos atentos voltarem-se na sua direção, pararam inesperadamente diante de uma hospedaria. Um daqueles homens influentes ergueu a mão num sinal que era destinado tanto à multidão quanto ao candidato. As pessoas fizeram silêncio e o candidato, tentando várias vezes ficar de pé nos ombros daquele que o carregava e várias vezes voltando a tombar no assento, fez um pequeno discurso durante o qual agitava a cartola de um lado para o outro com a velocidade de um moinho de vento. Isso se viu claramente, pois durante o seu discurso todos os faróis dos carros tinham sido dirigidos para ele, de forma que ele se encontrava no centro de uma estrela luminosa.

Agora já se percebia o interesse que toda a rua tinha no evento. Nas sacadas ocupadas por partidários do candidato, começaram a acompanhar o coro de seu nome e a bater palmas maquinalmente com as mãos bem estendidas por sobre o parapeito. Nas demais sacadas, que chegavam a ser a maioria, elevou-se um forte canto em resposta, o qual, porém, não tinha um efeito uniforme por se tratar de partidários de candidatos diferentes. Em compensação, mais adiante todos os inimigos do candidato presente uniram-se num assobio de vaia generalizado e em muitos lugares até mesmo os gramofones voltaram a ser ligados. Entre uma e outra sacada resolviam-se diferenças políticas com uma excitação acentuada pela hora noturna. A maioria já estava em trajes de dormir e limitava-se a cobrir-se com capotes; as mulheres enrolavam-se em grandes xales escuros e as crianças, inobservadas, escalavam de modo temeroso as guarnições das sacadas, surgindo, em número cada vez maior, de dentro dos quartos escuros onde antes dormiam. Aqui e ali indivíduos particularmente inflamados arremessavam na direção dos adversários um ou outro objeto irreconhecível que algumas vezes alcançava seu objetivo, mas, na maior parte dos casos, caía na rua, onde muitas vezes provocava um grito de fúria. Quando o barulho tornava-se excessivo para os dirigentes embaixo, trombeteiros e tambozeiros eram encarregados de intervir: seu toque fragoroso, interminável, lançado com toda a força, sufocava todas as vozes humanas até o alto dos telhados dos prédios. E sempre, de um modo totalmente repentino — mal dava para acreditar —, suspendiam o toque, e a multidão na rua, ao que parece bem treinada para isso, invadindo o silêncio geral que acabava de ser instaurado por um instante, rugia para o alto o refrão partidário — à luz dos faróis dos carros via-se a boca bem aberta de cada um deles — até que os adversários, que no entretempo tinham-se recuperado, lançavam de todas as sacadas e janelas seus gritos dezenas de vezes mais fortes do que antes, fazendo com que após sua breve vitória o grupo de baixo emudecesse por completo — ao menos era o que parecia para quem assistia a tudo do alto.

— O que está achando, meu pequeno? — perguntou Brunelda, que, passando por detrás de Karl, movia-se de um lado para o outro para poder observar o máximo possível com o binóculo.

Karl respondeu apenas assentindo com a cabeça. Enquanto isso observou que, ao que tudo indica, Robinson fornecia exaltado diversas informações sobre seu comportamento a Delamarche, o qual não parecia lhes atribuir grande importância, pois com a mão esquerda tentava o tempo todo empurrar Robinson para o lado, enquanto mantinha Brunelda abraçada com a direita.

— Não quer olhar com o binóculo? — perguntou Brunelda, batendo no peito de Karl para mostrar que se referia a ele.

— Estou vendo bem o bastante — disse Karl.

— Tente — disse ela —, vai enxergar melhor.

— Tenho boa visão — respondeu Karl —, estou vendo tudo.

Quando ela aproximou o binóculo de seus olhos, Karl não sentiu aquilo tanto como uma gentileza, mas como um incômodo; de fato ela nada mais disse do que uma única palavra, um "Ei!" melodioso mas ameaçador. E lá estava Karl já com o binóculo diante dos olhos e sem enxergar de fato nada.

— Não estou vendo nada — disse ele, querendo se livrar do binóculo; mas ela o segurava com firmeza e ele não conseguia mover nem para trás nem para o lado a cabeça, que afundava no peito dela.

— Mas agora está vendo, sim — disse ela, girando a rosca do binóculo.

— Não, ainda não estou vendo nada — disse Karl, pensando que de fato, sem querer, ele havia tomado o lugar de Robinson, pois os insuportáveis caprichos de Brunelda passavam a ser descarregados nele.

— Quando é que vai resolver enxergar afinal? — disse ela (todo o rosto de Karl estava agora envolvido por sua respiração pesada) continuando a girar a rosca. — Agora? — perguntou ela.

— Não, não e não! — exclamou Karl, embora naquele momento ele de fato já conseguisse distinguir tudo, ainda que de modo muito pouco nítido. Mas justo naquele instante Brunelda tinha algo a fazer com Delamarche e segurou o binóculo solto diante do rosto de Karl, que pôde então, sem que ela se desse conta, olhar para a rua por baixo do binóculo. Depois ela não insistiu mais e utilizou o binóculo para si.

Da hospedaria tinha saído um empregado, que anotava os pedidos dos dirigentes, atravessando a soleira da porta correndo de dentro para fora e de fora para dentro. Via-se como ele esticava a cabeça para enxergar o interior do estabelecimento e chamar em seu auxílio todo o pessoal de serviço possível. Durante esses preparativos, aparentemente destinados a distribuir bebida grátis, o candidato não interrompeu o seu discurso. Seu carregador, aquele homem enorme que se encontrava única e exclusivamente a seu serviço, dava sempre um pequeno giro depois de algumas frases para fazer o discurso chegar a todos os segmentos da multidão. Na maior parte do tempo, o candidato mantinha-se todo encolhido, procurando dotar suas palavras da maior força de persuasão possível por meio de movimentos bruscos de uma mão — a que estava livre — e da cartola que estava na outra. Algumas vezes, porém, a intervalos quase que regulares, exaltava-se e erguia-se com os braços estendidos: já não falava a um grupo, mas a todos, dirigia-se a todos os moradores dos prédios, até aos dos andares mais altos; e no entanto era mais do que claro que já nos andares inferiores ninguém conseguia ouvir nada e que mesmo se houvesse possibilidade, ninguém iria querer escutá-lo, pois todas as janelas e todas as sacadas estavam ocupadas por pelo menos mais um orador vociferante.

Entrementes, alguns garçons trouxeram para fora da hospedaria uma prancha do tamanho de uma mesa de bilhar coberta de copos cheios e reluzentes. Os dirigentes organizaram a distribuição, que se realizou sob a forma de um grande desfile diante da porta da hospedaria. Embora os copos sobre a prancha fossem servidos repetidas vezes, não bastavam para aquela multidão; duas fileiras de garçons tinham de se esgueirar à direita e à esquerda da prancha para servir as pessoas mais distantes. Naturalmente o candidato tinha parado de discursar, utilizando a pausa para reunir novas forças. Longe da multidão e daquela luz ofuscante, seu carregador o conduzia lentamente de um lado para o outro, e apenas alguns de seus mais íntimos adeptos o acompanhavam e lhe falavam levantando a cabeça para o alto.

— Olhe só o pequeno — disse Brunelda —; de tanto olhar esquece onde está. E pegou Karl de surpresa, girando com ambas as mãos o rosto dele em sua direção, de forma a poder olhá-lo nos olhos. Mas o gesto se prolongou apenas por alguns instantes, pois Karl imediatamente afastou de si aquelas mãos, irritado porque não o deixavam nem um momento em paz; ao mesmo tempo estava louco de vontade de ir para a rua e olhar tudo de perto, e tentava com todas as suas forças livrar-se da pressão exercida por Brunelda, dizendo:

— Por favor, me deixe ir embora.

— Vai ficar conosco — disse Delamarche sem desviar o olhar da rua, e estendeu somente uma das mãos para impedir Karl de sair.

— Pode deixar — disse Brunelda, afastando a mão de Delamarche —, ele vai ficar, sim.

E empurrou Karl com mais força ainda contra o parapeito; para liberar-se ele teria de lutar contra ela. E mesmo que conseguisse, de que adiantaria? À sua esquerda estava Delamarche, à direita tinha-se colocado Robinson — estava literalmente preso.

— Fique contente por não te expulsarem — disse Robinson, apalpando Karl com uma mão que ele tinha passado por baixo do braço de Brunelda.

— Expulsarem? — disse Delamarche. — Um ladrão fugido não se expulsa, se entrega à polícia. E isso pode bem acontecer amanhã cedo, se ele não ficar quieto, quieto.

A partir daquele momento Karl passou a não achar mais nenhuma graça no espetáculo lá embaixo. Somente porque era forçado, por não conseguir ficar ereto por causa de Brunelda, permaneceu ainda um pouco inclinado por sobre a sacada. Tomado por suas preocupações pessoais, mirava com olhar distraído aquela gente lá embaixo aproximando-se da porta da hospedaria em grupos, cada qual com cerca de vinte homens que pegavam copos, giravam-se, erguiam os copos na direção do candidato (ocupado agora com sua própria pessoa) e bradavam uma saudação partidária para depois então esvaziarem aqueles copos e os apoiarem de novo sobre a prancha (o que decerto faziam com grande estrépito mas àquela altura, porém, era inaudível), dando finalmente espaço a um novo grupo, que se alvoroçava impaciente. Por ordem dos dirigentes, a banda de música que até então tocara na hospedaria saiu à rua: em meio à escura multidão, seus enormes e reluzentes instrumentos de sopro se destacavam, mas sua música quase se perdia no tumulto geral. E agora uma grande extensão da rua, pelo menos do lado em que estava a hospedaria, encontrava-se repleta de pessoas. De cima, de onde Karl chegara de carro pela manhã, e de baixo, onde estava a ponte, a multidão acorria e mesmo as pessoas que estavam dentro dos prédios não conseguiram resistir à tentação de colocar as mãos na massa; nas sacadas e nas janelas tinham ficado só mulheres e crianças, ao passo que embaixo os homens se aglomeravam nas saídas dos prédios. Até que finalmente a música e o serviço chegaram a seu objetivo: a manifestação estava suficientemente grande e um dos dirigentes, ladeado por dois faróis, fez com a mão um sinal para que cessasse a música, deu um assobio estridente e a seguir viu-se o carregador, um pouco desorientado, trazer às pressas o candidato por uma trilha aberta por seus adeptos.

Mal se aproximara da porta da hospedaria e o candidato começou a fazer seu novo discurso, em meio à claridade dos faróis dos carros, que dessa vez tinham sido dispostos num círculo mais fechado a seu redor. Mas agora tudo era muito mais difícil: o carregador não tinha a menor liberdade de movimentos, a aglomeração era demasiado grande. Os seguidores mais próximos, que anteriormente tinham tentado amplificar de todas as formas o discurso do candidato, agora tinham dificuldade em manter-se perto dele; bem uns vinte deles faziam um esforço enorme para se manterem agarrados ao carregador. E no entanto nem mesmo esse homem fortíssimo conseguia mais dar um único passo por livre e espontânea vontade; não era mais possível pensar em produzir qualquer efeito sobre a multidão mediante determinados movimentos, nem avançando nem retrocedendo no momento oportuno. A massa flutuava sem direção: apoiavam-se uns nos outros, ninguém mais conseguia ficar de pé; o número de adversários parecia ter aumentado muito com a chegada do novo público; o carregador mantivera-se um bom tempo nas proximidades da entrada da hospedaria, mas agora deixava-se levar, aparentemente sem opor resistência, de uma ponta à outra da rua; o candidato continuava discursando, mas não estava mais muito claro se expunha o seu programa ou pedia socorro; salvo engano, parecia haver também um candidato de oposição, ou talvez até mais de um, pois de vez em quando via-se, sob uma luz que se acendia repentinamente, um homem com rosto pálido e punhos cerrados sendo carregado pela multidão e proferindo um discurso que era saudado por um coro de muitas vozes a gritar.

— O que está acontecendo ali? — perguntou Karl, voltando-se todo confuso e sem fôlego para os seus guardiães.

— Como isso excita o pequeno! — disse Brunelda a Delamarche, pegando no queixo de Karl com o intuito de atrair sua cabeça para junto de si. Mas não era isso que Karl queria e, tendo literalmente menos escrúpulos depois dos acontecimentos na rua, sacudiu-se com tanta força que Brunelda não apenas o largou mas também se afastou dele, liberando-o totalmente. — Agora já viu o suficiente — disse ela —, vá para o quarto, faça as camas e prepare tudo para a noite.

E esticou a mão na direção do quarto. Mas, na verdade, aquele era o rumo que Karl desejava tomar já há algumas horas; não fez pois nenhuma objeção. Naquele momento, ouviu-se da rua o ruído de muito vidro quebrado. Karl não conseguiu dominar-se e ainda deu um rápido salto até a sacada para olhar rapidamente para baixo. Um ataque, talvez decisivo, dos adversários tinha tido sucesso: os faróis dos carros dos adeptos do candidato, que ao menos permitiam que os principais acontecimentos ocorressem aos olhos de todo o público presente, encerrando tudo dentro de certos limites, tinham sido todos espatifados de uma só vez. A partir de então, o candidato e seu carregador passaram a ser envolvidos pela incerta iluminação comum que, em sua difusão repentina, causava o efeito da mais completa escuridão. Já não era mais possível dizer, nem mesmo de forma aproximada, onde se encontrava o candidato, e a desorientação provocada pelo escuro ainda era intensificada por um canto geral, uniforme, que começava a ser entoado naquele preciso momento, vindo de baixo, da direção da ponte.

— Eu não acabei de dizer o que deve fazer agora? — disse Brunelda. — Ande rápido, estou cansada — acrescentou ela, esticando os braços para cima, de modo tal que seu peito se inflou ainda mais do que de costume.

Delamarche, ainda a envolvendo num abraço, puxou-a para um dos cantos da sacada. Robinson foi atrás deles, para afastar os restos de sua comida que ainda estavam lá no chão.

Karl precisava tirar proveito daquela ocasião favorável, agora não era hora de olhar para baixo: estando lá embaixo ele ainda poderia ver o suficiente daqueles eventos, mais do que ali de cima. Deu dois saltos e atravessou correndo aquele quarto iluminado por uma luz avermelhada; mas a porta estava trancada e a chave tinha sido tirada da fechadura. Era preciso encontrá-la; mas quem podia encontrar uma chave no meio de uma desordem daquelas! Muito menos no curto e precioso tempo que Karl tinha à disposição! Naquele momento ele já deveria estar nas escadas, deveria estar correndo em disparada. Mas estava ali, procurando a chave! Procurou em todas as gavetas a que tinha acesso, tropeçou em volta da mesa, sobre a qual estavam espalhadas diferentes peças de louça, guardanapos e algum bordado que alguém tinha acabado de começar. Chamou sua atenção uma cadeira de braços sobre a qual havia uma pilha de roupa velha embolada, onde a chave bem podia estar mas nunca iria ser encontrada, e atirou-se por fim sobre aquele canapé, que de fato cheirava mal, para apalpar em todos os cantos e dobras e tentar achar a chave. Em seguida interrompeu sua busca, parando no meio do quarto. "Brunelda seguramente deve estar com a chave amarrada na cintura", disse ele consigo, mas havia tantas coisas penduradas ali que qualquer busca seria em vão.

E Karl agarrou, às cegas, duas facas quaisquer, enfiando-as por entre as frestas do batente da porta: uma em cima, outra embaixo, para obter dois pontos de apoio distantes um do outro. Mal começou a puxar as facas e naturalmente as lâminas se partiram. Era tudo o que ele queria: os cabos, que agora ele conseguia enfiar com mais firmeza, iriam resistir ainda melhor. Pôs-se então a puxar com toda a força, com os braços esticadíssimos, as pernas bem abertas, gemendo enquanto observava com toda atenção a porta. Ela não resistiria por muito tempo: isso ele percebeu pelo rumor das trancas que cediam; mas quanto mais lentamente isso ocorresse, tanto melhor — a fechadura não podia arrebentar, senão iriam perceber da sacada; a fechadura tinha de se desmantelar muito lentamente e era nisso que Karl trabalhava com a maior cautela, aproximando cada vez mais os olhos do trinco.

— Ora vejam só — ouviu então a voz de Delamarche.

Todos os três estavam no quarto, por trás deles a cortina já havia sido puxada; sua chegada devia ter-lhe passado despercebida. Ao vê-los, largou as mãos das facas. Mas nem sequer teve tempo de dizer qualquer palavra de explicação ou desculpa, pois num acesso de raiva que superava em muito o motivo que a ocasião presente apresentava, Delamarche pulou — o cordão desamarrado de seu robe descrevendo uma longa curva no ar — no pescoço de Karl. No último instante, Karl ainda conseguiu desviar do ataque; poderia ter tirado as facas da porta e tê-las utilizado em sua defesa, mas não o fez: em vez disso, agachou-se e ergueu-se de um salto agarrando na gola larga do robe de Delamarche, que empurrou para o alto, puxando-o ainda mais para cima — o robe era realmente grande demais para ele —, e por sorte conseguiu afinal agarrá-lo pela cabeça; Delamarche, por sua vez, extremamente surpreso, de início agitou as mãos às cegas e somente depois de alguns instantes começou, sem obter grandes resultados, a bater nas costas de Karl, que, para proteger o rosto, havia se atirado contra o seu peito. Karl suportou bem os socos, embora se contorcesse de dor e os golpes estivessem se tornando cada vez mais fortes; mas como não iria suportá-los, se via a vitória diante de si? Segurando a cabeça de Delamarche com as mãos, os polegares bem posicionados sobre seus olhos, empurrou-o na direção do ponto em que os móveis se encontravam mais confusamente amontoados, e tentou, além disso, enroscar com a ponta dos pés o cordão do robe ao redor dos seus tornozelos para assim fazê-lo cair.

Mas como precisava se ocupar de Delamarche por inteiro, e como sentia sua capacidade de resistência crescer cada vez mais e o vigor cada vez maior com que aquele musculoso corpo hostil lhe fazia oposição, esqueceu-se de fato que não estava a sós com ele. Entretanto, muito rapidamente foi obrigado a lembrar-se disso, pois de repente sentiu que lhe faltavam os pés, que haviam sido agarrados por Robinson, o qual se jogara no chão às suas costas e aos gritos afastava-os com força. Ofegante, Karl largou Delamarche, que deu ainda um passo para trás. Brunelda estava parada de pernas abertas e joelhos dobrados, ocupando com todo o seu volume o centro do quarto, e seguia os acontecimentos com olhos faiscantes. Como se estivesse realmente participando da luta, ela respirava fundo, mirava algo com o olhar e movia lentamente os punhos para a frente. Delamarche puxou para baixo sua gola e passou a ter a visão livre; evidentemente daquele momento em diante não houve mais nenhuma luta, somente uma punição. Delamarche agarrou Karl de frente pela camisa e, quase erguendo-o do solo (tal era seu desprezo que nem olhou para ele), arremessou-o com tanta força contra um armário que se encontrava a alguns passos de distância, que num primeiro momento Karl pensou que as dores lancinantes que sentia nas costas e na cabeça, provocadas pelo choque, proviessem diretamente da mão de Delamarche.

— Seu sem-vergonha — ainda ouviu Delmarche exclamar em voz alta em meio à escuridão que se fez diante de seus olhos trementes. E no primeiro instante de esgotamento, quando despencou diante do armário, as palavras "não perde por esperar" ressoaram ainda debilmente em seus ouvidos.

Quando voltou a si, estava tudo completamente escuro a seu redor, devia ser tarde da noite; da sacada, um leve reflexo do clarão da lua entrava por debaixo da cortina. Ouvia-se a respiração tranquila dos três que dormiam: a mais ruidosa de todas era a de Brunelda, que ofegava no sono como às vezes também ofegava ao falar; no entanto, não era fácil descobrir em que lado se encontrava cada um deles, todo o quarto estava tomado pelo ruído de sua respiração. Só depois de ter observado um pouco em volta é que Karl pensou em si e, nesse momento, levou um susto enorme, pois mesmo sentindo-se todo duro e contorcido de dor, não pensava ter sofrido um ferimento grave e estar sangrando. Mas agora sentia um peso na cabeça e em todo o rosto; o pescoço e o peito por debaixo da camisa estavam úmidos como se fosse sangue. Ele precisava chegar perto da luz, para se certificar de seu estado: talvez o tivessem aleijado. Nesse caso Delamarche decerto iria demiti-lo de bom grado. Mas o que ele iria fazer então? Não haveria realmente mais nenhuma perspectiva para ele. Lembrou-se do rapaz com o nariz carcomido na soleira da porta de entrada do prédio e por um instante afundou o rosto entre as mãos.

Involuntariamente voltou-se na direção da porta e foi se arrastando de quatro até ela. Logo sentiu com as pontas dos dedos uma bota e mais adiante uma perna. Era Robinson — quem mais iria dormir calçado? Tinham-lhe dado ordens de se deitar atravessado diante da porta, para impedir que Karl fugisse. Mas não sabiam eles em que condições ele se encontrava? Por ora ele nem pretendia escapar, queria só chegar até a luz. Já que não podia sair pela porta, precisava ao menos chegar até a sacada.

Encontrou a mesa de jantar numa posição pelo visto completamente diferente da noite anterior; o canapé, do qual ele se aproximou naturalmente com muito cuidado, para surpresa sua, estava vazio; em compensação, no centro do quarto, deu com uma série de roupas, cobertores, cortinas, almofadas e tapetes que estavam empilhados e, embora bem prensados, chegavam até o alto. Inicialmente pensava ser só uma pilha pequena, parecida com aquela que ele tinha encontrado em cima do sofá na noite anterior e que tinha rolado para o chão; para sua admiração, porém, percebeu, ao se arrastar mais adiante, que havia um carregamento inteiro daquelas coisas, coisas que para a noite talvez tivessem sido tiradas dos armários, onde eram conservadas durante o dia. Arrastou-se em torno da pilha e percebeu logo que tudo aquilo era uma espécie de cama improvisada, em cima da qual, como pôde se certificar apalpando cuidadosamente, repousavam bem no alto Delamarche e Brunelda.

Já sabia então onde todos dormiam e apressou-se em chegar até a sacada. Era um mundo completamente diferente esse que ficava do lado de fora da cortina e no qual ele se ergueu rapidamente. No ar fresco da noite, sob o brilho da lua cheia, andou algumas vezes de um lado para o outro da sacada. Olhou para a rua: ela estava totalmente silenciosa; da hospedaria ainda ressoava música, mas ouvia-se somente seu som abafado; diante da porta, um homem varria a calçada — naquela rua, em que na noite anterior, em meio àquela algazarra louca generalizada não se podiam distinguir os gritos de um candidato dentre milhares de outras vozes, agora se ouvia nitidamente o arrastar de uma vassoura sobre o pavimento.

Uma mesa que tinha sido deslocada de lugar na sacada vizinha chamou sua atenção: alguém estava ali sentado, estudando. Era um jovem com um pequeno cavanhaque, que ele enroscava o tempo todo durante a leitura, acompanhada de rápidos movimentos labiais. Estava sentado diante de uma pequena mesa coberta de livros com o rosto voltado na direção de Karl, tinha retirado a lâmpada da parede e encaixado entre dois livros grandes, estando assim totalmente banhado por sua luminosidade rutilante.

— Boa noite — disse Karl, que acreditava ter percebido que o jovem lhe dirigira o olhar.

No entanto devia ter-se enganado, pois o jovem não parecia em absoluto ter-se dado conta de que ele estava ali, pois colocou a mão acima dos olhos para proteger-se da luz e verificar quem o cumprimentava assim tão de repente e, como ainda não conseguisse enxergar nada, ergueu em seguida a lâmpada para o alto e com ela iluminou também um pouco a sacada vizinha.

— Boa noite — disse então ele também, olhou por um momento muito fixamente para lá e acrescentou: — E que mais?

— Perturbo? — perguntou Karl.

— Com certeza, com certeza — disse o homem, trazendo a lâmpada para a sua posição original.

É bem verdade que com essas palavras todo e qualquer contato era recusado; ainda assim, Karl não saiu do canto da sacada que ficava mais próximo do homem. Olhava em silêncio para o jovem que lia o livro, virava as páginas, de quando em quando consultava algo num outro livro que ele agarrava sempre com um gesto de uma rapidez fulminante, e muitas vezes fazia anotações num caderno, e ao fazê-lo afundava sempre o rosto de um modo surpreendentemente rente à página.

Seria um estudante? Parecia mesmo estar estudando. Não era muito diferente de quando — agora já fazia muito tempo — Karl estava em casa, sentado à mesa de seus pais, fazendo suas tarefas escolares, enquanto o pai lia o jornal ou fazia a contabilidade e redigia a correspondência de uma associação, e a mãe estava ocupada com algum trabalho de costura, levantando muito alto a linha por sobre o tecido. Para não incomodar o pai, Karl colocava somente o caderno e o material de escrever sobre a mesa, enquanto arrumava os livros necessários em cadeiras à sua direita e à sua esquerda. Que silêncio reinava ali! Como era raro ver gente estranha entrar naquele recinto! Desde criança gostava sempre de ver quando ao cair da noite a mãe trancava à chave a porta de casa. Ela jamais poderia imaginar que Karl chegara ao ponto de tentar arrombar à faca a porta de estranhos.

E para que serviram todos aqueles seus estudos? Ele já tinha se esquecido de tudo; e se fosse o caso de retomá-los teria muitas dificuldades. Recordou-se de que certa vez ficara doente por um mês — e o esforço que lhe custara para se reabituar depois a um ritmo continuado de estudos. E agora ele há muito não lia um livro, afora aquele manual de correspondência comercial em inglês.

— Escute aqui, rapaz — ouviu Karl subitamente dirigirem-lhe a palavra —, não poderia ficar noutro lugar? Seu modo de me encarar me incomoda terrivelmente. Afinal de contas, às duas da madrugada, pode-se pretender trabalhar sem ser perturbado na sacada. Deseja algo de mim?

— Está estudando? — perguntou Karl.

— Estou sim — disse o homem, utilizando aquele momento, perdido para o estudo, para reorganizar seus livros.

— Então não quero perturbá-lo — disse Karl —, já estou mesmo voltando para dentro. Boa noite.

O homem nem sequer respondeu; tomando uma decisão súbita, retornou aos estudos após a eliminação daquele incômodo e apoiou a fronte pesadamente na mão direita.

Mas pouco antes de chegar diante da cortina, Karl lembrou-se da razão pela qual na verdade ele tinha saído para a sacada: ainda não sabia absolutamente qual era o seu estado. Que peso enorme era aquele sobre a sua cabeça? Apalpou com a mão e admirou-se: não havia nenhum ferimento que sangrasse, como ele temera na escuridão do quarto; era apenas uma faixa, ainda úmida, enrolada como um turbante em volta de sua cabeça. Pelo que podia concluir pelos restos de renda que ainda despontavam aqui e ali, a faixa devia ter sido rasgada de uma velha peça de roupa suja de Brunelda e Robinson devia tê-la enrolado de qualquer jeito em volta da cabeça de Karl. Só que ele tinha se esquecido de torcê--la, e com isso, enquanto Karl estava desmaiado, toda aquela aguaceira tinha-lhe escorrido pelo rosto e por dentro da camisa, pregando-lhe aquele susto.

— Ainda está por aí? — perguntou o homem, piscando os olhos em direção à outra sacada.

— Mas agora eu estou indo embora de verdade — disse Karl —, eu só queria vir ver uma coisa aqui, porque no quarto está totalmente escuro.

— Mas quem é você? — disse o homem, depositou a caneta-tinteiro dentro do livro aberto à sua frente e foi até o parapeito. — Como se chama? Como veio parar no meio dessa gente? Está aí há muito tempo? O que quer ver? Faça o favor de ligar ali a sua lâmpada, para que se possa vê-lo.

Karl acendeu a lâmpada, mas antes de responder, puxou melhor a cortina diante da porta, para que lá dentro não notassem nada.

— Desculpe — disse a seguir com uma voz sussurrante — por eu falar assim tão baixo. Se me ouvirem lá de dentro, vou ter um quebra-pau de novo.

— De novo? — perguntou o homem.

— É — disse Karl —, essa noite mesmo acabei de ter uma briga enorme com eles. Eu devo estar com um galo tremendo — e apalpou atrás da cabeça.

— E que espécie de briga foi essa? — perguntou o homem e, como Karl não respondia, acrescentou: — Pode confiar tranquilamente tudo o que tiver no coração contra esses senhores. Porque eu odeio todos os três e especialmente a sua madame. E eu me admiraria se eles já não o tivessem instigado contra mim. Eu me chamo Josef Mendel e sou estudante.

— Sim — disse Karl —, já me falaram da sua pessoa, mas nada de mal. Uma vez tratou da dona Brunelda, não é?

— É verdade — disse o estudante, rindo —, o canapé ainda está cheirando?

— Está sim! — disse Karl.

— Mas isso me deixa contente! — disse o estudante, passando a mão nos cabelos. — E de onde vieram os galos na sua cabeça?

— Foi uma briga — disse Karl refletindo sobre como deveria explicar aquilo ao estudante. Mas depois interrompeu sua fala dizendo: — Mas eu não estou perturbando?

— Em primeiro lugar — disse o estudante —, já me perturbou e infelizmente eu sou tão nervoso que preciso de muito tempo para voltar a me concentrar. Desde que começou a passear pela sacada não consigo avançar no meu estudo. Em segundo lugar, às três faço sempre uma pausa. Portanto, pode contar sossegado. Além do mais, o assunto também me interessa.

— É muito simples — disse Karl —, Delamarche quer que eu seja seu criado. Mas eu não quero. Por mim, eu teria ido embora logo essa noite. Ele não quis me deixar ir, trancou a porta à chave; eu quis arrombar e foi então que tivemos aquela rixa. Estou muito infeliz por ainda estar aqui.

— Mas tem um outro emprego? — perguntou o estudante.

— Não — disse Karl —, mas não me importo com isso, se pelo menos eu pudesse sair daqui!

— Escute aqui — disse o estudante —, não se importa? — e ambos silenciaram por um momento.

— Mas por que não quer ficar com essas pessoas? — perguntou a seguir o estudante.

— Delamarche é uma má pessoa — disse Karl —, eu já o conhecia anteriormente. Uma vez caminhei com ele um dia inteiro e fiquei contente quando não precisei mais estar perto dele. E agora eu devo trabalhar como seu criado?

— Imagine se todos os criados fossem tão suscetíveis como você ao escolher os seus patrões! — disse o estudante e parecia estar sorrindo. — Veja bem, durante o dia, sou vendedor, reles vendedor, aliás sou menos ainda, sou um contínuo nos magazines de Montly. Esse tal Montly é, sem dúvida, um canalha; mas isso pouco me incomoda, só fico furioso por receber aquela miséria. Então, tome a mim como exemplo.

— Como? — disse Karl. — De dia é vendedor e de noite estuda?

— É — disse o estudante —, não pode ser diferente. Já tentei de tudo mas esse modo de vida ainda é o melhor. Anos atrás eu só estudava, de dia e de noite, sabe, só que eu quase morria de fome, dormia num pardieiro velho e sujo e não ousava aparecer nos meus trajes da época nas salas da universidade. Mas isso passou.

— Mas quando dorme? — perguntou Karl, olhando admirado para o estudante.

— Ah, é, dormir! — disse o estudante. — Dormir eu vou quando terminar meus estudos. Por ora eu tomo café preto. — E virou-se para pegar debaixo da mesa de estudos uma garrafa enorme, despejando café preto numa xicarazinha e engolindo-o com a rapidez de quem toma um remédio para sentir o mínimo possível de seu sabor.

— É uma coisa ótima, o café preto — disse o estudante —, é pena que esteja tão longe e eu não possa lhe oferecer um pouco.

— Não gosto de café preto — disse Karl.

— Nem eu — disse o estudante rindo —, mas o que eu faria sem ele? Sem café preto, Montly não me manteria nem por um instante. Eu falo sempre de Montly, embora ele não faça a menor ideia de minha existência nesse mundo. Não sei bem como me comportaria lá na loja se eu não tivesse uma garrafa, grande como esta aqui, preparada sobre o balcão, pois eu nunca me atrevi a parar de beber café; mas pode acreditar, eu iria logo estar atrás do balcão deitado e dormindo. Infelizmente já se deram conta disso e me apelidaram de "Café Preto", uma brincadeira boba que seguramente já prejudicou minha ascensão na carreira.

— E quando é que vai terminar seus estudos? — perguntou Karl.

— Isso é uma coisa demorada — disse o estudante de cabeça baixa. Afastou-se do parapeito e sentou-se novamente à mesa; apoiando os cotovelos sobre o livro aberto e passando as mãos pelos cabelos, disse então: — Pode demorar de um a dois anos ainda.

— Eu também queria estudar — disse Karl, como se essa circunstância lhe desse o direito de pleitear uma confiança ainda maior do que aquela já demonstrada pelo estudante, que agora se calara.

— Bem — disse o estudante, mas não era claro se ele voltava a ler o livro ou se só o fitava distraidamente —, fique contente por ter desistido de estudar. Eu mesmo já faz anos que estudo só por coerência. Tenho pouca satisfação nisso e ainda menores perspectivas para o futuro. E que perspectivas eu poderia ter! A América está repleta de falsos doutores.

— Queria ser engenheiro — disse ainda Karl às pressas ao estudante, que parecia já estar completamente desatento.

— E agora deve se tornar criado dessas pessoas — disse o estudante erguendo o olhar por um momento —; isso lhe dói, é claro.

Certamente essa dedução do estudante devia-se a um equívoco, mas talvez Karl pudesse usá-lo a seu favor. Por isso perguntou a ele:

— Quem sabe eu talvez também não pudesse arrumar um emprego no magazine?

A pergunta tirou completamente a atenção do estudante de seu livro; nem sequer lhe passava pela cabeça a ideia de que pudesse ajudar Karl a conseguir um emprego:

— Tente — disse ele —, ou talvez seja melhor não tentar. O fato de ter conseguido um emprego na Montly é o maior triunfo da minha vida. Se tivesse de escolher entre o estudo e o emprego, é claro que eu escolheria o emprego. Todo o meu esforço vai no sentido de impedir que se apresente a necessidade de uma tal escolha.

— Mas como é difícil arranjar emprego lá! — disse Karl quase consigo mesmo.

— Ei, o que está pensando? — disse o estudante. — É mais fácil ser juiz do distrito do que trabalhar na portaria da Montly.

Karl calou-se. Aquele estudante, que tinha muito mais experiência do que ele, que, por um motivo ainda desconhecido de Karl, odiava Delamarche e que, em compensação, seguramente não lhe desejava nada de mal, aquele estudante não encontrava uma só palavra de encorajamento que induzisse Karl a abandonar Delamarche. E isso porque ele nem estava a par do perigo que ameaçava Karl por parte da polícia e do qual só permanecendo com Delamarche ele estava parcialmente protegido.

— Viu aquela manifestação ontem à noite, não é? Não se conhecendo a situação, podia-se pensar que aquele candidato, que se chama Lobter, tem alguma perspectiva, ou, pelo menos, que sua candidatura deveria ser levada em consideração, não é?

— Não entendo nada de política — disse Karl.

— Isso é um erro — disse o estudante —, mas independentemente disso você possui olhos para ver e ouvidos para ouvir. Sem dúvida aquele homem tinha seus amigos e inimigos, isso não deve ter-lhe passado despercebido. E agora pense que, na minha opinião, aquele homem não tem a menor perspectiva de ser eleito. Por acaso sei tudo sobre ele, aqui no nosso prédio mora um sujeito que o conhece. Ele não é uma pessoa incapaz; por suas opiniões políticas e pelo seu passado político, ele seria justamente o juiz apropriado para este distrito. Mas não passa pela cabeça de ninguém que ele possa ser eleito; será o fiasco mais clamoroso que se pode imaginar, terá desperdiçado seus parcos dólares na campanha eleitoral — e isso será tudo.

Karl e o estudante entreolharam-se por um momento em silêncio. O estudante assentiu sorrindo e apertou com uma das mãos os olhos cansados.

— E agora, ainda não vai dormir? — perguntou ele então. — Eu preciso voltar a estudar. Veja só quanto eu ainda tenho de trabalhar.

E folheou rapidamente metade de um livro para dar a Karl uma ideia do trabalho que ainda esperava por ele.

— Então, desejo boa noite — disse Karl, inclinando-se.

— Venha nos visitar uma dia — disse o estudante, que já estava de novo sentado à mesa —; é claro, só se tiver vontade. Aqui sempre encontrará muita companhia. Das nove às dez da noite eu tenho tempo para você também.

— Quer dizer que me aconselha a ficar com Delamarche? — perguntou Karl.

— Sem dúvida — disse o estudante, já afundando a cabeça nos seus livros.

Parecia não ter sido ele a proferir aquela palavra; como se proviesse de uma voz ainda mais grave do que a do estudante, ela continuou a ressoar nos ouvidos de Karl. Lentamente dirigiu-se até a cortina, lançando ainda um olhar para o estudante sentado, agora completamente imóvel, rodeado pela enorme escuridão, iluminado por seu facho de luz, e se esgueirou para dentro do quarto. Foi recebido pela respiração uniforme dos três adormecidos. Procurou ao longo da parede pelo canapé e, quando o encontrou, estendeu-se sossegadamente sobre ele, como se fosse aquele o seu leito habitual. Já que o estudante — conhecedor da situação e de Delamarche e, além disso, pessoa culta — tinha-lhe aconselhado a permanecer lá, por ora não teve mais preocupações. Ele não tinha metas tão elevadas como as do estudante; quem sabe se mesmo em sua terra natal teria conseguido terminar os estudos; e se lá isso dificilmente parecia possível, ninguém poderia exigir dele que o fizesse ali, numa terra estrangeira.

No entanto era decerto maior a esperança de encontrar um emprego no qual pudesse realizar algo e ser reconhecido por suas realizações aceitando provisoriamente o encargo de criado de Delamarche e, com a segurança que lhe daria esse posto, aguardando uma ocasião favorável. Parecia haver naquela rua muitos escritórios de nível médio e baixo, que talvez em caso de necessidade nem fossem tão seletivos na escolha de seu pessoal. Pois se não fosse possível obter outra coisa, trabalharia de boa vontade como empregado numa loja, mas afinal não estava excluída a possibilidade de ser contratado para desempenhar funções de escritório propriamente ditas, de estar um dia sentado atrás de sua escrivaninha a olhar despreocupado por um momento pela janela aberta, como aquele funcionário que ele vira pela manhã ao atravessar os pátios. E enquanto fechava os olhos, ocorreu-lhe a ideia tranquilizadora de que ele era jovem e que Delamarche um dia iria libertá-lo; aquela estrutura doméstica realmente não parecia feita para durar uma eternidade. Mas se algum dia obtivesse um emprego daqueles num escritório, Karl não iria se ocupar de nada que não fossem as suas tarefas de escritório e não iria desperdiçar energias como o estudante. Se fosse necessário, pretendia dedicar até mesmo as noites ao escritório, uma exigência que de início, tendo em vista os seus parcos conhecimentos comerciais, lhe seria feita de qualquer maneira. Pretendia pensar apenas nos interesses da empresa à qual devia prestar serviço, assumindo para si todas as tarefas, mesmo aquelas que outros funcionários do escritório recusassem como indignas de sua pessoa. Em sua cabeça pululavam todas essas boas intenções, era como se seu futuro chefe estivesse diante do canapé e pudesse lê-las ao olhar para o seu rosto.

Karl adormeceu em meio a esses pensamentos e somente na primeira metade do sono é que ainda foi perturbado por um profundo suspiro de Brunelda, que rolava na cama, aparentemente atormentada por sonhos maus.

— Levante! Levante! — gritou Robinson[1] pela manhã, quando Karl nem bem tinha aberto os olhos.

A cortina da porta ainda não havia sido puxada, mas pela luz do sol que incidia regularmente por entre os vãos percebia-se ser já uma hora avançada da manhã. Robinson corria pressuroso de um lado para o outro lançando olhares preocupados: ora levava uma toalha, ora um balde de água, ora uma peça de roupa de cama ou de vestuário e sempre que passava por Karl, tentava solicitar que este se levantasse acenando com a cabeça e erguendo o que quer que tivesse na mão, mostrando como ainda naquele dia dava duro pela última vez por Karl, que naturalmente não poderia entender nada dos detalhes do serviço logo na manhã do primeiro dia.

Mas Karl em seguida viu a quem, na verdade, Robinson estava servindo. Em um cômodo que Karl ainda não tinha visto, apartado do resto do quarto por dois armários, realizava-se uma grande lavagem. Via-se a cabeça de Brunelda, o pescoço descoberto — o cabelo acabara de cair sobre o rosto —, o início de sua nuca sobressair por cima dos armários, e a mão de Delamarche de vez em quando se erguer com uma esponja de banho que respingava para todos os lados e com a qual Brunelda era lavada e esfregada. Ouviam-se as ordens secas dadas por Delamarche a Robinson, o qual não alcançava as coisas pelo verdadeiro acesso da peça, agora barrado, mas tinha de se contentar em dispor de uma pequena abertura

---

[1] Max Brod colocou este capítulo como o primeiro dos fragmentos, seguido do fragmento intitulado "Partida de Brunelda".

entre um dos armários e um biombo, sendo além de tudo obrigado toda vez a esticar o braço ao máximo e manter o rosto voltado para trás.

— A toalha! A toalha! — gritava Delamarche.

Mal Robinson se assustava ao receber a tarefa, enquanto procurava por outra coisa debaixo da mesa, esticando a cabeça para cima, e já gritavam:

— Que fim levou a água, diabos! — e por cima do armário erguia--se no alto o rosto enfurecido de Delamarche.

Tudo de que, na opinião de Karl, em geral se precisa uma só vez para se lavar e vestir, ali era solicitado e trazido muitas vezes e nas mais variadas sequências possíveis. Sobre um pequeno fogão elétrico ficava sempre uma balde com água para aquecer e Robinson carregava o tempo todo entre as pernas bem abertas aquele peso enorme para dentro do quarto de banho. Tendo em vista a quantidade de trabalho que tinha, era compreensível que ele não se ativesse estritamente às ordens e que certa vez, ao pedirem de novo uma toalha, ele simplesmente pegasse uma camisa de dentro do grande dormitório improvisado no meio do cômodo e a jogasse embolada por cima dos armários.

Mas também Delamarche tinha de trabalhar duro e talvez ele só se irritasse tanto com Robinson — e na sua irritação ignorava Karl descaradamente — porque ele mesmo não podia satisfazer Brunelda.

— Ai! — gritou ela, e mesmo Karl, que em geral se mantinha distanciado, estremeceu. — Assim está me machucando! Vá embora! Prefiro me lavar sozinha a sofrer assim! Agora já não consigo levantar o braço de novo. Estou me sentindo mal do jeito que me aperta. Devo estar com uma porção de roxos nas costas. É claro que não vai me dizer. Espere só, vou mandar o Robinson dar uma olhada, ou então o nosso pequeno aí. Não, eu não faço isso, mas por favor seja um pouco mais delicado. Tenha um pouco de consideração, Delamarche; mas eu posso repetir isso todas as manhãs, que você não tem a menor consideração. Robinson! — gritou ela em seguida repentinamente, sacudindo uma calcinha de renda sobre a cabeça. — Venha me ajudar, veja como estou sofrendo, ele chama essa tortura de banho, esse Delamarche! Robinson, Robinson, onde está você? Também não tem coração?

Karl fez um sinal em silêncio com o dedo para Robinson indicando que ele fosse até lá, mas Robinson, com a vista baixa, balançou a cabeça com ar de superioridade como quem quer dizer que sabe melhor das coisas.

— O que lhe passou pela cabeça? — disse Robinson inclinando-se para o ouvido de Karl. — Não é isso que ela quer. Só uma vez eu fui até lá; depois, nunca mais. Daquela vez os dois me pegaram e me enfiaram na banheira, quase me afoguei. E por dias e dias Brunelda me acusou de ser um sem-vergonha e ficou me dizendo o tempo todo: "Mas há muito tempo que não toma banho comigo", ou então: "Quando é que vem me ver tomar banho novamente?". Só depois de ter-lhe pedido perdão várias vezes de joelhos é que ela parou. Isso eu nunca vou esquecer.

E enquanto Robinson relatava, Brunelda gritava o tempo todo:

— Robinson! Robinson! Onde foi parar esse Robinson![2]

Apesar de ninguém acorrer em seu auxílio e nem sequer obter resposta — Robinson tinha-se sentado junto a Karl e ambos ficaram olhando em silêncio para os armários, por cima dos quais de vez em quando despontavam as cabeças de Brunelda e de Delamarche —, Brunelda não cessava de se queixar de Delamarche, gritando em alta voz:

— Mas Delamarche — gritava ela —, agora eu não estou mais sentindo você me lavar. Onde pôs a esponja? Então, pegue! Se ao menos eu pudesse me abaixar! Se ao menos eu pudesse me movimentar! Ia lhe mostrar como é que se dá um banho. Lá se foram os meus tempos de menina, quando eu nadava todas as manhãs no Colorado na fazenda dos meus pais; era a mais ágil de todas as minhas amigas. E agora! Quando é que vai aprender a me lavar, Delamarche? Fica sacudindo a esponja por aí, faz força e eu continuo não sentindo nada. Quando eu disse que não deveria me esfregar até sangrar, não quis dizer que desejava só ficar parada para pegar um resfriado. Olha que eu pulo fora da banheira e vou-me embora assim como estou.

Mas depois não cumpriu aquela ameaça — coisa que ela nem sequer teria condições de fazer —; com medo de que ela pudesse se resfriar, Delamarche parecia tê-la agarrado e empurrado para dentro da banheira, pois ouviu-se o ruído fragoroso de um corpo que cai na água.

— Isso você sabe fazer bem, Delamarche — disse Brunelda baixando um pouco a voz —, agrados e mais agrados sempre que faz algo de errado.

A seguir ficou tudo em silêncio por um momento.

— Agora ele está dando um beijo nela — disse Robinson, erguendo as sobrancelhas.

---

[2] MB: O trecho "E enquanto [...] Robinson!" não consta.

— Que tipo de tarefa vem agora? — perguntou Karl.

Como tinha se decidido a ficar, Karl queria logo entender qual era o seu serviço. Deixou Robinson, que não respondia, sentado sozinho no canapé e começou a desfazer a cama — ainda bem compacta graças ao peso exercido pelos que haviam dormido em cima dela — para pôr a seguir em ordem cada uma das peças daquele monte, o que há semanas certamente não era feito.

— Vá lá ver, Delamarche — disse Brunelda —, acho que eles estão desarrumando a nossa cama. Temos de pensar em tudo, nunca temos paz. Tem de ser mais severo com aqueles dois; senão eles fazem o que querem.

— É com certeza o nosso pequeno com seu maldito zelo pelo serviço — exclamou Delamarche, provavelmente disposto a precipitar-se para fora do quarto de banho.

Karl já estava prestes a largar tudo o que tinha nas mãos; mas por sorte Brunelda disse:

— Não vá embora, Delamarche, não vá embora. Ai, como está quente esta água, dá um cansaço! Fique comigo, Delamarche.

Só então é que Karl percebeu, na verdade, o vapor que subia incessantemente por trás dos armários.

Assustado, Robinson apoiou uma das faces sobre a mão, como se Karl tivesse cometido algo grave.

— Deixem tudo do jeito que estava — ressoou a voz de Delamarche —, vocês não sabem que a Brunelda sempre repousa depois do banho por mais uma hora? Que bagunça danada! Esperem só até eu cair em cima de vocês. Robinson, provavelmente você está sonhando de novo. Você, você é o único responsável pelo que vier a acontecer. Tem a obrigação de puxar o freio do rapaz, aqui não se trabalha conforme o que lhe dá na telha. Quando se precisa de algo, não se consegue nada de vocês; mas quando não há nada para fazer, aí, sim, fazem os maiores esforços. Enfiem-se nalgum canto por aí e esperem serem chamados.

Mas logo esqueceram de tudo, porque Brunelda, cansadíssima, como que submergindo na água quente, murmurou:

— O perfume! Tragam o perfume!

— O perfume! — gritou Delamarche. — Mexam-se.

Sim, mas onde estava o perfume? Karl olhou para Robinson, Robinson olhou para Karl. Karl percebeu que ali ele teria de tomar as coisas nas suas mãos; Robinson não tinha a menor ideia de onde estava o perfume: ele simplesmente se estendeu no chão, ficou apalpando com ambas as mãos debaixo do canapé, sem conseguir tirar nada além de bolos de poeira e cabelo de mulher. Karl correu primeiramente para o lavatório que estava logo ao lado da porta; mas dentro de suas gavetas encontravam-se apenas velhos romances ingleses, revistas e partituras e estava tudo tão atulhado que não era possível fechar as gavetas depois de abertas.

— O perfume — suspirava entrementes Brunelda —, que demora! Será que vou ter o meu perfume ainda hoje?

Com essa impaciência de Brunelda, Karl não podia procurar a fundo em parte alguma, tinha de confiar na primeira impressão, superficial. O frasco de perfume não estava no lavatório; sobre ele aliás estavam apenas uns frasquinhos antigos com remédios e pomadas, todo o resto já devia ter sido levado para o quarto de banho. Talvez o frasco de perfume estivesse na gaveta da mesa de jantar. No entanto, a caminho da mesa — Karl só pensava no perfume, em mais nada —, chocou-se violentamente contra Robinson, o qual tinha finalmente desistido de procurar debaixo do canapé e, tendo uma vaga lembrança do paradeiro do perfume, corria como que às cegas na direção de Karl. Ouviu-se nitidamente o choque das cabeças uma contra a outra. Karl permaneceu calado; para aliviar a dor que sentia, Robinson começou, mesmo sem parar de correr, a gritar incessantemente com uma voz exageradamente alta.

— Em vez de procurarem o perfume, eles ficam brigando — disse Brunelda —, com essa barafunda eu vou acabar ficando doente, Delamarche, e com toda certeza morrendo nos seus braços. Preciso do perfume — exclamou a seguir reunindo forças —, preciso dele de qualquer jeito. Não saio da banheira antes que me tragam o perfume, nem que eu tenha de ficar aqui até a noite. — E bateu com o punho n'água, que se ouviu respingar.

Mas o perfume também não estava na gaveta da mesa de jantar; lá se encontravam única e exclusivamente objetos de toucador de Brunelda: velhas esponjas de pó de arroz, potinhos de maquiagem, escovas, cachinhos de cabelo e um emaranhado de miudezas grudadas umas nas outras — mas o perfume não estava lá. E mesmo Robinson, que continuava a berrar num canto cercado por centenas de caixinhas e caixotes empilhados, que ele ia abrindo e remexendo um depois do outro (a metade de seu conteúdo, o mais das vezes material de costura e correspondência, caía sempre pelo chão e ali permanecia), não conseguiu achar nada, como ele indicava balançando a cabeça em sinal negativo e dando de ombros na direção de Karl.

Foi aí que Delamarche saltou em trajes menores para fora do quarto de banho, enquanto se ouvia Brunelda chorar convulsivamente. Karl e Robinson pararam de procurar e olharam para Delamarche que, completamente encharcado (até do rosto e dos cabelos escorria-lhe água), bradou:

— Agora comecem já a procurar. Aqui! — primeiramente ordenou a Karl que procurasse, e depois a Robinson: — Ali!

Karl procurava realmente, verificando também nos lugares para os quais Robinson havia sido designado, mas o perfume não foi encontrado por ele, nem tampouco por Robinson, que procurava mais solícito, lançando olhares oblíquos para Delamarche, que, na medida em que o espaço lhe permitia, andava no quarto de um lado para o outro batendo os pés e que seguramente teria vontade de dar uma surra tanto em Karl quanto em Robinson.

— Delamarche — chamou Brunelda —, venha ao menos me enxugar. Esses dois não estão mesmo encontrando o perfume e só desarrumam tudo. Diga para que parem imediatamente de procurar. Agora mesmo! E que larguem tudo o que tiverem nas mãos! E que não toquem mais em nada! Parece que estão querendo transformar a casa num chiqueiro. Agarre-os pelo pescoço, Delamarche, se eles não pararem! Mas eles ainda estão em atividade, acabei de ouvir uma caixa cair! Diga para não recolherem mais, para deixarem tudo no chão e saírem do quarto! Passe a tranca depois que eles saírem e venha cá. Eu já estou muito tempo na água, minhas pernas já estão totalmente geladas.

— É para já, Brunelda, é para já — gritou Delamarche, correndo com Karl e Robinson até a porta. Mas antes de dispensá-los, incumbiu-os de buscar o café da manhã e, se possível, pegar emprestado com alguém um bom perfume para Brunelda.

— Que desordem e que sujeira na casa de vocês! — disse Karl do lado de fora no corredor. — Logo que voltarmos com o café da manhã, temos de começar a arrumação.

— Se ao menos eu não tivesse tantas dores! — disse Robinson. — E como me tratam!

Seguramente Robinson estava magoado pelo fato de Brunelda não fazer a menor diferença entre ele, que estava há meses a seu serviço, e Karl, que tinha entrado no dia anterior. Mas ele também não merecia nada melhor e Karl disse:

— Tem de se conter um pouco.

Mas para não abandoná-lo inteiramente a seu próprio desespero, acrescentou:

— Vai ser um só trabalho: vou fazer uma cama para você atrás dos armários, e assim que tudo estiver um pouco mais arrumado, vai poder ficar lá deitado o dia inteiro, não precisará se preocupar com nada e ficará logo, logo bom.

— Agora está vendo o meu estado — disse Robinson, desviando o rosto do de Karl, para ficar sozinho consigo mesmo e com sua dor. — Mas vão me deixar algum dia ficar deitado tranquilamente?

— Se quiser vou falar eu mesmo com Delamarche e Brunelda.

— Por acaso Brunelda tem alguma consideração? — exclamou Robinson e com um soco abriu, sem que Karl estivesse preparado, uma porta diante da qual tinham acabado de chegar.

Entraram numa cozinha de cujo fogão — pelo visto muito necessitado de conserto — saíam nuvens de uma fumaça bem preta. Diante da portinhola do fogão estava ajoelhada uma das mulheres que um dia antes Karl tinha visto no corredor; com as mãos descobertas, colocava grandes pedaços de carvão no fogo, que examinava de todos os ângulos. Ela gemia por estar de joelhos, numa posição desconfortável para uma velha.

— É claro, lá vem vindo aquela praga — disse ela ao ver Robinson; ergueu-se com dificuldade, apoiou a mão na caixa do carvão e fechou a portinhola, em torno de cuja alça tinha enrolado o seu avental. — Agora, às quatro da tarde — Karl olhou com espanto para o relógio da cozinha —, vocês ainda precisam tomar café? Corja de vadios!

— Sentem-se — disse a seguir — e esperem até que eu tenha tempo para vocês.

Robinson puxou Karl para um banquinho perto da porta e sussurrou para ele:

— Temos de obedecer. É que nós dependemos dela. É dela que nós alugamos o nosso quarto e é claro que ela pode nos expulsar a qualquer momento. Mas nós não podemos mudar de apartamento; como é que vamos tirar de novo todas as coisas! E particularmente Brunelda não é transportável.

— E aqui no corredor não se consegue nenhum outro quarto? — perguntou Karl.

— Ninguém nos aceita — respondeu Robinson —; no prédio todo, ninguém nos aceita.

E assim ficaram tranquilamente sentados no seu banquinho a esperar.[3] A mulher corria continuamente de um lado para o outro por entre duas mesas, uma tina d'água e o fogão. Por suas exclamações descobriram que a filha não estava passando bem e que, portanto, ela tinha de providenciar sozinha todo o trabalho, a saber, servir e alimentar trinta inquilinos. Só que, além disso, o fogão estava com defeito, a comida não acabava nunca de cozinhar: em duas panelas enormes fervia uma densa sopa e por mais que a mulher a examinasse, vertendo-a do alto com umas conchas enormes, a sopa não ficava boa nunca — a culpa devia ser do fogo ruim e por isso ela se agachou na frente da portinhola do fogão, revolvendo o carvão em brasa com o atiçador. A fumaça que enchia a cozinha provocava-lhe uma tosse que às vezes se agravava tanto que ela se agarrava numa cadeira e não fazia mais nada senão tossir. Várias vezes fez a observação de que não iria mais fornecer o café da manhã, porque não estava nem com tempo nem com vontade. Como, por um lado, Karl e Robinson tinham ordens de buscar o café, mas por outro não tinham como obrigá-la a prepará-lo, não respondiam a esses seus comentários e permaneciam sentados em silêncio como antes.

Ao redor, em cima de cadeiras e banquetas, em cima e embaixo das mesas, e mesmo no chão, encontrava-se ainda por lavar a louça do café da manhã dos inquilinos, amontoada num canto. Havia bules onde ainda se poderia encontrar um pouco de café ou de leite, em alguns pratinhos havia ainda restos de manteiga e de uma grande lata, virada, tinham rolado para bem longe uns *cakes*.[4] Com tudo aquilo bem que se poderia compor um novo café da manhã, ao qual Brunelda, não sabendo de sua origem, nada poderia objetar. Precisamente no momento em que Karl ponderava sobre aquilo e uma olhada no relógio lhe mostrou que já estavam esperando ali há meia hora e que Brunelda talvez estivesse enfurecida e incitando Delamarche contra seus criados, a mulher, encarando Karl no meio de um acesso de tosse, gritou:

---

[3] K: A mulher continuava a trabalhar, movendo-se de um lado para o outro. Em cima de uma mesa havia um gigantesco pedaço de carne vermelha e crua, que ela estava preparando para um assado e que temperava com alguma coisa branca; sobre uma outra mesa havia uma enorme tigela na qual picava e misturava verduras, peixe e batatas para uma salada.

[4] MB: *Keks* (al.), bolacha, biscoito; na edição crítica: *cakes* (ingl.).

— Podem ficar sentados aqui, mas não vão receber o café da manhã. Em compensação, em duas horas vão receber o jantar.

— Venha, Robinson — disse Karl —, vamos fazer nós mesmos o nosso café da manhã.

— Como? — exclamou a mulher inclinando a cabeça.

— Seja razoável, por favor — disse Karl —, por que é que não quer nos dar o café? Já estamos esperando há meia hora, é o bastante. Está tudo pago e com certeza pagamos um preço melhor que todos os outros. O fato de tomarmos café tão tarde é seguramente um incômodo para a senhora, mas somos seus inquilinos, temos o costume de tomar café tarde e afinal de contas a senhora também tem de se organizar um pouco em função dos nossos horários. É claro que, por causa da doença da senhorita sua filha, o dia de hoje lhe será particularmente difícil, mas em compensação, se não for possível de outro jeito e a senhora não nos der coisas frescas, estamos dispostos a preparar o nosso café da manhã com esses restos aqui.[5]

Mas a mulher não queria se envolver em conversas amigáveis com ninguém, mesmo os restos do café da manhã comum lhe pareciam bons demais para aqueles inquilinos; por outro lado, porém, ela já estava farta da insistência daqueles dois criados, de forma que pegou uma bandeja e empurrou-a contra a barriga de Robinson, que só depois de alguns instantes, com uma expressão de dor, se deu conta que deveria segurá-la para receber a comida que a mulher pretendia recolher. Embora enchesse a bandeja apressadíssima com uma porção de coisas, o conjunto parecia mais um amontoado de louça suja, e não um café da manhã pronto para ser servido. Enquanto a mulher ainda os enxotava para fora e eles corriam em direção à porta, abaixados, com medo de receber impropérios ou chutes, Karl tirou a bandeja das mãos de Robinson, onde ela não parecia suficientemente segura.

No corredor, depois de estarem suficientemente distantes da porta da senhoria, Karl sentou-se com a bandeja no chão, antes de mais nada para limpá-la, agrupar os alimentos semelhantes, ou seja, colocar o leite num só recipiente, raspar os vários restos de manteiga para um único prato, e a seguir eliminar todos os sinais de uso, isto é, limpar as facas e colheres, cortar as pontas dos pães mordidos e com isso conferir um melhor

---

[5] K: Além do mais, se quiser, lavaremos toda a louça que está espalhada por aí. A mulher, incomodada, apenas fez um aceno de má vontade com a cabeça.

aspecto ao conjunto. Robinson considerava aquele trabalho inútil e afirmou que o café da manhã já tivera muitas vezes um aspecto bem pior; Karl, porém, não se deixou convencer e estava contente que Robinson, com aqueles seus dedos sujos, não quisesse participar do trabalho. Para mantê-lo quieto, Karl destinou-lhe imediatamente alguns *cakes* e a borra espessa de uma panelinha que antes estivera com chocolate, e lhe disse que aquela era a primeira e última vez que o fazia.

Quando chegaram diante de casa e Robinson sem hesitar colocou a mão na maçaneta, Karl o deteve porque não tinha certeza se podiam entrar.

— Claro que sim — disse Robinson —, agora ele só está lhe penteando o cabelo.

E, de fato, naquele quarto ainda não ventilado e fechado pela cortina, estava Brunelda esparramada de pernas abertas sobre a cadeira de encosto e Delamarche, com o rosto profundamente inclinado para baixo, de pé por trás dela, penteava seu cabelo curto, provavelmente muito embaraçado. Brunelda estava de novo com um vestido bem solto, desta vez, porém, de uma cor rosa-pálido, talvez um pouco mais curto que o do dia anterior; pelo menos se viam as meias brancas, de uma malha grosseira, chegarem quase até o joelho. Impaciente com a demora no pentear, Brunelda passava sua grossa língua vermelha por entre os lábios de um lado para o outro; algumas vezes, soltava uma exclamação: "Mas Delamarche!", chegava a se soltar totalmente de Delamarche, que com o pente erguido aguardava tranquilamente que ela voltasse a encostar a cabeça.

— Demorou — disse Brunelda dirigindo-se a todos; e dirigindo-se especificamente para Karl, disse: — Tem de ser um pouco mais rápido, se quer que fiquem satisfeitos com você. Não siga o exemplo desse preguiçoso, desse comilão do Robinson. Pelo visto no meio-tempo vocês já andaram tomando café em algum lugar; eu vou dizer a vocês: da próxima vez, não vou tolerar isso.

Aquilo era muito injusto e Robinson meneou a cabeça e moveu os lábios, mesmo sem emitir nenhum som; Karl, porém, entendeu que só se podia influir sobre os patrões mostrando serviço. Por isso retirou de um canto uma mesinha japonesa baixa, cobriu-a com um pano, dispondo por cima dela as coisas trazidas.[6] Quem quer que tivesse visto a origem do

---

[6] K: <u>Onde quer que enxergasse ainda alguma manchinha nos talheres, apressava-se em eliminá-la às escondidas por baixo da mesa.</u>

café da manhã, poder-se-ia dar por satisfeito com o conjunto; não sendo esse o caso — Karl foi obrigado a admitir consigo mesmo — havia muito a objetar.

Por sorte Brunelda estava com fome. Acenava comprazida para Karl enquanto ele preparava as coisas, e várias vezes o atrapalhou, beliscando antes da hora algum bocado de comida com aquela sua mão molenga e gorducha, que possivelmente era capaz de amassar logo tudo de uma vez.

— Fez muito bem — disse ela mastigando ruidosamente e puxou Delamarche, que, deixando o pente enfiado em seus cabelos para continuar depois o serviço, sentou-se a seu lado numa cadeira.

Ao ver a comida, até Delamarche tornou-se mais amigável; ambos estavam com muita fome, suas mãos cruzavam-se velozes por sobre a mesinha. Karl percebeu que para agradar era preciso sempre trazer o máximo possível e lembrando que tinha deixado ainda diversos produtos comestíveis no chão da cozinha, disse:

— Dessa primeira vez eu não sabia como as coisas devem ser feitas; da próxima, vou fazer melhor.

Mas enquanto dizia isso lembrou-se a quem estava falando; tinha-se deixado envolver demais no caso. Brunelda acenou satisfeita para Delamarche e deu a Karl um punhado de biscoitos como recompensa.

FRAGMENTOS

[1]

Partida de Brunelda

Certa manhã Karl empurrou prédio afora o carrinho de doente no qual ia sentada Brunelda. Não era mais tão cedo como ele esperava. Tinham combinado providenciar a mudança enquanto ainda fosse noite, para não chamar atenção pelas ruas, o que teria sido inevitável durante o dia, por mais que Brunelda desejasse se cobrir humildemente com um grande pano cinza. Mas o transporte escada abaixo tinha levado muito tempo, apesar do auxílio prestativo do estudante, que era muito mais fraco do que Karl, o que se verificou na ocasião. Brunelda aguentou bravamente, quase não suspirava e procurava facilitar de todos os modos o trabalho de seus carregadores. Mas não era possível descer senão depositando-a no chão a cada cinco degraus, para concederem a si mesmos e a ela um tempo para o necessário descanso. Era uma manhã fresca, nos corredores soprava um vento frio como o que se sente em porões; mas Karl e o estudante suavam em bicas e a cada pausa para descansar precisavam pegar cada um em uma das pontas do pano de Brunelda — que aliás ela oferecia amavelmente — para enxugar o rosto. E assim levaram duas horas para chegar até embaixo, onde o carrinho já estava à espera deles desde a noite anterior. Erguer Brunelda para acomodá-la em cima dele ainda deu um certo trabalho, mas depois disso podia-se considerar a operação inteira um sucesso, já que não deveria ser difícil empurrar aquele veículo, graças às suas rodas altas, persistindo apenas um temor: que ele se desmantelasse sob o peso de Brunelda. Mas era preciso correr esse risco: não era possível levar consigo um veículo de reserva que o estudante tinha se oferecido meio brincando para providenciar e conduzir. Seguiu-se então a despedida do estudante, que foi até muito cordial. Todas as divergências entre

Brunelda e o estudante pareciam esquecidas: ele chegou até a se desculpar, assumindo a culpa pela velha ofensa a Brunelda na época em que ela estava doente; Brunelda, porém, disse que tudo fora esquecido e mais do que reparado. Finalmente pediu ao estudante que fizesse a gentileza de aceitar como recordação sua uma moeda de um dólar, que ela retirou, depois de procurar com dificuldade, debaixo de suas muitas saias. Dada a conhecida avareza de Brunelda, esse presente era muito significativo; o estudante também ficou muito feliz com ele e jogou a moeda para o alto de felicidade. A seguir, contudo, ele se viu obrigado a catá-la do chão e Karl precisou ajudá-lo; finalmente Karl a encontrou debaixo do veículo de Brunelda. Naturalmente a despedida entre Karl e o estudante foi bem mais simples, deram-se a mão somente e expressaram a convicção de que ainda iriam se rever algum dia e que ao menos um dos dois — o estudante afirmava isso referindo-se a Karl e Karl, ao estudante — teria realizado algo de louvável, o que até aquele momento, infelizmente, ainda não tinha sido o caso. A seguir Karl agarrou animadamente o cabo do veículo e o empurrou porta afora. O estudante permaneceu a olhar para eles até perdê-los de vista, acenando com seu lenço. Karl várias vezes acenou de volta para cumprimentá-lo; até Brunelda desejara voltar-se, mas tais movimentos eram demasiado cansativos para ela. Para proporcionar-lhe uma última despedida ainda, no final da rua Karl deu uma volta com o veículo, de forma que Brunelda também pudesse avistar o estudante, o qual aproveitou a oportunidade para agitar seu lenço com particular entusiasmo.

A seguir Karl disse que não poderiam se dar ao luxo de fazer mais nenhuma parada, o caminho seria longo e eles tinham partido muito mais tarde do que pretendiam. De fato, de quando em quando, viam-se alguns veículos e, ainda que isoladamente, pessoas indo para o trabalho. Com aquela sua observação Karl não pretendera dizer nada além do que realmente dissera; mas Brunelda com suas suscetibilidades entendeu algo diferente e cobriu-se completamente com seu pano cinza. Karl nada objetou; aquele carro de mão coberto com um pano cinza chamava muito a atenção, mas incomparavelmente menos do que se Brunelda estivesse descoberta. Ele dirigia com muito cautela: antes de dobrar uma esquina, observava a próxima rua, chegando a parar o veículo quando lhe parecia necessário e andar alguns passos sozinho mais à frente; se previsse algum encontro que talvez pudesse ser desagradável, esperava até poder evitá-lo ou escolhia mesmo um caminho que passasse por uma rua totalmente diferente. Ainda assim, por ter estudado antes em detalhe todos os caminhos possíveis, ele nunca corria o risco de fazer um desvio significativo. É bem verdade que apareciam obstáculos que, ainda que fossem de temer, não poderiam ter sido previstos com precisão. Foi assim que, de repente, numa rua em leve aclive e que se podia abarcar totalmente com o olhar mas que por sorte estava completamente deserta — uma vantagem de que Karl procurou tirar proveito andando especialmente ligeiro — saiu um policial de um canto escuro na entrada de um prédio e perguntou a Karl o que ele levava naquele veículo tão cuidadosamente coberto. Por mais severo que fosse seu olhar para Karl, não pôde deixar de esboçar um sorriso ao erguer a coberta e ver o rosto acalorado e temeroso de Brunelda:

— Como assim? — disse ele. — Eu que pensei que tivesse aqui dez sacos de batatas e não passa de uma única dona? Para onde estão indo? Quem são vocês?

Brunelda nem sequer se atreveu a olhar para o policial, olhava só para Karl com a dúvida evidente: nem ele seria capaz de salvá-la. Mas Karl já possuía suficiente experiência no trato com policiais, tudo aquilo não lhe pareceu muito perigoso.

— Senhorita, faça o favor de mostrar — disse ele — o documento que lhe deram.

— Ah, sim — disse Brunelda, começando a procurar de um modo tão desesperado que acabou por parecer realmente muito suspeita.

— A senhorita — disse o policial com indubitável ironia — não vai achar o documento.

— Vai, sim — disse Karl tranquilamente —, com certeza está com ela, ela só o extraviou.

Começou então a procurar ele também e, de fato, retirou-o por detrás das costas de Brunelda. O policial só deu uma olhada rápida.

— Então é isso — disse o policial sorrindo —, a senhorita é uma daquelas senhoritas? E você, pequeno, providencia a intermediação e o transporte? Realmente não consegue encontrar ocupação melhor?

Karl apenas deu de ombros, lá vinham de novo as famosas intromissões da polícia.

— Bem, boa viagem — disse o policial, não obtendo resposta. Nas palavras do policial provavelmente havia desprezo, por isso, Karl continuou andando sem cumprimentá-lo; o desprezo da polícia era melhor que sua atenção.

Pouco depois ele teve um outro encontro, talvez mais desagradável ainda: aproximou-se dele um homem que empurrava um veículo com grandes latões de leite e que desejava a todo custo saber o que havia por debaixo do pano cinza. Não era muito provável que ele tivesse de percorrer o mesmo caminho que Karl; ainda assim, ele permanecia a seu lado, por mais inesperadas que fossem as voltas que Karl fazia. Inicialmente contentava-se em fazer exclamações, como p. ex.: "Você deve ter uma carga pesada!", ou então: "Você arrumou mal a carga, vai cair alguma coisa dali de cima!".

Mas depois ele perguntou diretamente:

— O que é que tem aí debaixo do pano?

Karl disse:

— Que lhe importa? — mas como isso atiçou ainda mais a curiosidade do homem, Karl disse por fim: — São maçãs.

— Tantas maçãs! — disse o homem admirado, não cessando de repetir essa exclamação. — É uma safra inteira — disse a seguir.

— Pois é — disse Karl.

Mas seja porque não acreditava em Karl, seja porque quisesse importuná-lo, continuava a andar a seu lado, e começou — tudo isso durante o caminho — a esticar a mão em direção ao pano, como que de brincadeira, e finalmente chegou até a se atrever a puxá-lo. Que sofrimento para Brunelda! Em consideração a ela, Karl não quis começar a brigar com o homem e entrou pelo primeiro portão aberto que encontrou, como se fosse aquele o seu destino.

— Aqui é minha casa — disse ele. — Obrigado pela companhia.

O homem parou admirado diante da porta e olhou para Karl, que calmamente se dispôs a atravessar se fosse preciso todo o primeiro pátio. O homem não podia mais duvidar, mas para satisfazer sua maldade uma última vez, largou sua carreta, correu na ponta dos pés atrás de Karl e puxou o pano com tanta força que quase descobriu o rosto de Brunelda.

— Para as tuas maçãs tomarem ar! — disse ele e retornou correndo.

Até isso Karl tolerou, já que aquilo o livrava definitivamente daquele homem. Conduziu o veículo até um canto do pátio, onde havia alguns enormes caixotes vazios, ao abrigo dos quais pretendia dizer algumas palavras tranquilizadoras por baixo do pano a Brunelda. Mas ele precisou conversar longamente com ela, pois estava totalmente banhada em lágrimas e suplicava com a maior seriedade para que permanecessem ali, atrás dos caixotes, durante o dia todo e só prosseguissem viagem à noite. Sozinho ele talvez não fosse absolutamente capaz de convencê-la de que aquilo estava errado; mas quando do outro lado da pilha de caixotes alguém jogou uma caixa vazia que ao cair no chão fez um estrondo que ressoou terrivelmente no pátio deserto, ela se assustou tanto que, sem ousar dizer uma só palavra, tapou a cabeça com o pano e provavelmente sentiu-se feliz porque Karl, numa decisão rápida, em seguida tinha recomeçado a andar.

As ruas iam se animando cada vez mais, mas a atenção que o veículo suscitava não era tão grande quanto Karl temera. Em termos gerais talvez tivesse sido mais inteligente escolher um outro horário para o transporte. Se fosse necessário fazer novamente uma viagem dessas, Karl pretendia ousar fazê-la ao meio-dia. Sem maiores perturbações dobrou finalmente na estreita e escura rua onde, na altura do número 25, se encontrava o estabelecimento. Diante da porta estava o administrador que olhava torto com o relógio na mão.

— É sempre assim tão pouco pontual? — perguntou ele.

— Houve vários impedimentos — disse Karl.

— Sempre há, isso se sabe — disse o administrador. — Mas aqui nesta casa eles não contam. Lembre-se disso!

Karl praticamente não dava mais ouvidos a tais conversas: todos se aproveitavam de seu poder para insultar as pessoas humildes. Uma vez que se estava habituado a eles, não soavam senão como o tique-taque regular do relógio. Ao empurrar o veículo para dentro do saguão, certamente se horrorizou com a sujeira ali reinante, pela qual ele, na verdade, já esperava. Olhando mais de perto, não era uma sujeira tangível. O piso de pedra do saguão estava quase que integralmente varrido, as pinturas nas paredes não eram velhas, as palmeiras artificiais estavam só um pouco empoeiradas — e no entanto era tudo gorduroso e repugnante; era como se tivessem feito mau uso de tudo e nenhuma limpeza fosse mais capaz de remediar aquilo. Ao chegar em qualquer lugar, Karl gostava de imaginar as melhorias que poderiam ser feitas ali e a alegria proporcionada por uma intervenção imediata, a despeito do trabalho, talvez interminável, que aquilo tudo daria. Mas ali ele não sabia o que poderia ser feito. Lentamente retirou o pano de cima de Brunelda:

— Bem-vinda, senhorita — disse o administrador com tom afetado; não havia dúvida de que Brunelda lhe causava boa impressão. Assim que ela percebeu isso, soube logo — como Karl viu satisfeito — tirar proveito da situação. Toda a angústia e todo medo das últimas horas desapareceram. Ela

[2]

Karl viu na esquina de uma rua[1] um cartaz com os seguintes dizeres: "Hoje no hipódromo de Clayton, das seis da manhã à meia-noite, contratam-se pessoas para o Theatro em Oklahama! O grande Theatro de Oklahama vos chama! E chama só hoje, só uma vez![2] Quem perder a oportunidade agora, a perderá para sempre![3] Quem pensa no futuro nos pertence! Todos são bem-vindos! Quem quiser ser artista, apresente-se! Somos um teatro que pode aproveitar a todos, cada qual em seu lugar![4] Quem decidir juntar-se a nós receba aqui e agora as nossas felicitações! Mas, apressem-se, para serem atendidos até a meia-noite! Às doze tudo será fechado e não reabrirá mais! Maldito seja aquele que não acredita em nós! Avante, para Clayton!".

Embora houvesse muita gente diante dele, o cartaz não parecia encontrar grande repercussão. Havia tantos cartazes, ninguém mais acreditava em cartazes. E este era ainda mais inverossímil do que os cartazes em geral costumam ser. Mas sobretudo havia nele um grande erro: não havia nem uma palavra sobre o pagamento. Fosse o pagamento minima-

---

[1] MB: Max Brod considerou este fragmento o capítulo final do romance e intitulou-o "O Teatro Natural de Oklahoma".

[2] K: Sua voz se eleva em São Francisco somente hoje.

[3] K: Não balancem a cabeça com desdém, assim é que são as coisas! Quem pensa no futuro não hesitará!

[4] K: Não leiam este cartaz pela segunda vez, decidam já!

mente digno de nota, com certeza o cartaz o teria mencionado[5] — não teria esquecido a coisa mais atraente. Ninguém queria ser artista; mas com certeza todo mundo queria ser pago por seu trabalho.[6]

Para Karl, porém, havia um grande atrativo no cartaz: "Todos são bem-vindos", era o que constava. Todos, portanto também Karl. Tudo o que ele tinha feito até então fora esquecido, ninguém pretendia lhe reprovar nada. Ele podia se apresentar para um trabalho que não era indecoroso, pelo contrário, um trabalho para o qual chegavam a convidar em público![7] E de modo igualmente público era feita a promessa de que iriam admiti-lo, a ele também. Não pedia nada melhor, queria finalmente encontrar o início de uma carreira decente e era aqui que esse início talvez estivesse despontando. Mesmo que toda aquela grandiloquência do cartaz fosse uma mentira, mesmo que o grande Theatro de Oklahama fosse um circo mambembe, eles estavam querendo admitir pessoas — isso era suficiente. Karl não leu uma segunda vez o cartaz, mas mais uma vez procurou pela frase: "Todos são bem-vindos".

De início pensou em ir a pé para Clayton, mas teriam sido três horas de uma caminhada cansativa e possivelmente ele chegaria bem a tempo de ficar sabendo que já tinham preenchido todos os postos disponíveis. É bem verdade que, de acordo com o cartaz, o número de admitidos era ilimitado; mas era sempre assim que aquele tipo de oferta de emprego era formulado. Karl entendeu que, ou deveria renunciar ao emprego, ou utilizar algum meio de transporte. Conferiu o dinheiro que tinha — sem aquela viagem, teria bastado para oito dias —, sacudindo de um lado para o outro as moedinhas na palma da mão. Um senhor que o estivera observando bateu no seu ombro e disse:

— Boa sorte na viagem para Clayton.

Karl assentiu em silêncio e continuou a contar. Mas em seguida decidiu-se, separou o dinheiro necessário para a viagem e correu até o metrô.

Ao descer em Clayton, ouviu logo o som de muitas trombetas. Era um som caótico, as trombetas não tinham sido afinadas entre si, tocavam

---

[5] K: [...] poderia limitar-se a mencionar o valor e com isso teria obtido maior procura do que com aquela gritaria vazia.

[6] K: Ser artista ninguém queria, mas viver todo mundo queria.

[7] K: [...] e que talvez fizesse dele um artista.

de qualquer jeito. Mas isso não incomodava Karl, apenas confirmava que o Theatro de Oklahama era um grande empreendimento. Porém, quando saiu do prédio da estação e enxergou todas as instalações diante de si, viu que tudo era ainda muito maior do que ele jamais poderia ter imaginado e não compreendia como uma empresa podia fazer semelhantes despesas com o único propósito de selecionar pessoal. Diante da entrada do hipódromo tinha sido montado um longo e gigantesco pódio, sobre o qual centenas de mulheres vestidas de anjos, com panos brancos e grandes asas nas costas, tocavam longas trombetas douradas e brilhantes. Mas elas não estavam diretamente sobre o pódio: cada uma delas estava em pé sobre um pedestal, o qual, no entanto, não podia ser visto, pois os longos panos esvoaçantes das vestes de anjo o encobriam por completo. E como os pedestais eram muito altos, certamente chegando a dois metros de altura, as figuras das mulheres pareciam gigantescas, somente suas cabecinhas perturbavam um pouco essa impressão de grandeza; e também os seus cabelos soltos escorriam, demasiado curtos e de uma forma quase ridícula, por entre as grandes asas e pelos lados. Para evitar um aspecto excessivamente uniforme, utilizavam pedestais de diferentes alturas: havia mulheres bem baixas, não muito acima de uma altura humana normal; mas a seu lado arrojavam-se mulheres a uma tal altura, que se acreditava correrem o risco de cair ao mais leve sopro do vento. E todas aquelas mulheres tocavam trombetas.

Não havia muitos ouvintes: diminutos, se comparados com aquelas grandes figuras, corriam de um lado para o outro na frente do pódio uns dez rapazotes, que erguiam os olhos para as mulheres. Apontavam entre eles para esta ou para aquela mulher, mas não pareciam ter a intenção de entrar e ser admitidos no emprego. Só se via um único homem mais velho que estava um pouco afastado. Tinha até trazido consigo a mulher e o filho, que estava num carrinho de bebê. A mulher segurava com uma mão o carrinho e com a outra se apoiava no ombro do homem. Embora olhassem com admiração para o espetáculo, via-se que estavam decepcionados. Decerto também tinham esperado encontrar ali uma oportunidade de trabalho, mas aquele soar de trombetas confundia-lhes as ideias.

Karl estava na mesma situação. Chegou perto do homem, ficou ouvindo um pouco as trombetas e disse a seguir:

— É aqui o local de admissão para o Theatro de Oklahama?

— Era o que eu também pensava — disse o homem —, mas nós estamos esperando aqui há uma hora e não ouvimos nada além das trombetas. Em parte alguma se vê um cartaz, nem um anunciador, nem alguém que possa dar informações.

Karl disse:

— Talvez estejam esperando que se reúnam mais pessoas. Realmente tem ainda muito pouca gente por aqui.

— Bem possível — disse o homem, e permaneceram novamente em silêncio.

Além disso, era difícil entender algo no meio daquele soar de trombetas. Mas em seguida a mulher sussurrou algo para o marido, que assentiu, e logo a seguir ela gritou para Karl:

— Não poderia ir até lá na pista de corrida perguntar onde estão fazendo a seleção?

— Sim — disse Karl —, mas eu teria de passar por cima do pódio, pelo meio dos anjos.

— Isso é tão difícil? — perguntou a mulher.

A ela parecia que para Karl o caminho era fácil, mas ela não estava disposta a mandar o marido até lá.

— Está bem — disse Karl —, eu vou.

— É muito amável — disse a mulher, e tanto ela quanto o marido estenderam a mão para Karl.

Os rapazes correram em bando para ver Karl subir no pódio. Foi como se as mulheres tocassem com mais força para saudar o primeiro candidato ao emprego. Aquelas, porém, ante cujos pedestais Karl passava naquele preciso momento, chegavam a tirar as trombetas da boca, inclinando-se para o lado para seguir com o olhar o percurso que ele descrevia. Karl viu do outro lado do pódio um homem inquieto, que andava de um lado para o outro e que pelo visto estava só aguardando as pessoas chegarem para dar a todos a tão desejada informação. Karl estava para ir até ele quando ouviu chamarem seu nome do alto:

— Karl — gritou um anjo.

Karl olhou para cima e começou a rir, significativamente alegre com a surpresa: era Fanny.

— Fanny! — exclamou ele, cumprimentando com a mão erguida.

— Venha cá — gritou Fanny —, não vai querer passar por mim sem parar para me cumprimentar!

E ela abriu os panos de modo a descobrir o pedestal e uma escada que conduzia para o alto.

— É permitido subir? — perguntou Karl.

— Quem vai nos impedir de apertarmos as mãos? — gritou Fanny e lançou um olhar irado em torno para ver se por acaso não chegava alguém com a proibição.

Mas Karl já corria para subir a escada.

— Mais devagar — gritou Fanny —, senão vamos os dois despencar desse pedestal!

Mas nada aconteceu, Karl chegou feliz e contente até o último degrau.

— Veja só — disse Fanny depois de terem se cumprimentado —, veja só que trabalho eu consegui.

— É lindo — disse Karl e olhou em torno. Todas as mulheres das proximidades já tinham reparado em Karl e davam risadinhas furtivas.

— Você é quase a mais alta — disse Karl e estendeu a mão para medir a altura das outras.

— Eu logo vi você — disse Fanny — saindo da estação, mas infelizmente eu estou aqui na última fileira, não dá para me ver e nem eu podia gritar. Eu toquei bem alto, mas mesmo assim, você não me reconheceu.[8]

— Mas vocês tocam todas mal — disse Karl —, deixe-me tocar um pouco.[9]

— Claro — disse Fanny, entregando a ele a trombeta —, mas não estrague o coro, senão vão me demitir.

Karl começou a tocar; pensara que era uma trombeta grosseira, destinada apenas a fazer barulho, mas agora ficava evidente que era um instrumento que podia executar praticamente toda e qualquer nuance de som. Se todos os instrumentos eram do mesmo tipo, então se fazia deles um mau uso enorme. Sem se deixar perturbar pelo ruído das outras trombetas, Karl tocou a plenos pulmões uma canção que certa vez escutara numa taberna. Estava contente por ter encontrado uma velha amiga, por ter o privilégio de tocar trombeta ali diante de todos e, se possível, em breve, conseguir arranjar um bom emprego. Muitas mulheres pararam de tocar para escutá-lo; quando de repente Karl parou de tocar, nem metade das trombetas continuava sendo tocada e só pouco a pouco se restabeleceu a mais completa barulheira anterior.

---

[8] K: Eu toquei, como quem diz: "Karl, venha para cá de uma vez!", mas você não me compreendeu.

[9] K: — Ei, você aí! — disse Fanny em tom ameaçador e ergueu a trombeta segurando pela embocadura.

— É um artista — disse Fanny enquanto Karl lhe devolvia a trombeta. — Faça com que o contratem como trombeteiro.

— Homens também são admitidos? — perguntou Karl.

— São — disse Fanny —, nós tocamos só por duas horas. Depois somos substituídas por homens vestidos de diabo. Uma parte toca trombetas; a outra parte, tambores. É muito bonito, aliás como toda a montagem, muito dispendiosa. E a nossa roupa, não é linda também? E as asas?

Desceu o olhar ao longo do próprio corpo.

— Você acha — perguntou Karl — que eu também vou conseguir um emprego?

— Com toda a certeza — disse Fanny —, pois é o maior teatro do mundo. Que feliz coincidência, estaremos juntos novamente! Em todo caso depende de que posto vai conseguir. Pois também seria possível que, mesmo estando nós dois empregados aqui, não conseguíssemos nos ver nunca.

— Será que realmente é tudo tão grande assim? — perguntou Karl.

— É o maior teatro do mundo — disse Fanny de novo —, é bem verdade que eu mesma ainda não o vi, mas algumas das minhas colegas que já estiveram em Oklahama dizem que ele é quase sem limites.

— Mas pouca gente se candidata — disse Karl, apontando para os rapazes embaixo e para a pequena família.

— Isso é verdade — disse Fanny —, mas pense que nós admitimos pessoas em todas as cidades, que a nossa trupe de recrutamento viaja continuamente e que ainda há muito mais trupes como essas.

— Mas o teatro ainda não foi aberto? — perguntou Karl.

— Claro que foi — disse Fanny —, é um velho teatro, mas ele vem sendo constantemente ampliado.

— Eu me admiro — disse Karl — que não venha muito mais gente.

— É — disse Fanny —, é estranho.

— Talvez — disse Karl — esse estardalhaço com anjos e diabos só faça mais espantar do que atrair as pessoas.

— De onde é que foi tirar essa ideia? — disse Fanny. — Mas é possível. Diga isso ao nosso líder, talvez com isso você possa ser útil a ele.

— Onde está ele? — perguntou Karl.

— Na pista de corrida — disse Fanny —, na tribuna dos juízes.

— Isso também me admira — disse Karl —, por que a admissão é feita na pista de corrida?

— É — disse Fanny —, em toda parte fazemos os maiores preparativos para receber o maior afluxo de pessoas possível. Na pista de corrida justamente há muito espaço. E em todos os guichês, onde em geral são feitas as apostas, foram instalados gabinetes de admissão. Devem ser uns duzentos gabinetes diferentes.

— Mas — exclamou Karl — será que o Theatro de Oklahama tem entradas tão altas, capazes de manter esse tipo de trupe de recrutamento?

— O que nos importa isso? — disse Fanny. — Mas, agora, Karl, vá-se embora para não perder nada, eu também preciso voltar a tocar. De qualquer forma tente conseguir uma vaga na nossa trupe e venha logo me avisar. Lembre-se de que eu vou estar esperando muito ansiosa pela notícia.

Ela apertou-lhe a mão, advertiu-o para ter cuidado na descida, colocou novamente a trombeta entre os lábios, mas não começou a tocar senão quando viu Karl em segurança no chão. Karl recolocou os panos sobre a escada, como estavam antes, Fanny agradeceu assentindo com a cabeça e Karl, reconsiderando sob diferentes aspectos o que acabara de ouvir, dirigiu-se até o homem que já o tinha visto no alto com Fanny e que se aproximara do pedestal para esperar por ele.

— Quer entrar para a nossa trupe? — perguntou o homem. — Sou o chefe do setor de pessoal dessa trupe e gostaria de lhe dar as nossas boas-vindas.

Ele ficava permanentemente inclinado para frente como que por cerimônia; saltitava, apesar de não de se mover do lugar, e brincava com a corrente do relógio.

— Obrigado — disse Karl —, li o cartaz de sua companhia e estou me apresentando conforme se exige ali.

— Correto — disse o homem em tom de aprovação —, infelizmente nem todo o mundo se comporta tão corretamente por aqui.

Karl pensou que aquele era o momento certo para chamar a atenção do homem para o fato de que era possivelmente justo por sua grandiosidade que fracassavam os recursos usados pela trupe de recrutamento para atrair pessoas. Mas nada disse, pois aquele homem nem era o líder da trupe e, além disso, teria sido pouco aconselhável que ele, que ainda nem fora admitido, fosse logo dando sugestões de melhorias. Por isso disse apenas:

— Lá fora está esperando mais alguém que quer se apresentar e que só me mandou vir na frente. Posso ir buscá-lo agora?

— Claro — disse o homem —, quanto mais pessoas vierem, melhor.

— Ele está com a mulher e um filho pequeno no carrinho. Eles também devem vir?

— Claro — disse o homem e pareceu sorrir da dúvida de Karl. — Podemos aproveitar todos.

— Já volto — disse Karl, e retornou correndo para a beira do pódio.

Acenou para o casal e gritou para que todos viessem. Ajudou-os a subir o carrinho para cima do pódio e começaram a andar juntos. Os rapazotes, que assistiam à cena, conversaram entre si e subiram então no pódio e, com as mãos nos bolsos, lentamente, hesitando até o último momento, seguiram por fim Karl e a família. Nesse instante estavam saindo do prédio da estação do metropolitano outros passageiros, que ao avistarem o pódio com os anjos erguiam os braços de admiração. De todo modo parecia que a partir daí a procura pelos empregos ia se tornar mais movimentada. Karl estava muito contente por ter chegado tão cedo e ser talvez o primeiro; o casal estava temeroso e fazia várias perguntas para saber se faziam muitas exigências. Karl disse-lhes que não sabia nada de definido, mas que tinha tido a impressão de que todos sem exceção seriam admitidos. Acreditava que poderiam ficar descansados.

O chefe do setor de pessoal já estava vindo ao seu encontro; estava muito satisfeito com o fato de tanta gente ter vindo, esfregava as mãos, cumprimentava um por um fazendo uma pequena inclinação e colocou-os todos em fila. Karl era o primeiro, depois vinha o casal e só então os outros. Quando todos tinham entrado na fila — os rapazinhos reuniram-se inicialmente de modo desordenado e demorou um certo tempo até reinar o silêncio entre eles —, o chefe do setor de pessoal disse, enquanto as trombetas silenciavam:

— Em nome do Theatro de Oklahama, eu os cumprimento. Chegaram cedo (mas já era quase meio-dia), a aglomeração ainda não é grande, portanto, as formalidades para a sua admissão logo serão cumpridas. Naturalmente todos devem estar com seus documentos de identidade.

Os rapazes logo tiraram dos bolsos todo tipo de documento, agitando-os na direção do chefe do setor de pessoal; o marido cutucou a mulher, que tirou por debaixo da coberta de penas do carrinho de bebê um maço de documentos; mas Karl não tinha nenhum documento. Será que isso seria um impedimento à sua admissão? Não era improvável. Seja como for Karl sabia por experiência própria que tais disposições podem ser facilmente contornadas, uma vez que a pessoa esteja bem decidida. O chefe do setor de pessoal percorreu a fila com o olhar, assegurou-se de que todos possuíam documentos e, como Karl também erguera a mão, uma mão vazia naturalmente, supôs que também com ele estivesse tudo em ordem.

— Está bem — disse então o chefe do setor de pessoal, acenando negativamente para os rapazinhos que queriam que seus documentos fossem examinados de imediato —, os documentos serão verificados nos gabinetes de admissão. Como já viram no nosso cartaz, podemos aproveitar a todos. É claro que precisamos saber que profissão cada um exerceu até agora, para que possamos empregá-lo no lugar certo, onde ele possa aplicar seus conhecimentos.

"Mas é um teatro!", pensou Karl cheio de dúvida e seguiu prestando muita atenção.

— Por isso — prosseguiu o chefe do setor de pessoal — instalamos nos guichês de apostas gabinetes de admissão, um gabinete para cada grupo profissional. Portanto cada um de vocês vai me dizer agora a sua profissão — a família entra geralmente no gabinete de admissão do homem; a seguir irei conduzi-los aos gabinetes, onde primeiro seus documentos serão verificados e a seguir seus conhecimentos testados por especialistas — será só uma prova bem curta, ninguém precisa ter medo. Lá vão ser imediatamente admitidos e vão receber novas instruções. Então vamos começar. O primeiro gabinete, como já diz a placa — é para os engenheiros. Há algum engenheiro entre vocês?

Karl levantou a mão. Achava que, precisamente porque não possuía documentos, tinha de se esforçar para passar o mais rápido possível por todas as formalidades; ele também tinha uma pequena justificativa para se apresentar, pois quisera ser engenheiro. Mas quando os rapazes viram que Karl se apresentara, ficaram com inveja e também levantaram a mão, todos levantaram as mãos. O chefe do setor de pessoal esticou-se bem alto e disse aos rapazes:

— *Vocês*, engenheiros?

Então todos baixaram as mãos lentamente; Karl, ao contrário, fez questão de manter seu primeiro gesto. O chefe do setor de pessoal olhou incrédulo para ele, pois Karl parecia muito malvestido e também muito jovem para poder ser um engenheiro; ainda assim, não disse nada mais, talvez por gratidão, porque Karl, ao menos de seu ponto de vista, tinha levado os candidatos até ali. Limitou-se a apontar com um gesto convidativo o gabinete para engenheiros e, enquanto ele se dirigia aos outros, Karl encaminhou-se até lá.

No gabinete para engenheiros estavam sentados de ambos os lados de uma escrivaninha retangular dois senhores[10] que comparavam duas grandes listagens à sua frente. Um lia em voz alta e o outro riscava na sua lista o nome pronunciado. Quando Karl apareceu diante deles cumprimentando, largaram de imediato as listas e pegaram uns outros livros grandes que abriram diante de si. Um deles, que pelo visto era apenas um escrevente, disse:

— Solicito que apresente seus documentos de identificação.

— Infelizmente não estou com eles aqui comigo — disse Karl.

— Ele não está com eles — disse o escrevente ao outro senhor, registrando imediatamente a resposta no seu livro.

— É engenheiro? — perguntou então o outro, que parecia ser o que dirigia o gabinete.

— Ainda não — disse Karl apressado —, mas...

— Basta — disse o senhor com mais pressa ainda —, então não é um dos nossos. Peço que observe a placa.

Karl cerrou os dentes; o homem deve ter percebido aquela sua expressão, pois falou:

— Não há motivo para se inquietar. Podemos empregar todo mundo — e acenou para um dos ordenanças que perambulavam desocupados por entre as barreiras: — Conduza este senhor até o gabinete para pessoas com conhecimentos técnicos.

O ordenança interpretou a ordem literalmente e tomou Karl pela mão. Passaram por muitos guichês, num deles Karl viu um dos rapazes, já admitido, estender a mão agradecendo aos senhores. No gabinete para onde Karl foi trazido o procedimento era, como ele previra, semelhante ao do primeiro gabinete.[11] Só que por terem ouvido dizer que ele frequentara o ginásio, foi enviado dali ao gabinete para ex-alunos do ginásio. Mas quando, ao chegar lá, Karl disse ter frequentado o ginásio na Europa, também se declararam incompetentes e deram ordem para que o

---

[10] K: [...] que se balançavam na cadeira, seguravam um lápis na frente da boca aberta, tentando usá-lo para assobiar [...].

[11] K: A porta da antecâmara ficara aberta e assim Karl escutou claramente o ordenança anunciar: "Senhor Diretor, um novo ator está aí". "Eu gostaria de me tornar ator", disse consigo mesmo Karl a meia-voz corrigindo assim o anúncio do ordenança: "Onde está ele?" — perguntou o diretor e esticou o pescoço.

levassem até o gabinete para ginasianos europeus. Era um guichê situado no ponto mais extremo, e não somente o menor de todos, mas também até mais baixo do que todos os outros. O ordenança que o tinha levado até ali estava furioso com aquela longa perambulação e com os muitos desvios, pelos quais, na sua opinião, Karl era o único culpado. Ele nem esperou mais pelas perguntas: saiu logo correndo. Além do mais aquele gabinete era provavelmente o último refúgio. Quando Karl viu o chefe do gabinete, quase se assustou com a semelhança que havia entre ele e um professor que na sua terra natal provavelmente ainda dava aulas no ginásio. Porém, como se verificou de imediato, a semelhança reduzia-se a um ou outro detalhe, mas aqueles óculos assentados sobre o nariz grande, a barba loura tratada como objeto de exposição, as costas ligeiramente curvas e a voz forte que irrompia sempre de modo inesperado ainda mantiveram por algum tempo vivo o espanto de Karl. Felizmente ele também não precisou prestar muita atenção, pois ali as coisas eram mais simples do que nos outros gabinetes. Também ali fizeram o registro da ausência de seus documentos de identificação e o chefe do gabinete disse que aquilo era uma negligência inconcebível; o escrevente, porém, que ali era quem estava no comando, passou rapidamente por cima daquele inconveniente e, depois de algumas breves perguntas formuladas pelo chefe, justo no momento em que este se dispunha a formular uma pergunta mais importante, declarou que Karl estava admitido. O chefe dirigiu-se boquiaberto ao escrevente, mas este fez um movimento conclusivo com a mão, dizendo:

— Admitido — e registrou em seguida no livro a decisão.

Pelo visto o escrevente era de opinião que ser aluno de ginásio europeu era por si só algo de tão desprezível que se podia acreditar em quem quer que afirmasse de si mesmo ser aluno de uma delas. Karl, de sua parte, nada tinha a objetar, e dirigiu-se até ele no intuito de agradecer. Entretanto houve mais uma certa demora quando perguntaram pelo seu nome. Ele não respondeu de imediato, tinha um certo temor de dizer seu verdadeiro nome para ser registrado. Depois de conseguir nem que fosse o posto mais ínfimo e cumprir suas tarefas a contento, aí então poderiam ficar sabendo do seu nome, mas não naquele momento; ele o havia omitido por um tempo longo demais para acabar por revelá-lo ali agora. Disse, portanto, já que no momento não lhe ocorria nenhum outro nome, apenas o nome pelo qual vinha sendo chamado nos seus últimos locais de trabalho:

— Negro.[12]

— Negro? — disse o chefe, girou a cabeça e fez uma careta, como se dizendo aquilo Karl tivesse chegado ao cúmulo da falta de credibilidade. O escrevente também olhou para Karl por um instante com ar interrogativo mas depois repetiu:

— Negro — e registrou o nome.

— Não é que escreveu "Negro"?! — interpelou o chefe.

— Escrevi: Negro — disse o escrevente calmamente e fez um gesto com a mão como se o restante estivesse a cargo do chefe.

Este fez um esforço para se dominar, ergueu-se e disse:

— Para os efeitos do Theatro de Oklahama você é — mas ele não conseguiu continuar falando, não podia agir contra sua consciência; sentou-se e disse: — Ele não se chama Negro.

O escrevente ergueu as sobrancelhas, levantou-se igualmente e disse:

— Pois então, eu lhe comunico que foi admitido no Theatro de Oklahama e que agora será apresentado ao nosso chefe.

E novamente foi chamado um ordenança que conduziu Karl até a tribuna dos juízes.

Ao pé da escada Karl enxergou o carrinho de bebê e precisamente naquele momento descia também o casal, a mulher com a criança nos braços.

— Foi admitido? — perguntou o homem, muito mais animado do que antes; a mulher também olhava para ele lançando um sorriso por sobre o seu ombro.

Quando Karl respondeu que acabara de ser admitido e que estava indo se apresentar, o homem disse:

— Então eu o felicito. Nós também fomos admitidos, parece que é um bom empreendimento; seja como for, ninguém consegue logo sentir-se à vontade com tudo, mas é assim em toda parte.

Disseram ainda "até logo" um para o outro e Karl subiu para a tribuna. Caminhava devagar, pois aquele pequeno espaço lá no alto parecia apinhado de gente e ele não queria se enfiar na aglomeração. Chegou até a parar e olhar para o campo onde ficava o grande hipódromo que se estendia em todas as direções até os bosques ao longe. Sentiu von-

---

[12] Na primeira versão consta o nome *Leo*, a seguir modificado para *Leo Negro*; numa correção ulterior, o nome *Leo* é definitivamente eliminado. [N. da T.]

tade de assistir uma vez a uma corrida de cavalos: na América ele ainda não tinha tido oportunidade de assistir a nenhuma. Na Europa ele tinha sido levado quando pequeno a uma corrida, mas não conseguia lembrar de nada além de ter sido arrastado pela mãe no meio de muita gente que não queria abrir espaço. Portanto na verdade ele ainda não vira uma corrida. Atrás de si um mecanismo começou a ranger; voltou-se e viu o aparelho no qual eram anunciados durante a corrida os nomes dos vencedores, e que exibia agora os seguintes dizeres: "Comerciante Kalla, com esposa e filho". Era ali portanto que eram comunicados aos gabinetes os nomes dos admitidos.[13]

Precisamente naquele momento, alguns homens conversando animadamente entre si de lápis e bloco de notas nas mãos desceram correndo as escadas; Karl espremeu-se contra o corrimão para deixá-los passar e subiu, já que agora havia espaço em cima. Num dos cantos da plataforma circundada por um guarda-corpo de madeira — o conjunto parecia o telhado chato de uma estreita torre — estava sentado um senhor com os braços estendidos por sobre as tábuas de madeira do cercado e com o peito atravessado em diagonal por uma larga tira de seda branca com os dizeres: "Chefe da 10ª Trupe de Recrutamento do Theatro de Oklahama". A seu lado, sobre uma mesinha, estava um aparelho de telefone que por certo também era usado durante as corridas e através do qual o chefe evidentemente ficava sabendo de todos os dados necessários de cada um dos candidatos, antes mesmo de eles lhe serem apresentados, pois de início nem fez perguntas a Karl, dizendo para um senhor sentado a seu lado, de pernas cruzadas e queixo apoiado na mão:

— Negro, ginasiano europeu.

E, como se com essas palavras já tivesse despachado Karl, que lhe fazia uma profunda reverência, percorreu com o olhar a escada que descia para ver se não vinha mais alguém. Mas ninguém veio e de vez em quando ele prestava atenção na conversa que o outro senhor entabulava com Karl; na maior parte do tempo, porém, olhava por sobre o campo do hipódromo, tamborilando os dedos sobre o parapeito. Aqueles dedos delicados mas vigorosos, longos e vivazes, atraíam para si a intervalos a atenção de Karl, ainda que a conversa com o outro senhor o estivesse absorvendo suficientemente:

---

[13] K: [...] provavelmente para que todos os gabinetes pudessem fazer uma cópia.

— Estava desempregado? — perguntou aquele senhor em primeiro lugar.

Essa pergunta, bem como todas as outras perguntas que ele fazia, eram muito simples, nada capciosas e além do mais as respostas não eram cruzadas com informações obtidas por meio de outras perguntas; mas apesar disso, graças à maneira com que as formulava, arregalando bem os olhos, pelo modo com que observava o efeito por elas provocado, curvando o corpo para frente, pela forma de acolher as respostas com a cabeça inclinada sobre o peito e de vez em quando repeti-las em voz alta, o senhor sabia como dotá-las de particular significação, uma significação que, embora não compreendida, uma vez intuída, infundia cautela e intimidava. Várias vezes aconteceu que Karl sentiu um impulso de contradizer a resposta dada e substituí-la por uma outra, que talvez obtivesse melhor aceitação; mas ele sempre se continha, pois sabia da má impressão que uma oscilação daquelas iria provocar e como, na maior parte das vezes, era imponderável o efeito causado pelas respostas. Por outro lado parecia que sua admissão já estava decidida; a consciência desse fato lhe dava uma certa retaguarda.

Ao lhe perguntarem se estava desempregado, respondeu simplesmente:

— Sim.

— Onde trabalhou por último? — perguntou a seguir o homem.

Karl já ia respondendo quando o homem ergueu o dedo indicador e disse mais uma vez:

— Por último!

Karl compreendera já corretamente a primeira pergunta; descartou com um movimento involuntário de cabeça aquela última observação que lhe parecia desorientadora e respondeu:

— Num escritório.

Isso ainda correspondia à verdade; porém, se o homem pedisse informações mais detalhadas sobre o tipo de escritório, ele seria obrigado a mentir. Mas o homem não pediu maiores informações, passando para a pergunta seguinte, muito fácil de ser respondida de modo inteiramente conforme à verdade:

— Estava satisfeito lá?

— Não! — exclamou Karl quase que lhe cortando a palavra.

Com um olhar de relance Karl reparou que o chefe sorria um pouco; arrependeu-se da maneira irrefletida com que dera essa sua última resposta, mas tinha sido demasiado tentador exclamar aquele "não!", pois durante todo o seu último período de serviço só tivera um único e grande desejo: que um empregador desconhecido qualquer entrasse e lhe dirigisse aquela pergunta. Mas aquela sua resposta podia trazer ainda um novo inconveniente, pois o homem poderia lhe perguntar depois a razão pela qual ele não estivera satisfeito. Mas em vez de perguntar isso, ele lhe fez a seguinte pergunta:

— Para que cargo se considera apto?

Era possível que houvesse uma armadilha nessa pergunta, pois com que propósito teria sido ela formulada, se Karl já fora admitido como ator? Embora tivesse se dado conta disso, não foi capaz de convencer-se a declarar que se sentia particularmente apto a exercer a profissão de ator. Por isso fugiu da pergunta e disse, correndo o risco de parecer insolente:

— Li o cartaz na cidade e como lá dizia que podiam empregar a todos, eu me apresentei.

— Disso nós sabemos — disse o homem e permaneceu em silêncio, mostrando com essas palavras que insistia na pergunta anterior.

— Fui admitido como ator — disse Karl hesitante, para fazer com que os senhores compreendessem a situação difícil em que a última pergunta o tinha colocado.

— Está certo — disse o homem, calando-se novamente.

— Bem — disse Karl e toda a esperança de ter encontrado um emprego fora abalada —, não sei se sou apto para o teatro. Mas pretendo me esforçar e tentar realizar todas as tarefas.

O homem virou-se para o chefe e ambos assentiram; Karl parecia ter respondido corretamente; tomou coragem novamente e aguardou de pé pela próxima pergunta, que rezava:

— O que queria estudar originalmente?

Para especificar bem a pergunta — o homem fazia sempre muita questão de ser bem específico —, acrescentou:

— Na Europa, quero dizer.

Ao dizer isso retirou a mão do queixo e fez um ligeiro movimento, como se quisesse insinuar simultaneamente quão distante era a Europa e quão insignificantes eram planos que alguma fez tivessem sido feitos lá.[14] Karl disse:

_____

[14] K: [...] que parecia referir-se à distância mas também simultaneamente à insignificância da Europa.

— Queria ser engenheiro.

Embora resistisse em dar aquela resposta, pois tendo total consciência da trajetória que até então descrevera na América, era ridículo reviver ali de novo a velha recordação de que certa vez tinha desejado ser engenheiro — será que algum dia ele jamais teria se tornado engenheiro, mesmo na Europa? Não sabendo dar nenhuma outra resposta, deu aquela. O homem, porém, levou a resposta a sério, como a sério levava todo o resto.

— Bem, engenheiro — disse ele — não poderá ser de imediato, mas por ora talvez corresponda às suas expectativas realizar algum tipo de trabalho técnico de nível inferior.

— Com certeza — disse Karl.

Estava muito satisfeito, ainda que, caso aceitasse a oferta, ele sairia da categoria dos atores para entrar na dos técnicos; mas de fato ele acreditava poder se sair melhor nesse trabalho. Aliás era isso que ele repetia o tempo todo: o que importava não era tanto o tipo de trabalho quanto o fato de encontrar nalguma parte algo de estável.

— É forte o suficiente para o trabalho pesado? — perguntou o homem.

— Sou, sim! — exclamou Karl.

A seguir mandou que Karl se aproximasse e apalpou-lhe o braço.

— É um jovem robusto — disse ele então, puxando Karl pelo braço até o chefe.

O chefe assentiu sorrindo, estendeu a mão para Karl sem se erguer de sua posição recostada e disse:

— Então, terminamos. Em Oklahama tudo vai ser verificado novamente. Honre a nossa trupe de recrutamento!

Karl inclinou-se para se despedir e pretendia despedir-se também do outro homem, mas este já estava passeando de um lado para o outro sobre a plataforma, com o rosto voltado para o alto, como se tivesse terminado completamente o seu trabalho. Enquanto Karl descia, ergueram no painel de anúncios que ficava ao lado da escada a placa: "Negro, operário técnico".

Como tudo estava bem encaminhado, Karl não teria lamentado tanto se no painel pudessem ler o seu verdadeiro nome. Tudo ali era organizado de um modo mais do que cuidadoso, pois ao pé da escada Karl já era esperado por um ordenança que colocou uma faixa em volta de seu braço. Quando então ergueu o braço para ver o que estava escrito na faixa, viu impresso o termo de modo perfeitamente correto: "operário técnico".

Antes de ser conduzido a qualquer lugar, desejava avisar Fanny de como tudo tinha transcorrido a contento. Mas para seu pesar ficou sabendo pelo ordenança que tanto anjos quanto diabos já tinham partido para o próximo local de destino da trupe de recrutamento, para lá anunciar sua chegada no dia seguinte.

— Pena — disse Karl, pois era a primeira decepção que sofria naquela empresa —, eu tinha uma conhecida entre os anjos.

— Vai revê-la em Oklahama — disse o ordenança —, mas agora venha, você é o último.

Conduziu Karl ao longo da parte posterior do pódio, onde antes estavam os anjos; agora só os pedestais vazios estavam ali. A suposição de Karl de que sem a música dos anjos mais candidatos a um emprego viriam não se demonstrou correta, pois diante do pódio não havia mais adultos; somente algumas crianças brigavam por uma longa pena branca que provavelmente tinha caído da asa de um dos anjos. Um garoto segurava a pena no alto enquanto as outras crianças tentavam empurrar a cabeça dele para baixo com uma mão e, com a outra, alcançar a pena.

Karl apontou para as crianças, mas o ordenança disse sem olhar para elas:

— Venha mais rápido, demorou muito para ser admitido. Acaso ficaram em dúvida?

— Não sei — disse Karl surpreso; mas acreditava que não.

Sempre, mesmo nas circunstâncias mais claras e transparentes, havia alguém querendo criar preocupações para os seus semelhantes. Entretanto, diante do aspecto simpático da grande tribuna dos espectadores, à qual eles estavam chegando naquele momento, Karl se esqueceu em seguida da observação do ordenança. Pois nessa tribuna um longuíssimo banco estava coberto com um pano branco: todos os admitidos estavam sentados de costas para a pista, um banco mais abaixo, e estavam sendo servidos. Todos estavam alegres e animados. Precisamente quando Karl sentava-se por último discretamente no banco, vários deles ergueram-se elevando os copos e um deles fez um brinde ao chefe da 10ª Trupe de Recrutamento, a quem chamou de "pai dos que procuram emprego". Alguém chamou a atenção para o fato de que também podiam enxergá-lo dali e, de fato, a tribuna dos juízes com os dois homens era visível a uma distância não muito grande. A seguir ergueram os copos naquela direção, e também Karl pegou o copo que estava à sua frente, mas por mais que gritassem e por mais que tentassem chamar sua atenção, nada na tribuna dos juízes indicava que a ovação estivesse sendo percebida ou que ao menos desejassem percebê-la. O chefe estava, como antes, recostado num canto, e o outro homem permanecia de pé a seu lado, a mão no queixo.

Um tanto decepcionados, todos sentaram-se de novo; de vez em quando alguém voltava ainda o olhar na direção da tribuna dos juízes, mas em seguida passaram a ocupar-se apenas com a comida, abundante: na mesa circulavam aves enormes, de um tamanho até então jamais visto por Karl, com muitos garfos espetados na carne assada e crocante; vinho era servido pelos criados continuamente — inclinados sobre o próprio prato, mal percebiam o fio de vinho tinto caindo no copo — e quem não quisesse participar da conversa geral podia olhar fotografias do Theatro de Oklahama empilhadas numa das pontas da mesa e que eram passadas de mão em mão. Mas ninguém se importava muito com elas e o que aconteceu foi que só uma fotografia chegou até Karl, que era o último da fila. A julgar por ela, porém, todas as outras deviam ser muito vistosas. A fotografia mostrava o camarote do presidente dos Estados Unidos. À primeira vista podia-se pensar que não se tratasse de um camarote, mas de um palco, dada a amplidão com que se arrojava aquele parapeito sobre o espaço livre à sua frente. O parapeito era inteiramente feito de ouro em todas as suas partes. Entre as colunetas, como que recortadas por finíssima tesoura, tinham sido aplicados lado a lado medalhões com a efígie de presidentes anteriores: um deles tinha um nariz extraordinariamente afilado, lábios proeminentes, olhos fixos e baixos sob as pálpebras arqueadas. Em toda a volta do camarote, dos lados e de cima caíam raios de luz.[15] Uma luz branca embora tênue literalmente revelava a parte anterior do camarote enquanto seu fundo, atrás de uma cortina de veludo vermelho que formava pregas de vários matizes e que, sustentada por cordões, caía ao longo de toda a borda, aparecia como um buraco escuro de reflexos avermelhados. Dificilmente podiam ser imaginados seres humanos naquele camarote, tão imponente parecia. Karl não se esqueceu da comida, mas olhava muitas vezes para a fotografia, que colocara ao lado do prato.

Mas afinal ele ainda tinha muita vontade de ver ao menos mais uma das fotografias restantes, porém não queria ir pegá-la ele mesmo, pois um

---

[15] K: As fontes de luz estavam fora do enquadramento da fotografia, deviam estar muito distantes.

criado estava com a mão apoiada sobre elas e com certeza a sequência das fotos devia ser observada; procurou portanto percorrer com o olhar a mesa para verificar se alguma fotografia não estava se aproximando. Foi então que reparou, surpreso — de início nem pôde acreditar —, entre os rostos mais profundamente inclinados sobre o prato, um rosto muito conhecido — Giacomo. Imediatamente correu até ele:

— Giacomo! — exclamou.

Este, tímido como sempre quando era pego de surpresa, ergueu o rosto do prato, girou-se no estreito espaço que havia entre os dois bancos, limpou a boca com a mão, mas depois ficou muito alegre ao ver Karl. Pediu a ele que sentasse a seu lado, ou então ofereceu-se para ir até o local onde estava Karl — queriam contar tudo um ao outro e ficar juntos para sempre. Karl não queria perturbar os outros; por isso, achava que por ora cada qual devia ficar no seu lugar, a refeição logo estaria acabada e depois naturalmente estariam unidos para sempre. Mas Karl permaneceu ainda um pouco mais tempo perto de Giacomo, só para olhar para ele. Quantas recordações de tempos passados! Onde estaria a cozinheira-mor? O que estaria fazendo Therese? O próprio Giacomo, seu aspecto praticamente não tinha mudado em nada; a previsão da cozinheira-mor de que em meio ano ele seria um americano robusto ainda não tinha se confirmado: ele continuava delicado como antes, com as faces ossudas como antes — se bem que no momento elas estivessem arredondadas, pois tinha um pedaço de carne demasiado grande dentro da boca, de onde ia retirando devagar os ossos imprestáveis para depois largá-los no prato. Como Karl podia ler nos dizeres da faixa de seu braço, Giacomo não tinha sido admitido como ator e sim como ascensorista — o Theatro de Oklahama parecia realmente conseguir empregar a todos.

Mas, absorto na contemplação de Giacomo, Karl acabou permanecendo muito mais tempo longe do seu lugar; justo quando pretendia retornar, veio o chefe do setor de pessoal, subiu num banco mais alto, bateu palmas e fez um breve discurso, enquanto a maioria se levantava e os que ficavam sentados por não conseguirem desgrudar do prato de comida eram por fim forçados a se levantar pelos outros, aos empurrões.

— Espero — disse ele no meio-tempo (Karl, nas pontas dos pés, tinha retornado correndo para o seu lugar) — que tenham ficado satisfeitos com nossa ceia de recepção. Em geral a comida de nossa trupe de recrutamento é elogiada. Infelizmente terei de mandar tirar a mesa, pois o trem que os levará a Oklahama parte em cinco minutos. Embora seja uma longa viagem, verão como serão bem tratados. Agora vou apresentar a vocês a pessoa que vai conduzir o veículo que os transportará e a quem devem obedecer.

Um senhor baixo e magro subiu no banco no qual tinha subido o chefe do setor de pessoal, mal se deu o tempo de fazer uma ligeira reverência e começou em seguida a indicar com as mãos estendidas e gestos nervosos como todos deviam se reunir, organizar e pôr-se em movimento. Entretanto de início não obedeceram a ele, pois aquele membro do grupo que já havia feito um discurso anteriormente bateu com a mão na mesa e começou a desfiar um longuíssimo discurso de agradecimento, apesar de terem acabado de dizer — Karl ficou todo irrequieto — que o trem partiria em breve. Mas o orador nem se importava com o fato de que o chefe do setor de pessoal também não escutava e dava ao chefe do transporte diversas instruções; fez um discurso grandiloquente, enumerou todos os pratos que tinham sido servidos, emitiu seu juízo sobre cada um deles e concluiu depois, resumindo, com a exclamação:

— Meus caros senhores: é assim que nos conquistam!

Todos riram, com exceção daqueles a quem eram dirigidas aquelas palavras; mas nelas havia mais verdade do que brincadeira.

Além do mais tiveram de descontar aquele discurso apertando o passo no caminho até a ferrovia. Mas isso também não foi muito difícil, pois — só agora Karl percebia — ninguém levava bagagem; a única peça de bagagem era na verdade o carrinho de bebê, que agora, encabeçando o grupo e empurrado pelo pai, dava saltos para cima e para baixo, como se estivesse desgovernado. Quanta gente despossuída e suspeita estava ali agrupada, e era tão bem recebida, tão bem tratada! E o chefe do transporte parecia se importar de coração com eles. Em seguida ele mesmo pegou com uma das mãos a direção do carrinho de bebê e ergueu a outra para animar a trupe; ora ficava atrás na última fileira para lhe dar impulso, ora corria pelos lados, fixando os olhos num ou noutro dentre os mais lentos que estavam no centro, e procurava lhes mostrar sacudindo os braços como eles deveriam correr.

Quando chegaram à estação ferroviária, o trem já estava pronto. As pessoas na estação faziam sinal umas para as outras apontando para o grupo, ouviam-se exclamações como: "Todos fazem parte do Theatro de Oklahama!"; o teatro parecia ser muito mais conhecido do que Karl havia suposto, embora ele nunca tivesse se preocupado com coisas de teatro. Um vagão inteiro fora destinado expressamente para a trupe, o chefe do transporte solicitava que subissem, mais do que o próprio condutor. Inicialmente olhou dentro de cada um dos compartimentos, colocou aqui e ali alguma coisa em ordem e só depois ele mesmo embarcou. Karl conseguira por acaso um lugar na janela e atraíra Giacomo para junto de si. E assim permaneceram sentados, um bem junto do outro, ambos no fundo contentes com a viagem — jamais tinham feito uma viagem na América de modo tão despreocupado. Quando o trem partiu, acenaram estendendo as mãos para fora da janela, enquanto os rapazes que iam sentados em frente se cutucavam, achando aquilo ridículo.[16]

---

[16] K: A Karl não importava em absoluto ser ridicularizado. Quem eram aqueles rapazes, e o que poderiam eles saber! Umas caras lisas americanas com duas ou três rugas apenas, mas fundas, sobre a testa ou ao lado do nariz e da boca, vistosamente inscritas. Americanos natos, para compreender seu tipo teria literalmente bastado martelar suas cabeças de pedra. O que sabiam eles, [...]

Viajaram dois dias e duas noites. Só agora Karl se dava conta das dimensões da América. Incansável, olhava para fora da janela, e Giacomo forçou tanto para chegar mais perto que os garotos sentados em frente, muito entretidos a jogar cartas, ficaram tão incomodados a ponto de lhe cederem voluntariamente o lugar à janela. Karl agradeceu a eles — o inglês de Giacomo não era compreensível para qualquer um — e com o passar do tempo, como não pode deixar de ser entre companheiros de compartimento, eles foram se tornando muito mais amáveis; no entanto era uma amabilidade muitas vezes incômoda a sua, pois sempre que uma de suas cartas caía e eles revistavam o chão para procurá-la, p. ex., davam beliscões com toda força nas pernas de Karl e Giacomo. Nesses momentos Giacomo gritava, sempre se surpreendia, e erguia a perna para o alto; Karl tentava às vezes responder com um pontapé, mas de modo geral tolerava tudo em silêncio. Tudo o que se passava dentro do pequeno compartimento, entranhado de fumaça mesmo com a janela aberta, esmorecia diante do que se podia ver do lado de fora.

No primeiro dia passaram por uma região de montanhas altas. Massas de pedra negro-azuladas aproximavam-se do trem em cunhas pontiagudas e mesmo quem se debruçasse para fora da janela em vão buscaria seus cumes; escuros e estreitos vales rasgados afloravam, podia-se descrever com o dedo a direção em que iam se perder; largos cursos d'água vindos das montanhas afluíam ligeiros em grandes ondas sobre o fundo acidentado e, arrastando consigo milhares de pequenas ondas de espuma, precipitavam-se por debaixo das pontes sobre as quais passava o trem, e estavam tão perto que o sopro de seu frescor fazia o rosto arrepiar.

Manuscrito de Franz Kafka para *O desaparecido*
(trecho do capítulo "— Levante! Levante! — gritou Robinson...",
reproduzido nas páginas 236 e 237 desta edição).

POSFÁCIO

Das (im)possibilidades de traduzir Kafka

Susana Kampff Lages

> "Vivo apenas aqui e ali numa palavrinha em cuja vogal, por
> exemplo, perco por um instante a minha cabeça inútil. A primeira e
> a última letra são princípio e fim de meu sentimento pisciforme."
>
> Franz Kafka

PRELIMINARES

No prólogo a sua tradução da *Metamorfose*, Jorge Luis Borges sublinhava a inconclusão como traço distintivo essencial dos romances kafkianos, opondo-se a uma parcela da crítica de sua época que lamentava nesses romances a falta dos capítulos "do meio". Pois é precisamente uma compreensão radical desse elemento de "inconclusão", de falta, em Kafka, que nos levou a resgatar, dos dois volumes que compõem a edição crítica de *O desaparecido*,[1] elementos excluídos do texto estabelecido no primeiro volume e incluídos apenas no volume do "aparato crítico-editorial". Além disso, incluímos também elementos do texto estabelecido por seu primeiro editor, Max Brod. Essa operação de recontaminação do original com as "sujeiras" do manuscrito kafkiano e de sua edição primeira vai, portanto, no sentido de resgatar algo que, como observou Borges, é essencial à arte de Kafka: sua fundamental inconclusão. Esse estado de inacabamento, em que Kafka deixou boa parte de sua obra, constitui uma contingência que acrescenta uma nova impossibilidade àquelas que Kafka afirmou constituírem o contexto de produção de seus escritos e que estão intimamente relacionadas à sua condição de judeu na Praga das primeiras décadas do século XX.

---

[1] *Der Verschollene*. Kritische Ausgabe, 2ª ed. Jost Schillemeit (ed.), Frankfurt am Main: Fischer, 1983, 2 vols. O primeiro volume contém o texto estabelecido editorialmente, o segundo traz o aparato crítico-editorial, incluindo trechos riscados por Kafka no manuscrito original.

Segundo ele, os judeus tinham de conviver com três impossibilidades: "a impossibilidade de não escrever, a impossibilidade de escrever em alemão, a impossibilidade de escrever de forma diferente". A essas três impossibilidades ele mesmo acrescenta uma quarta, que é a negação da primeira e uma súmula das três: a impossibilidade de escrever pura e simplesmente. Não era à toa que ele se referia a seus textos não como "obra" (*Werk*), nem mesmo como "literatura" (*Literatur*), mas sobretudo como *"meine Schrift"* (minha escrita/escritura) ou *"mein Gekritzel"* (meus rabiscos). Diante de tais textos, a própria tarefa do editor equivale à tarefa do tradutor. Porém, o que fazer diante de um original (no nosso caso, a edição crítica de 1983, trabalho louvável de um conjunto de especialistas) que — ironicamente e por necessidade de ofício — corta o manuscrito em dois, expulsando trechos riscados, variantes e inúmeras inconsistências para o segundo plano de um volume com aparato de notas editoriais — um *Apparatband*? É bem verdade que já se anuncia na Alemanha mais uma nova edição,[2] que pretende, com a introdução de uma "reescrita diplomática" [*diplomatische Umschrift*] — espécie de paráfrase descritiva de detalhes significativos do texto manuscrito — resgatar os aspectos indecidíveis, aporéticos, paradoxais da escrita de Kafka no local mesmo de seu engendramento (evito a palavra "origem", que remete a uma ideia demasiado estática) — isto é, pretende editar os textos tal como aparecem no manuscrito (em diferentes cadernos, onde se alternam registros autobiográficos e peças ficcionais curtas e longas), dando assim uma dimensão mais rica do *"work in progress"* kafkiano. Afinal, em se tratando de Franz Kafka, destino é proliferação e, inversamente, proliferação é destino. Portanto, paradoxalmente, só para nós, tradutores — escritores

---

[2] A *Historisch-Kritische Ausgabe sämtlicher Handschriften, Drucke und Typoskripte* [Edição histórico-crítica de todos os textos manuscritos, impressos e datilografados], em processo de publicação pela pequena mas prestigiosa editora Stroemfeld, de Frankfurt, a cargo de Roland Reuß e Peter Staengle. O texto referente a O *desaparecido* ainda não foi publicado no âmbito dessa edição, mas a proposta como um todo (a edição fac-similar de O *processo* já saiu) tem constituído motivo de calorosos debates nos círculos dos estudiosos, migrando em seguida para os suplementos culturais da mídia impressa de língua alemã. Sobre a questão da infinitude e das contradições internas das edições da obra Kafka, ver o interessante artigo de Mark M. Anderson: "Virtual Zion: The Promised Lands of the Kafka Critical Editions", de 2000, publicado no endereço www.kafka.org/essays/anderson.htm.

conscientes de nossa condição de imitadores —, há aquela esperança infinita que ao escritor permanece vedada.

Mas o momento em que essa esperança nos é facultada, é também o momento em que ela nos é subtraída, e somos obrigados a acrescentar uma ulterior impossibilidade além daquelas arroladas por Kafka: a impossibilidade de traduzir Kafka. Como inevitável desdobramento das outras impossibilidades e indício de uma ligação ao mesmo tempo umbilical e desde sempre fraturada entre o texto traduzido e aquele outro texto que o engendrou, o assim chamado original,[3] o problema da tradução em Kafka se liga de modo singular àquilo que o escritor dispôs sobre sua obra em comunicação escrita (e oral) ao amigo Max Brod. Kafka deixou dois breves bilhetes a Brod, em que expressava o seu "último desejo". Não por acaso desdobrado em *dois* textos diferentes, o último desejo de Kafka, por assim dizer, institui, *a posteriori*, a grande aporia sobre a qual repousa a sua escrita.[4]

Primeiro bilhete

"Caríssimo Max, meu último pedido: queimar completamente, sem ler, tudo o que se encontrar no meu espólio (o que estiver, portanto, em caixas de livros, guarda-roupas, escrivaninhas em casa ou no escritório, ou em qualquer lugar para onde algo se tenha extraviado e chame a sua atenção) em termos de diários, manuscritos, cartas, de outros ou de meu próprio punho, desenhos, etc., bem como todas as coisas escritas ou dese-

---

[3] Sigo de perto as reflexões de Cynthia Ozick num dos mais belos e percucientes ensaios sobre a obra de Kafka e suas traduções. Ver Ozick, "The impossibility of being Kafka", *New Yorker*, 11/1/1999, pp. 82-4.

[4] Brod relata que Kafka já havia antecipado em vida, verbalmente, o seu "último desejo" e afirma ter declarado peremptoriamente não estar disposto a atender a esse tipo de determinação por parte do amigo. Ou seja, Kafka sabia perfeitamente que Brod não destruiria os seus manuscritos. Sobre as implicações e o caráter aporético desssa duplicidade, além de suas consequências para a edição dos textos kafkianos, ver Reuß, "~~Lesen, was gestrichen wurde~~. Für eine historisch-kritische Kafka-Ausgabe" [~~Ler o que foi riscado~~. Por uma edição histórico-crítica de Kafka], *in* Reuß e Staengle (orgs.), *Franz Kafka. Historisch-Kritische Ausgabe sämtlicher Handschriften, Drucke und Typoskripte*, Basel/Frankfurt am Main: Stroemfeld, 1995, vol. introd., pp. 9-24.

nhadas que você ou outras pessoas, que você deverá solicitar nesse sentido, possuírem. Devem ao menos comprometer-se a queimar as cartas que não quiserem entregar a você.

Seu

Franz Kafka"

Ora, a determinação de destruir *sem ler* o que quer que Brod encontrasse torna-se impossível de cumprir no exato momento em que o amigo encontra na escrivaninha de Kafka (local, aliás, nada secundário como enfatiza Reuß) bilhetes dobrados, os abre e lê. Mas é só ao *ler* os bilhetes que Brod se vê confrontado com o último desejo de Kafka enquanto passível de legitimação jurídica (lembremos que Kafka era jurista de formação e profissão). Mas no momento mesmo em que toma conhecimento desse último desejo, ao ler o bilhete, ele já está deixando de realizá-lo, indo contra a vontade do amigo morto — seguindo exatamente a conduta que havia comunicado verbalmente a Kafka, quando este lhe falara, certa vez antes de falecer, a respeito de sua intenção. (Em defesa de Brod, Walter Benjamin denominou seu ato de preservação dos textos como uma "fidelidade contra Kafka".)

A simples existência de *dois* bilhetes para expressar *um* "último desejo" contribui para questionar a autoridade e o próprio teor desses textos, radicalizando a dimensão de duplo vínculo, de *double bind*, presente desde o primeiro bilhete. Além disso, no segundo bilhete, o pedido que Kafka dirige a Brod é redigido de modo mais prolixo e ambíguo:

Segundo bilhete

"Caro Max, desta feita eu talvez realmente não me levante mais, depois de um mês de febre pulmonar é suficientemente provável que chegue a pneumonia e nem mesmo o fato de eu registrar isso por escrito será capaz de afastá-la, embora tenha lá um certo poder.

Neste caso, portanto, eis o meu último desejo com relação a tudo o que escrevi:

De tudo o que foi escrito por mim valem apenas os livros: Veredicto, Foguista, Metamorfose, Colônia penal, Médico rural e o conto: "Artista da fome". (Aqueles dois ou três exemplares de "Contemplação" podem ficar, não quero dar a ninguém o trabalho de ficar amassando papel, mas nada de seu conteúdo deve ser reimpresso.) Quando eu digo que aqueles 5 livros e o conto têm validade, não quero dizer que tenho o desejo de que sejam reimpressos e deixados para épocas futuras; ao contrário, eles devem se perder por completo, é o que corresponde a meu verdadeiro desejo. Só que, como eles já existem, eu não vou impedir ninguém de conservá-los se tiver vontade.

No entanto, tudo o mais que existir em forma escrita (impresso em revistas, em manuscritos ou em cartas) deve ser queimado sem exceção, na medida em que for localizável ou puder ser obtido por meio de solicitação aos destinatários (você conhece a maioria deles, trata-se principalmente da senhora Felice M., senhora Julie Wohryzek [nome de solteira] e a senhora Milena Pollak; não esqueça sobretudo daqueles cadernos que estão com a senhora Pollak) — tudo isso, sem qualquer exceção, deve ser queimado, de preferência sem ser lido (embora eu não o impeça de dar uma passada de olhos, eu preferiria que não o fizesse; seja como for, nenhuma outra pessoa deve ver este material) e eu lhe peço que faça isto o mais rápido possível.

Franz"

O *double bind* instaurado com o último desejo de Kafka e expresso em dois textos que em parte não só se contradizem, mas colocam Max Brod e, por extensão, o leitor de Kafka em geral diante da impossibilidade de sua realização, se desdobra, por sua vez, a partir de dois outros duplos vínculos: por um lado, e talvez o mais determinante, está o vínculo particular de Kafka com a tradição judaica; por outro, e de modo suplementar ao anterior, sua relação singular com a leitura e a literatura. A tradição judaica se nutre e sobrevive a partir da tensão entre a extrema imobilidade da letra, do corpo escrito de sua tradição (segundo um *Midrash*, texto interpretativo da Torá, não se pode alterar uma única letra sua sob pena de se alterar com isso todo o texto), e a infinitude da interpretação, que permite que, ao lado de regras rígidas de preservação física do texto, conviva uma liberdade interpretativa inigualável na tradição ocidental. Ora, essa tensão é a mesma que alimenta a tarefa do tradutor, a quem é simultaneamente imperativo e impossível atender à demanda de simbiose do original, situado que está num paradigmático lugar de *double bind* dentro da tradição: reproduzir o mesmo texto numa outra língua. O tradutor, como o crítico, é o leitor por excelência da literatura e, sobretudo, daquilo que Goethe denominou *Weltliteratur*, a literatura universal. E é nessa condição que sua figura se inscreve no horizonte visado pelo último desejo de Franz Kafka, expresso em dois bilhetes, cuja existência pressupõe o leitor, mas cujo teor o imobiliza e intriga. Se é imperativo para o tradutor identificar-se com o texto que lê (mas ao ler, já perdeu toda a inocência, e torna-se impossível uma tal identificação absoluta), essa identificação é desde sempre fraturada, como expressou Walter Benjamin numa bela imagem, não por acaso extraída da cabala luriânica: "Assim como os cacos de um vaso, para poderem ser recompostos, devem seguir-se uns aos outros nos menores detalhes, mas sem se igualarem, a tradução deve, em vez de procurar assemelhar-se ao sentido do original, reconfigurar em sua própria língua, amorosamente, chegando até aos mínimos detalhes, o modo de designar do original, fazendo assim com que ambos [original e tradução] sejam reconhecidos como fragmentos de uma língua maior, como cacos são fragmentos de um vaso".[5]

Nesse sentido, pois, a presente tradução não se quer senão como fragmento de um fragmento, radicalmente inconclusa, e nisso dá testemunho de sua particular fidelidade a Kafka, que é também sua particular "fidelidade contra Kafka". Acabada somente como tentativa de escapar ao risco que Benjamin designou como "monstruoso perigo originário de toda tradução: que se fechem as portas de uma língua tão dominada e expandida, encerrando o tradutor no silêncio",[6] essa versão do texto kafkiano para o português ensaiou transmitir a imagem de um outro Kafka, menos metafísico, mais metalinguístico e metaliterário — um Kafka enigmaticamente crítico, absolutamente moderno.

* * *

O desaparecido ou *Amerika*, como ficou conhecida esta obra de Franz Kafka, conforme o título dado pelo amigo e editor póstumo, Max Brod, é um romance inacabado, ou melhor, é um fragmento de romance. Concebido na primavera de 1912, é composto por fragmentos de uma histó-

---

[5] Cf. minha tradução "A tarefa-renúncia do tradutor", *in* W. Heidermann, *Clássicos da teoria da tradução*, Florianópolis, UFSC/Núcleo de Tradução, 2001, vol. I, pp. 206-7.

[6] *Idem*, pp. 212-3.

ria que se queria — nas palavras do próprio Kafka — dickensiana, ou seja, inspirada num exemplar do tradicional modelo do romance realista, por um lado, e por outro, uma história "projetada para o infinito".

Nela, um jovem, seduzido por uma empregada que vem a ter um filho seu, é forçado pelos pais a emigrar para a América. Entretanto, à diferença de protagonistas de Dickens como David Copperfield e Oliver Twist,[7] a trajetória de Karl Rossmann descreve uma clara linha descendente: há, logo de início, referência a um contexto passado, anterior à ação do romance, em que o protagonista encontrava-se socialmente integrado. Essa situação se altera em consequência de um episódio de sedução, referido em um aposto introduzido logo na primeira frase e que desencadeia a expulsão de Karl pelos pais e sua emigração forçada. Ao iniciar a leitura, encontramos Karl, pois, cheio de expectativa, a bordo do navio que entra no porto de Nova York. À medida que os eventos se sucedem, porém, a sorte do protagonista vai se modificando numa linha que parte do conforto da casa burguesa do tio Jakob, senador da república americana, e, passando por vários episódios que repetem a oposição "abrigo-interioridade-familiaridade-socialidade x abandono-exterioridade-estranheza-associalidade", vai acabar num ambiente social degradado como acompanhante e criado de Brunelda, representante grotesca do mais antigo ramo profissional feminino, de uma corpulência felliniana *avant la lettre,* como observou Décio Pignatari.[8] Mas acaba aí a linha que deveria conferir unidade romanesca ao texto kafkiano: a história literalmente não tem fim; ela continua em fragmentos que se acrescentam ao conjunto relativamente uniforme dos primeiros capítulos. O romance vai se encaminhando para um fim sempre adiado e subtraído ao leitor. Não por acaso é justamente na parte final que se encontram as maiores diferenças estruturais entre a edição composta por Max Brod (em 1927) e a nova edição crítica do romance, de 1983. Kafka, talvez à revelia de suas próprias intenções, deixou esse romance inacabado, desprovido de um fim que lhe conferisse uma feição totalizante de tipo realista (Lukács, que não por acaso depreciou a obra kafkiana, definiu como traço distintivo do romance realista sua "*Ge-*

---

[7] Outro romance de Dickens, *Great Expectations* [Grandes esperanças], também apresenta semelhanças com o "romance americano" de Kafka.

[8] Décio Pignatari, "Kafka e a América", *in Letras, artes, mídia,* São Paulo, Globo, 1999, pp. 21-3.

sinnung zur Totalität", sua orientação para a totalidade). Além do modelo do tradicional romance realista, de matiz dickensiano, Kafka utilizou como fontes documentais relatos de viagem como os de Arthur Holitscher e Frantisek Soukup, que serviram de matéria bruta para a composição do romance. A crítica especializada já apontou a importância dessas fontes e, sobretudo, o caráter poeticamente singular da reelaboração efetuada por Kafka a partir delas. Importa, por isso mesmo, verificar não tanto as coincidências entre os relatos de viagem e o romance kafkiano mas as diferenças entre eles — a singularidade do trabalho criativo do escritor, o momento necessário em que toda obra verdadeiramente literária funde o plano da *mimesis* com o da *poiesis,* o plano geral da representação com o plano singular da criação.[9]

Qual seria então a singularidade poética do romance americano de Kafka? Em que medida esse romance-fragmento ou fragmento de romance pode ainda ser circunscrito pelo *termo* romance, caracterizando uma obra que possui unidade e organicidade, com o intuito de apresentar um recorte verossímil do real? Na fortuna crítica kafkiana, utilizou-se muitas vezes a caracterização de "surreal" para a sua literatura. Para Giuliano Baioni, a primeira descrição do tráfego urbano, feita no segundo capítulo do romance, apresenta

> "uma América cubista, construtivista ou, se se quiser, espectralmente expressionista, na qual a um grau extremo de geometricidade e de perfeição mecânica corresponde um grau igualmente extremo de caoticidade e de confusão. Nesse sentido, um quadro moderníssimo no qual o cubismo das formas e a decomposição futurista da luz no dinamismo de cristais fulgurantes vão lado a lado com o caos de um mundo de figuras humanas deformadas [...]"[10]

Baioni enfatiza que ao descrever o movimento, o tráfego, Kafka chega a um dinamismo tão vertiginoso que paradoxalmente causa a impressão

---

[9] Cf. H.-P. Rüsing, "Quellenforschung als Interpretation: Holitschers und Soukups Reiseberichte über Amerika und Kafkas Roman *Der Verschollene*" [Pesquisa de fontes como interpretação: os relatos de viagem de Holitscher e de Soukup e o romance *O desaparecido* de Kafka], p. 2.

[10] G. Baioni, "America", *in Kafka: romanzo e parabola*, pp. 107-8.

de um quadro estático. Esse dinamismo da descrição corresponde a uma tal dinamização das ações no tempo que elas parecem momentaneamente petrificadas, como salienta também Beda Allemann,[11] que cunhou a expressão "ofensiva inerte" (*stehender Sturmlauf*) para caracterizar a típica tensão entre movimento e paralisia na obra de Kafka. De fato, uma nova visão do tempo irá configurar a estrutura narrativa de uma série de romances da modernidade, como *Em busca do tempo perdido*, de Proust, ou *A montanha mágica*, de Thomas Mann. O romance moderno se caracteriza por permitir que os processos temporais influam na caracterização dos personagens e, sobretudo, na visão que transmitem da realidade por eles vivenciada. Dessa forma, a figura do narrador muda de perfil: o romance do século XX irá levar ao paroxismo a estratificação da matéria narrada em camadas temporais, recurso que ocasiona também uma prismatização do narrado e dos personagens, numa espécie de espacialização da temporalidade que mimetiza o caráter espacial da própria memória.[12] Com isso, altera-se a função do espaço dentro na narrativa, que deixa de ser pano de fundo, cenário da ação. Isso ocorre de modo muito peculiar na narrativa de Kafka, cujo tratamento do tempo diverge daquele de Proust e Mann, operando uma expulsão do passado e do futuro para fora do tempo narrado. Dessa expulsão resulta um remanejamento do elemento espacial da narrativa, que se manifesta sobretudo na explicitação de uma dimensão metalinguística, autorreferencial e metaliterária da obra, que funciona como motor de uma moderna arte da memória literária.[13]

Essa autorreferencialidade, sem dúvida afim ao gênero romanesco, está fundada sobre o reconhecimento do caráter eminentemente duplo, cindido, da consciência moderna. *O desaparecido* remete não apenas ao

---

[11] B. Allemann, "Stehender Sturmlauf", *in Zeit und Geschichte im Werk Kafkas* [Tempo e história na obra de Kafka], pp. 15-36.

[12] A "arte da memória", central para o pensamento da Renascença que a recuperou da mnemotécnica antiga, baseava-se na disposição dos objetos memoráveis no interior de uma determinada estrutura espacial. As metáforas utilizadas para descrever a memória não apenas possuem um caráter espacial, como remetem aos objetos envolvidos no processo do registro escrito (tabuleta de cera, armário com escaninhos etc.), sublinhando a ligação fundamental entre memória e escrita.

[13] H.-T. Lehmann escreveu um belo artigo sobre o aspecto autorreferencial e metaliterário do conjunto da obra kafkiana: "Der buchstäbliche Körper. Zur Selbsinszenierung der Literatur bei Kafka" [O corpo literal. A autoencenação da literatura em Kafka], *in* Kurz, *Der junge Kafka* [O jovem Kafka], p. 213-41.

romance realista do século XIX, com as figuras de Dickens e Kleist como precursores imediatos e assumidos (e Kafka reconhece o caráter epigonal de sua escrita, quando se refere ao "romance americano"), mas também ao romance *tout court*; ao romance como gênero adequado à representação de um mundo do qual o sujeito se exilou num movimento de interiorização e autoespelhamento, por um lado, e de distância crítica, por outro. É precisamente essa oscilação entre dois polos mutuamente determinantes, ainda que excludentes, que permeia todo o texto. Mas *O desaparecido* não é um romance e sim um fragmento de romance, escrito sob o signo de inversões e duplicidades, introduzindo uma fissura na própria definição de romance enquanto gênero. Entre outros deslocamentos, *O desaparecido* se constitui enquanto instável e frustrado desdobramento de seu primeiro capítulo, "O foguista", este sim, considerado um texto acabado pelo autor. Ora, a narrativa kafkiana é, como apontou Walter Benjamin, produto de um desdobramento em duplo sentido: natural (como o botão se desdobra em flor) e artificial (como uma folha de papel tem suas dobras desfeitas, abrindo sua significação ao leitor). Mais recentemente, Jacques Derrida examinou, também em termos do desdobramento fragmento-obra, a relação inextricável entre a parábola "Diante da lei", sua versão enxertada n'*O processo* e o próprio romance *O processo*, como paradigma de constituição interna da escrita kafkiana.[14]

O romance é o gênero das duplicidades por excelência. *O desaparecido* dialoga com subgêneros dentro do gênero: com o romance picaresco, originalmente de tradição espanhola, próximo das próprias origens, e com o romance de formação por excelência, o *Wilhelm Meister* de Goethe, num movimento que evidencia uma tensão entre a própria tradição, familiar, de língua alemã, e tradições estrangeiras. Contudo, tanto o romance picaresco quanto o romance de formação descrevem a trajetória do protagonista de forma a chegar a um momento de conciliação ou resolução da intriga. Tanto num quanto noutro, pressupõe-se um desenvolvimento positivo do protagonista a partir das experiências vivenciadas ao longo do relato. Ao final, o sujeito modificou-se para melhor, tornou-se mais sábio ou esperto, de alguma forma mais humano, humanizado. A

---

[14] W. Benjamin, "Franz Kafka. A propósito do décimo aniversário de sua morte", *in Magia e técnica. Arte e política*, pp. 147-8; e J. Derrida, "Préjugés, devant la loi" *in* Derrida *et al., La faculté de juger*, pp. 130-9.

curva descrita pela evolução da personagem é, pois, ascendente. Não é o que ocorre no romance kafkiano, em particular em O *desaparecido*. Nesse sentido, ele segue uma linha fundada por Flaubert num romance venerado por Kafka, *A educação sentimental*, no qual o protagonista passa por um processo de desilusão progressivo. A linha descrita pelo protagonista kafkiano é, pois, como vimos, uma linha descendente. Mas essa descida não se dá apenas num movimento interno à pirâmide social, de um *status* social mais alto para um mais baixo. Ela é uma decadência generalizada do protagonista enquanto ser humano — a crítica tende a sublinhar o percurso de Karl Rossmann como uma queda, uma espécie de "degeneração" (e aí o próprio romance poderia ser lido como "degenerado", ou seja, como alteração negativa ou má de seu próprio gênero — daí talvez alguns elementos de sua estranha comicidade). Se no início do romance Karl Rossmann nos é apresentado pelo narrador com nome e sobrenome, ao final, ele renega essa identidade familiar. No famoso fragmento [2] — denominado por Brod de "O Teatro Natural de Oklahoma" e colocado como capítulo final de sua edição — Karl vai buscar trabalho como ator numa enorme trupe de teatro, e assume um apelido que o identifica de modo extremamente complexo e sutil às minorias etnoculturais: *Negro* (ingl.), palavra em lugar da qual estava, no manuscrito, um anagrama: o nome de origem judaica *Leo*, eliminado. Por sua vez, Leo é anagrama da palavra *Oel* (al.), óleo, que remete ao topônimo Oklahoma/Oklahoma, lugar da corrida pelo petróleo (o "óleo negro"), e constitui também um fragmento anagramático do sobrenome de família de sua mãe, Julie Löwy (*Löwy* = *Loewy*). A rede anagramática neste capítulo é densíssima e interliga diversos elementos de caráter textual (nomes, histórias, notícias de jornal) com elementos da biografia pessoal e familiar de Kafka.[15]

A dissipação da subjetividade no nome tem como correlato uma dispersão no espaço, no fragmento final em que o protagonista inicia a sua nova jornada para o interior da vasta América. Desta vez, é o começo de uma viagem, de trem, que fecha a história, efetuando uma inversão que

---

[15] Não podemos aqui seguir em detalhe os anagramas kafkianos presentes no texto. Para o leitor interessado, ver o estudo de S. Benninghof-Lühl, "Das Theater im Namen: Franz Kafkas 'Teater von Oklahoma'" [O teatro no nome: o "Theatro de Oklahoma" de Franz Kafka], pp. 6-11.

remete ao esquema da história dentro da história: no início de *O desaparecido*, Karl chegara ao fim de uma travessia oceânica e encontrava-se diante de novas aventuras (ou desventuras, melhor dizendo), novas viagens; agora, diante dele ergue-se imponente a natureza, numa contrapartida à espada plantada na Estátua da Liberdade em lugar da tocha no começo do romance:

> "No primeiro dia passaram por uma região de montanhas altas. Massas de pedra negro-azuladas aproximavam-se do trem em cunhas pontiagudas e mesmo quem se debruçasse para fora da janela em vão buscaria seus cumes; escuros e estreitos vales rasgados afloravam, podia-se descrever com o dedo a direção em que iam se perder; largos cursos d'água vindos das montanhas afluíam ligeiros em grandes ondas sobre o fundo acidentado e, arrastando consigo milhares de pequenas ondas de espuma, precipitavam-se por debaixo das pontes por sobre as quais passava o trem, e estavam tão perto que o sopro de seu frescor fazia o rosto arrepiar."

À diferença do romance tradicional, onde a natureza sublinha, contextualiza simbolicamente a ação romanesca, aqui ela invade dramaticamente a cena, toma o lugar de protagonista *e* cenário da ação. Como muitas vezes ocorre na obra de Kafka, a natureza toma o lugar do humano e mostra assim sua inumanidade, seu confim extremo, frio e inominável — a morte. A morte, protagonista presente-ausente, anunciada desde o título (em alemão, alguém é dito *desaparecido* [*verschollen*] quando não emite mais sinais vitais), aparece apenas como alusão, como um *understatement*. Figura por excelência da língua inglesa, o *understatement* em alemão se traduz por *Untertreibung* (minimização), uma palavra composta pela preposição *unter* (embaixo ou para baixo) e pelo substantivo derivado do verbo *treiben* (pôr em movimento, empurrar). *Der Verschollene*, *O desaparecido* — aquele que não emite mais sinais vitais e, portanto, é *dado como morto*, sendo assim um morto de corpo ausente e sem sepultamento.

DESDOBRAMENTOS

AMBIGUIDADES DA LETRA

O jogo das duplicidades, aliado ao movimento autorreferencial do texto, contamina a escrita nos seus aspectos materiais, pondo em evidência seu caráter lúdico e irônico. A viagem do protagonista Karl Rossmann à América corresponde a uma viagem no interior da linguagem, mais especificamente, da escrita alfabética — de "A" a "O" — de alfa a ômega: Karl Rossmann (no próprio nome há essa contraposição de letras) começa sua trajetória ao desembarcar na América, passa por várias estações de "os" (caixa-mor, camareiro-mor, cozinheira-mor, porteiro-mor [al. *Oberkassierer*, *Oberkellner*, *Oberköchin*, *Oberportier*] — sendo a palavra "mor" em português uma corruptela de "maior", palavra que por sua vez também contém as duas letras fundamentais "a" e "o"), até se encaminhar para o Theatro de Oklahama, passando pela casa do tio (Onkel, em alemão).[16] Além disso, ao subtrairmos os dois "s" do sobrenome Roßmann (al.)[17] aparece a palavra *Roman*, isto é, a palavra alemã para "romance". Ou seja, estamos diante de um romance em cuja origem está uma mutilação imbricada no próprio nome do personagem. Mutilado, ou pelo menos deformado, também está o topônimo Oklahoma, grafado Oklahama, com base no registro igualmente errado constante do relato de Holitscher. Embora a mutilação seja absolutamente não intencional (Kafka apenas copiou um erro que já estava em sua fonte), ela é sem dúvida significativa, uma vez que as duas grafias da palavra apresentam um contraponto de vogais (a-o/ a-a), sendo que a reduplicação da vogal "a" em Kafka aparece de forma recorrente como desdobramento especular do seu próprio nome, como veremos a seguir.

---

[16] Cf. D. Kremer, "Verschollen. Gegenwärtig. Franz Kafkas Roman *Der Verschollene*" [Desaparecido. Presente. O romance *O desaparecido* de Franz Kafka], pp. 240-1.

[17] Kafka não utilizava a letra gótica ß, utilizada até hoje em alemão, substituindo-a pelos dois "s", ou seja, explicitando a duplicidade da letra. Uma das contradições da edição crítica de 1983 é o uso desta letra gótica, apesar da intenção declarada de manter idiossincrasias da escrita kafkiana (como a manutenção, por exemplo, da grafia *Teater* para *Theater* — que resolvemos inverter na tradução para o português, optando por acrescentar a letra "h" para criar o mesmo efeito de estranhamento).

O sobrenome do protagonista encerra uma adicional duplicidade: Rossmann, em alemão, é homem-cavalo (uma tradução do sobrenome por "Cavalheiro" daria em parte conta dessa duplicidade, mas reverberaria um preciosismo inadequado dentro da presente interpretação da escrita kafkiana). Certamente, homem-cavalo não será designação casual numa narrativa que inclui, na trajetória de formação do protagonista, o aprendizado da equitação como paralelo ao aprendizado da língua estrangeira que lhe serve para se comunicar no novo ambiente. Para não falar nas inúmeras outras referências à duplicidade homem/animal e especificamente à duplicidade homem/cavalo em outros textos de Kafka, que remete, por sua vez, à figura mitológica do centauro, com as implicações eróticas que seu parentesco com os sátiros comporta. Nesse sentido, o par homem/cavalo é homólogo de outra relação que não escapa a uma leitura mais atenta de outros textos de Kafka, inclusive, como já detectou um crítico sensível como Detlef Kremer,[18] a relação entre o escrever e o cavalgar como eventos semióticos que se entrecitam e que ligam o desejo em relação às mulheres com um narcisismo literário que se satisfaz no processo mesmo de escrever. A relação entre desejo, sexualidade e escrita autorreferencial está igualmente inscrita no sobrenome Kafka, pois *kavka*, "gralha", também pode significar "prostituta", que em tcheco é designada pela palavra *Kalla* (sobrenome da família que aparece no Theatro de Oklahama) e em alemão, *Hure* (puta), palavras nas quais reverberam, respectivamente, a palavra espanhola *calle* e a francesa *rue*.

Mesmo a famosa deformação kafkiana da "estátua da deusa da liberdade" — a retirada da tocha e colocação em seu lugar de uma espada — é expressão sobretudo de um gesto autorreferencial do escritor e sem dúvida fálico,[19] e não apenas mais uma alegorização do poder ou da justiça. Evidentemente esta última leitura não pode ser descartada e faz sentido dentro da dramática trajetória do protagonista, na qual ele se vê su-

---

[18] D. Kremer, *op. cit.*, p. 248.

[19] Kremer vê a espada enquanto objeto de cena, espécie de indicador metalinguístico, que aponta fundamentalmente para a escrita e seu contexto. Na narrativa "O novo advogado", a espada real não serve para nada senão para indicar a direção da escrivaninha e dos livros. Em "Uma página antiga", um grupo de nômades a cavalo ocupados em afiar a lâmina de suas espadas fala uma língua incompreensível para o narrador, uma língua que se parece com gritos de *gralhas*, sendo gralha a tradução do sobrenome Kafka. Cf. D. Kremer, *op. cit.*, pp. 246-7 (grifo meu).

cessivamente incriminado por delitos dos quais não tem consciência, numa linha de culpa e expiação que remonta à prosa de Dostoiévski (aludida no nome de um personagem que aparece no primeiro capítulo, Feodor), e que deixará marcas ainda mais radicais em O processo e O castelo.

ESCRITA HIPERBÓLICA — HIPÉRBOLE DA ESCRITA

A autotematização do processo de escrever como processo que, tendo em vista a competição com outros meios de comunicação que não a escrita impressa, procura definir seu campo como o da autorreferencialidade, é uma constante desde as primeiras páginas do romance. Esse movimento se estende ao longo da narrativa e passa pela descrição do interesse do protagonista pela técnica, tecnologia (*Technik*) e sobretudo por diferentes tecnologias da comunicação que remetem em diferentes momentos à representação, à encenação do próprio ato de escrever. Nesse sentido, é significativo que o tema da escrita se imbrique ao da representação teatral, um tema forte na tradição romanesca, em particular no *Wilhelm Meister* de Goethe, obra paradigmática para Kafka. Entretanto, enquanto em Goethe e na tradição romanesca anterior se tratava de representar sobretudo o teatro do mundo, em Kafka se trata também da representação de um teatro do eu, ou do ego.[20] Representação de um ego desde o início alienado de si mesmo.

Nesse sentido, a América de Kafka é a imagem hiperbólica dos novos meios de comunicação e da alienação do indivíduo que quanto mais procura contato, mais se distancia de uma genuína forma de comunicação humana. É o paraíso da comunicação rápida, da aceleração, do movimento constante. Karl Rossmann é, em mais de um sentido, um ser em trânsito. Mas as hiperbólicas hierarquias da América de Kafka — esses amplos espaços pré-pós-modernos que são a casa e a empresa do tio, a casa de campo de Pollunder, o Hotel occidental, o hipódromo onde se encontra a trupe teatral — também são círculos do inferno, pois lugares da culpa e

---

[20] Não se pode deixar de registrar aqui que a relação de Kafka com a psicanálise era altamente problemática e não se deixa apreender em termos meramente "explicativos". Kafka conhecia a teoria freudiana e sua relação com ela deve ser vista como uma apropriação literária. Cf. H. Anz, "Umwege zum Tode. Zur Stellung der Psychoanalyse im Werk Franz Kafkas", *in* K. Bohnen, S.-A. Joergensen e F. Schmöe, *Literatur und Psychoanalyse*, Munique, Wilhelm Fink, 1981.

da impossibilidade de sua expiação, portanto, de uma condenação. E, de um modo que anuncia o desenho dos grandes textos posteriores, *O processo* e *O castelo*, o inferno se mostra sobretudo como labirinto a que se chega num gradativo movimento descendente. Labirinto como emblema da desorientação e da errância do protagonista — o seu caminhar para longe do Oriente, Europa, para o extremo e ambíguo Ocidente que é a América, sendo patente na trajetória do protagonista o eixo leste-oeste que a perpassa;[21] descida gradativa, ou seja, por degraus,[22] cumprimento de etapas na hierarquia do mundo administrado da qual o hiperbólico Hotel occidental, com seus mais de trinta elevadores e quinhentos quartos, é figuração máxima, mundo em que processos mecânicos de comunicação e deslocamento que substituem o contato humano e geram a autoalienação do protagonista são plasmados em cenas memoráveis nas quais o trânsito de pessoas e mensagens não é retratado de modo realista, mas hiper-realista (ou surrealista, ou expressionista, como enfatizou a crítica).

Se o ser humano está alienado porque o trabalho realizado dentro de uma estrutura capitalista o desumaniza, transformando-o em animal ou peça de uma engrenagem, essa alienação reaparece fantasmaticamente no seio da família burguesa e transforma as demandas do desejo em moeda de troca da circulação, não mais do dinheiro, que no entanto permanece como paradigma, mas dos afetos.[23] Mas aqui é preciso recordar também que a condição básica do alienado está entranhada na língua: *Entfremdung*, a palavra alemã para alienação, inclui uma palavra fundamental não só na cultura alemã em geral, mas especificamente na cultura alemã da modernidade — dessa modernidade fundada pelo poeta-filósofo Friedrich Hölderlin e pelo filósofo-poeta Friedrich Nietzsche. Ora, a palavra

---

[21] Há inúmeras alusões a esse eixo ao longo do texto. Na tradução procurei recobrar esses planos alusivos por uma espécie de redistribuição constelar de alusões. Por exemplo: no início do último capítulo, traduzi "Auf! Auf!" por "Levante! Levante!", levando em conta a possibilidade de a palavra "levante" significar "nascente", e enfatizando assim a forte linha Oriente-Ocidente que se inscreve em todo o texto e também a alusão ao nascer do sol presente na passagem. Também a manutenção dos dois "c" e da inicial minúscula na grafia do nome do hotel aponta para essa duplicidade.

[22] A imagem da escada e dos degraus é muito presente na tradição judaica. Segundo um *Midrash*, "Deus está sentado e constrói escadas" (S. J. Agnon, "Ascensão e queda", *in Novelas de Jerusalém*, São Paulo, Perspectiva, 1967, p. 61).

[23] Cf. J. Vogl, "Wüstenwege", *in Ort der Gewalt. Kafkas literarische Ethik*, pp. 132-47.

Entfremdung é composta pela palavra "fremd" — alheio, estranho, estrangeiro, forasteiro — e pelo prefixo "ent-", que confere o sentido de privação, desligamento etc. Sob o impacto da poesia de Friedrich Hölderlin, a tradição cultural alemã foi obrigada a repensar a sua relação com o estrangeiro.[24] E sob o impacto da auto-observação do sujeito, no limite das possibilidades da descrição desse processo por meio da linguagem em Nietzsche, Kafka e seus contemporâneos expressionistas, como o poeta Gottfried Benn, tiveram de resistir apoiando-se na sua própria relação singular com a língua.[25] Em certo sentido, Franz Kafka retoma na prosa em língua alemã o gesto poético hölderliniano e o gesto filosófico nietzschiano e os submete a um sutil deslocamento: Kafka não foi tradutor dos antigos, mas toda a sua obra pode ser vista como correlata de uma monstruosa tarefa do tradutor. Tradutor, porém, de um original desaparecido, um original que se perdeu porque, no seu essencial desejo de acabamento, não fala mais à sensibilidade moderna (pós-moderna?). E *O desaparecido* não deixa de ser um romance em que não só a ideia do estrangeiro (*der Fremde*), mas também a de estranheza ou estrangeiridade (*die Fremde*) se desdobram do plano geral da composição chegando a níveis menores da arquitetura linguística do texto. Não por acaso o processo de aprendizagem de Karl Rossmann no Novo Mundo passa explicitamente pelo aprendizado da língua estrangeira, do inglês, e equivale a um renascimento. Com isso, a língua de partida se cruza com a língua de chegada num processo irremediável de contaminação. Kafka joga permanentemente com a duplicidade linguística aí implicada: muitas das inconsistências na grafia da palavra New York (Nova York) — *Nework, Neyort* — podem ser lidas como resultado desse jogo interlinguístico, e também como indicadores autorreferenciais do romance (*Nework* aparece quando o romance discorre sobre o novo trabalho de Karl; *Neyort* [al. *Ort*: lugar], quando ele está num lugar diferente, novo).

---

[24] Cf. o belo livro de Berman, *A prova do estrangeiro: cultura e tradução na Alemanha romântica*, São Paulo, Edusc, 2002.

[25] Em sua leitura de *O desaparecido*, Ralf Nicolai chama atenção para as ligações, virtuais "pontes" entre o texto de Kafka e o texto nietzschiano. Cf. Nicolai, "Einführung" [Introdução], *in Kafkas Amerika-Roman Der Verschollene. Motive und Gestalten* [O romance sobre a América de Kafka: *O desaparecido*. Temas e figuras], pp. 11-20. Também o bonito livro de D. Stimilli, *Fisionomia di Kafka*, acompanha os percursos kierkegaardianos, schopenhauerianos e, sobretudo, nietzschianos do texto de Kafka.

RECADOS DO NOME

Da mesma forma, os nomes dos dois vagabundos a quem o personagem Karl Rossmann se associa no seu périplo pela América — o detestado e prepotente francês Delamarche e o submisso mas simpático irlandês Robinson — encerram não apenas a referência a *duas* línguas, o inglês e o francês, mas também são indícios metalinguísticos e metaliterários: o nome Delamarche ("da marcha") alude à caminhada que fazem os três em direção a essa cidade mítica que é Ramses (nesse nome, por sua vez, a alusão bíblica convoca imediatamente o exílio e a errância do povo judeu e, com isso, o tema do judeu errante que perpassa a obra de Kafka), sendo o nome Robinson evidente referência ao romance *Robinson Crusoé*.[26]

Outro aspecto importante da escrita kafkiana que se manifesta nos nomes dos personagens é sua autorreferencialidade, intimamente vinculada à consciência que tem Kafka da dimensão narcísica de sua escrita, em particular, e de toda escrita em geral. Esse narcisismo autorreferencial (aqui, como em outro lugar, a inversão é literalmente jogo de espelho, como já havia observado Walter Benjamin em um de seus ensaios sobre Kafka) se manifesta no plano da linguagem nas inúmeras constelações autorreferenciais que Kafka dissemina pelo texto. A começar (e terminar) por seu próprio e mítico sobrenome *Kafka*, que — com duas letras que se repetem e uma terceira, *f*, que figura um corte, em espelho — se dissemina no nome de vários personagens: a letra k em *Karl*, *Mack* ou *Mak*, *Klara* (e seus desdobramentos em obras posteriores, *O processo* e *O castelo*); a repetição das vogais que ocorre nos nomes de *Klara* e *Mendel*. Pois, entre outras, a cena em que Karl conversa com o estudante Josef Mendel, seu vizinho de sacada no apartamento de Brunelda, que (como o escritor Franz Kafka) trabalha de dia e estuda, isto é, lê e escreve, à noite, é, como já apontou Jörg Wolfradt, um dos muitos espelhos que Kafka coloca no texto

---

[26] P. Citati sublinhou a homologia Karl-Pinocchio: nos dois vagabundos podemos também ver uma releitura dos dois malandros que desencaminham Pinocchio, protagonista desse verdadeiro romance de formação infantil que é o *Pinocchio* de Carlo Collodi, livro que está entre as leituras de Kafka. Não seria descabido acrescentar uma outra referência subjacente à relação entre os dois vagabundos entre si e entre eles e sua patroa, Brunelda: a dialética hegeliana do senhor e do escravo; sem dúvida, numa versão muito irônica. Cf. Citati, *Kafka. Viaggio nelle profondità di un'anima*, p. 79. A leitura da dupla de malandros sob o ponto de vista do tema do duplo na literatura é fascinante e foi já realizada por alguns estudiosos de Kafka. Cf. Stimilli, *op. cit.*, p. 24, n. 16.

para contemplar a si mesmo: retrato do escritor quando escreve. Também a cidade de São Francisco, grafada no manuscrito San Franzisco, encerra a nota autorreferencial (Francisco = Franz) que vai se desdobrando ao longo de todo o fragmento. Correlata dessa duplicidade aparece, na própria assinatura, num dos *autógrafos* de Kafka, uma segunda característica que chama a atenção: a sua inclinação para baixo, com todas as conotações que a ideia de um plano inferior carrega — maior proximidade com uma dimensão sensual, instintiva, animal, até chegar finalmente, em descida abismática, a uma maior proximidade com a morte:[27]

TEATRO CABALISTA DA LINGUAGEM

O interesse de Kafka por aspectos materiais da linguagem tem pelo menos duas vertentes: seu interesse pela tradição mística judaica, a Cabala, e também seu convívio com os ambientes frequentados pelos escritores praguenses, que fizeram de Praga um dos focos mais importantes do expressionismo alemão, com autores como Franz Werfel, Max Brod e o próprio Kafka. Sabemos do interesse de Kafka por alguns aspectos da cultura e da tradição judaicas — não pelos rituais, esvaziados, perpetuados irrefletidamente em família e que ele detestava; mas de seu interesse pelo teatro iídiche trazido pela trupe de atores de Itzak Löwy, oriunda da Europa Oriental, e, por via do contato com Löwy, pela Cabala e o conjunto de narrativas a ela ligadas, as narrativas hassídicas, sendo o hassidismo uma das correntes simultaneamente mais próximas (o hassidismo floresceu na Polônia e na Ucrânia nos séculos XVIII-XIX)[28] e mais poderosas dessa tradição do judaísmo oriental. Detlef Kremer atribui a atitu-

---

[27] Uma análise grafológica da letra de Kafka encomendada por Felice Bauer revelou ser o dono da letra pessoa "sobremaneira sensual" [*überaus sinnlich*, palavra esta que contém outra, significativa: *Sinn*, sentido, senso], tendo o grafólogo lhe atribuído "interesse artístico", ao que Kafka replicou irritado, fazendo a famosa declaração: "Eu não tenho interesse literário; eu sou literatura, não sou outra coisa e não posso ser outra coisa". Cf. Glatzer, *Frauen in Kafkas Leben* [Mulheres na vida de Kafka], p. 47.

[28] Cf. Scholem, *As grandes correntes da mística judaica*, São Paulo, Perspectiva, 1972.

de de Kafka — avessa ao experimentalismo radical de seus contemporâneos expressionistas (ele considerava, pejorativamente, "destruição" da linguagem a poesia praticada pela maioria dos expressionistas) — a um certo respeito cabalista diante da linguagem. Mas esse "respeito cabalista" não deixa de ter também uma face contraditória (algo aliás muito próprio do modo cabalista de lidar com o texto e sua interpretação): ele não deixa de ser a face visível de uma geração de escritores muito mais consciente dos limites da linguagem frente a uma realidade que não se deixa apreender em todas as suas determinações. A face invisível trai-se no jogo irônico que Kafka arma entre as linhas, no lugar mesmo em que a interpretação de seu texto pode e deve começar (mas dificilmente irá terminar). Esse entrelugar da interpretação em Kafka pode também ser pensado de maneira análoga a esse não lugar que é o inconsciente concebido por Sigmund Freud, a partir do entrecruzamento de sua experiência clínica com a sua experiência de leitor: um campo aberto gerador de infinitas interpretações, plausíveis apenas na justa medida de sua ligação com o presente da interpretação. Kafka foi um leitor particularmente irônico de Freud. No capítulo dedicado ao Theatro de Oklahama, no qual há inúmeros jogos de linguagem que aludem de maneira cômica, engraçada, a um plano sexual encoberto pelas próprias palavras, há uma cena em particular que remete literalmente a Freud:[29]

> "— Karl — gritou um anjo.
> Karl olhou para cima e começou a rir, significativamente alegre com a surpresa: era Fanny.
> — Fanny! — exclamou ele, cumprimentando com a mão erguida.
> — Venha cá — gritou Fanny —, não vai querer passar por mim sem parar para me cumprimentar!"

Vertendo a expressão original "vor *freudi*ger Überraschung" por "*significativamente alegre com a surpresa*", remeto à referência bem-humorada de Kafka a Sigmund Freud (brincadeira, aliás, que o próprio Freud fazia com seu sobrenome, que significa "alegria" em alemão), também inscrita no nome da personagem Fanny (quase homófono da palavra inglesa

---

[29] Cf. Benninghof-Lühl, *op. cit.*, p. 12 e p. 17, n. 40.

funny, que significa engraçado, divertido — e também, de forma igualmente significativa, traseiro, bumbum) e desdobrada na reação do protagonista que ri de alegria (*vor Freude*, em alemão), além de alusão a uma prostituta famosa, Fanny Hill, o que sublinha o caráter sexual da graça, do *Witz*, e sua relação com o inconsciente freudiano.

FACES DO HUMOR — TEATRO DO GESTO

Sem dúvida nenhuma, a dimensão do humor aparece em vários níveis, que vão da mais fina ironia, encapsulada entre frases e palavras, ao grotesco extremo, cuja representação mais explícita e hiperbólica encarna-se literalmente na figura da personagem Brunelda, misto de valquíria decaída e prostituta em ascensão. De fato as cenas na casa de Brunelda estão envolvidas por uma atmosfera de bordel, com grande apelo sensorial: à luz avermelhada, acrescente-se a desordem e a sujeira das roupas emboladas com potes de maquiagem, frascos de perfumes, enfim, elementos que remetem ao universo do sórdido, do mal-afamado presente na escrita de Kafka (e na própria vida de rapazes da época), que — apesar do horror com que via a maneira grosseira como o pai aconselhou sua iniciação sexual num bordel — descreveu as sensações contraditórias despertadas na sua "primeira noite" com uma moça desconhecida, que encontrou na rua, e considerava a sexualidade como inextricavelmente ligada ao sórdido, ao repulsivo.[30] Mas também é preciso ler essa dimensão do sórdido, da imundície, tão presente no mundo das nossas fantasias inconscientes, em chave metalinguística, tendo em vista a própria "sujeira" dos textos em estado de rascunho, marca do texto kafkiano, e também dentro do contexto da "sujeira" socialmente atribuída ao judeu oriental, ao qual Kafka se sentia intimamente ligado por oposição ao judaísmo assimilado de seu pai.

Por outro lado, o humor de Kafka está associado a um elemento característico de sua prosa: um pendor plástico-teatral de matriz goethiana[31] que não só atravessa o capítulo "O Theatro de Oklahama", mas, como

---

[30] Cf. N. Glatzer, *op. cit.*, p. 85; Franz Kafka, *Carta ao pai*, pp. 60-3.

[31] A teatralidade e a plasticidade se manifestam desde a abertura, com a descrição do cenário do porto e de sua estátua, a Estátua da Liberdade, remetendo a aspectos presentes no *Wilhelm Meister*. Cf. Wolfradt, "Plastische Figurationen" [Figurações plásticas], *in Der Roman bin ich. Schreiben und Schrift in Kafkas* Der Verschollene [O romance sou eu. Escrever e escrita em O *desaparecido* de Kafka], pp. 19-31.

já aludimos anteriormente, pontua o romance inteiro, nos diversos ícones plásticos, verdadeiros emblemas disseminados pelo texto, das cariátides que ornamentam a porta da cabine do capitão do navio ao camarote do presidente dos Estados Unidos, estampado numa foto que circula no Theatro de Oklahama. Teatral também é, como observou Walter Benjamin, a gesticulação dos personagens. Ela serve de canal de expressão para aquilo que não pode ou não se consegue expressar com palavras, ou mesmo contradiz a fala do personagem. Com isso, o texto ganha uma dimensão por assim dizer melodramática, em que a tragédia de uma morte anunciada se converte alternadamente na comédia de uma vida ambiguamente picaresca — pois com seu olhar profundamente melancólico, Karl Rossmann é, na verdade, a negação do pícaro. Não por acaso, o final da narrativa é enfaticamente aberto, dando margem a interpretações conflitantes — a crítica mais antiga considerava *O desaparecido* o romance com final feliz de Kafka; as leituras mais recentes tendem a pôr em questão essa suposta felicidade. Ora, essa vertiginosa abertura final advém precisamente do jogo duplo que Kafka propõe ao leitor, introduzindo sempre duas possibilidades de interpretação que se excluem mutuamente. Mas não se trata apenas de mais uma modalidade da "obra aberta": Kafka reproduziu esse movimento para além da obra, dentro da vida, pondo em questão também sua própria identidade autoral, concebida como suplemento, ou melhor, supressão de sua identidade pessoal, numa identificação absoluta com o texto, numa encarnação viva da literatura. Entende-se por que, interpelado certa vez sobre seu "interesse pela literatura", Kafka responde, como vimos, que não tem interesses literários e sim que *é*, ele mesmo, literatura. Por esse mesmo motivo, podemos entender a particular dificuldade que encontram os editores em publicar a obra "fiel à letra" de seu autor; e, sendo que tal anelado encontro entre vida e obra confina com destruição e morte, todos aqueles que se encontram (a começar por Max Brod, chegando até nós) na ameaçadora situação instaurada pelo duplo vínculo kafkiano — editores, críticos e tradutores, numa retomada do antigo jogo proposto pela esfinge: "decifra-me, edita-me, traduz-me ou eu te devoro!" — percebem a familiaridade e a fragilidade de suas posições, mas não podem se eximir de realizar o seu singular trabalho com o texto.

BIBLIOGRAFIA

1. *O DESAPARECIDO* ou *AMERIKA*

Texto-base:

Der Verschollene. Kritische Ausgabe, 2ª ed. Jost Schillemeit (ed.), Frankfurt am Main: Fischer, 1983, 2 vols.

Outras edições:

Amerika. Roman. Max Brod (ed.). Frankfurt am Main: Fischer, 1981. (1ªs eds.: Nova York: Schocken Books, 1946/Frankfurt am Main: Fischer, 1953.)

América. Trad. de Torrieri Guimarães. São Paulo: Livraria Exposição do Livro, 1965.

"O foguista". *In* Kafka, F., *Contemplação e O foguista.* Trad. e posfácio de Modesto Carone. São Paulo: Brasiliense, 1991, pp. 57-95.

Il fochista. Racconto. Trad. de Magda Olivetti *et al.* Roma: Editoriale La Republica, 1993.

America. Trad. de Alberto Spaini; introdução, cronologia, antologia crítica e bibliografia de Roberto Fertonani. Milão: Mondadori, 1996 (1ª ed.: 1947).

America. Trad. de Giovanna Agabio; introdução de Ferruccio Masini e apresentação de Guido Massino. Milão: Garzanti, 1989.

America o Il disperso. Trad. e notas de Umberto Gandini; introdução de Max Brod. Milão: Feltrinelli, 1996.

America. In Kafka, F., *Obras completas. Novelas, cuentos, relatos.* Trad., introdução e cronologia de Alberto J. R. Laurent. Barcelona: Teorema, 1983, t. I, pp. 115-378.

L'Amérique. Trad. de Alexandre Vialatte. Paris: Gallimard, 1965.

Amerika ou Le disparu. Trad. de Bernard Lortholary. Paris: Flammarion, 1988.

Amerika. Trad. de Willa e Edwin Muir, prefácio de Klaus Mann e posfácio de Max Brod. Norfolk (Conn.): New Directions, 1946.

2. FILMOGRAFIA DE *O DESAPARECIDO* ou *AMERIKA*

Die Klassenverhältnisse (nach Amerika) [As relações de classe (com base em *Amerika*)]. Dir. Jean-Marie Straub e Danielle Huillet. Com Mario Adorf e atores, em sua maioria, amadores. Produção: França/Alemanha; P&B, 1984.

Amerika. Dir. Vladimir Michalek. Com Martin Dedjar, Jirí Lábus. Produção: Tchecoslováquia; colorido, 1994.

3. EM PORTUGUÊS

ADORNO, T. W. "Anotações sobre Kafka". *In Prismas: crítica cultural e sociedade*. São Paulo: Ática, 1998, pp. 239-70.

ALTER, R. *Anjos necessários: tradição e modernidade em Kafka, Benjamin e Scholem*. Rio de Janeiro: Imago, 1992.

_____. "O cabalista Kafka". *In Em espelho crítico*. São Paulo: Perspectiva, 1998.

ANDERS, G. *Kafka: pró e contra: os autos do processo*. São Paulo: Perspectiva, 1969.

BENJAMIN, W. "Franz Kafka: a propósito do décimo aniversário de sua morte". *In Magia e técnica, arte e política: ensaios sobre literatura e história da cultura*. São Paulo: Brasiliense, 1985, pp. 137-64.

BLANCHOT, M. *De Kafka a Kafka*. México: Fondo de Cultura Económica, 1990.

BOLLE, W. "O processo da literatura", *Folha de S. Paulo*, Folhetim, 3/7/1983.

CAMPOS, H. de. "Kafka. Um realismo de linguagem?". *In O arco-íris branco*. Rio de Janeiro: Imago, 1997, pp. 129-38.

CARONE, M. "Posfácio". *In* Kafka, F., *Contemplação e O foguista*. São Paulo: Brasiliense, 1991, pp. 97-107.

_____. "Nas garras de Praga". *In Literatura e sociedade*, São Paulo, 1996, vol. 1, pp. 10-4.

COSTA, F. M. *Franz Kafka: o profeta do espanto*. São Paulo: Brasiliense, 1983.

DELEUZE, G. e GUATTARI, F. *Kafka: por uma literatura menor*. Rio de Janeiro: Imago, 1977.

FLUSSER, V. "Praga, a cidade de Kafka". *In* Mario Ramiro (org.), *Da religiosidade: a literatura e o senso da realidade*. São Paulo: Escrituras, 2002, pp. 63-8.

_____. "Esperando por Kafka". *In* Mario Ramiro (org.), *Da religiosidade: a literatura e o senso da realidade*. São Paulo: Escrituras, 2002. pp. 69-82.

HELLER, E. *Kafka*. São Paulo: Cultrix/Edusp, 1976.

JANOUCH, G. *Conversas com Kafka*. Rio de Janeiro: Nova Fronteira, 1978.

KAFKA, F. *Carta ao pai*. Trad. de Modesto Carone. São Paulo: Companhia das Letras, 2001.

KONDER, L. *Kafka: vida e obra*. Rio de Janeiro: Paz e Terra, 1979.

LIMA, L. C. *Limites da voz: Kafka*. Rio de Janeiro: Rocco, 1993.

MANDELBAUM, E. I. *Franz Kafka: um judaísmo na ponte do impossível*. São Paulo: Perspectiva, 2003.

PAWEL, E. *Pesadelo da razão: uma biografia de Franz Kafka*. Rio de Janeiro: Imago, 1986.

PIGNATARI, D. "Kafka e a América". *In Letras, artes, mídia*. São Paulo: Globo, 2001.

ROSENFELD, A. "Kafka e kafkianos". *In Texto/Contexto*. São Paulo: Perspectiva, 1976.

_____. "Kafka redescoberto". *In Letras e leituras*. São Paulo/Campinas: Perspectiva/Edusp/Unicamp, 1994.

_____. "Kafka e o romance moderno". *In Letras e leituras*. São Paulo/Campinas: Perspectiva/Edusp/Unicamp, 1994.

SCHWARZ, R. "Tribulação de um pai de família". *In O pai de família e outros ensaios*. Rio de Janeiro: Paz e Terra, 1978.

_____. "Uma barata é uma barata é uma barata". *In A sereia e o desconfiado*. Rio de Janeiro: Paz e Terra, 1981.

VILAS-BOAS, G. e ROCHA FERREIRA, Z. (orgs.) "Kafka: perspectivas e leituras do universo kafkiano". *In Comunicações ao Colóquio do Porto (24-26 de outubro de 1983)*. Porto: Ensaio, 1984.

4. EM OUTROS IDIOMAS

4.1. Livros

ALLEMANN, B. *Zeit und Geschichte im Werk Kafkas*. Diethelm Kaiser e Nikolaus Lohse (orgs.). Göttingen: Wallstein, 1998.

BAIONI, G. *Kafka. Romanzo e parabola*. Milão: Feltrinelli, 1997.

BINDER, H. *Kafka in neuer Sicht. Mimik, Gestik und Personengefüge als Darstellungsformen des Autobiographischen*. Stuttgart: J. B. Metzler, 1976.

BINDER, H. *et al. Kafka-Handbuch in zwei Bänden*. Stuttgart: Alfred Kröner, 1979, 2 vols.

BLOOM, H. (org.). *Franz Kafka*. Nova York/Filadélfia: Chelsea, 1986.

CITATI, P. *Kafka. Viaggio nelle profondità di un'anima*. Milão: Rizzoli, 1992.

CORNGOLD, S. *Franz Kafka. The necessity of form*. Ithaca/Londres: Cornell University Press, 1988.

GILMAN, S. *Franz Kafka. The Jewish patient*. Nova York/Londres: Routledge, 1995.

HERMES, R. *et al.* (orgs.) *Franz Kafka. Eine Chronik*. Berlim: Klaus Wagenbach, 1999.

JAHN, W. *Kafkas Roman Der Verschollene (Amerika)*. Stuttgart: J. B. Metzler, 1965.

KREMER, D. *Kafka. Die Erotik des Schreibens*. Bodenheim bei Mainz: Philo, 1998.

LAMPING, D. *Von Kafka bis Celan. Jüdischer Diskurs in der deutschen Literatur des 20 Jahrhunderts*. Göttingen: Vandenhoeck & Ruprecht, 1998.

NICOLAI, R. *Kafkas Amerika-Roman Der Verschollene. Motive und Gestalten*. Würzburg: Königshausen/Neumann, 1986.

ROBERT, M. *Einsam wie Franz Kafka*. Frankfurt am Main: Suhrkamp, 1985. [Ed. fr. *Seul, comme Franz Kafka*, Paris: Calman-Lévy, 1979.]

ROBERTSON, R. *Kafka. Judentum. Gesellschaft. Literatur*. Stuttgart: J. B. Metzler, 1988. [Ed. ingl. *Kafka*, Oxford: Oxford University Press, 1985.]

STIMILLI, D. *Fisionomia di Kafka*. Torino: Bollati Boringhieri, 2001.

THALMANN, J. *Wege zu Kafka. Eine Interpretation des Amerikaromans*. Frauenfeld/ Stuttgart: Huber, 1966.

VOGL, J. *Ort der Gewalt: Kafkas literarische Ethik*. Munique: Fink, 1990.

WAGENBACH, K. *Franz Kafka in Selbstzeugnissen und Bilddokumenten*. Reinbeck bei Hamburg: Rowohlt, 1964.

WALSER, M. *Beschreibung einer Form. Versuch über Franz Kafka*. Munique: Karl Hansen, 1968.

WOLFRADT, J. *Der Roman bin ich. Schreiben und Schrift in Kafkas Der Verschollene*. Würzburg: Königshausen/Neumann, 1996.

4.2. Artigos ou capítulos de livros

ALT, P.-A. "Doppelte Schrift, Unterbrechung und Grenze. Franz Kafkas Poetik des Unsagbaren im Kontext der Sprachskepsis um 1900". *In Jahrbuch der Deutschen Schillergesellschaft*, vol. 29, 1985, pp. 455-90.

_____. "'Das Gute ist in gewissem Sinne trostlos': Motive der Melancholie bei Kafka", *Modern-Austrian-Literature*, vol. 21 (2), 1985, pp. 55-76.

ANZ, H. "Umwege zum Tode. Zur Stellung der Psychoanalyse im Werk Franz Kafkas". *In* Bohnen, K., Joergensen, S.-A. e Schmöe, F., *Literatur und Psychoanalyse*. Vorträge des Kolloquiums am 6. und 7. Oktober 1980. Munique: Wilhelm Fink, 1981.

ANDERSON, M. M. "Virtual Zion: The Promised Lands of the Kafka critical editions", *in* http://www.kafka.org/essays/anderson.html.

BENJAMIN, W. "Franz Kafka: Beim Bau der Chinesischen Mauer". *In Gesammelte Schriften*. Frankfurt am Main: Suhrkamp, 1999, vol. 2-2, pp. 676-83.

BENNINGHOFF-LÜHL, S. "Das Theater im Namen. Franz Kafkas 'Teater von Oklahama'", *Journal of the Kafka Society of America*, vol. 18 (1), 1994, pp. 4-20.

BORGES, J. L. "Kafka puede ser parte de la memoria humana". *In* Borges, J. L. e Ferrari, O., *Diálogos*. Barcelona: Seix Barral, 1992.

BRUCE, I. "Der Process in Yiddish: Or, the Importance of Being Humorous", *in TTR (Traduction, Terminologie, Rédaction): Études Sur le Texte et Ses Transformations*, vol. 7 (2), 1994, pp. 35-62.

BULLOCK, M. "Telling lies about Joseph K.: Translator, traducer, traitor", *Journal of the Kafka Society of America*, vol. 13 (1-2), 1989, pp. 4-17.

DERRIDA, J. "Préjugés, devant la loi". *In* Derrida, J. *et al. La Faculté de Juger*. Paris: Éditions de Minuit, 1985.

EMRICH, W. "Die moderne Industriewelt. Der Roman Der Verschollene (Amerika)". *In Franz Kafka*. Frankfurt am Main: Athenäum, 1960.

FICKERT, K. "Kafka's death fantasy in *Amerika*", *The International Fiction Review*, vol. 12 (1), 1985, pp. 18-22.

HAMACHER, W. "Die Geste im Namen. Benjamin und Kafka". *In Entferntes Verstehen. Studien zu Philosophie und Literatur von Kant bis Celan*. Frankfurt am Main: Suhrkamp, 1993, pp. 280-323.

JAHNKE, U. "Kafkas theoretische Auseinandersetzung mit der Problematik Arbeit und Entfremdung". *In Die Erfahrung von Entfremdung. Sozialgeschichtliche Studien zum Werk Franz Kafkas*. Stuttgart: Hans-Dieter Heinz Akademischer Verlag, 1988.

KREMER, D. "Verschollen. Gegenwärtig. Kafkas Roman 'Der Verschollene'", *Text und Kritik*, Sonderband [número especial], 1994, pp. 238-53.

LEHMANN, H.-T. "Der buchstäbliche Körper. Zur Selbstinszenierung der Literatur bei Kafka". *In* Kurz, G., *Der junge Kafka*. Frankfurt am Main: Suhrkamp, 1984. pp. 213-41.

MILLER, J. H. "Franz Kafka and the metaphysics of alienation". *In Tropes, paraboles, performatives. Essays on Twentieth Century Literature*. Nova York/Londres: Harvester Wheatsheaf, 1990, pp. 15-31.

MOSER-VERREY, M. "*Amerika* ou le corps disparu", *TTR (Traduction, Terminologie, Rédaction): Études Sur le Texte et Ses Transformations*, vol. 2, 1992, pp. 171-93.

MOSÈS, S. "Kafka, Freud, et la crise de la tradition". *In L'ange de l'histoire*. Paris: Seuil, 1992, pp. 208-38.

NEUMANN, G. "Der Wanderer und der Verschollene: Zum Problem der Identität in Goethes *Wilhelm Meister* und in Kafkas *Amerika*-Roman". *In* Stern, J. P. e White, J. J., *Paths and labyrinths* (Nine Papers read at the Franz Kafka Symposium held at the Institute of Germanic studies on 20th and 21st October 1983). Londres: Institute of Germanic Studies, 1985, pp. 43-65.

OZICK, C. "The impossibility of being Kafka. How do you translate a writer who felt alienated from his own words?", *New Yorker*, 11/1/1999, pp. 82-4.

POLITZER, H. "*Der Verschollene* — Die Unschuld Karl Rossmanns". *In Franz Kafka, der Künstler*. S. Fischer, s.l., 1965, pp. 179-240.

REUß, R. "Lesen, was gestrichen wurde. Für eine historisch-kritische Kafka-Ausgabe". *In* Reuß, R. e Staengle, P. (orgs.), *Franz Kafka. Historisch-Kritische Ausgabe sämtlicher Handschriften, Drucke und Typoskripte*. Basel/Frankfurt am Main: Stroemfeld, 1995, vol. intr., pp. 9-24.

RIES, W. "Todesbilder bei Kafka", *Neue Deutsche Hefte*, vol. 33 (2), 1986, pp. 257-60.

_____. "Der Verschollene". *In Kafka zur Einführung*. Hamburgo: Junius, 1993, pp. 110-21.

RÜSING, H.-P. "Quellenforschung als Interpretation: Holitschers und Soukups Reiseberichte über Amerika und Kafkas Roman *Der Verschollene*", *Modern Austrian Literature. Journal of the International Arthur Schnitzler Research Association*, vol. 20 (2), 1987, pp. 1-38.

SEFERENS, H. "Das 'Wunder der Integration'. Zur Funktion des 'grossen Teaters von Oklahoma' in Kafkas Romanfragment *Der Verschollene*", *Zeitschrift für deutsche Philologie*, vol. 111 (4), 1992, pp. 577-93.

SOKEL, W. "Das Labyrinth und Amerika". *In Franz Kafka — Tragik und Ironie. Zur Struktur seiner Kunst*. Munique/Viena: Albert Langen/Georg Müller, 1964, pp. 311-39.

SOLBACH, A. "Pikarische Elemente in Kafkas *Amerika*", *Neophilologus*, vol. 71, 1987, pp. 413-22.

SPILKA, M. "*Amerika*: sinnful innocence". *In* Bloom, H. (org.), *Franz Kafka*. Nova York/Filadélfia: Chelsea, 1986, pp. 53-61.

TTR (Traduction, Terminologie, Rédaction): Études sur le Texte et Ses Transformations, vol. 2, 1992 (número especial sobre a tradução de Kafka).

UNSELD, J. "Der gescheiterte Roman *Der Verschollene*". *In Franz Kafka. Ein Schriftstellerleben. Die Geschichte seiner Veröffentlichungen*. Munique/Viena: Carl Hanser, 1982, pp. 81-93.

ZIAREK, E. "The Beauty of Failure: Kafka and Benjamin on the Task of Transmission and Translation". *In* Gelley, Alexander (org.), *Unruly Examples: On the Rhetoric of Exemplarity*. Stanford: Stanford University Press, 1995, pp. 175-207.

AGRADECIMENTOS

A obra de Kafka expõe como poucas a importância autoral dos editores e de todos aqueles que permanecem no *background* da produção de um livro. Por isso, cabe-me ainda registrar meu agradecimento às muitas pessoas cujo incentivo, comentário e auxílio bibliográfico contribuíram para a qualidade, enfim, para os contornos que a presente edição tomou: a Arthur Nestrovski, que insistiu para que a presente tradução fosse feita; a Nelson Ascher, que também insistiu; a Paulo Oliveira, pelo minucioso cotejo com o original; a Sergio Tellaroli por boas dicas internáuticas. A Michael Barth, Kathrin Sartingen e Uwe Haneke, pelos esclarecimentos sobre o uso da língua alemã no texto kafkiano e pelo envio de material bibliográfico. Às conversas com Márcio Seligmann-Silva, Cláudia Valladão de Mattos, Jeanne Marie Gagnebin, Stella Tagnin, Claudia e Ulrich Beil devo pequenas e grandes intuições, além de valiosas indicações bibliográficas. A Bruno Fischli agradeço pelo entusiástico incentivo ao projeto dessa tradução. Meus agradecimentos vão também a Christina Lages-Zech, Claudia Dornbusch, Jane de Almeida, Myrna Ferguson e Silvana Scarinci pelo envio de bibliografia de vários cantos do mundo. Agradeço também a Manuel da Costa Pinto pelo espaço cedido na *Revista Cult* para minhas primeiras reflexões. Finalmente, devo mencionar o fundamental suporte que recebi das seguintes instituições: CNPq e FFLCH/USP (Área de Alemão), por bolsa de pós-doutoramento que permitiu um razoável aperfeiçoamento da tradução, DAAD (Serviço Alemão de Intercâmbio Acadêmico) por ter me convidado para apresentar os resultados de meus estudos kafkianos em colóquio internacional realizado em São Paulo no ano de 2001, e *Goethe-Institut Inter Nationes* pelo subsídio dado à tradução desta obra.

Se para Kafka a família era uma perturbação, o inverso também é verdadeiro: para uma família, Kafka é um elemento perturbador. Em relação à minha, a dívida não tem fim. Andrea, Matteo, Daniel e Leonardo, e também os meus pais, suportaram ausências que essa perturbação causou. A eles dedico este trabalho.

SOBRE O AUTOR

1883   Franz Kafka nasce no dia 3 de julho, em Praga, filho primogênito de Julie Löwy e do comerciante Hermann Kafka.

1901-6   Estuda Direito na universidade alemã de Praga.

1904   Começa a escrever a primeira versão de *Descrição de um combate*.

1907   Começa a escrever a primeira versão de "Preparativos para núpcias no campo".

1907-8   Trabalha na empresa de seguros italiana Assicurazioni Generali.

1908   Publica sob o título de "Contemplação" breves textos em prosa na revista *Hyperion*. Em julho ingressa na Companhia de Seguro para Acidentes de Trabalho da Boêmia, em Praga.

1909   Primeiras anotações no diário. Depois de uma viagem com Max e Otto Brod para o norte da Itália, publica no jornal *Bohemia* o relato "Os aeroplanos em Bréscia".

1911   No verão, viaja com Max Brod pela Europa e escreve relatos de viagem. Encontro com uma trupe de teatro iídiche de passagem por Praga. Redação de uma primeira versão, perdida, do romance sobre a América.

1912   No verão, viaja com Max Brod para Leipzig e Weimar, passando outra temporada numa clínica naturalista na região do Harz. Em Praga, primeiro encontro com Felice Bauer e início da correspondência entre ambos. Abandona a primeira versão do romance americano. Redação dos sete primeiros capítulos de uma nova versão desse romance, ao qual Kafka se refere, em cartas e nos diários, como *O desaparecido*. Redação concomitante das novelas *O veredicto* e *A metamorfose*. Publicação de seu primeiro livro, *Contemplação*, pela editora Ernst Rowohlt, de Leipzig.

1913   Intensa troca de cartas com Felice Bauer. Publicação de *O foguista. Um fragmento*, pela editora Kurt Wolff, dentro da coleção Juízo Final, no âmbito da qual foram publicadas obras importantes do expressionismo alemão. Publica a novela *O veredicto* na revista *Arkadia*.

1914   Noivado oficial com Felice Bauer em junho em Berlim. Kafka desfaz o noivado a 12 de julho. Início da redação do romance *O processo* e redação da novela *Na colônia penal*. Redação de uma continuação para o capítulo "— Levante! Levante! — gritou Robinson" e dos fragmentos [1] (Partida de Brunelda) e [2] (Karl viu na esquina de uma rua...) de *O desaparecido*.

1915   Reencontro com Felice Bauer. Publicação de *A metamorfose* na revista alsaciana *Die weissen Blätter* [As folhas brancas].

1916   Retomada da relação com Felice Bauer, com a qual passa férias de verão em Marienbad. Início das anotações nos *Oktavhefte* (cadernos em oitavo). *O veredicto* é publicado na coleção Juízo Final da editora K. Wolff.

1916-7 Redação de vários textos breves (muitos dos quais viriam a fazer parte do volume *Um médico rural*) em seu apartamento de trabalho na Alchimistengasse (Beco dos alquimistas).

1917   Segundo noivado com Felice Bauer. Diagnosticada tuberculose, em dezembro desfaz novamente o noivado.

1917-8 Férias para repouso no campo, na região de Zürau. Redação de muitos aforismos.

1919   Publicação de *Na colônia penal* pela editora K. Wolff. Noivado com Julie Wohryzek. Redação de *Carta ao pai*.

1920   Início da correspondência com Milena Jesenská. Publicação do volume *Um médico rural*. Narrativas breves. Desfaz o noivado com Julie Wohryzek.

1920-1 Temporada numa clínica de tratamento para tuberculosos em Matliary, nas montanhas da Alta Tatra, localizadas entre a Polônia e a Eslováquia (dezembro a agosto).

1922   Início da redação do romance *O castelo*. Redige o conto "Um artista da fome", entre outros. Em julho é aposentado por motivos de saúde. No verão passa temporada na região das florestas da Boêmia. Redige dois bilhetes ao amigo Max Brod, expressando seu último desejo com relação ao destino de sua obra após a morte.

1923   Primeiro encontro com Dora Diamant em Müritz no Mar Báltico. Transfere-se de Praga para Berlim, passando a viver com Dora Diamant. Redige a narrativa *Uma pequena mulher*.

1924   Piora seu estado de saúde. Retorna a Praga, onde redige "Josefine ou o povo dos ratos". Em abril, temporada no sanatório Wiener Wald, na Áustria. A seguir, na clínica do dr. Hajek em Viena e no sanatório do dr. Hugo Hoffmann em Kierling, nos arredores de Viena. Início da correção das provas tipográficas do volume de contos *Um artista da fome*. Falece no dia 3 de junho e é sepultado a 11 de junho no cemitério judaico de Praga-Straschnitz.

SOBRE A TRADUTORA

Susana Kampff Lages nasceu em 1959, no Rio de Janeiro. Formou-se em Letras na Pontifícia Universidade Católica do Rio Grande do Sul. É mestre em Literaturas da Língua Portuguesa pela Universidade Federal do Rio Grande do Sul e doutora em Comunicação e Semiótica (Literatura) pela PUC de São Paulo. Foi docente de língua alemã na Unicamp entre 1989 e 2005, ano em que se transferiu para a Universidade Federal Fluminense, em Niterói, RJ, onde leciona atualmente. Em 2003 recebeu o Prêmio Jabuti na categoria Teoria Literária e Linguística por seu livro *Walter Benjamin: tradução & melancolia* (Edusp, 2002). É também autora de *João Guimarães Rosa e a saudade* (Ateliê Editorial, 2003). Traduziu ensaios de Walter Benjamin sobre a filosofia da linguagem e a *Correspondência Sigmund Freud/Sándor Ferenczi* (Imago, 1994-95), entre outros. Em seus estudos, trata de questões que envolvem a multiplicidade das línguas, a literatura, a teoria e a filosofia da tradução.

ESTE LIVRO FOI COMPOSTO EM SABON
PELA BRACHER & MALTA, COM CTP
E IMPRESSÃO DA EDIÇÕES LOYOLA EM
PAPEL PÓLEN SOFT 80 G/M² DA CIA.
SUZANO DE PAPEL E CELULOSE PARA
A EDITORA 34, EM MAIO DE 2021.